KB163242

채털리 부인의 연인 2

Lady Chatterley's Lover

세계문학전집 85

채털리 부인의 연인 2

Lady Chatterley's Lover

D. H. 로렌스

이인규 옮김

민음사

일러두기

1 이 책의 번역 저본은 작품 해설에 밝혀두었다.

2 본문의 각주는 모두 옮긴이 주이다.

차례

1권 차례

12장

코니는 점심을 먹자마자 숲으로 갔다. 정말 아름다운 날이었다. 올해의 첫 민들레들이 작은 태양처럼 노랗게 피었고, 첫 데이지들도 정말 하얗게 피었다. 개암나무 수풀은 잎들이 반쯤 벌어지고 마지막 남은 기름한 꽃들이 먼지가 낀 채 수직으로 늘어져, 마치 레이스 무늬 장식같이 보였다. 노란 애기똥풀은 이제 무리를 지어 완전히 활짝 피었고, 급하게 내밀려 피어난 듯, 눈부신 노란색을 반짝거렸다. 그것은 정녕 노란색, 즉 초여름의 강렬하고 승리감에 가득 찬 노란색이었다. 그리고 앵초꽃은 곳곳에 넓게 퍼져서, 창백한 듯 자유분방한 모습을 흐드러지게 뿌리고 있었는데, 빽빽하게 다발을 지어 핀 그 모습에는 더 이상 수줍은 티가 없었다. 싱싱하게 짙푸른 암녹색의 히아신스는 그야말로 바다를 이루었는데, 빛깔 연한 밀 이

7

삭처럼 꽃봉오리가 돋아 맺히고 있었다. 한편 승마 도로에는 물망초가 보풀이 일듯 무수히 피어났으며, 매발톱꽃은 자주색 잉크 빛의 꽃주름을 펼치고 있었다. 그리고 푸른 날개 새의 새끼들이 깨고 나온 알껍데기가 덤불 밑에 흩어진 모습도 보였다. 어디를 보아도 온통 꽃봉오리들로 무리 져 생명이 약동하고 있었다!

사냥터지기는 오두막에 없었다. 모든 것이 조용하고 한가로웠으며, 갈색 새끼 꿩들은 활기차게 뛰어다녔다. 코니는 사냥터지기의 집 쪽으로 내처 걸어갔다. 그를 만나고 싶었기 때문이다.

집은 숲 가장자리에서 조금 떨어진 곳에 햇빛을 받으며 서 있었다. 작은 뜰에는 겹 수선화가 활짝 열린 문 가까이에 총총히 무리 지어 피어 있었고, 길 쪽으로는 빨간 겹 데이지가 경계선을 이루며 피어 있었다. 개 짖는 소리가 나더니 플로시가 문간에 나타났다.

문이 활짝 열려 있었다! 그렇다면 그는 집에 있는 것이다. 그리고 햇빛이 빨간 벽돌이 깔린 바닥 위를 비추고 있었다! 길을 따라 다가가는 그녀의 눈에, 셔츠 바람으로 식탁에 앉아서 식사를 하고 있는 그의 모습이 창문 사이로 보였다. 개가 부드럽게 한번 짖고 나서는 천천히 꼬리를 흔들어댔다.

그는 자리에서 일어나 문으로 나왔다. 빨간 손수건으로 입을 닦으면서 나왔는데, 아직 음식을 씹고 있었다.

"들어가도 돼요?" 그녀는 물었다.

"그럼요! 들어와요."

세간이 거의 없어 횅한 방 안을 햇살이 비추었다. 방 안에서는 아직 양고기 갈비 요리 냄새가 풍겨났다. 구이 냄비가 벽난로의 철망 위에 놓여 있고 그 옆으로 하얀 벽난로 바닥 위에 종잇조각을 아래에 깐 자루 달린 까만 감자 스튜용 냄비가 놓인 걸로 봐서, 구이 냄비로 불에다 요리한 것 같았다. 벽난로의 불은 빨갛게, 하지만 약간 나직하게 타올랐다. 철망은 떼어 내려져 있었고 주전자에서는 보글보글 끓는 소리가 났다.

식탁에는 감자와 남은 양고기 조각들이 담긴 접시가 놓였다. 또한 바구니에 담긴 빵과 소금병 그리고 맥주가 담긴 파란 큰 컵이 있었다. 식탁보는 하얀 유포(油布)로 된 것이었다. 그는 그늘진 쪽에 서 있었다.

"식사가 많이 늦군요." 그녀가 말했다. "어서 계속 드세요!"

그녀는 문간의 햇빛 비치는 곳에 있는 나무 의자에 앉았다.

"어스웨이트에 갔다 올 일이 있었소." 그는 말하면서 식탁 앞에 앉았다. 하지만 먹진 않았다.

"어서 마저 드세요!" 그녀가 말했다.

그러나 그는 음식에 손을 대지 않았다.

"당신도 뭘 좀 들게쏘?" 그가 그녀에게 물었다. "차 한잔하게쏘? 주전자도 마침 끌코 인는데." 그는 의자에서 다시 몸을 반쯤 일으켰다.

"그럼, 내가 직접 타 마실게요." 그녀는 말하면서 일어났다.

그는 왠지 우울해 보였고, 그래서 그녀는 자신이 그를 귀찮게 하고 있다는 느낌이 들었다.

"글쎄! 그렇담 찻주전잔 저기 이쏘……." 그는 구석의 자그만 황갈색 삼각 찬장을 가리켰다. "차짠도 거기 이쏘! 그리고 차는 당신 머리 너머 벽난로 선바네 이쏘."

그녀는 검정색 찻주전자를 가져왔고, 벽난로 선반에서 차통을 들고 왔다. 찻주전자에 뜨거운 물을 부어 한 번 헹구고는, 그 물을 어디에다 비울까 망설이며 잠시 서 있었다.

"밖에다 버리시오." 그것을 눈치채고 그가 말했다. "깨끗한 물이니까 말이오."

그녀는 문간으로 가서 물을 길바닥에다 버렸다. 참으로 아름다운 곳이구나. 이토록 조용하고, 이토록 진짜 숲속에 있는 것 같다니. 참나무에는 노란 황토색 잎이 피어나고 있었고, 뜰에는 빨간 데이지들이 화려한 빨간 단추처럼 피어 있었다. 그녀는 문턱의 큼지막하니 움푹 팬 사암(砂巖) 발판을 흘끗 내려다보았다. 이제는 드나드는 발길이 거의 없는 발판이었다.

"그런데 이곳은 정말 아름답군요!" 그녀가 말했다. "이토록 아름다운 고요가 깃들어 있고, 만물이 살아 있으면서도 고요하니 말예요."

그는 다시 식사를 하고 있었는데, 좀 천천히 내키지 않는 듯이 먹었다. 그녀는 그가 맥이 빠진 것을 느낄 수 있었다. 그녀는 말없이 차를 탔다. 그러고 나서는 자신이 아는 보통사람들의 방식처럼, 찻주전자를 벽난로 안쪽 시렁에 올려놓았다. 그는 접시를 한쪽으로 밀어놓고는 저 안쪽으로 들어갔다. 걸쇠가 딸각 하는 소리가 들려오더니, 그가 접시에 치즈를 담아 버터와 함께 들고 돌아왔다.

그녀는 찻잔 두 개를 식탁에 갖다 놓았다. 잔은 두 개밖에 없었다.

"당신도 차를 드실 거지요?" 그녀는 물었다.

"괜찮타면 그러게쏘. 설탕은 찬짱에 이쏘. 조그만 크림 그릇도 거기 이쓸 거요. 우윤 식품실의 단지 소게 이쏘."

"빈 접시를 치울까요? 그녀는 그에게 물었다.

그는 빈정대는 듯한 미소를 희미하게 지으며 그녀를 올려다보았다.

"글쎄 뭐……. 그러고 싶다면." 천천히 빵과 치즈를 먹으면서 그는 말했다.

그녀는 안쪽에 딸린 설거지 칸으로 들어갔다. 펌프가 거기 있었다. 왼쪽으로 문이 하나 있었는데, 식품실 문이 틀림없었다. 그녀는 문고리를 당겨 열었다. 그러고는 그가 식품실이라고 부른 곳을 보고 거의 미소를 지을 뻔했다. 그저 길고 좁다라니 하얗게 회반죽을 칠한 칸막이 같은 찬장에 불과했던 것이다. 그러나 접시 몇 개와 음식 몇 가지는 물론 조그만 맥주 통까지 하나 그럭저럭 들어 있었다. 그녀는 노란 단지에서 우유를 약간 떠냈다.

"우유는 어떻게 구하나요?" 식탁으로 돌아왔을 때, 그녀는 그에게 물었다.

"플린트네 농장에서 가져온다오! 그 사람들이 한 병씩 토끼 사육장 끄테다가 갓다 놔둔다오. 지난버네 당신을 만났던 곳 있잔쏘!"

그러나 그는 맥이 빠져 있었다.

그녀는 차를 따르고는, 우유가 든 크림 그릇을 그대로 쳐든 채 잠깐 기다렸다.

"우유 타지 마시오." 그가 말했다.

그러더니 뭔가 소리를 들은 것처럼, 그는 문간을 날카롭게 살피며 내다보았다.

"문을 단는 게 조케쏘." 그가 말했다.

"문을 닫기가 좀 아쉽게 여겨지는군요!" 그녀가 대답했다. "올 사람은 아무도 없지 않겠어요?"

"천에 하나나 혹 모를까, 아무도 안 올 거요. 하지만 그래도 혹시 모르는 일이오."

"설령 누가 온들 어때요?" 그녀가 말했다. "그저 차 한잔 같이 마시는 것뿐인데요, 뭐. 찻숟가락은 어디에 있죠?"

그는 팔을 뻗어서, 식탁 서랍을 잡아 열었다. 코니는 문간에서 비쳐 들어오는 햇빛을 받으며 식탁 앞에 앉아 있었다.

"플로시!" 그가 문간 층계 발치의 조그만 신발 닦개용 깔개 위에 누워 있는 개에게 말했다. "가서 잘 듣고 살펴봐! 잘 살펴봐!"

그는 손가락을 쳐들어 보였는데, 그의 "잘 살펴봐!"라는 말은 아주 선명하게 울렸다. 개는 총총히 달려 정찰하러 나갔다.

"당신은 오늘 기분이 좀 우울한가 보죠?" 그녀는 그에게 물었다.

그는 재빨리 파란 눈을 돌리더니, 그녀를 똑바로 응시했다.

"우울하냐고요! 아니오! 그저 지겨울 뿐이오! 내가 잡은 밀렵꾼 두 사람에 대한 소환장을 받으러 갔다 와야 했소. 게다가…… 글쎄 정말, 난 사람들이 싫다오."

그는 싸늘한 어조의 완전한 영어로 말했다. 그의 목소리에는 분노가 서려 있었다.

"사냥터지기로 일하는 것이 싫으세요?" 그녀가 물었다.

"사냥터지기로 일하는 것 말이오? 그건 싫지 않소──나 혼자 내버려 두는 한 말이오. 하지만 경찰서나 그 밖의 여러 곳에 가서 죽치고 앉아, 바보 같은 놈들이 내 용건에 응해주기를 이제나저제나 기다리고 있어야 할 때면, 글쎄 정말, 난 미칠 것만 같다오……." 그리고 그는 미소를 지어 보였는데, 어떤 익살기 같은 것이 희미하게 배어 있었다.

"당신은 정말로 일하지 않으면 먹고살 형편이 안 되는 건가요?"

"나 말이오? 먹고사는 것뿐이라면 연금으로 그럭저럭 지낼 수 있을 거요. 정말 그럴 수 있을 거요! 하지만 나에겐 하는 일이 있어야 하오. 그렇지 않으면 난 죽고 말 거요. 말하자면, 나에겐 뭔가 정신을 쏟아 열중할 일이 있어야 한다는 것이오. 그런데 난 성질이 제대로 되어먹질 못해서 내 자신을 위해 일할 수가 없소. 그래서 누군가 다른 사람을 위해 하는, 그런 종류의 일을 해야 한다오. 그렇지 않으면 스스로 화를 주체하지 못해 한 달 만에 집어치우고 말 거요. 그래서 전체적으로 보면 난 지금 이 일자리에서 아주 잘 지내고 있는 편이라고 할 수 있소. 특히 최근에……."

그는 다시금, 놀리는 듯한 익살기를 띠면서 그녀를 보고 웃었다.

"하지만 왜 화가 나 있는 거죠?" 그녀가 물었다. "말하자면,

당신은 늘상 화가 나 있다는 뜻인가요?"

"꽤 그런 편이라오." 그는 웃으면서 말했다. "난 울화를 제대로 삭이지 못하는 사람이오."

"하지만 어떤 울화인데요?" 그녀가 물었다.

"울화 있잖소!" 그가 말했다. "그게 뭔지 모른단 말이오?"

그녀는 말없이, 실망한 표정으로 있었다. 그는 그녀의 말에 조금도 제대로 주의를 기울이지 않고 있었다.

"전 다음 달에 잠깐 어디 좀 갈 거예요." 그녀가 말했다.

"그렇소? 어딜 가는데?"

"베네치아에요."

"베네치아라! 클리퍼드 경과 함께요? 얼마나 오래?"

"한 달가량요." 그녀는 대답했다. "클리퍼드는 같이 안 가요."

"그는 그럼 여기 남아 있는 거요?" 그가 물었다.

"그래요! 그는 그런 몸으로 여행하는 걸 싫어해요."

"하긴 그렇지. 불쌍한 친구 같으니라고!" 그는 동정하며 말했다.

잠깐 대화가 끊어졌다.

"제가 가고 없는 동안 절 잊지 않을 거지요?" 그녀가 물었다.

그는 다시 시선을 들어올려 그녀를 빤히 바라보았다.

"잊는다고!" 그는 말했다. "알다시피 사람이란 사실 뭘 잊어버리거나 하지 않는 법이오. 이런 건 기억의 문제가 아니오."

그녀는 이렇게 묻고 싶었다. '그럼 뭔가요?' 하지만 그녀는 묻지 않았다. 그 대신, 좀 목소리를 낮추는 듯하면서 말했다.

"클리퍼드에게 제가 아기를 가질지 모른다고 말했어요."

그러자 그는 탐색하는 강렬한 시선으로 그녀를 정말로 빤히 바라보았다.

"그랬소!" 마침내 그는 말했다. "그랬더니 그가 뭐라 하오?"

"아 뭐, 별로 꺼리지 않겠대요. 자기 자식인 것처럼 보이는 한, 그는 오히려 기쁘게 여길 거예요." 그녀는 감히 그를 올려다보지 못했다.

그는 오랫동안 가만히 말없이 있었다. 그러더니 다시금 그녀의 얼굴을 응시하며 바라보았다.

"물론 내 얘긴 안 했겠지요?" 그가 말했다.

"네. 당신 얘긴 안 했어요." 그녀는 대답했다.

"하긴! 그가 대용 종마(種馬)로서 나 같은 사람을 용납할 수는 없을 거요. 그러면 당신은 어디서 애를 갖게 된 것으로 할 거요?"

"베네치아에서 연애 관계를 가진 것으로 할 수 있겠지요."

"그럴 수 있겠지." 그는 천천히 대답했다. "그러니까 당신이 여행 가는 건 바로 그 때문이로군?"

"꼭 연애 관계를 가지기 위해서는 아녜요." 그녀는 그를 쳐다보면서, 변명하듯이 말했다.

"그저 연애 관계를 가진 것처럼 보이기 위해서라 이 말이군." 그가 말했다.

침묵이 흘렀다. 그는 창밖을 응시하면서, 반은 비웃음이고 반은 쓰라림인 듯한 얄궂은 미소를 희미하게 얼굴에 띤 채 앉아 있었다. 그녀는 그런 그의 미소가 싫었다.

"그렇다면 당신은 임신을 하지 않도록 주의를 전혀 기울이

지 않았던 거로군?" 그는 갑자기 그녀에게 물었다. "내 쪽에서
도 하지 않았으니까 말이오."

"네!" 그녀는 약한 목소리로 말했다. "그러기 싫었어요."

그는 그녀를 쳐다보았다. 그러더니 다시 그 묘하니 특이한
얄궂은 미소를 띠면서 창밖을 내다보았다. 팽팽하게 긴장된
침묵이 흘렀다.

마침내 그가 고개를 돌려서 비꼬는 투로 말했다.

"당신이 날 원한 건 그렇다면, 바로 그 때문이었소? 애를 낳
기 위해서 말이오?"

그녀는 고개를 떨구었다.

"아녜요! 정말은 아녜요!" 그녀는 대답했다.

"그러면 정말은 무엇 때문이었소?" 그가 다소 신랄한 어조
로 물었다.

그녀는 원망스럽게 그를 쳐다보았다.

"잘 모르겠어요." 천천히 그녀는 말했다.

그가 갑자기 웃음을 터뜨렸다.

"당신이 모른다니, 그럼 귀신 말고는 아무도 모르겠군." 그
가 말했다.

긴 침묵이 이어졌다. 싸늘한 침묵이었다.

"글쎄, 뭐." 마침내 그가 입을 열었다. "마님 좋으실 대로겠
지. 당신이 아기를 낳으면, 클리퍼드 경이 기쁘게 받아주신다
니까 아주 잘됐소. 난 아무것도 손해 보는 것 없는 셈일 테고.
오히려, 난 아주 근사한 경험을 한 셈이지. 정말 근사한 경험
을 말이오!" 그러곤 반쯤 삼키듯 하품을 하면서 그는 기지개

를 켰다. "당신이 나를 이용한 거라 해도," 그는 계속 말을 이었다. "내가 이용당한 것은 사실 이번이 처음은 아니오. 게다가 이번만큼 즐거움을 누리며 이용당한 적도 없었소. 물론 그렇다고 해서 그것이 굉장히 품위 있게 느껴지는 것은 아니지만 말이오." 그는 다시 기지개를 켰다. 근육이 떨리고 턱이 이상하게 어긋나는, 묘한 기지개였다.

"하지만 전 당신을 이용하지 않았어요." 코니가 항변하듯 말했다.

"천만에, 언제든 이용하시도록 대령하고 있겠소." 그가 대답했다.

"그게 아니라니까요!" 그녀는 말했다. "난 당신의 몸이 좋았단 말이에요."

"그러셨소?" 그가 대답했다. 그러곤 웃으면서 말했다. "글쎄, 그럼 우린 피장파장이군. 나도 당신 몸이 좋았으니까 말이오."

그는 묘하게 어두워진 시선으로 그녀를 바라보았다.

"이제 2층으로 올라가겠소?" 좀 목이 막힌 듯한 목소리로 그는 그녀에게 물었다.

"아뇨. 지금은 안 돼요! 여기선 싫어요!" 그녀는 우울하게 대답했다. 그가 완력이라도 사용한다면 저항할 힘이 없으므로 그대로 올라가고 말았을 테지만, 그녀는 그렇게 말했다.

그는 다시 고개를 돌려 외면했다. 그러곤 그녀를 잊어버린 듯했다.

"당신이 저를 만지듯이 저도 당신을 그렇게 만지고 싶어요." 그녀가 말했다. "전 아직 당신 몸을 정말로 만져본 적이 한 번도 없어요."

그는 그녀를 바라보았다. 그러곤 다시 미소를 지었다.

"지금 그러고 싶소?" 그가 물었다.

"아뇨! 아녜요! 여기선 아녜요! 오두막에서 하고 싶어요! 그래주겠어요?"

"내가 당신 몸을 어떻게 만지는데 그러오?" 그가 물었다.

"당신이 나를 어루만지며 느끼는 것 있잖아요."

그는 그녀를 바라보았다. 그녀의 우울하고 간절한 시선과 마주쳤다.

"그래, 내가 당신을 어루만지며 느끼는 게 좋소?" 여전히 그녀를 보고 웃으면서 그는 물었다.

"네! 당신도 그런가요?" 그녀가 말했다.

"허, 나도 그러냐고!" 그러더니 그는 말투를 바꿔 말했다. "그렇소! 묻지 않아도 알고 있잖소."

그건 사실이었다.

그녀는 의자에서 일어나, 모자를 집어 들었다.

"가야겠어요." 그녀는 말했다.

"그래, 가시겠소?" 그가 정중하게 대답하며 물었다.

그녀는 그가 자기를 만지며, 무엇인가 말해주기를 원했다. 하지만 그는 아무 말도 하지 않은 채, 그저 정중하게 기다리고만 있었다.

"차 잘 마셨어요." 그녀는 말했다.

"마님께서 내 찻주전자로 차를 따라 마시는 영광을 베풀어주신 데 대해 내가 오히려 먼저 감사를 드려야 했는데, 송구스럽소." 그가 말했다.

그녀는 길을 따라 걸어 내려갔다. 그는 입가에 얄궂은 미소를 희미하게 띠고 문간에 서 있었다. 플로시가 꼬리를 치켜든 채 달려왔다. 그가 거기 서서 그 알 수 없는 미소를 얼굴에 띤 채 자신의 뒷모습을 지켜보는 것을 의식하면서, 코니는 그저 묵묵히 터벅터벅 걸어 뜰을 지나 숲속으로 들어서는 수밖에 없었다.

그녀는 몹시 풀이 죽고 마음이 상한 채 집으로 돌아왔다. 자기한테 이용당했다는 그의 말이 영 거슬렸다. 어느 의미에서 그건 사실이었기 때문이다. 그러나 그렇다고 해서 그가 그렇게 말해서는 안 된다. 그래서 그녀는 다시금 두 개의 감정 사이에, 즉 그에 대한 분노심과 그와 화해하고 싶은 욕망 사이에 사로잡혔다.

그녀는 차 마시는 시간을 아주 불안하고 초조하게 보냈다. 그러고는 즉시 자기 방으로 올라갔다. 그러나 방에 올라와 있어도 아무 소용이 없었다. 앉아 있을 수도 서 있을 수도 없었다. 그 일을 해결하기 위해 뭔가 하지 않으면 안 될 것 같았다. 오두막에라도 다시 가봐야 할 것 같았다. 그가 거기 없다면, 할 수 없는 거겠지만.

그녀는 샛문으로 빠져나가, 곧장 오두막으로 방향을 잡고 좀 침울한 기분으로 걸어갔다. 빈터에 이르렀을 때, 그녀는 정말 지독하게 마음이 불안했다. 그러나 그가 거기 있었다. 다시 셔츠 바람이 되어 몸을 구부린 채, 암탉들을 닭장에서 꺼내 새끼 꿩들 사이에 놓아주고 있었다. 새끼 꿩들은 이제 꼴이 좀 어설퍼지고 있었지만 그래도 병아리들보다는 훨씬 말쑥해 보였다.

그녀는 똑바로 빈터를 가로질러 그에게로 갔다.

"보세요, 저 왔어요!" 그녀는 말했다.

"그래, 알고 있소!" 그는 그렇게 말하면서 등을 똑바로 펴고는, 재미있다는 표정을 살짝 지으며 그녀를 바라보았다.

"암탉을 이제 밖에다 내놓는 건가요?" 그녀가 물었다.

"그렇소. 이것들은 가만히 안자만 있어서 뼈하고 가죽만 남아쏘." 그가 말했다. "그런데도 나와서 먹이를 차자 머글 생각은 별로 하지 안는 거요. 새끼를 품고 인는 암탉에게는 자기 자신이란 게 업따오. 그저 알이나 새끼들에게만 열중할 뿌니라오."

불쌍한 어미 닭들! 그렇게 맹목적으로 헌신하다니. 그것도 자신의 알이 아닌 다른 새의 알에게 말이다! 코니는 동정심을 느끼며 암탉들을 바라보았다. 어쩔 수 없는 침묵이 그들 두 사람 사이에 흘렀다.

"오두마그로 드러가게쏘?" 그가 물었다.

"날 원하세요?" 그녀가 좀 믿기지 않는다는 듯이 물었다.

"그렇소. 당신이 들어가고 싶다면 말이오."

그녀는 잠자코 있었다.

"그럼, 들어갑시다!" 그가 말했다.

그래서 그녀는 그와 함께 오두막으로 갔다. 오두막 문을 닫자 안은 아주 어두웠다. 그래서 그는 이전처럼 등불을 켜 심지를 낮춰놓았다.

"속옷은 벗고 왔소?" 그가 그녀에게 물었다.

"네!"

"좋소. 그렇다면 나도 벗겠소."

그는 담요를 펴서, 한 장은 덮는 데 쓰려고 한쪽에 놓고 나머지 한 장은 깔았다. 그녀는 모자를 벗고, 머리를 흔들어 풀어 내렸다. 그는 앉아서 신발과 각반을 벗은 뒤, 코르덴 바지를 벗었다.

"자, 그럼 누워요." 속옷 윗도리만 남은 차림으로 서서 그는 말했다. 그녀는 말없이 그대로 따랐고, 그러자 그도 곁에 누운 다음, 담요를 끌어당겨 함께 덮었다.

"자!" 그가 말했다.

그러고 난 후 그녀의 옷을 곧바로 걷어 올리자 양 젖가슴이 다 드러났다. 그는 젖가슴에 부드럽게 입을 맞추고는, 젖꼭지를 입술로 살며시 애무하듯 빨았다.

"음, 그댄 아름다워, 정말 아름다워!" 갑자기 얼굴을 그녀의 따스한 배에다 바싹 대고 문지르듯 비벼대기 시작하면서 그는 말했다.

그러자 그녀는 그의 속옷 아래로 팔을 집어넣고 그를 껴안았다. 하지만 그녀는 두려웠다. 야위었지만 아주 힘차 보이는 그의 미끈하고 벌거벗은 몸이 두려웠고, 격렬하게 움직이는 그 근육이 두려웠다. 그녀는 두려움으로 몸을 움츠렸다.

그런데 그가 가벼운 한숨을 내쉬는 듯하면서 "음, 그댄 아름다워!" 하고 말했을 때, 그녀의 내부에 있는 어떤 것이 부르르 떨었고, 그러면서 그녀의 정신에 있는 어떤 것이 저항하며 뻣뻣하게 굳어버렸다. 그것은 육체적으로 극도로 가까운 그 관계를, 그리고 유달리 서둘러 소유하려는 그의 태도를 거부하는 뻣뻣함이었다. 게다가 이번에는 자신의 끓어오르는 정열에서 비롯된, 그녀를 사로잡는 강렬한 황홀감도 없었다. 그녀는 용쓰며 버둥대는 그의 몸뚱이에 맥없이 두 손을 얹고서 누워 있었는데, 그녀가 어떻게 하든지 그녀의 정신은 그저 머리 꼭대기에서 방관하며 내려다보는 듯했다. 그가 양 엉덩이를 밀쳐대는 꼴은 그녀에게 우스꽝스러워 보였고, 별 볼일 없는 배설의 절정에 도달하고자 안달하는 듯한 그의 성기도 가소롭게 여겨졌다. 그랬다. 이게 사랑이라는 것이다. 궁둥짝의 이 우스꽝스러운 풀썩거림과, 그 하찮고 보잘것없는 성기가 축축하니 조그맣게 시들어버리는 것이 말이다. 이것이 소위 그 신성한 사랑이라는 거였다! 이런 점에서 결국, 이 연기(演技) 행위 같은 짓에 경멸감을 느낀 현대인들은 옳았다. 그것은 하나의 연기 행위에 불과하기 때문이다. 어떤 시인들이 말한 것처럼, 인간을 창조한 신에게는 좀 고약한 익살기가 있었음에 틀림없다는 건 정말 사실이었다. 인간을 이성적인 존재로 창조해 놓고 나서는, 이렇게 우스꽝스러운 자세를 취하게 강요하고 또 이 굴욕스러운 연기 행위를 맹목적으로 갈망하도록 내몰고 있으니 말이다. 모파상[1] 같은 사람조차 이것을 굴욕스러운 옛 먹이기로 여겼다. 인간은 이 교접 행위를 경멸하지만, 그러면서도 여전히 그 짓을 해댄다.

---

1) 기 드 모파상(Guy de Maupassant, 1850~1893). 프랑스의 자연주의 소설가.

싸늘하니 조롱기를 머금은 채, 여성으로서 그녀의 마음은 묘하게 저만치 떨어져 있었다. 그리고 비록 전혀 꼼짝 않고 가만히 누워 있었을지라도, 그녀는 허리를 들어올려 그 남자를 밀쳐버림으로써, 불쾌한 그의 포옹과, 올라타고 누르며 밀쳐대는 그의 웃기는 엉덩짝에서 벗어나고 싶은 충동에 가득 차 있었다. 그의 육체는 어리석고 염치없으며 불완전했고, 어색하니 덜되고 서투른 모습으로 좀 혐오스럽기까지 했다. 완전히 진화된 존재라면 분명코 이런 연기 행위, 이런 '기능' 행위 따위는 내던져 버렸을 것이기 때문이다.

하지만 그가 곧 행위를 끝내고 정말로 아주 가만히 그녀의 몸 위에 엎드린 채, 침묵 속으로 그리고 그녀의 의식의 지평선이 미치는 곳보다 더 멀리 떨어진 이상스럽게도 꼼짝 않는 상태의 저 먼 곳으로 빠져나가자, 그녀의 가슴은 울기 시작했다. 그가 썰물처럼 빠져나가는 것을, 썰물처럼 빠져나가면서 해변 위의 돌멩이 하나처럼 그녀를 그 자리에 내버리고 가는 것을 그녀는 느낄 수 있었다. 그는 물러가고 있었다. 그의 정신은 그녀에게서 떠나고 있었다. 그도 그걸 알았다.

그러자 진정한 슬픔에 사로잡혀, 자신의 이중적인 의식과 반응으로 괴로워하면서, 그녀는 울기 시작했다. 그는 아무런 주의도 기울이지 않았다. 아니 심지어 알지도 못했다. 폭풍우와 같은 울음이 복받쳐 올라오더니, 그녀의 몸을 뒤흔들었고, 이어 그의 몸까지 뒤흔들었다.

"그래!" 그가 말했다. "이번엔 잘 안 되었소. 당신은 함께 절정에 오르지 않았어."

그러니까 그도 알고 있었던 것이다! 그녀의 흐느낌은 격렬
해졌다.

"하지만 그게 뭐 어때서 그러오?" 그가 말했다. "가끔씩 그
런 때도 있는 거요."

"전…… 전 당신을 사랑할 수가 없어요!" 갑자기 가슴이 찢
어지는 듯한 느낌이 들어, 그녀는 흐느끼며 말했다.

"그럴 쑤 업따고! 글쎄 뭐, 그걸로 속 태울 피료 업쏘! 당시
니 꼭 그래야만 한다는 법은 업스니까 말이오. 그냥 인는 그대
로 바다드리면 되는 거요."

그는 여전히 그녀의 가슴에 손을 얹은 채 엎드려 있었다.
그러나 그녀는 아까부터 두 손 모두 그의 몸에서 떼어놓았다.

그의 말은 별로 위로가 되지 못했다. 그녀는 큰 소리로 흐
느끼기 시작했다.

"자, 울지 마오!" 그가 말했다. "진할 때가 이쓰면 싱거운 때
도 인는 거요. 그런데 이번은 한번 좀 싱거운 때였던 세미요."

그녀는 아주 쓰라리게 흐느끼며 울었다.

"하지만 전 당신을 사랑하고 싶단 말예요. 그런데 그럴 수가
없는 거예요. 정말 끔찍스럽기만 해요."

그는 약간 소리 내어 웃었는데, 반은 씁쓸하고 반은 재미있
는 듯한 표정이었다.

"그건 끔찍한 이리 아니오." 그가 말했다. "당시니 그러케 생
각하더라도 말이오. 그리고 당시니 끔찍하게 만들 쑤도 엄는
일이오. 날 사랑하는 문제로 속 태울 피료 업쏘. 억지로 그러
케 하려고도 하지 마시오. 밤이 한 바구니 이쓰면 그중에는

썩은 바미 분명히 인는 법이요. 잘 풀릴 때가 이쓰면 빡빡한 때도 인는 거니까 그대로 바다드려야 하는 거요."

그는 그녀의 가슴에서 손을 치우고서는 가만히 누워 있었다. 그녀의 다른 데를 어루만지지도 않았다. 그런데 이제 그의 만지는 손길이 없어지자, 그녀는 거의 비뚤어진 만족감 같은 것을 느꼈다. 그녀는 그의 사투리가 싫었다. 그대니 당신이니 하며 말하는 사투리가 싫었다. 그는 마음이 내키는 대로 일어나서, 그녀의 바로 앞에 그대로 선 채로 그녀를 내려다보며, 그 웃기는 코르덴 바지의 단추를 채울 수 있는 사람이었다. 그런 점을 보면 결국, 마이클리스는 오히려 돌아설 예의라도 갖춘 남자였다. 이 남자는 스스로에 대해 정말 자신감이 넘치는 나머지, 다른 사람들이 얼치기 잡종 같은 그를 얼마나 같잖은 촌뜨기로 우습게 여기는지 모르고 있었다.

하지만 그가 몸을 떼고 말없이 일어나 곁에서 떠나려고 하자, 그녀는 공포감에 사로잡혀 그에게 매달렸다.

"안 돼요! 가지 말아요! 내 곁을 떠나지 말아요! 화내지 말아요! 안아줘요! 날 좀 꼭 안아주세요!" 그녀는 자기가 무슨 말을 하는지도 모른 채, 무서운 힘으로 매달려 그를 붙들면서, 발광하듯 맹목적으로 속삭이며 외쳤다. 그녀는 바로 자신으로부터, 즉 자신의 내면에 있는 분노와 저항감으로부터 구제받고 싶었다. 하지만 그녀를 사로잡은 그 내면의 저항감은 참으로 얼마나 강력한 것이었는지!

그는 다시 그녀를 품에 안고는 바짝 끌어당겼다. 그러자 갑자기 그녀는 그의 품 안에서 조그맣게, 둥지 속에 아늑히 안

기듯 조그맣게 되었다. 그것은, 그 저항감은 사라져 버렸다. 그러자 놀라운 평화 속으로 그녀의 몸은 녹아내리기 시작했다. 그러곤 그의 품 안에서 조그맣고 신기하게 녹아 흐르면서, 그녀는 그에게 무한히 사랑스럽고 매력 있는 존재가 되었다. 그녀에 대하여, 그녀의 부드러움에 대하여, 품 안에서 그의 핏속을 뚫고 스며 들어오는 그녀의 날카로운 아름다움에 대하여, 그의 모든 혈관은 강렬하면서도 부드러운 욕망으로 뜨겁게 끓어올랐다. 그리하여 부드럽게, 순수하고 부드러운 욕망에 젖은 그 놀랍고 정신 아득해지는 애무의 손길로 부드럽게, 그는 그녀의 비단결 같은 허리를 따라 비스듬히 쓰다듬어 내려갔고, 그녀의 부드럽고 따뜻한 엉덩이 사이로, 점점 그녀의 그 속살 깊숙한 곳 가까이로 쓰다듬어 내려갔다. 그녀는 그가 욕망의 불꽃처럼, 하지만 부드럽게 타오르는 것을 느꼈으며, 그 불꽃 속에 자신이 녹아 흐르는 것을 느꼈다. 그녀는 자신을 온전히 다 풀어 내맡겼다. 그녀는 그의 성기가 자신의 몸에 닿은 채, 소리 없이 놀라운 힘으로 자기를 주장하며 일어서는 것을 느꼈다. 그녀는 자신을 그대로 다 풀어 그에게 내맡겼다. 그녀는 죽음과도 같은 떨림 속에서 굴복하듯 자신을 맡겼고, 완전히 온몸을 활짝 열어젖힌 채 그에게 다가갔다. 아, 그 순간 그가 그녀를 부드럽게 대하지 않는다면, 그 얼마나 잔인한 일일 것인가! 왜냐하면 그녀는 그에게 완전히 온몸을 활짝 열어젖힌 채 아무런 힘도 없는 존재가 되어 있으니 말이다!

몸 안으로 사정없이 힘차게 들어오는, 그 참으로 이상하고도 무서운 것에 그녀는 다시금 몸을 부르르 떨었다. 그것은 부드럽게 열린 그녀의 몸속으로 칼을 찌르듯이 그렇게 들어올지도 몰랐다. 그러면 그녀는 죽고 말 것이다. 돌연 고통스러운 공포에 휩싸여 그녀는 매달렸다. 그러나 그것은 이상하게도 천천히 평화롭게 찌르며 들어왔다. 평화로운 어둠의 찌름이었고, 태초에 세상을 만들었던 것과 같은, 그런 묵직하고 원초적인 부드러움의 찌름이었다. 가슴속의 공포가 가라앉았고, 그녀의 가슴은 과감히 평화로움 속에 녹아들었으며, 그녀는 아무것도 붙들려고 하지 않았다. 그녀는 모든 것을, 자신의 온 존재를 과감히 다 놓아 보내고는, 넘쳐흐르는 물결 속에 녹아 없어졌다.

그녀는 마치 바다가 되어, 오직 검푸른 파도만이 솟아오르고 출렁이는 듯했다. 파도가 거대하게 부풀어 오르고 출렁거려서, 그 검푸르게 펼쳐진 바다 전체가 천천히 움직이면서 일렁였으며, 그녀는 대양(大洋)이 되어 검고 말없는 한 넝어리의 물결로 넘실거리는 것 같았다. 아, 그러자 그녀의 몸속 저 아래 깊은 곳에서 심해가 갈라지더니, 길고 멀리 퍼져나가는 큰 파도들로 넘실대며 벌어졌다. 그녀의 저 깊은 속살 한가운데서, 그 부드럽게 찌르며 들어오는 물건이 점점 더 깊숙이 파고들면서 점점 더 깊은 속을 만져옴에 따라, 그 찌르는 중심으로부터 심연이 한없이 갈라지고 넘실대며 벌어졌다. 그러자 그녀는 점점 더 깊고 깊숙하게 벌거벗겨졌고, 그녀의 큰 파도들은 점점 더 무겁게 넘실거리며 어딘지 모를 해안을 향해 멀리 흘러가 버림으로써, 그녀의 속을 더욱 훤히 드러내 보였다. 감촉이 분명한 그 미지의 존재는 점점 더 가까이 찌르며 안으로 돌입해 왔고, 그녀 자신의 파도는 그녀를 버려둔 채 점점 더 멀리 넘실대며 그녀에게서 떨어졌다. 그러더니 마침내 갑자기, 부드러우면서도 몸서리치는 듯한 경련을 일으키면서, 그녀의 모든 원형질의 한가운데 핵심을 건드렸다. 자신의 온 존재가 건드려지는 것을 그녀는 알았고, 다음 순간 완전한 절정의 극치에 올라서면서, 그녀는 녹아 없어졌다. 그녀는 녹아 없어졌고, 그녀의 존재는 사라져 버렸다. 그리고 그녀는 새로 태어났다. 진정한 여인으로.

아, 너무나 사랑스러웠다. 정말 너무나 사랑스러웠다! 정신이 되살아나면서 그녀는 그 모든 사랑스러움을 깨달았다. 이제 그녀의 온몸은 부드러운 사랑에 가득 차, 아직 낯선 그 남자에게, 그리고 시들고 있는 그의 성기에 맹목적으로 매달렸다. 그것은 격렬하게 온 힘을 다해 찌르고 난 뒤, 아주 부드럽고 연약해져서 자신도 모르게 스르르 물러나고 있었다. 그것이, 그 비밀스럽고 예민한 것이, 그녀의 몸에서 빠져나가자, 그녀는 완전한 상실감에서 나오는 외침을 무의식적으로 내질렀고, 그것을 다시 붙잡아 되돌리려고 애썼다. 정말 완전했었다! 그리고 그녀는 정말 좋았다!

이제 비로소 그녀는 그 조그마하니 꽃봉오리 같은 성기의 침묵과 부드러움을 의식하게 되었다. 경탄과 날카로운 깨달음의 외침이 그녀에게서 자그맣게 터져 나왔고, 그녀의 여자로서의 가슴은 이제껏 강한 힘의 존재였던 것이 그렇게 부드럽고 연약해진 것을 보고 탄성을 질렀다.

"정말 좋았어요!" 그녀는 신음하듯 말했다. "정말 참 좋았어요!" 그러나 그는 아무 말도 하지 않고, 그녀의 몸 위에 그대로 가만히 엎드린 채, 그저 부드럽게 입을 맞춰주기만 했다. 그녀는 거룩한 제물로 바쳐진 존재처럼, 그리고 새로 태어난 존재처럼, 일종의 지극한 환희로 가득 차서 신음을 냈다.

이제 그녀의 가슴속에서는 그에 대해 묘하게 경탄하는 마음이 눈떴다. 한 사람의 사내! 그녀에게 발휘된 남자다움의 그 이상한 힘! 그녀의 두 손은, 여전히 두려워하면서 그의 몸 위를 더듬었다. 그 두려움은 이제껏 그녀에게 보였던 그의 존재, 즉 한 사람의 사내로서 그 이상하고 적의를 띤 듯하며 약간 거부감을 일으키는 존재에 대한 것이었다. 그런데 마침내 그녀는 그를 만졌고, 그것은 하나님의 아들들이 사람의 딸들과 함께한 것²)과 같았다. 그는 참으로 얼마나 아름답게 느껴지며, 참으로 얼마나 순수한 신체 조직을 지닌 존재로 보이는지! 그 얼마나 사랑스럽고 사랑스러우며, 강하면서도 순수하고 심세한지. 또 그 예민한 육체는 어떻게 그토록 고요할 수 있단 말인가! 힘차고 섬세한 육체의 그 완전한 고요함이란! 얼마나 아름다운가. 참으로 얼마나 아름다운가! 그녀의 두 손은 그의 등을 따라 떨리는 듯 어루만지며, 부드럽고 자그맣게 구형을 이룬 엉덩이까지 내려갔다. 아름다웠다! 참으로 아름다웠다! 새로운 인식의 작은 불꽃이 갑자기 솟구치며 그녀를 관통했다. 여기에, 그녀가 이전엔 혐오감만을 느끼던 바로 이곳에 이런 아름다움이 있다니, 어떻게 그럴 수 있단 말인가? 따뜻하

---

2) 「창세기」 6장 2~4절.

고 살아 있는 엉덩이의 감촉에 이렇게 말로 다 할 수 없는 아름다움이 있다니! 생명 속에 있는 생명, 더할 나위 없이 따뜻하고 힘찬 사랑스러움. 그리고 그의 다리 사이의 이상하니 묵직한 두 불알! 얼마나 신비로운가! 손바닥에 부드러우면서도 묵직하니 놓여 있을 수 있는 이것은 그 얼마나 이상하고도 묵직한 신비의 무게인가! 그것은 사랑스러운 그 모든 것의 뿌리이자, 모든 완전한 아름다움의 원초적 근원이었다.

경외와 공포에 가까운 놀라움으로 탄성을 지르며 그녀는 그에게 바짝 달라붙었다. 그는 그녀를 꼭 껴안아 주었다. 하지만 그는 아무 말도 하지 않았다. 그는 그 어떤 말도 하려고 하지 않았다. 그녀는 좀 더 가까이, 오직 그의 경이로운 감각적 존재에 가까이 있고만 싶은 마음에, 더욱 가까이 그에게로 기어들었다. 그러자 그 헤아릴 길 없는 완전한 고요로부터, 그의 남근이 다시금 서서히, 무겁게, 밀어닥치듯, 새로운 힘으로 일어나 솟아오르는 것을 다시 느꼈다. 그리고 그녀의 가슴은 일종의 경외감으로 녹아 흘렀다.

이번에 그녀 안에 있는 그의 존재는 그야말로 온통 부드럽고 찬란한 무지갯빛이었다. 인간의 의식으로는 도저히 붙잡아 형용할 수 없을, 정말 순수하게 부드럽고 찬란한 무지갯빛이었다. 원형질처럼 아무 의식 없이 살아 있는 그녀의 온 자아가 진동했다. 뭐가 뭔지 그녀는 알 수 없었다. 뭐가 어땠는지 기억할 수도 없었다. 그저 그 어떤 것보다도 더 사랑스러웠다는 것만, 오직 그 사실만 의식될 뿐이었다. 그러고 나서 그녀는 완전히 고요하게, 완전히 무아지경이 되어, 얼마 동안인지도 모른 채 누워 있었다. 그리고 그도 나란히, 깊이를 알 수 없는 침묵 속에 그녀와 함께 고요히 잠겨 있었다. 그리고 이에 대해, 그들은 결코 말로 표현하고 싶은 생각이 없었다.

외부 세계에 대한 의식이 돌아오기 시작했을 때, 그녀는 그의 가슴에 바짝 달라붙으면서 "오, 내 사랑! 내 사랑!" 하고 중얼거리듯 속삭였다. 그러자 그는 그녀를 말없이 껴안았다. 그리고 그녀는 그의 가슴팍에 몸을 웅크리며 안겨 들었다. 완전한 행복감에 젖어서.

그러나 그의 침묵은 한없이 깊었다. 그의 두 손은 그녀를 꽃처럼 감싸 안았다. 정말 고요하고 이상했다. "당신 어디 있어요?" 그녀는 그에게 속삭였다. "어디 있어요? 말 좀 해줘요! 뭐라고 말 좀 해줘요!"

그는 그녀에게 부드러이 입을 맞추면서 나직하게 속삭였다. "그래, 내 아가씨야!"

그러나 그녀는 그가 무슨 말을 하고 있는지 몰랐고, 그가 어디에 있는지도 몰랐다. 침묵 속에 잠긴 그는 그녀에게 잃어버린 사람처럼 여겨졌다.

"날 사랑하지요, 그렇지요?" 그녀는 속삭이며 물었다.

"물으나지, 당신도 알잔쏘!" 그가 대답했다.

"하지만 정말 그렇게 말해줘요!" 그녀는 애원하듯 말했다.

"이런! 이런! 느낌으로 충부니 다 알지 모텼단 말이오?" 그는 희미하게, 하지만 부드럽고 확실하게 말했다. 그러자 그녀는 그에게 가까이, 더욱 가까이 달라붙었다. 그는 사랑할 때 그녀보다 훨씬 더 평온했다. 그래서 그녀는 그가 확실히 자신을 안심시켜 주기를 원했다.

"당신은 날 사랑해요!" 그녀는 단정하듯 속삭였다. 그러자 그는 마치 한 송이 꽃인 양, 두 손으로 부드럽게 그녀를 쓰다듬었다. 욕망의 떨림은 없었지만 섬세한 다정함이 어린 손길이었다. 그렇지만 여전히 그녀는 사랑을 확실히 움켜쥐고 싶은 초조한 절실함을 떨치지 못했다.

"언제나 날 사랑하겠다고 말해줘요!" 그녀는 애원하며 말했다.

"그래!" 그는 좀 멍한 태도로 말했다. 그녀는 자신의 질문이 그를 멀리 쫓아버리고 있다는 것을 느꼈다.

"이제 일어나야 하지 안케쏘?" 마침내 그가 말했다.

"싫어요!" 그녀가 말했다.

그러나 그의 의식이 바깥의 소리에 귀를 기울이면서 다른 데로 쏠리는 것을 그녀는 느꼈다.

"어두워질 때가 거의 다 되었소." 그가 말했다. 상황에 대한 압박감이 그의 목소리에 담겨 있는 것을 그녀는 알 수 있었다. 자신의 시간을 포기해야 하는 여자의 슬픈 심정으로, 그녀는 그에게 입을 맞췄다.

그는 자리에서 일어나, 등불의 심지를 좀 높이고는, 옷을 입기 시작했다. 그의 몸은 금세 옷 속으로 사라졌다. 그런 다음 그는 거기 위에 선 채로, 검은 눈을 크게 뜨고 그녀를 내려다보면서 바지 단추를 채웠다. 얼굴이 약간 상기되어 있었고 머리칼은 헝클어져 있었는데, 희미하게 비치는 등불의 빛 속에서 묘하게도 따스하고 고요하며 아름다운 모습이었다. 정말 너무도 아름다운 모습이어서, 그녀는 오히려 얼마나 아름다운지 그에게 결코 말하지 싶지 않을 정도였다. 그 아름다움으로 인해 그녀는 그에게 꼭 달라붙어 껴안고 싶었다. 그의 아름다운 모습에 깃든 따뜻하면서 반쯤 졸린 듯한 어떤 거리감 때문에 소리쳐 부르며 와락 움켜잡아 소유해 버리고 싶은 마음이 들었기 때문이다. 하지만 그녀는 결코 그를 소유하지 못하리라. 그렇게 그녀는 둥그렇게 휘어진 부드러운 둔부를 그대로 드러낸 채 담요 위에 가만히 누워 있었고, 그는 그녀가 무슨 생각을 하는지 전혀 알지 못했다. 하지만 그에게도 그녀는, 그가 안으로 들어갈 수 있는 그 부드럽고 놀라운 존재로서, 세상의 그 어떤 존재보다도 더 아름답게 보였다.

"그대를 사랑하니까 내가 그대한테 들어갈 수 있는 거요." 그가 말했다.

"당신은 내가 좋아요?" 그녀는 두근거리는 가슴을 안고 물었다.

"이 사랑의 행위는 그 모든 것을 다 아물게 해준다오. 그래서 내가 그대한테 들어갈 수 있는 거요. 내가 그대를 사랑하니까 당신은 나한테 몸을 열어준 거요. 또 내가 그대를 사랑하니까 나는 그대한테 그렇게 들어간 것이고."

그는 몸을 구부리더니 그녀의 보드라운 옆구리에 입을 맞춘 다음, 거기에 볼을 비벼댔다. 그러고는 담요로 그곳을 덮어주었다.

"그럼 당신은 결코 날 버리지 않을 거지요?" 그녀는 물었다.

"그런 것들 따윌랑 묻지 마오." 그가 대답했다.

"하지만 제가 당신을 사랑한다는 것만은 믿지요?" 그녀가 말했다.

"당신은 방금, 당신이 생가칼 수 이썼던 것보다 정말 더 기피 나를 사랑해쏘. 하지만 당신이 나중에 이 일에 대해 좀 더 기피 생가카게 되면, 그땐 어떠케 될지 모르는 거요!"

"아녜요. 그런 말 마세요! 그리고 말예요, 내가 당신을 이용하려 했다고 정말로 생각하는 건 아니지요?"

"어떻게 이용하려 했다는 말이오?"

"아기를 낳기 위해서 말이에요……."

"요즘 세상엔 아무나 아무 아기든지 가질 쑤 인는 거요." 그는 앉아서 각반을 두르고 잡아 묶으면서 말했다.

"아녜요!" 그녀는 외쳤다. "정말로 하는 말이 아니죠?"

"글쎄 뭐!" 그는 지그시 그녀를 바라보면서 말했다. "하여튼 이번이 제일 좋아쏘."

그녀는 조용히 누워 있었다. 그는 가만히 문을 열었다. 하늘은 암청색이었는데, 가장자리는 투명한 청록색이었다. 그는 밖으로 나가서 암탉들을 닭장 속에 가두어놓고는 부드러운 목소리로 개에게 말을 걸었다. 그동안 그녀는 그대로 누운 채, 생명의, 그리고 존재의 경이로움에 대해 놀라워했다.

그가 돌아왔을 때도 그녀는 여전히 그 자리에, 집시처럼 빨갛게 달아오른 얼굴을 한 채 누워 있었다. 그는 그녀 곁의 의자에 앉았다.

"당시니 떠나기 저네, 언제 꼭 한 번 밤에 내 지베서 만납씨다. 그러케 하게쏘?" 그렇게 물으면서, 눈썹을 추켜세운 채 그녀를 바라보는 그의 두 손은 무릎 사이에 대롱대롱 늘어뜨려져 있었다.

"그러케 하게쏘?" 그녀는 놀리듯이 흉내 내어 말했다.

그는 빙그레 미소를 지었다.

"그렇쏘, 그러케 하게쏘?" 그가 반복해 물었다.

"그렇쏘!" 그녀는 사투리 발음을 흉내 내면서 대답했다.

"좋쏘!" 그가 말했다.

"나도 좋쏘!" 그녀는 그대로 따라 말했다.

"그리고 나랑 가치 자는 거요." 그가 말을 이었다. "그러케 할 피료가 이쏘. 언제 오게쏘?"

"언제 오면 조케쏘?" 그녀가 물었다.

"그러지 마요." 그가 말했다. "당신은 제대로 흉내 낼 쑤 업쏘. 자, 언제 오게쏘?"

"일요일쯔메 어때요?" 그녀는 말했다.

"일요일날쯔메라! 좋쏘!"

"좋쏘!" 그녀도 말했다.

그는 그녀를 보고 살짝 한번 웃었다.

"글쎄, 당신은 아무래도 제대로 흉내 낼 쑤가 업쏘." 그가 반대하듯 말했다.

"왜 내가 할 쑤 업써요?" 그녀는 말했다.

그는 웃음을 터뜨렸다. 사투리를 흉내 내려는 그녀의 시도는 어쩐지 아주 우스꽝스러워 보였다.

"자, 그럼, 당신 이제 그만 가야 할 때가 돼쏘!" 그가 말했다.

"벌써 돼쏘?" 그녀가 물었다.

"벌써 되어쏘!" 그가 고쳐 말해주었다.

"당신이 돼쏘라고 말했는데 왜 난 되어쏘라고 말해야 하는 거예요?" 그녀가 항의하며 말했다. "당신은 공정하지가 못해요."

"공정치 모타다고, 내가!" 그는 말하면서, 앞으로 몸을 기울여 그녀의 얼굴을 부드럽게 쓰다듬었다. "하지만 어쨌든 당신은 참 좋은 썹이야. 그래, 맞아. 이 세상에 남아 인는 젤 조은 썹이라구. 당시니 좋아할 땐 말야! 당시니 원할 땐 말야!"

"썹이 뭐예요?" 그녀가 물었다.

"아니, 그걸 모른단 마리오! 썹 말이오! 그대의 거기 아래에 인는 것 있잖쏘. 그리고 내가 그대 안에 이쓸 때 내가 누리는 거시기도 하고, 또 내가 그대 안에 있을 때 당신이 누리는 거시기도 하다오. 다 거기에서 일어나는 거라오, 거기서 다 마리오!"

"거기서 다 마리오." 그녀가 놀리듯 흉내 내며 말했다. "썹이라! 그럼 성교와 같은 거로군요."

"아니, 아냐! 성교는 그저 행위를 말하는 것뿐이오. 동물들도 그 짓을 한다오. 하지만 썹은 그보다 훨씬 수준 높은 것이오. 그건 바로 그대 자신을 말하는 거라오. 당신은 동물이지만 다른 거슬 훨씬 많이 지닌 존재이지 안쏘, 그러치 안쏘? 성교 행위만 하는 게 아니잖쏘! 썹이란 것! 그건 바로 그대의 아름다움을 말하는 거시라오, 아가씨!"

그녀는 일어나서 그의 두 눈 사이에다 입을 맞추었는데, 그의 눈은 아주 검고 부드러우며 말할 수 없이 따뜻한 시선으로, 그리고 정말 견딜 수 없을 정도로 아름답게 그녀를 바라보고 있었다.

"그래요!" 그녀가 말했다. "그리고 당신은 내가 좋은 거죠?"

그는 아무 대답 없이 그녀에게 입을 맞췄다.

"당신은 이제 가야 하오. 옷을 털어주게쏘." 그가 말했다.

그의 손이 그녀의 몸 곡선 위를 스치며 움직였다. 단호하고 아무 욕망 없이 움직였지만, 이미 모두 다 만져 알고 있어 부드러운 다정함이 깃든 손길이었다.

어스름 빛을 받으며 집으로 달려갈 때 그녀에게 세상은 하나의 꿈처럼 여겨졌다. 임원의 나무들은 밀물에 닻을 내린 채 부풀어 오르며 파동 치는 듯이 보였고, 집으로 이어지는 언덕 길은 살아 움직이는 듯했다.

13장

일요일에 클리퍼드는 숲으로 나가보고 싶은 마음이 들었다. 아름다운 아침이었다. 배꽃과 자두꽃이 갑자기 세상에 터져 나오듯 피어 하얀색 경이로움을 여기저기 펼치고 있었다.

온통 꽃이 만발한 세상에 다른 사람의 도움을 받아 휠체어에서 바퀴 달린 환자용 모터 의자로 옮겨져야 한다는 점은 클리퍼드에게 잔인한 일이었다. 그러나 그는 그런 것을 다 잊어버린 상태였고, 오히려 불구가 된 자신에 대해 어떤 자부심을 지닌 것처럼 보이기까지 했다. 그래도, 마비된 그의 두 다리를 들어올려 자리에 옮겨주어야 할 때면, 코니는 여전히 마음이 괴로웠다. 하지만 이제는 볼턴 부인이나 운전사 필드가 그 일을 해주었다.

코니는 너도밤나무가 늘어선 숲 가장자리의 찻길 끝에서

클리퍼드를 기다렸다. 그의 모터 의자는 마치 자기를 중요하게 여기는 병자가 느릿느릿 거드름 피우며 움직이듯, 그렇게 엔진을 폭폭거리며 다가왔다. 아내 있는 데까지 오자 그는 말했다.

"거품을 내뿜는 준마를 타고 클리퍼드 경이 나가시느니라!"

"적어도 콧김을 씨근거리긴 하는군요!" 그녀가 웃으며 말했다.

그는 모터 의자를 멈추고 고개를 돌려, 길고 낮게 이어진 오래된 갈색 저택의 정면을 바라보았다.

"라그비는 눈꺼풀 하나 까딱하지 않는구먼!" 그는 말했다. "하기야 그럴 까닭이 없지! 난 지금 인간 정신의 업적물을 타고 있는 데다가, 이것은 말[馬]을 능가하니까 말이야."

"내 생각에도 그런 것 같아요. 그래서 플라톤의 책[3]에서 말 두 필이 끄는 마차를 타고 하늘로 올라갔던 영혼들은 이제 포드 회사의 자동차를 타고 올라가게 될 거예요." 그녀가 말했다.

"아니면 롤스로이스를 타고 가겠지. 플라톤은 귀족이었으니까 말야!"

"맞아요! 이제 더 이상 검정말을 채찍질하고 혹사시킬 필요가 없어요. 검정말이나 백마보다 우리가 한 단계 더 앞으로 나아가서, 아예 준마 따위가 전혀 없이 오직 엔진만으로 달리게 되리라는 것을 플라톤은 결코 생각하지 못했지요!"

"그래, 오직 엔진하고 가솔린만으로 말이야!" 클리퍼드가

---

3) 『파이드루스(Phaedrus)』 9권을 가리킨다.

말했다. "내년엔 저 낡은 집을 좀 수리할 수 있을 것 같아. 그러려면 한 천 파운드쯤 아껴두어야 할 거라는 생각이 드는군. 공사는 정말 돈이 많이 든단 말이야!"

"아, 좋은 생각이에요!" 코니가 말했다. "파업만 더 이상 없으면 좋겠는데!"

"무슨 소득이 있다고 다시 파업을 하겠어! 그저 산업만 망칠 뿐, 남는 게 아무것도 없는데 말이야. 분명히 광부들도 그 사실을 깨닫기 시작하고 있다고!"

"그들은 혹시, 산업을 망치는 걸 아무렇지도 않게 생각하는지도 모르죠." 코니가 말했다.

"허, 그런 계집애 같은 이야길랑 그만둬! 그들의 배를 채워 주는 것은 바로 산업이라고. 비록 그들의 호주머니를 아주 두둑하게 채워주지는 못하지만 말이야." 묘하게 볼턴 부인의 콧소리 같은 말투를 쓰면서 그가 말했다.

"하지만 당신은 저번에 자신이 보수주의적인 무정부주의자라고 말하지 않았어요?" 그녀는 별생각 없이 순진하게 물었다.

"그런데 당신이 그때 내 말의 의미를 이해했는지 의심스럽군." 그가 대꾸하며 말했다. "내가 말한 것은 말이야, 바로 삶의 형식 그리고 삶을 움직이는 장치나 기구를 그대로 유지하는 한에서만, 사람들이 순전히 사적인 차원에서 자기들이 되고 싶은 대로 되고, 자기들이 느끼고 싶은 대로 느끼고, 자기들이 하고 싶은 대로 행동할 수 있다는 뜻이라고."

코니는 말없이 몇 걸음 계속 걸어갔다. 그러다가 좀 완고한 어조로 말했다.

"그건 마치, 알이 껍데기만 온전히 유지하고 있는 한, 속이야 마음껏 썩어도 된다는 말처럼 들리는군요. 하지만 속이 썩은 알은 결국 저절로 깨지고 말지요."

"사람들은 알이 아닌걸." 그가 말했다. "그게 천사들이 낳은 알이라고 해도 말야. 이 복음 전도사 같은 귀여운 마누라님아."

그는 화창한 오늘 아침, 좀 기분이 좋은 상태였다. 종달새들이 높은 소리로 지저귀며 임원 위를 날아갔고, 저 멀리 분지의 탄갱에서는 조용히 연기가 피어올랐다. 마치 전쟁 전의 옛 시절로 돌아간 것 같은 느낌이었다. 코니는 논쟁을 벌이고 싶은 생각은 별로 없었다. 그러나 다음 순간, 클리퍼드와 함께 숲에 가고 싶은 생각도 별로 없어졌다. 그래서 그녀는 좀 완고한 마음이 되어 그의 모터 의자 곁을 걸어갔다.

"그래." 그가 말했다. "일만 제대로 처리하면, 파업은 더 이상 없을 거야."

"왜요?"

"왜냐하면 파업이 거의 불가능해지고 말 테니까 말야."

"하지만 그렇게 되도록 광부들이 가만히 있을까요?" 그녀가 물었다.

"가만히 있어달라고 부탁하지도 않을 거야. 그들이 모르고 있는 동안 우리가 그렇게 할 거니까. 그건 바로 그들을 위해서 산업을 구하는 일이야."

"또 당신 자신을 위한 일이기도 하겠고요." 그녀가 말했다.

"당연히 그렇지! 모든 사람을 위한 일이니까 말야. 하지만 나보다 그들을 위한 부분이 훨씬 커. 난 탄광 없이도 살아

갈 수 있어. 하지만 그들은 그럴 수 없지. 탄광이 없으면 그들은 굶어 죽고 말 거라고. 나에겐 다른 생활 수단이 있지만 말이야."

두 사람은 저만치 야트막한 골짜기의 탄광과, 그 너머로 무슨 뱀이라도 기어 올라가듯 언덕을 따라 죽 이어진 테버셜 마을의 검은 지붕을 한 집들을 바라보았다. 갈색의 오래된 교회에서부터 종소리가 울려 퍼졌다. 일요일, 일요일, 일요일! 하고 외치는 듯했다.

"하지만 당신 뜻대로 조건을 정하도록 광부들이 가만히 있을까요?" 그녀가 물었다.

"여보, 그들은 그럴 수밖에 없을 거야. 물론 점잖게 일을 처리해야겠지."

"하지만 서로 이해하면서 처리할 수도 있지 않겠어요?"

"그야 물론이지. 산업이 개인보다 우선되어야 한다는 사실을 그들이 깨닫기만 하면 말이야."

"하지만 그 산업이란 걸 당신이 꼭 소유해야 하는 건가요?" 그녀가 말했다.

"내가 소유하는 게 아냐. 하기야 어느 정도는 내가 소유하고 있긴 하지. 그래, 결정적으로는 내가 소유하는 셈이야. 재산의 소유권은 이제 종교적인 문제가 되었어. 예수와 성 프란체스코[4] 이래 죽 그래왔지. 문제의 핵심은 '네가 가진 걸 모두

---

4) 아시시의 프란체스코(Frncesco d'Assisi, 1182~1226). 이탈리아의 수도사로서 프란체스코 수도회를 창시했다.

가져다가 가난한 자들에게 주어라.'⁵)가 아니라, '네가 가진 걸 모두 사용해서 산업을 장려하고 가난한 사람들에게 일거리를 마련해 주어라.'라는 것이야. 그것만이 모든 사람들의 입에 먹을 것을 대주고 모든 사람들의 몸에 입을 거리를 마련해 주는 유일한 방법이지. 우리가 가진 걸 모두 가난한 사람들에게 줘 버리는 것은 결국, 가난한 사람들이나 우리나 똑같이 굶주리는 결과만을 초래할 뿐이야. 온 세상이 다 함께 굶주리는 것은 결코 바람직한 목표일 수 없지. 또 다 같이 가난한 것 역시 전혀 좋은 일이 될 수 없어. 가난이라는 것은 혐오스러운 거니까 말이야."

"하지만 불평등은요?"

"그건 운명이야. 왜 목성이 해왕성보다 더 큰 거지? 세상만사가 이루어진 방식을 바꿀 수는 없다고!"

"하지만 이 모든 선망과 시기와 불만족이 일단 생겨나기 시작할 때는……." 그녀는 말을 시작했다.

"막으려고 최선을 다해야겠지. 그리고 누군가 우두머리가 되어야만 하는 거고."

"하지만 그 우두머린 누가 되는 거죠?" 그녀가 물었다.

"그야, 산업을 소유하고 운영하는 사람들이지!"

긴 침묵이 흘렀다.

"내가 보기에 그들은 나쁜 우두머리인 것 같아요." 그녀가 말했다.

---

5) 「누가복음」 18장 22절의 변형.

"그럼 그들이 어떻게 해야 할지 한번 제안해 봐."

"그들은 우두머리로서 자신의 위치를 충분히 진지하게 여기지 않아요." 그녀는 말했다.

"당신이 남작 부인이라는 자신의 지위에 대해 생각하는 것보다는 훨씬 더 진지하게 여길걸." 그가 말했다.

"그건 나한테 억지로 떠맡겨진 거예요. 난 사실 별로 원하지 않아요." 그녀는 불쑥 내뱉듯이 말했다.

그는 모터 의자를 멈추고 그녀를 쳐다보았다.

"자, 이제 자신의 책임을 회피하고 있는 사람이 누구지!" 그가 말했다. "당신이 말한바, 지금 그 우두머리라는 위치의 책임으로부터 달아나려고 애쓰고 있는 사람은 바로 당신 말고 누구지?"

"하지만 난 우두머리의 위치 같은 건 조금도 원하지 않아요." 그녀가 항변했다.

"아, 그래! 하지만 그건 비겁하게 꽁무니를 빼는 짓이야. 당신에겐 그 위치가 주어졌어. 그렇게 운명이 정해진 거지. 그래서 당신은 그에 걸맞게 살아가야 하는 거야. 가질 만한 가치가 있는 그 모든 것들을 광부들에게 갖게 해준 게 과연 누구지? 그들의 그 모든 정치적 자유며, 변변치는 않지만 그만큼이나마 받을 수 있는 교육이며, 위생 시설, 보건 환경, 책, 음악 등 그 모든 것들을 말이야? 그것들을 그들에게 준 게 과연 누구냐고? 광부 자신들이 서로에게 그걸 준 것인가? 천만에! 바로 라그비나 시플리 같은 영국의 그 모든 저택 주인들이 자기 몫을 나누어준 것이고, 또 앞으로도 계속 나누어주어야 하지.

당신의 책임은 바로 거기에 있는 거야."

코니는 귀 기울여 들으면서 얼굴이 빨갛게 상기되었다.

"나도 정말 뭔가를 나눠주고 싶어요." 그녀는 말했다. "하지만 나에겐 허용되지 않은 일이에요. 요즘은 모든 것이 값을 받고 팔 수 있도록 되어 있거든요. 당신이 방금 말한 그 모든 것들 역시, 라그비나 시플리가 사람들에게 상당한 이익을 남기고 파는 것일 뿐이지요. 당신은 심장의 박동 한 번만큼도 진정으로 공감해 주지 않아요. 게다가, 사람들에게서 그들의 자연스러운 삶과 인간다움을 빼앗아 버린 게, 그러곤 이 끔찍한 산업의 현실을 대신 안겨준 게 과연 누구죠? 그런 짓을 한 게 과연 누구냐고요?"

"그러면 내가 어떻게 해야 한다는 거지?" 그가 창백해진 얼굴로 말했다. "어서 와서 다 약탈해 갑쇼, 하고 그들에게 부탁이라도 할까?"

"테버셜이 왜 이렇게 추하고 끔찍한 거죠? 왜 광부들의 삶이 그토록 절망적이냐고요?"

"그들 자신이 그렇게 테버셜을 지은 거야. 그리고 그건 바로 그들이 누리며 표현한 자유의 일부인 셈이야. 그들은 자신들의 그 꼴좋은 테버셜을 스스로 지었고, 자신들의 그 꼴좋은 인생을 살고 있는 거라고. 내가 그들을 위해 그들의 인생을 대신 살아줄 수는 없잖아. 어떤 빈대가 되었든 다 자신의 인생을 살아가야 하는 법이니까 말이야."

"하지만 당신은 그들이 당신을 위해 일하도록 시키고 있잖아요. 그들의 삶이 곧 당신의 탄광을 살아 있게 하는 것이잖아요."

"천만에. 어떤 빈대든 다 자기 먹을 건 자기가 찾기 마련이야. 나를 위해 일하도록 강요당한 사람은 한 명도 없어."

"그들의 삶은 산업화되어 절망적으로 변해버렸고, 우리의 삶도 마찬가지예요." 그녀는 외치듯 말했다.

"난 그렇게 생각하지 않아. 그건 그저 낭만적인 수사(修辭)의 과장된 표현일 뿐이야. 얼빠지고 기운 없이 초췌한 낭만주의의 유물일 뿐이지. 여보 코니, 거기 서 있는 당신의 모습은 조금도 절망적으로 보이지 않아."

그건 사실이었다. 왜냐하면 짙푸른 두 눈에는 섬광이 번뜩이고, 볼은 빨갛게 달아오른 것이, 반항적인 정열에 가득 찬 모습이라면 모를까 우울한 절망과는 거리가 멀었기 때문이다. 그녀는 풀이 무성한 자리에, 솜털 보송보송한 어린 카우슬립[6]이 아직 솜털 속에 싸인 채 여기저기 서 있는 것을 알아보았다. 그리고 그녀는 한편으로 치미는 분노를 느끼면서도 궁금했다. 클리퍼드가 분명히 틀렸다고 느끼면서도, 그에게 그렇다고 말할 수 없고, 또 정확히 어느 부분에서 그가 틀렸는지도 말할 수 없는 것은 대체 무엇 때문인가.

"그 사람들이 당신을 미워하는 것도 당연하군요." 그녀는 말했다.

"아냐, 그들은 날 미워하지 않아!" 그가 대답했다. "그리고 잘못 생각하지 말라고. 당신이 말하는 그 '사람'이라는 말은

---

6) 앵초의 일종.

그들에게는 맞지 않아. 그들은 당신이 이해하지 못하고 또 결코 이해할 수도 없는 동물일 뿐이야. 당신의 착각을 다른 사람들에게 강요하지 마. 하층 노동 대중은 언제나 똑같았고, 또 앞으로도 언제나 똑같을 거야. 그 옛날 네로[7]의 노예들, 그러니까 네로의 광산이나 논밭에서 일했던 노예들은 말이야, 지금 우리 탄광 광부들이나 포드 자동차 공장의 노동자들과 다른 점이 거의 없다고. 그들은 모두 하층 노동 대중으로, 변하지 않는 존재들인 거야. 어떤 한 개인이 좀 특출 나서 그 하층 대중 계급에서 벗어나는 경우가 있긴 하겠지. 하지만 그렇게 하나둘 벗어나 봤자 하층 대중 전체는 바뀌는 것이 전혀 없다고. 하층 대중은 바뀔 수가 없는 거야. 이것은 바로 사회학의 가장 중요한 사실 중의 하나야. '빵과 오락'![8] 바로 그것만 있으면 되는 거라고. 그런데 오늘날에는 교육이 오락을 잘못 대체해 버린 거야. 오늘날의 잘못된 문제는 바로 우리가 '빵과 오락'이라는 이 프로그램의 오락 부분을 온통 망쳐놓고는 그 대신 약간의 교육으로 하층 대중의 마음에 해독을 끼쳐놓았다는 사실에 있어."

하층민들에 대한 클리퍼드의 감정이 이렇게 정말로 자극을

---

7) 네로 클라우디우스 카이사르 드루수스 제르마니쿠스(Nero Claudius Caesar Drusus Germanicus, 37~68). 로마의 5대 황제로, 포악하기로 유명하다.
8) panem et circenses, 1~2세기에 활동한 로마의 풍자 시인 유베날리우스의 열 번째 풍자시에 나오는 라틴어 표현으로, '빵과 서커스'를 뜻한다. 시민들에게 구경거리를 제공해 관심을 돌려 불만을 누그러뜨리는 정책을 말한다.

받아 터져 나왔을 때, 코니는 좀 무서워졌다. 그의 말에는 뭔가 거역하기 어려운 강력한 진실이 담겨 있긴 했다. 그러나 그것은 생명을 죽이는 진실이었다. 그녀가 창백해진 채 말이 없는 것을 보고, 클리퍼드는 모터 의자를 다시 출발시켰다. 그러고는 숲의 출입문에서 다시 멈출 때까지 아무 말도 하지 않았다. 그녀가 출입문을 열어주었다.

"그래서 이제 우리는 채찍을 집어 들 필요가 있어." 그는 다시 말했다. "칼 대신 말이야. 하층 대중은 유사 이래 다스림을 받아왔고, 앞으로도 인간의 역사가 끝날 때까지 계속 다스림을 받아야만 할 거야. 그들이 스스로 다스릴 수 있다고 말하는 것은 완전한 위선이자 터무니없는 소리야."

"하지만 당신이 그들을 다스릴 수 있을까요?" 그녀가 물었다.

"내가 그럴 수 있냐고? 아, 물론이지! 내 정신이나 의지 어느 것도 불구가 아닌 데다가, 다리로 다스리는 것은 아니니까 말이야. 내가 해야 할 몫의 다스림을 난 다 할 수 있어. 정말 확실하게, 내 몫을 말이야. 그리고 나에게 아들 하나만 낳아 줘 봐. 그럼 그 애도 내 뒤를 이어 자기 몫만큼 다스릴 수 있을 거야."

"하지만 그 아이가 당신의 친아들이 아니고, 당신 자신과 같은 지배계급 출신이 아닐 수도 있잖아요. 혹시 그럴 수도 있잖아요……." 그녀는 더듬으며 말했다.

"건강하고 보통 수준 이상의 지력을 갖춘 사내애이기만 하면, 애 아버지가 누구이든 난 상관하지 않겠어. 그저 누구든 건강하고 보통의 지능을 지닌 사내의 자식만 낳아줘. 그럼 내가 그 아이를 완벽하게 유능한 채털리 집안 사람으로 만들 테니까. 중요한 것은 누가 우리의 부모인가가 아니라 운명이 우리를 어느 자리에 갖다 놓느냐 하는 점이야. 어떤 애든지 지배계급 사이에다 갖다 놓아봐. 그럼 그 아이는 자라서 그 나름의 능력껏 지배계급이 될 거라고. 왕이나 공작의 자식들을 하층 대중 사이에다 던져 놓아봐. 그러면 그 아이들은 하찮은 평민이라는 대량 생산물이 되고 말 테니. 그건 환경의 저항할 수 없는 압력인 거야."

"그렇다면 하층민은 본래 타고난 종족이 아니고, 귀족이란 것도 타고난 혈통이 아니겠군요." 그녀가 말했다.

"맞아, 여보! 그런 생각은 다 낭만적인 환상일 뿐이야. 귀족계급이라는 것은 하나의 역할로서, 운명의 한 부분을 맡은 존재인 거야. 그리고 하층 대중이란 것도 운명의 또 다른 부분을 맡아 역할을 수행하는 존재야. 개개인은 거의 중요하지가 않아. 문제는 우리가 어느 역할을 하도록 길러지고 길드는가 하는 점이야. 귀족계급을 만드는 것은 개인이 아냐. 그건 바로 귀족계급 전체의 역할과 기능인 거야. 그리고 평민을 평민의 존재로 만드는 것 역시 하층 대중 전체의 역할과 기능이지."

"그렇다면 우리 모두에게는 어떤 공통된 인간성 같은 것이 하나도 없는 셈이겠군요!"

"그런 셈이지. 우리 모두 자신의 배를 채워야 할 필요가 있긴 하지. 하지만 표현이나 실천의 역할과 기능의 문제에서는, 지배계급과 섬기는 계급 사이에 심연이, 그것도 절대적인 심연이 존재한다고 난 믿어. 이 두 계급의 역할과 기능은 서로 상반된 것이거든. 그리고 바로 그 기능이 개인의 존재를 결정하는 것이지."

코니는 멍한 시선으로 그를 바라보았다.

"더 안 갈 거예요?" 그녀는 말했다.

그러자 그는 모터 의자를 출발시켰다. 그는 하고 싶은 말을 다 했다. 그러고는 그 특유의 멍한 무감각 상태로 빠져들어 버렸다. 그것은 코니로서는 정말 보기 괴로운 모습이었다. 어쨌든, 숲속에서는 논쟁을 하지 않기로 그녀는 결심했다.

그들 앞에, 개암나무와 밝은 회색 나무들이 양쪽에 벽처럼 죽 늘어선 사이로 승마로가 탁 트여 갈라지듯 펼쳐졌다. 모터 의자는 폭폭 엔진 소리를 내며 천천히 나아갔다. 개암나무 그림자 너머, 길에 우유 거품처럼 피어오른 물망초 사이를 밀어 젖히면서 천천히 나아갔다. 클리퍼드는 길의 가운데를 따라 운전했는데, 그 부분에는 꽃들 사이로 사람들이 지나다니면서 생긴 길이 죽 나 있었다. 그러나 뒤에서 걷던 코니는 선갈퀴와 자난초 등이 덜컹거리며 지나가는 바퀴에 짓밟히고, 덩굴 좀가지풀의 작은 노란 꽃받침이 으깨어지는 광경을 죽 지켜보았다. 그리고 이제 바퀴는 물망초 꽃밭 사이를 지나며 자국을 남겨놓았다.

온갖 꽃들이 거기에 다 피어 있었다. 올해의 첫 블루벨도 푸른 물이 고인 웅덩이처럼 군데군데 피어 있었다.

"아름답다고 당신이 말했는데, 정말 그렇군." 클리퍼드가 말했다. "놀라울 정도로 아름답군. 영국의 봄만큼 정말 아름다운 게 또 어디 있을까!"

코니 생각에 그의 말은 마치 봄조차도 의회의 법령에 의해 꽃을 피운다는 식의 표현처럼 들렸다. 영국의 봄이라고! 아일랜드의 봄이나 유대인의 봄은 왜 안 그렇다는 거지?

모터 의자는 천천히 앞으로 움직여, 무리를 지어 밀처럼 솟아난 억센 블루벨 꽃밭을 지나서 회색 우엉잎들을 밟으며 나아갔다. 나무들이 벌목되어 휑하니 트인 자리에 이르자, 햇빛은 다소 강하게 넘치듯 비쳐들었다. 그리고 만발한 블루벨은 여기저기 눈부신 청색 천을 깔아놓은 듯했는데, 연보랏빛이나 자줏빛으로 색이 바뀌면서 펼쳐져 있었다. 그리고 그 사이사이로, 안으로 곱슬져 말린 갈색 머리를 쳐든 고사리들이 마치 이브에게 속삭일 뭔가 새로운 비밀이라도 가지고 있는 무수한 어린 뱀들과도 같았다.

클리퍼드는 모터 의자를 계속 운전해 나아가 마침내 언덕의 꼭대기에 이르렀다. 코니는 천천히 그 뒤를 따라 올라갔다. 참나무의 어린잎이 갈색으로 부드럽게 돋아 벌어지고 있었다. 만물은 딱딱하고 오래 묵은 상태로부터 연하고 보드랍게 새로 솟아나왔다. 울퉁불퉁하고 삐죽빼죽한 참나무들조차 참으로 부드럽디부드러운 어린잎들을 틔워내, 갈색의 얇고 작은 날개들을 어린 박쥐의 날개처럼 햇살 속에 투명하게 펼치고 있었다. 그런데 왜 인간들만은 그 어떤 새로움도, 새롭게 지니고 나올 그 어떤 신선함도 안에 전혀 지니고 있지 않단 말인가! 아, 케케묵고 썩은 인간들이여!

클리퍼드는 오르막길 꼭대기에서 모터 의자를 멈추고는 아래를 내려다보았다. 블루벨이 넓은 승마로 위를 홍수처럼 푸른색으로 휩쓸듯이 뒤덮었고, 비탈 아래쪽에 가서는 따뜻한 푸른색을 환히 드리워놓았다.

"그 자체로는 아주 멋있는 빛깔이야." 클리퍼드가 말했다. "하지만 그림으로 그리기에는 별 소용이 없겠어."

"그렇군요!" 완전히 흥미를 잃은 코니가 말했다.

"샘이 있는 데까지 한번 가볼까?" 클리퍼드가 말했다.

"모터 의자가 오르막을 다시 올라올 수 있을까요?"

"한번 해보자고. 모험하지 않고는 아무것도 이룰 수 없나니!"

모터 의자는 천천히 앞으로 나아가기 시작해서, 점점 퍼져가는 히아신스들로 파랗게 뒤덮인 아름다운 승마로를 따라 덜컹거리며 내려갔다. 오, 히아신스의 여울을 지나가는 세상의 마지막 배여! 오, 인간 문명의 마지막 항해를 떠나, 마지막 거친 바다 위를 떠가는 작은 배여! 오, 바퀴가 달린 괴상한 배여, 느릿느릿 나아가는 그대의 항로는 과연 어디를 향하고 있는가!⁹⁾ 조용히 그리고 만족한 듯한 표정으로, 클리퍼드는 모험의 운전대를 잡고 앉아 있었다. 낡은 검정 모자와 트위드 천 겉옷 차림에, 꼼짝하지 않는 조심스러운 모습이었다. 오, 선장이여, 나의 선장이여, 우리의 찬란한 항해는 끝났다네!¹⁰⁾ 아니, 아직 완전히 끝난 것은 아니라네! 덜컹거리며 아래로 내려가는 모터 의자를 지켜보면서, 회색 옷차림의 코니는 모터 의

---

9) 로버트 시모어 브리지스(Robert Seymour Bridges, 1844~1930)의 시 「통행자(A Passer-By)」 참조.
10) 19세기의 미국 시인 월트 휘트먼(Walt Whitman)의 시 「오 선장이여, 나의 선장이여(O Captain, My Captain)」에 나오는 구절.

자가 지나간 자국을 따라, 비탈진 내리막길을 걸어 내려갔다.

오두막으로 가는 좁은 오솔길이 갈라진 곳을 그들은 지나쳐 갔다. 고맙게도, 그 오솔길은 모터 의자가 지나다닐 만큼 넓지 않았던 것이다. 한 사람이 다니기에도 충분하지 않을 만큼 좁았다. 모터 의자는 비탈의 맨 아래에 이르렀고, 곧이어 모퉁이를 빙 돌아 눈앞에서 사라지려 했다. 그때 코니는 뒤쪽에서 나지막하게 부는 휘파람 소리를 들었다. 그녀는 휙 돌아보았다. 사냥터지기가 그녀를 향해 비탈길을 성큼성큼 걸어 내려왔고, 개도 그의 뒤에 붙어 따라오고 있었다.

"클리퍼드 경이 지금 내 집으로 가고 있는 거요?" 그녀의 눈을 들여다보면서 그가 물었다.

"아뇨, 그저 우물 있는 데로 가고 있을 뿐이에요."

"아! 그럼 됐소! 그의 눈에 띄지 않을 테니까 말이오. 하지만 오늘 밤 당신을 만나고 싶소. 임원 출입문에서 당신을 기다리고 있겠소……. 한 10시쯤에."

그는 다시금 그녀의 눈을 똑바로 들여다보았다.

"알았어요." 그녀는 머뭇거리며 말했다.

클리퍼드의 경적이 코니를 부르며, 빵! 빵! 울리는 소리가 들려왔다. 코니는 "예에, 가요." 하고 소리쳐 대답했다. 사냥터지기는 인상을 약간 찌푸리더니, 손으로 부드럽게 그녀의 가슴을 아래쪽에서 위로 쓸어 올렸다. 그녀는 놀라 겁에 질린 듯 그를 쳐다보고 있다가는, 언덕 아래로 달려 내려가기 시작하면서, 다시 "예에, 가요!" 하고 클리퍼드에게 외쳤다. 사내는 위쪽에서 그녀를 지켜보고 있었다. 그러더니 입가에 살짝 미소를 띠면서 오던 길로 돌아섰다.

코니는 저만치 샘이 있는 데를 향해 천천히 올라가고 있는 클리퍼드를 보았다. 샘은 낙엽송이 짙푸르게 우거진 숲의 비탈 중간쯤에 있었다. 그녀가 클리퍼드를 따라잡았을 때쯤, 이미 그는 거기에 도착해 있었다.

"제법 잘 올라가는걸!" 그가 모터 의자를 칭찬했다.

코니는 낙엽송 숲의 가장자리에 유령처럼 자라난 커다란 회색 우엉잎들을 바라보았다. 사람들은 그것을 로빈 후드의 대황(大黃)이라고 불렀다. 그것이 우물 옆에 그렇게 서 있는 모습이 얼마나 조용하고 우울해 보이는지! 하지만 샘물은 놀랄 만큼 아주 눈부시게 콸콸 솟아올랐다! 그리고 근처에는 좁쌀풀과 파란 자난초 등이 조금씩 자라고 있었다. 그런데 저기, 물이 흐르면서 생긴 둔덕 아래쪽으로 황토가 꿈틀댔다. 두더지였다! 분홍빛 앞발을 앞뒤로 내저어 흙을 헤치고 앞을 보지 못한 채 송곳처럼 뾰족한 얼굴을 흔들어대면서, 녀석은 조그만 분홍빛 코끝을 쳐든 채 땅 위로 솟아 나왔다.

"마치 코끝으로 사물을 알아보는 것 같군요." 코니가 말했다.

"눈으로 보는 것보다 오히려 더 잘 알아볼걸!" 그가 말했다. "물 좀 마셔보겠어?"

"당신도 마실래요?"

그녀는 곁의 나뭇가지에 걸려 있던 에나멜 머그잔을 가져다가, 몸을 구부려 그를 위해 한 컵 가득 물을 떴다. 그는 홀짝이듯 찔끔찔끔 마셨다. 그런 다음 그녀는 다시 몸을 굽혀 물을 떠서, 자신도 조금 마셨다.

"얼음처럼 차갑군요!" 숨이 찬 목소리로 그녀가 말했다.

"물맛이 참 좋군, 그래! 당신, 소원 빌었어?"

"당신은요?"

"그럼, 빌었지. 하지만 무슨 소원인지는 말하지 않겠어."

딱따구리가 쪼아대는 소리가 들려왔다. 뒤이어 부드러우면서도 오싹한 느낌을 주며 낙엽송 사이를 스쳐 지나는 바람 소리가 들렸다. 그녀는 하늘을 올려다보았다. 하얀 구름들이 푸른 하늘을 가로질러 흘러갔다.

"구름 좀 봐요!" 그녀가 말했다.

"하얀 새끼 양떼구름뿐이군." 그는 대답했다.

그림자 하나가 그 조그만 빈터를 가로질러 갔다. 땅을 다 헤치고 부드러운 황토 있는 데로 나온 두더지였다.

"불쾌한 짐승이야. 저런 건 죽여버려야 해." 클리퍼드가 말했다.

"좀 보세요! 꼭 설교단에 선 목사님 같아요." 그녀가 말했다.

그녀는 선갈퀴 잔가지 몇 개를 모아다가 두더지 앞에 놓아주었다.

"생건초향기풀[11]이군!" 그가 말했다. "지난 19세기의 낭만적인 귀부인들 같은 냄새가 그 풀한테서 나지 않아? 어쨌든 정신이 똑바로 박혔던 귀부인들 말야!"

코니는 하얀 구름을 바라보았다.

---

11) 선갈퀴의 다른 이름으로 영국에서는 갓 베어온 건초 같은 향기가 난다고 해서 이렇게 부르기도 한다.

"비가 올지 궁금하군요." 그녀가 말했다.

"비라고! 왜! 비가 왔으면 좋겠어?"

그들은 귀갓길에 올랐다. 클리퍼드는 덜컹거리며 조심스럽게 내리막길을 내려갔다. 언덕 아래의 어둑한 기슭으로 내려왔고, 곧 오른쪽으로 돌아서 90미터쯤 간 뒤 길게 뻗어 오른 비탈길의 초입으로 구부러져 올라갔다. 블루벨들이 햇살을 받으며 서 있는 비탈길이었다.

"자, 가자!" 모터 의자에 박차를 가하면서 클리퍼드는 말했다.

가파르고 울퉁불퉁한 오르막길이었다. 모터 의자는 낑낑거리며 내키지 않는 듯이 느릿느릿 바퀴를 움직였다. 그래도, 그것은 삐틀어지게나마 꾸역꾸역 전진해 올라가, 히아신스가 온통 주위를 뒤덮은 곳까지 이르렀는데, 거기서 주춤거리는 듯하더니, 기를 쓰며 움직이려고 하다가는 갑자기 덜커덕 소리를 내며 꽃밭에서 약간 뛰쳐나갔다. 그러더니 그만 거기에 딱 멈춰 서버리고 말았다.

"경적을 울려서 사냥터지기가 오는지 기다려보는 게 좋겠어요." 코니가 말했다. "그가 오면 좀 밀어줄 수 있을 거예요. 그리고 나도 거들어서 같이 밀겠어요. 도움이 될 테니까요."

"모터 의자에 숨 돌릴 여유를 줘야겠어." 클리퍼드는 말했다. "바퀴 밑에 돌멩이 좀 괴어주겠어?"

코니는 돌멩이를 하나 찾아서 괴었다. 그리고 두 사람은 가만히 기다렸다. 잠시 후 클리퍼드는 시동을 다시 걸고는, 모터 의자를 움직여 보았다. 그것은 기를 쓰며 몸부림을 치더니, 병든 짐승처럼 비틀비틀 뒷걸음치면서 이상한 소리를 냈다.

"내가 좀 밀어볼게요!" 뒤로 다가서면서 코니가 말했다.

"아냐! 밀지 마!" 그가 화난 목소리로 말했다. "밀어야 움직이는 거라면 이 망할 놈의 것을 타고 다닐 이유가 없잖아! 그돌 좀 다시 괴어봐!"

잠시 쉬었다가 시동을 다시 걸어보았다. 하지만 아까보다 더 소용이 없었다.

"내가 한번 밀어보게 해요." 그녀가 말했다. "아니면 경적을 울려 사냥터지기를 부르든지요."

"잠깐 기다려봐!"

그녀는 기다렸다. 그러자 그는 다시 한번 시도해 봤는데, 효과는커녕 오히려 상태만 더 나쁘게 만들었다.

"경적을 울리라니까요. 나보고 밀어달라고 하지 않을 거라면 말예요." 그녀가 말했다.

"빌어먹을! 입 좀 다물고 있어봐!"

그녀는 잠시 입을 다물었다. 그는 이리저리 애를 쓴답시고 그 조그만 모터를 엉망으로 망가뜨리고 있었다.

"그러다가 모터 의자만 완전히 부서뜨리고 말겠어요, 클리퍼드." 그녀는 충고하며 말했다. "쓸데없이 당신의 신경을 소모하는 것은 물론이고 말예요."

"내가 내려서 이 망할 놈의 것을 살펴볼 수만 있으면 좋으련만!" 그는 애가 타는 듯 화를 내며 말했다. 그러고는 귀에 거슬리게 경적을 울려댔다. "혹시 멜러즈가 고장 난 데를 알아낼 수 있을지 몰라."

그들은 기다리며 바퀴에 짓이겨진 꽃들 사이에 서 있었다. 하늘에는 짙은 구름이 차츰 몰려들었다. 고요한 가운데 어디선가 산비둘기 한 마리가 구구구구! 구구구! 하고 울기 시작했다. 클리퍼드는 갑자기 요란스레 경적을 울려 산비둘기의 울음소리를 뚝 그치게 했다.

사냥터지기가 곧바로 나타나, 무슨 일이냐고 묻는 듯한 태도로 모퉁이를 돌아 성큼성큼 걸어왔다. 그는 인사를 올렸다.

"자네 모터에 대해 뭐 좀 아는 게 있는가?" 클리퍼드는 날카로운 목소리로 물었다.

"죄송합니다만 별로 아는 게 없습니다. 어디 고장이라도 났습니까?"

"그런 거 같네!" 클리퍼드는 퉁명스레 내뱉듯 말했다.

사내는 걱정스러운 얼굴로 바퀴 옆에 웅크리고 앉아, 그 조그만 엔진을 살펴보았다.

"죄송합니다만, 클리퍼드 경, 전 이런 기계류에 대해서는 아는 게 전혀 없습니다." 그는 차분한 어조로 말했다. "연료와 기름이 충분히 있다면……."

"그저 주의 깊게 잘 들여다보고 뭐 망가진 게 없는지 살펴보기만 하게." 클리퍼드는 퉁명스럽게 말했다.

사내는 엽총을 나무에 기대어놓고는, 웃옷을 벗어 그 옆에다 던졌다. 그의 갈색 개가 그 곁으로 가서 앉아 보초처럼 지켰다. 그러고 나서 사내는 쭈그리고 앉아서 모터 의자 밑을 열심히 들여다보면서, 손가락으로 기름투성이의 그 작은 엔진을 쿡쿡 찔러보았다. 그러면서 그는 일요일에 입는 깨끗한 나들

이용 셔츠에 기름 자국이 묻는 것을 속으로 노여워했다.

"망가진 건 아무것도 없는 것 같습니다." 그는 말했다. 그러고는 일어나서, 모자를 앞머리에서 뒤로 밀어젖히고는, 이마를 닦으며 뭐가 문제인지 궁리하는 듯한 얼굴로 서 있었다.

"밑면의 연결대들을 살펴보았는가?" 클리퍼드가 물었다. "그것들이 다 제대로 되어 있나 한번 들여다보게!"

사내는 땅바닥에 배를 깔고 납작 엎드려서는, 목을 뒤로 젖힌 채, 엔진 아래로 몸을 비틀어 넣고 손가락으로 쿡쿡 찔러보았다. 대지 위에 엎드려 있을 때의 인간은, 연약하고 왜소한 모습으로, 그 얼마나 애처롭게 보이는 존재인가 하는 생각이 코니에게 들었다.

"제가 보기에는 별 이상이 없는 것 같습니다." 모터 의자에 막혀 둔탁해진 그의 목소리가 들려왔다.

"아무래도 자네가 어떻게 해볼 도리는 없는 것 같군." 클리퍼드가 말했다.

"그런 것 같습니다." 그러고 나서 그는 기어 나와 몸을 일으켜, 광부들 모양으로 쭈그리고 앉았다. "명백하게 망가진 데는 없는 것이 분명한데 말씀입니다만."

"물러서게! 다시 한번 시동을 걸어볼 테니까."

클리퍼드는 엔진에 시동을 걸고 기어를 넣었다. 모터 의자는 움직일 기미가 보이지 않았다.

"약간 세게 작동시켜 보시지요, 좀." 사냥터지기가 제안했다.

클리퍼드는 그 참견을 불쾌하게 여겼다. 하지만 그는 엔진을 쉬파리처럼 붕붕거리게 해보았다. 그러자 모터 의자는 쿨

럭쿨럭 대다가 큰 소리로 부르릉거리면서 좀 나아지는 듯이 보였다.

"괜찮아질 것같이 들리는군요." 멜러즈가 말했다.

그러나 클리퍼드는 벌써 기어를 넣고 있었다. 모터 의자는 한 번 피식 비틀거리더니 힘없이 앞으로 움직이는 듯했다.

"제가 좀 밀면 될 것 같습니다." 모터 의자 뒤로 다가서면서 사냥터지기가 말했다.

"물러서 있게!" 클리퍼드가 퉁명스레 말했다. "저 혼자 움직일 수 있을 거야."

"하지만 클리퍼드!" 둔덕진 데 서 있던 코니가 끼어들었다. "그건 모터 의자에 무리라는 걸 당신도 알잖아요. 왜 그렇게 고집을 부리세요!"

클리퍼드는 화를 내며 창백해졌다. 그는 작동 레버를 콱콱 눌러댔다. 모터 의자는 허둥대듯 한 번 털썩거리고는, 몇 미터쯤 비틀거리며 나아가는 듯하더니, 다른 데보다 블루벨이 더 흐드러지게 피어난 한가운데서 그만 딱 멈춰 서버렸다.

"이제 틀렸군요!" 사냥터지기가 말했다. "동력이 부족합니다."

"아까는 여기까지 거뜬히 넘어왔어." 클리퍼드가 싸늘하게 말했다.

"이번엔 안 될 것 같습니다." 사냥터지기가 말했다.

클리퍼드는 대꾸하지 않았다. 그는 엔진을 이리저리 작동시켜 보았는데, 빠르게 회전시켰다 느리게 회전시켰다 하는 꼴이 마치 엔진으로 무슨 가락이라도 한 곡조 뽑아보려는 것 같았다. 그 소리는 숲으로 울려 퍼지며 괴상한 메아리가 되어 들려왔다. 클리퍼드는 그러다가 브레이크를 갑자기 휙 잡아 빼면서 기어를 급격하게 확 밀어 넣었다.

"잘못하다가 엔진 내부까지 뜯겨나가고 말 텐데요." 사냥터지기가 중얼거리듯 말했다.

모터 의자가 갑자기 이상하게 비트적대면서 도랑 있는 데를 향해 옆으로 돌진해 갔다.

"클리퍼드!" 코니가 외치면서 앞으로 달려나갔다.

그러나 사냥터지기가 벌써 모터 의자의 뒤쪽 가로 버팀대를 붙잡아 당기고 있었다. 하지만 클리퍼드는 온 힘과 갖은 방법을 다 써서, 마침내 모터 의자를 승마로 안쪽으로 돌려놓는 데 성공했다. 그러자 모터 의자는 이상한 소리를 내면서 언덕을 올라가려고 안간힘을 썼다. 멜러즈가 손을 떼지 않고 뒤에서 밀어주자, 모터 의자는 스스로를 소생시키려는 듯, 위로 올라가기 시작했다.

"이것 보라고, 잘 올라가고 있잖아!" 승리감에 젖어 클리퍼드는 말했다. 그러면서 그는 어깨 너머로 흘끗 돌아보았는데, 사냥터지기의 얼굴이 거기 있었다.

"자네가 지금 밀고 있는 건가?"

"안 그러면 의자가 움직이지 않을 겁니다."

"손을 떼게. 밀지 말라고 내 말하지 않았어!"

"그럼 움직이지 않을 겁니다."

"저 혼자 해내도록 놔두라니까!" 클리퍼드는 있는 힘을 다해 버럭 고함을 쳤다.

사냥터지기는 뒤로 물러섰다. 그러고는 돌아서서 웃옷과

총을 가지러 갔다. 모터 의자는 즉시 숨이 막혀버리는 듯했다. 그러더니 곧 힘없이 정지하고 말았다. 클리퍼드는 죄수처럼 꼼짝없이 자리에 앉은 채, 애가 타서 얼굴이 하얘졌다. 그는 손으로 작동 레버를 거칠게 움직여 댔다. 움직이지 않는 다리는 아무 소용이 없었다. 엔진에서 묘한 소리가 났다. 아주 사납게 안달을 하면서 그는 조그만 핸들을 움직여 댔고 그러자 이상한 소리가 더 크게 났다. 하지만 모터 의자는 꿈쩍하지 않았다. 그랬다. 정말 꿈쩍도 하려고 하지 않았다. 그는 엔진을 끄고 노여움으로 뻣뻣해진 채 가만히 앉아 있었다.

콘스턴스는 둔덕진 데 앉아서 비참하게 짓밟힌 블루벨들을 바라보았다. "영국의 봄만큼 정말로 아름다운 건 세상에 없지." "내가 해야 할 몫의 다스림을 난 다할 수 있어." "이제 우리는 채찍을 집어 들 필요가 있어, 칼 대신 말이야." "지배계급이야!"

사냥터지기가 웃옷과 총을 들고 성큼성큼 걸어 올라왔다. 그의 개 플로시가 조심스럽게 그의 뒤를 따라오고 있었다. 클리퍼드는 그에게 엔진을 어떻게 좀 해보라고 부탁했다. 모터에 대해 기술적으로 아는 게 아무것도 없고 이전에 몇 번 고장을 겪은 경험이 있었던지라, 코니는 참을성 있게 둔덕에 앉아 마치 존재하지 않는 것처럼 가만히 기다렸다. 사냥터지기는 다시 배를 깔고 엎드렸다. 지배계급과 섬기는 하인 계급이다!

그는 일어서서 차분한 어조로 말했다.

"자, 다시 한번 시동을 걸어보십시오."

마치 어린아이에게 말하기라도 하는 것처럼 조용한 목소리였다.

클리퍼드는 시동을 걸어보았다. 그러자 멜러즈는 재빨리 뒤로 옮겨가 밀기 시작했다. 모터 의자는 움직이기 시작했다. 반은 엔진의 힘이고 나머지 반은 사람의 힘이었다.

클리퍼드는 뒤를 돌아다보고는, 얼굴이 노래지며 화를 내었다.

"그 손 좀 치우고 떨어지라니까!"

사냥터지기는 잡고 있던 손을 얼른 놓았고, 클리퍼드는 덧붙여 말했다. "그렇게 밀면 이게 제대로 움직이는지 알 수가 없잖아……!"

사내는 엽총을 내려놓고 웃옷을 입기 시작했다. 그는 할 만큼 한 셈이었다. 모터 의자는 천천히 뒤로 굴러가기 시작했다.

"클리퍼드, 브레이크를 잡아요!" 코니가 외쳤다.

그녀와 멜러즈 그리고 클리퍼드 모두 동시에 행동을 취했다. 그 와중에 코니와 사냥터지기는 가볍게 서로 몸이 부딪혔다. 모터 의자는 정지했다. 한순간 쥐 죽은 듯한 침묵이 흘렀다.

"정녕코 나 혼자서는 아무것도 할 수가 없는 거로군!" 클리퍼드가 말했다. 그는 화가 나서 얼굴이 노래져 있었다. 아무도 대답하지 않았다. 멜러즈는 총을 어깨에 둘러멨는데, 묘하니 아무 표정 없는 얼굴에는 그저 멍하니 인내하는 듯한 시선만 감돌았다. 플로시는 제 주인의 두 다리 사이로 거의 비집고 들어가 경계하듯 서서는, 불안스러운 듯 몸을 움직이면서, 모터 의자를 의심과 혐오감이 가득한 시선으로 바라보았는데,

세 명의 인간 사이에서 영문을 몰라 몹시 당혹스러운 듯한 모습이었다. 한 폭의 이 살아 있는 그림[12]은 밟혀 으깨진 블루벨 꽃밭 사이에서, 아무도 입을 열지 않는 가운데 잠시 그대로 펼쳐져 있었다.

"아무래도 누가 모터 의자를 밀어줘야만 되겠군." 클리퍼드가 마침내 태연한 척하면서, 입을 열어 말했다.

아무도 대꾸하지 않았다. 멜러즈의 멍한 얼굴은 마치 그가 아무 말도 듣지 못한 것처럼 보였다. 코니는 걱정스러운 듯 흘끗 그를 쳐다보았다. 클리퍼드 역시 흘끗 돌아다보았다.

"모터 의자를 집까지 좀 밀어주겠나, 멜러즈!" 그는 냉담하고 거만한 어조로 말했다. "자네 기분을 상하게 할 만한 말은 하나도 안 했다고 생각하는데." 그는 혐오감이 섞인 어조로 덧붙였다.

"천만의 말씀입니다, 클리퍼드 경! 제가 모터 의자를 밀어드리길 바라시는 겁니까?"

"괜찮다면 좀 그래주게."

사내는 모터 의자로 다가섰다. 그러나 이번에는 밀어도 소용없었다. 브레이크가 꽉 물려서 꼼짝하지 않았다. 두 사람은 함께 찔렀다 당겼다 해보았다. 사냥터지기는 한 번 더 총을 내려놓고 웃옷을 벗었다. 클리퍼드는 이제 전혀 말이 없었다. 마침내 사냥터지기는 모터 의자의 뒷부분을 땅에서 약간 들어

---

12) tableau vivant. 프랑스어로, 19세기 유럽의 사교 모임이나 귀족의 연회에서 연극의 한 장면이나 회화를 무언과 부동의 상태로 연출하는 것을 말한다.

올렸다. 그와 동시에 발로 한번 밀쳐, 바퀴를 브레이크에서 풀려고 해보았다. 그러나 실패했고, 모터 의자는 꺼지듯 푹 내려앉았다. 클리퍼드는 의자의 양쪽을 꼭 움켜잡고 있었다. 사내는 의자의 무게로 인해 숨을 헐떡였다.

"그만둬요!" 코니가 사내에게 외쳤다.

"부인께서 바퀴를 이렇게 좀 당겨주시기만 하면…… 이렇게 말입니다!" 하고 그녀에게 말하면서 그는 당기는 방법을 그녀에게 동작으로 보여주었다.

"안 돼요! 들어올리지 말아요! 무리하다 다치겠어요." 그녀는 말했다. 그녀의 얼굴은 이제 분노가 치밀면서 벌겋게 달아올라 있었다.

그러나 사내는 그녀의 눈을 들여다보면서 고개를 끄덕여 보였다. 그래서 그녀는 다가가서 바퀴를 잡고 당길 준비를 하는 수밖에 없었다. 그가 들어올렸고 그녀는 바퀴를 힘껏 잡아당겼다. 그러자 모터 의자는 비틀거렸다.

"아이쿠, 이런!" 클리퍼드는 공포감에 사로잡혀 소리를 질렀다.

그러나 별일은 없었고, 브레이크가 마침내 풀렸다. 사냥터지기는 돌을 하나 바퀴 밑에 괴어놓고는, 둔덕진 데로 가서 앉아 쉬었다. 그의 심장은 가쁘게 뛰었고, 얼굴은 무리한 탓에 창백해져서 의식이 몽롱하기까지 했다. 코니는 그를 바라보고는, 화가 나서 거의 소리를 지르고 싶을 정도였다. 잠시 쥐 죽은 듯한 침묵이 흘렀다. 넓적다리 위에 놓인 그의 두 손이 바르르 떨리는 모습이 그녀의 눈에 띄었다.

"어디 다치지 않았어요?" 그녀는 그에게로 다가서면서 물었다.

"아뇨. 아닙니다!" 그는 화가 난 듯이 외면하며 말했다.

쥐 죽은 듯한 침묵이 흘렀다. 클리퍼드는 금발의 뒤통수를 보인 채 움직이지 않고 있었다. 개조차도 꼼짝하지 않았다. 하늘은 온통 구름으로 뒤덮였다.

드디어 사내가 한숨을 내쉬면서 빨간 손수건으로 코를 풀었다.

"지난번에 폐렴을 앓고 나서 많이 약해졌답니다." 그가 말했다.

아무도 대꾸하지 않았다. 코니는 모터 의자와 덩치 큰 클리퍼드를 들어올리느라 소요되었을 힘의 양을 계산해 보았다. 너무 무거웠으리라. 정말 너무 무거웠으리라! 죽을힘을 다해도 모자랐을 것이다!

그는 일어나서 다시 웃옷을 집어 들었다. 그러곤 그것을 모터 의자의 손잡이에 걸었다.

"자, 준비되셨습니까, 클리퍼드 경!"

"언제든지 밀게!"

그는 몸을 굽혀 바퀴에 괸 돌을 빼냈다. 그러곤 모터 의자를 자신의 몸무게로 지탱하며 밀었다. 그는 코니가 일찍이 본 그 어느 때보다도 창백한 얼굴이었고, 힘에 겨워 정신이 아득해진 표정이었다. 클리퍼드의 몸은 무거웠고, 언덕은 가팔랐다. 코니는 사냥터지기의 곁으로 다가섰다.

"나도 같이 밀겠어요!" 그녀는 말했다.

그리고 그녀는 화가 난 여자의 난폭한 기세로 밀어붙이기 시작했다. 모터 의자는 좀 더 빨리 움직였다. 클리퍼드가 돌아보았다.

"당신까지 꼭 그렇게 밀 필요가 있을까?" 그는 말했다.

"그럼요! 이 사람을 죽일 작정은 아니잖아요! 좀 이따가 엔진을 한번 걸어봐요, 이게……."

그러나 그녀는 말을 끝맺지 못했다. 이미 숨이 차서 헐떡이고 있었던 것이다. 그녀의 미는 힘은 약간 약해졌다. 놀랄 정도로 힘든 일이었다.

"아, 무리하지 마십시오!" 사내가 곁에서, 희미한 미소를 눈가에 지으며 말했다.

"정말 어디 다치지 않은 거 맞아요?" 그녀는 격한 어조로 물었다.

그는 고개를 저어 다치지 않았다고 했다. 그녀는 햇볕에 갈색으로 탄 그의 작고 짧은, 살아 있는 손을 바라보았다. 그녀를 애무해 주었던 손이다. 이제껏 한 번도 그 손을 제대로 바라본 적이 없었다. 사내와 마찬가지로 그 손은 아주 고요하게 보였다. 그 묘하게 내적인 고요함 때문에 그녀는 그 손을 와락 움켜잡아 한번 확인해 보고 싶은 마음이 들었다. 마치 그녀의 손이 닿지 않는 곳에 존재하는 것 같은 느낌 때문이었다. 그녀의 온 영혼은 갑자기 그에게 쏠리기 시작했다. 그는 참으로 조용히, 그녀가 미치지 않는 곳에 존재하고 있었던 것이다! 그러자 그는 자신의 팔다리에 힘이 되살아나는 것을 느꼈다. 왼손으로 모터 의자를 밀면서, 그는 오른손을 그녀의 둥글고 하얀 손목에 갖다 대고는, 부드럽게 그것을 감싸 쥐면서 애무하듯 어루만졌다. 그러자 불꽃같은 힘이 그의 등과 허리를 타고 퍼져 내려가면서 그를 소생시켰다. 그녀는 갑자기 몸을 구부려 그의 손에 입을 맞추었다. 그러는 동안 클리퍼드의 뒤통수는 두 사람의 바로 앞에서, 말끔한 모습 그대로 꼼짝하지 않은 채 나아가고 있었다.

언덕 꼭대기에 이르러서 그들은 쉬었다. 코니는 모터 의자를 놓을 수 있어 기뻤다. 그녀는 이 두 남자 사이에 어떤 우정 관계가 혹 맺어질 수도 있지 않을까 하는 덧없는 몽상을 한 적이 있었다. 한 사람은 그녀의 남편으로서, 그리고 다른 한 사람은 그녀가 낳은 자식의 친아버지로서 말이다. 그러나 이제 그녀는 그런 몽상이 얼마나 기가 찰 만큼 터무니없는 것인지 깨달았다. 이 두 사내는 물과 불처럼 서로 상극이었다. 그들은 서로의 존재를 뿌리까지 말살시켜야 하는 적이었다. 그리고 그녀는 증오가 얼마나 미묘한 것인가를 처음으로 깨달았다. 처음으로 그녀는 의식적으로, 그리고 아주 분명하게 클리퍼드를 증오했다. 그것은 그가 이 지상에서 흔적 없이 쓸려 없어지기라도 해야만 할 것 같은 생생한 증오감이었다. 그리고 그것은 이상한 감정이어서, 그를 증오하고 그 증오를 스스로에게 완전히 인정하자, 그녀는 참으로 자유롭고 생기가 충만해지는 느낌이 들었다. '이제 그를 증오하게 된 이상, 결코 그와 계속해서 같이 살 수 없을 거야.'라는 생각이 그녀의 마음속에 떠올랐다.

평지에서는 사냥터지기 혼자 모터 의자를 밀 수 있었다. 클리퍼드는 자신이 완전히 평정을 되찾은 상태라는 것을 보여주기 위해 코니와 약간의 대화를 나누었다. 디에프[13]에 머무르고 있는 에바 숙모며, 편지로 코니에게 자기의 작은 차를 타고 함께 베네치아에 갈 것인지 아니면 언니 힐더와 함께 기차로 갈 것인지 물어온 맬컴 경 등에 대해 이야기했다.

"기차로 가는 게 훨씬 좋아요." 코니가 말했다. "긴 자동차 여행은 싫거든요. 먼지가 많을 때는 특히 그래요. 하지만 언니가 어떻게 하고 싶은지 먼저 물어봐야겠어요."

"처형이야 자기 차를 운전해 당신을 태워서 함께 가고 싶어 하겠지."

"아마 그럴 거예요! 여기서부터는 내가 좀 도와줘야겠군요. 이 모터 의자가 얼마나 무거운지 당신은 정말 모를 거예요."

그녀는 모터 의자 뒤로 돌아가, 사냥터지기와 나란히 서서 분홍빛 자갈길을 따라 모터 의자를 밀며 힘겹게 걸어 올라갔다. 누가 보든 말든 그녀는 상관하지 않았다.

"잠깐 기다리고 있을 테니까 가서 필드를 데리고 오는 게 어때? 그는 건장해서 이런 일 정도는 잘할 거야." 클리퍼드가 말했다.

"거의 다 왔는데요, 뭐." 그녀가 말했다.

그러나 길 꼭대기에 이르렀을 때, 그녀와 멜러즈 둘 다 얼굴에서 땀을 닦아야 했다. 묘하게도, 이렇게 함께 힘쓰며 일을 한 덕에 두 사람은 이전보다 훨씬 더 가까워졌다.

---

13) 영국 해협에 면한 프랑스의 조그만 항구.

"아주 고맙네, 멜러즈." 저택의 문간에 도착했을 때, 클리퍼드는 말했다. "모터를 다른 걸로 바꿔야겠어. 그렇게만 하면 될 거야. 부엌에 가서 식사나 들고 가지 않겠나? 마침 때도 되었을 테니까 말이야."

"말씀 고맙습니다, 클리퍼드 경. 하지만 마침 식사를 하러 저의 어머니한테 가던 중이었습니다. 오늘이 일요일이라서 말입니다."

"그럼 좋을 대로 하게."

멜러즈는 웃옷을 걸쳐 입고 코니를 한 번 바라보고 나서는, 인사를 올린 뒤 떠나갔다. 코니는 격분하면서 위층으로 올라갔다.

점심 식사를 하면서 그녀는 결국 감정을 터뜨렸다.

"당신은 어쩌면 그리도 지독하게 인정이 없는 건가요, 클리퍼드?" 그녀는 그에게 말했다.

"누구에게 말이야?"

"사냥터지기에게 말예요! 그런 게 당신이 말하는 소위 지배 계급이라고 한다면, 난 당신이 환멸스러울 뿐이에요."

"어째서 그렇지?"

"병을 앓고 나서 튼튼하지도 못한 사람한테 그랬으니까 그렇죠! 정말이지, 내가 만약 하인 계급이라면, 시중을 받을 수 있을 때까지 당신을 기다리게 할 거예요. 뻑뻑거리며 기다리게 할 거라고요."

"당신 말하는 걸 보니 정말 그럴 것 같군."

"만약 그 사람이 다리가 마비된 채 의자에 앉아서는 당신이 한 것처럼 행동했다면, 당신은 그 사람을 위해 어떻게 해주었을까요?"

"허, 이 복음 전도사 같은 마누라님아, 그렇게 개인의 존재와 인격을 혼동하는 것은 천박한 짓이야."

"오히려 평범한 동정심조차 없는 당신의 그 야비하고 메마른 심성이야말로 천박하기 이를 데 없는 것이라고요. 뭐, 높은 신분에 따르는 도덕적 의무[14]다 이건가요! 흥, 당신과 당신네 그 지배계급이란 도대체!"

"그럼 과연 내가 어떻게 행동해야 한다는 거지? 내 사냥터지기에 대해 여러 가지 사사로운 감정을 쓸데없이 가져야 한다는 건가? 그건 사절하겠어. 그런 것일랑 모두 다 우리 복음 전도사 마누라님께 맡기는 바야."

"마치 그 사람은 당신과 같은 인간이 아니라는 투군요, 정말!"

"물론 같은 인간이지. 하지만 그는 동시에 내 사냥터지기이기도 해. 난 그에게 2파운드의 주급을 지불하고 집까지 제공하고 있으니까 말이야."

"그에게 지불한다고요! 그래, 당신이 그 2파운드의 주급을 지불하고 집을 제공하는 게 무엇을 위해서라고 생각하나요?"

"그의 봉사를 받기 위해서지."

"흥! 나라면 그런 봉사를 하느니, 그 알량한 주급 2파운드

---

14) tableau vivant. 프랑스어로, 19세기 유럽의 사교 모임이나 귀족의 연회에서 연극의 한 장면이나 회화를 무언과 부동의 상태로 연출하는 것을 말한다.

와 집을 도로 가져가라고 하겠어요."

"아마 그도 그러고 싶을지 모르지. 하지만 그런 사치스러운 짓은 할 수가 없지!"

"당신 같은 사람이 뭐, 지배한다고요!" 그녀는 말했다. "당신은 지배하는 게 아녜요. 괜히 착각하고 우쭐대지 말아요. 당신은 그저 당신이 가져야 할 몫 이상으로 돈을 많이 가지고서, 주급 2파운드를 주고 사람들에게 당신을 위해 일하라고 시키죠. 그러고는 시키는 대로 하지 않으면 굶어 죽는다고 위협하는 것뿐이라고요. 뭐, 지배한다고요! 그래, 그 지배로 당신은 무얼 해주고 있나요? 흥, 당신은 눈물 한 방울 없이 바짝 말라붙은 존재일 뿐예요! 당신은 그저 당신의 돈으로 협박하고 있을 뿐이라고요, 유대인이나 쉬버[15]처럼 말예요!"

"오늘따라 말씀이 아주 우아하고 훌륭하시군, 채털리 부인!"

"분명히 말하지만, 당신도 아까 저기 숲속에서 아주 우아하고 고상하게 굴더군요. 정말 얼굴을 못 들 정도였으니까요. 아이고, 우리 아버지 같은 사람도 당신에 비하면 열 배나 더 인간답다고요, 높으신 신사 양반인 당신보다는 말예요!"

그는 손을 뻗어 볼턴 부인을 부르는 종을 울렸다. 그러나 그는 노여움에 귀밑까지 노래져 있었다.

그녀는 격분해서 자기 방으로 올라가면서 혼자 중얼거렸다. "뭐든지 돈으로 사려는 인간들 같으니라고! 하지만 그는 날 돈

---

15) Schieber. 부정한 수단으로 엄청난 이익을 얻는 악덕업자라는 뜻의 독일어.

으로 사지 못해. 그러니 내가 그의 곁에 머물러 있을 필요가 전혀 없는 셈이지. 셀룰로이드로 된 영혼을 가진, 죽은 생선 같은 신사 양반 같으니라고! 그런데도 예절 바른 체하고, 거짓 점잔이나 고상을 떠는 태도 따위로 사람들을 기만하는 꼴이란. 그들은 셀룰로이드만큼이나 감정이 없는 존재야."

그녀는 그날 밤의 계획을 세웠고, 클리퍼드를 자신의 마음에서 지워버리기로 결심했다. 그녀는 그를 증오조차 하고 싶지 않았다. 어떤 종류의 감정이 되었든 그와 깊이 연루되고 싶지 않았다. 자신에 대해 그가 어떤 것도 알게 하고 싶지 않았다. 특히, 사냥터지기에 대한 그녀의 감정에 대해서는 조금도 알게 하고 싶지 않았다. 하인들에 대한 그녀의 태도로 인해 이렇게 말다툼을 하는 것은 처음 있는 일이 아니었다. 그는 그녀가 하인들을 너무 친밀하게 대한다고 여겼고, 그녀는 그가 다른 사람들이 관계된 사안에 무감각할 정도로 냉담하고 모질며 고무처럼 완고하다고 여겼다.

저녁 식사 무렵이 되자 그녀는 다른 때와 다름없이 얌전한 태도로, 조용히 아래층으로 내려갔다. 그는 아직도 노여움으로 귀밑까지 노래져 있었다. 그가 정말로 속이 뒤집힐 때면 일어나는 간장 발작 현상 가운데 하나였다. 그는 프랑스어로 쓰인 책을 하나 읽고 있었다.

"당신 프루스트[16]를 읽어본 적 있어?" 그가 그녀에게 물

---

16) 마르셀 프루스트(Marcel Proust, 1871~1922). 『잃어버린 시간을 찾아서』를 쓴 프랑스 소설가.

었다.

"읽어보려고 한 적이 있긴 하지만, 따분하기만 하더군요."

"그는 정말로 아주 비범한 작가야."

"그럴 수도 있겠죠! 하지만 나에겐 따분할 뿐이에요. 복잡하게 늘어놓은 그 궤변들이란 정말! 그에겐 진정한 감정이 없어요. 그저 감정에 대한 말의 흐름만이 있을 뿐이죠. 난 뻐기며 잘난 체하는 정신성 따위는 지겨워요."

"그럼 당신은 뻐기며 잘난 체하는 동물성이 좋다는 건가?"

"그렇다고 할 수도 있죠! 하지만 뭔가 뻐기며 잘난 체하지 않는 것이 있을 수도 있지요."

"글쎄, 어쨌든 나는 프루스트의 정교한 섬세함과 점잖은 무질서가 마음에 들어."

"그런 건 정말이지, 사람을 생기 없이 죽은 존재로 만들 뿐이라고요."

"귀여운 마누라님의 복음 전도사 같은 말씀이 또 나오시는군."

그들은 또다시 맞붙고 있었다. 또다시 판을 벌이고 있는 것이다! 그러나 그녀는 그와 싸우지 않을 수가 없었다. 그는 해골처럼 거기 앉아서, 해골의 차디차고 소름 끼치는 의지를 그녀에게 발산하는 것처럼 보였다. 그녀는 그 해골이 자신을 꽉 움켜잡아 자기 갈빗대에다 대고 꽉 눌러 조이는 것을 거의 느낄 정도였다. 그리고 그도 역시 정말로 갈기를 세우고 한판 맞붙을 태세였다. 그러자 그녀는 그가 약간 무서워졌다.

그녀는 가능한 한 빨리 위층으로 올라갔다. 그러고는 아주 일찍 잠자리에 들었다. 그러나 9시 반에 일어났고, 곧 방 밖으로 나가 귀를 기울여 보았다. 아무 소리도 들리지 않았다. 그녀는 실내복을 걸치고 아래층으로 내려갔다. 클리퍼드와 볼턴 부인은 내기를 걸고 카드놀이를 하고 있었다. 그들은 아마 한밤중까지 그러고 있을 것이다.

코니는 방으로 돌아와서, 헝클어진 침대 위에 잠옷을 벗어 던지고는, 얇은 테니스복을 입은 뒤 그 위에다 모직 평상복을 덧입었다. 그리고 고무로 된 테니스 신발을 신은 다음, 가벼운 외투를 걸쳤다. 이로써 갈 준비는 다 되었다. 혹 누굴 만난다면, 그저 잠시 산책하러 나가는 중이라고 할 것이다. 그리고 아침에 다시 들어올 때는, 이슬 내리는 길을 잠깐 산책하고 막 돌아오는 참이라고 할 것이다. 실제로 그녀는 꽤 자주, 아침 식사 전에 그렇게 산책하곤 했다. 그 밖에 남아 있는 유일한 위험은 누군가 밤사이 그녀의 방에 들어오는 경우였다. 그러나 그런 일이 일어날 가능성은 거의 없었다. 백에 하나도 일어날 가능성이 없었다.

베츠는 아직 문단속을 하지 않았다. 그는 10시에 문을 잠갔으며 아침 7시에 문을 다시 열어놓았다. 코니는 누구의 눈에도 띄지 않고 소리 없이 빠져나왔다. 반달이 떠 있었는데, 세상을 살짝 밝힐 만큼 빛을 비추었지만, 암회색 외투를 입은 그녀의 모습을 드러나게 할 만큼 밝지는 않았다. 그녀는 빠른 걸음으로 임원을 가로질러 걸어갔다. 밀회의 약속에 대한 짜릿한 설렘의 걸음걸이라기보다는 어떤 분노와 반항심이 가슴속에 불타는 듯한 걸음걸이였다. 그것은 연인을 만나러 가는 마음가짐이 아니었다. 오히려 '뭐든 올 테면 오라!'[17])는 결의에 찬 마음가짐에 가까웠다.

17) à la guerre comme à la guerre! 전시에는 전시에 맞도록 해야 한다는 프랑스어.

14장

　그녀가 임원 출입문 가까이 이르렀을 때, 걸쇠가 딸깍하며 열리는 소리가 들렸다. 그렇다면, 그는 진작에 저기 어두운 숲 속에 와서 기다리고 있었단 말 아닌가! 그리고 이제 그녀가 오는 걸 본 것이고 말이다!

　"아주 일찍 왔군." 어둠 속에서 그가 말했다. "아무 일 없이 잘 나올 수 있었소?"

　"아무 어려움도 없었어요."

　그녀가 출입문을 지나 들어서자 그는 문을 조용히 닫았다. 그러고는 한 줄기 불빛을 어두운 지면에다 비춰주었는데, 꽃들이 어두운 밤중에도 여전히 꽃잎을 벌린 채 창백하게 피어 있는 모습이 불빛에 보였다. 두 사람은 서로 떨어진 채, 말없이 앞으로 나아갔다.

"정말로 오늘 아침 그 모터 의자 때문에 다치지 않았어요?"
그녀가 물었다.

"그렇소. 정말 괜찮소!"

"폐렴에 걸리고 나서, 몸이 많이 상했나요?"

"뭐, 아무렇지도 않소! 그저 심장이 이전만큼 튼튼하지 못하고, 폐 기능이 이전만큼 원활하지 못할 따름이오. 하지만 폐렴을 앓고 나면 다 그런 법이오."

"그러니 격렬하게 신체를 움직이는 힘든 일 같은 건 하면 안 되는 거겠군요?"

"자주야 하면 안 되겠지."

그녀는 분노하여 침묵에 잠긴 채 무겁게 걸음을 옮겼다.

"아침에 클리퍼드가 증오스럽지 않았어요?" 그녀가 마침내 물었다.

"그가 증오스럽지 않았냐고! 천만에! 그와 같은 사람들을 너무나 많이 겪어봐서, 그에 대한 증오감으로 속을 뒤집는 것 같은 쓸데없는 짓을 난 하지 않는다오. 그런 치들은 내가 좋아하는 인간이 아니라는 걸 일찌감치 깨달았고, 그래서 난 그런 경우 그냥 상관 않고 지나쳐버린다오."

"그런 치들이란 어떤 사람을 말하는 거죠?"

"아니, 당신이 나보다 더 잘 알 텐데. 숙녀 같은 데가 좀 있는 젊은 신사로, 불알이 없는 치들 있잖소."

"무슨 알이 없다고요?"

"불알 말이오! 사내의 고환인 불알 있잖소!"

이 말을 듣고 그녀는 잠시 생각에 잠기는 듯했다.

"하지만, 그런 문제는 아니잖아요?" 그녀는 약간 성이 나서 말했다.

"남자가 어리석을 때 머리가 없다고 하고, 아량이 없이 좀스러우면 가슴이 없다고 하고, 겁쟁이일 때는 뱃심이 없다고 하잖소. 그러니 남자가 씩씩하니 사내다운 그 기세 같은 것이 전혀 없는 경우, 불알이 없다고 하는 거요. 일종의 유순하게 길든 사내인 경우에 말이오."

이 말을 듣고 그녀는 다시 생각에 잠겼다.

"그러니까 클리퍼드는 유순하게 길든 사람이라는 건가요?" 그녀는 물었다.

"유순하게 길이 들었고, 거기다가 야비하기도 하지. 누가 그들에게 맞서서 대항할 때, 그런 친구들 대부분이 그렇듯이 말이오."

"그럼 당신 자신은 유순하게 길든 사람이 아니라고 생각하는 건가요?"

"어느 정도는 그렇소. 어느 정도는 말이오!"

문득 그녀는 저만치 멀리서 노란 불빛이 비치는 것을 보았다. 그녀는 가만히 멈춰 섰다.

"저기 불빛이 보여요!" 그녀는 말했다.

"언제나 집에다 등불을 켜두고 나온다오." 그가 대답했다.

그녀는 다시 그의 곁에 나란히 서서 걸어갔다. 하지만 그와 몸이 닿지는 않았으며, 자기가 도대체 왜 그와 함께 가고 있는 것인지 의아한 마음이 들기도 했다.

잠가놓았던 문을 그가 열었고, 두 사람은 안으로 들어갔다.

14장

그러자 그는 곧바로 문에 빗장을 걸었다. 꼭 무슨 감옥이라도 되는 것같이 그러는군! 하고 그녀는 생각했다. 빨갛게 타오르는 벽난로 불가의 주전자에서 물이 보글보글 끓었고, 식탁 위에는 찻잔들이 놓여 있었다.

그녀는 불가의 나무 안락의자에 앉았다. 바깥의 싸늘한 기운을 맞으며 온 직후라 따뜻하게 느껴졌다.

"신발 벗을게요. 젖었거든요." 그녀가 말했다.

그녀는 긴 양말을 신은 두 발을 벽난로의 반짝이는 강철 보호망에 올려놓고 앉았다. 그는 식품실로 가서 음식을 가지고 왔다. 빵과 버터 그리고 눌린 소 혓바닥 고기였다. 그녀는 몸이 따뜻해졌다. 그래서 외투를 벗었다. 그는 그것을 받아 문에다 걸었다.

"코코아나 홍차 아니면 커피를 좀 들겠소?" 그가 물었다.

"별로 생각이 없네요." 하고 말하면서 그녀는 식탁을 바라보았다. "하지만 당신이라도 좀 드세요."

"아니오, 나도 별로 내키지 않소. 그럼 개한테나 밥을 좀 줘야겠군."

그는 조용하면서도 확고한 발걸음으로 저벅저벅 벽돌 바닥을 걸어가 갈색 대접에다가 개밥을 담았다. 스패니얼 개는 불안스러운 듯이 그를 올려다보았다.

"그래, 이게 네 저녁밥이다. 못 어더먹을 껏처럼 그러케 바라볼 피료는 업따, 이 녀석아!" 그는 말했다.

그는 개밥을 담은 대접을 층계 아래의 깔개 위에 놓아주었다. 그러고는 벽 옆에 붙어 있는 의자에 앉아서, 각반과 구두를 벗기 시작했다. 개는 밥을 먹는 대신, 그에게로 다시 다가와 난처한 듯한 표정으로 그를 올려다보며 앉았다. 그는 천천히 각반의 고리를 풀었다. 개는 조금 더 바짝 다가앉았다.

"왜 그러는 거냐, 대체? 다른 사라미 이써서 불안한 거냐? 올치, 너도 암놈이다, 이거구나! 가서 저녀기나 먹어, 이 녀석아."

그는 개의 머리를 손으로 만져주었다. 그러자 그 암캐는 머리를 옆으로 젖혀 그의 손바닥에 얼굴을 갖다 댔다. 그는 개의 비단처럼 보드라운 긴 귀를 가만히, 부드럽게 잡아당겨 주었다.

"자!" 그가 말했다. "자! 가서 저녀글 먹거라! 어서!"

그는 턱을 기울여 깔개 위에 놓인 개 밥그릇을 가리켰다. 그러자 개는 순순히 그리로 가서 먹기 시작했다.

"개를 좋아하세요?" 코니가 그에게 물었다.

"아니오, 정말로 좋아진 않소. 너무 순하게 길들어서 수인만 졸졸 따라다니려고 하니까 말이오."

그는 각반을 다 벗고 나서 이제 무거운 구두의 끈을 풀고 있었다. 코니는 벽난로의 불가에서 돌아앉았다. 작은 방은 장식이나 세간이 거의 없이 참으로 횅해 보였다! 하지만 그의 머리 위쪽 벽에 젊은 부부의 확대 사진 하나가 흉하게 걸려 있었다. 남자는 사냥터지기인 것 같고 여자는 젊고 당돌해 보였는데, 그의 아내임에 틀림없었다.

"저게 당신인가요?" 코니는 그에게 물었다.

그는 몸을 비틀어 머리 위쪽의 확대 사진을 쳐다보았다.

"그렇소! 결혼하기 바로 직전에 찍은 건데, 내가 스물한 살

때요." 그는 무덤덤하게 사진을 쳐다보았다.

"마음에 드는 사진인가 보죠?"

"마음에 든다고? 천만에! 애초부터 마음에 들지 않는 사진이었소. 하지만 저 여자가 맘대로 다 결정해서는 저렇게 갖다 걸어놓은 거요⋯⋯."

그는 다시 몸을 돌려 구두 벗는 일을 계속했다.

"마음에 드는 사진이 아니라면 왜 계속 저기다 걸어두고 있는 거죠? 혹시 당신 아내가 갖고 싶을지도 모르잖아요." 그녀가 말했다.

그는 갑자기 빙긋이 웃으며 그녀를 쳐다보았다.

"그 여잔 이 지베서 가져갈 만한 건 죄다 실어갔다오." 그가 말했다. "하지만 저것만은 남겨노코 가더군."

"그렇담 당신은 왜 저걸 그대로 갖고 있는 거죠? 옛정을 잊지 못하는 감상적인 이유 때문인가요?"

"아니오. 난 저걸 쳐다보지도 안는다오. 저기 걸려 이따는 것조차 거의 잊고 이썼소. 저 여자하고 처음 이 지베 드러와 산 이래로 그냥 저기 죽 걸려 이썼던 것뿐이오⋯⋯."

"그럼 태워버리지 그러세요?" 그녀가 말했다.

그는 다시 몸을 비틀어 그 확대 사진을 쳐다보았다. 금박을 입힌 갈색 액자에 끼워진 그 사진은 정말 보기 흉했다. 깨끗이 면도를 한 얼굴에 목깃을 좀 높이 올린 차림을 한 빠릿빠릿해 보이는 젊은 청년과, 약간 통통하니 당돌해 보이며 머리를 지져서 곱슬지게 부풀리고 짙은 색 공단 블라우스를 입은 젊은 여자가 사진 속에 있었다.

"그래, 그것도 나쁘진 않겠군." 그가 말했다.

구두를 잡아당겨 벗고 나서, 그는 슬리퍼를 신었다. 그러고는 의자 위로 올라가 사진을 떼어냈다. 녹색 벽지 위에 창백한 자국이 크게 드러났다.

"먼지를 털어봤자 아무 소용 없겠군." 사진을 벽에다 기대놓으면서 그는 말했다.

그는 설거지하는 칸으로 가더니, 망치와 못뽑이를 들고 돌아왔다. 아까 앉아 있던 곳에 다시 앉아서, 그는 그 커다란 사진틀에서 뒷종이를 찢어낸 다음, 뒤판을 고정시킨 못들을 뽑아내기 시작했다. 조용하게 즉시 일에 몰두하는 특유의 태도로 그는 손을 놀렸다.

곧 그는 못을 다 뽑아냈다. 그러고 나서 그는 뒤판을 뜯어낸 다음, 마침내 흰색의 빳빳한 바탕 종이에 붙인 채로 사진을 끄집어냈다. 그는 재미있다는 표정으로 사진을 바라보았다.

"여기 젊은 부목사 같은 내 옛 모습과 난폭한 왈패 같은 그 여자의 옛 모습이 그대로 보이는군." 그가 말했다. "깔끔 떠는 샌님하고 난폭한 왈패의 결합이었던 셈이지!"

"어디 좀 봐요." 코니가 말했다.

그는 과연 아주 깨끗하게 면도를 한 얼굴에 아주 멀끔한 모습이어서, 이십 년 전 그 깔끔했던 청년들의 모습을 그대로 보였다. 그러나 사진에서조차 그의 눈은 빠릿빠릿하고 대담한 시선을 띠었다. 그리고 그 여자는, 비록 턱뼈가 좀 투박하니 묵직해 보였지만, 완전히 난폭한 왈패는 아닌 듯했다. 사람의 마음을 끄는 구석도 어딘지 좀 있었다.

"이런 것들은 남겨두질 말아야 해요." 코니가 말했다.

"남겨두지 말아야 한다니! 이런 것들은 아예 처음부터 만들지를 말아야 하는 거요!"

그는 판지로 된 그 사진을 바탕 종이에 붙어 있는 채로 무릎 위에 올려놓고 꺾어 찢었다. 그러고는 적당히 조각조각 찢어진 사진을 벽난로 불 속에다 던져버렸다.

"하지만 이런 걸 넣으면 불길이 나빠지고 말 텐데." 그는 말했다.

액자의 유리와 뒤판은 조심스럽게 위층에 갖다 놓았다. 액자의 틀은 망치로 몇 번 쳐서 조각을 냈는데, 석고가 이리저리 튀어 올랐다. 그러고 나서 그는 그 부서진 조각들을 설거지 칸에다 갖다 놓았다.

"저건 내일 태우기로 합시다." 그는 말했다. "석고가 너무 많이 붙어 있으니까 말이오."

바닥을 깨끗이 치운 뒤, 그는 의자에 앉았다.

"아내를 사랑했었나요?" 그녀가 그에게 물었다.

"사랑했었냐고?" 그가 되물었다. "당신은 클리퍼드 경을 사랑했소?"

그러나 그녀는 그가 어물쩍 말을 피하게 놔두지 않을 작정이었다.

"당신 먼저 말해보세요. 아내를 좋아했어요?" 그녀는 우기듯 물었다.

"좋아했냐고?" 그는 씽긋 미소를 지었다.

"혹시 지금도 당신은 그녀를 좋아하고 있을지 모르죠." 그녀가 말했다.

"뭐, 내가 말이오?" 그의 두 눈이 크게 떠졌다. "천만에. 그 여자는 생각만 해도 견딜 수 없을 정도요." 그는 조용히 말했다.

"왜요?"

그러나 그는 고개를 가로저었다.

"그럼, 왜 당신은 이혼을 하지 않는 거죠? 그러다가 그 여자가 어느 날 당신한테 돌아와 버리면 어쩌려고요?" 코니는 물었다.

그는 날카로운 시선으로 그녀를 쳐다보았다.

"그 여자는 내가 있는 데라면 1.5킬로미터 근처도 다가오지 않을 거요. 내가 미워하는 것보다 훨씬 더 지독하게 나를 미워하니까 말이오."

"두고 봐요. 그녀는 당신한테 돌아오고 말걸요."

"절대 그러지 않을 거요. 그건 틀림없소! 그 여자 얼굴만 다시 봐도 난 구역질이 나고 말 거요."

"당신은 그녀를 다시 만나게 될 거예요. 당신들은 법적인 별거를 하고 있는 것도 아니잖아요, 안 그래요?"

"그렇긴 하지."

"아 글쎄, 그러니 그녀는 돌아오고 말 거고, 그러면 당신은 그녀를 받아들일 수밖에 없을 거예요."

그는 코니를 빠히 응시했다. 그러더니 머리를 묘하게 획 뒤로 젖히며 흔들었다.

"당신 말이 맞을지도 모르오. 내가 이곳에 돌아온 것은 바보 같은 짓이었소. 하지만 난 궁지에 처박힌 느낌이었고 그래서 어디든 찾아가야만 했소. 사내란 바람에 떠밀려 이리저리 떠돌아다니는 가련한 부랑자 같은 존재요. 하지만 당신 말이 맞소. 내 곧 이혼을 하고 깨끗이 정리할 것이오. 관리며 법원이며 판사 따위들…… 그런 것들은 정말 죽는 것만큼이나 혐오스럽지만, 다 참고 거쳐내고 말겠소. 내 곧 이혼을 하겠소.”

그리고 그녀는 그가 어금니를 악무는 것을 보았다. 마음속으로 그녀는 크게 기뻐했다.

“이제 차 한잔 마시고 싶군요.” 그녀가 말했다.

그는 일어나서 차를 탔다. 그러나 얼굴은 결의에 차 있었다.

식탁 앞에 함께 앉았을 때, 그녀는 그에게 물었다.

“당신은 왜 그 여자와 결혼했나요? 그 여자는 당신보다 수준이 낮은 사람이었잖아요. 볼턴 부인한테서 그 여자에 대한 이야기를 좀 들었어요. 볼턴 부인은 당신이 왜 그 여자와 결혼했는지 이해할 수가 없다고 하더군요.”

그는 그녀를 빤히 쳐다보았다.

“좋소, 얘기해 주겠소.” 그는 말했다. “내가 첫 여자를 만난 것은 열여섯 살 때였소. 그녀는 저쪽 올러튼에 있는 학교 선생의 딸이었는데, 예쁘고 정말 아름다운 아가씨였소. 난 프랑스어와 독일어를 조금 할 줄 알았고, 상당히 돋보이는 편이어서 사람들한테 셰필드 문법학교를 나온 제법 똑똑한 청년이라는 말을 듣고 있었다오. 그녀는 평범한 것을 싫어하는 낭만적인 아가씨였소. 그녀의 부추김을 받아 난 시와 독서에 열중했소. 어느 의미에서는 그녀가 나를 어른으로 만든 셈이기도 하지.

나는 그녀를 위해 맹렬히 독서와 사색을 했소. 그때 난 버틸리 관청의 사무원이었는데, 야위고 창백한 얼굴을 한 채, 책에서 읽은 것들을 온통 주워섬기며 떠벌려 대는 인물이었다오. 나와 그녀는 세상의 모든 것에 대해 이야기를 나누었소. 모든 것에 대해서 말이오. 페르세폴리스[18]나 통북투[19] 같은 곳에 대해서까지 이야기를 나누었다오. 우리는 이 근방의 열 개 고을에서 문학적 교양이 가장 높은 한 쌍이었소. 나는 열광적으로, 정말 열광적으로 그녀에게 지껄여 대곤 했다오. 그저 도취되어 내 자신의 존재를 잊을 정도였소. 그리고 그녀는 날 흠모했소. 하지만 뜻밖의 암초는 성(性)이었소. 그녀에게는 어쩌된 건지 그런 욕망이 전혀 없었소. 분명 그녀는, 흔히 있으리라고 여겨지는 신체의 그 부분에 그런 것을 느끼지 못하는 거였소. 나는 점차 수척해지면서 이성을 잃어갔다오. 그러다가 마침내 나는 우리가 연인 사이가 되어야 한다고 말했소. 보통 그렇듯이 난 그녀를 설득해 내 말에 동의하게 했소. 그래서 그녀는 나를 받아들였소. 나는 흥분해서 좋아했다오. 하지만 그녀에게는 그걸 원하는 마음이 전혀 없었소. 그저 그녀에게는 그런 마음이 없었던 거요. 그녀는 나를 흠모했고, 내가 그녀와 이야기를 나누거나 입을 맞추는 것은 좋아했소. 그런 면에서는 나에 대한 열정이 그녀에게도 있었소. 하지만 그 이상의 다른 것은, 그녀는 그야말로 원하지를 않았소. 그런 여자들이 세

---

18) 고대 페르시아의 수도로, 현재 이란 남부에 유적이 있다.
19) 아프리카 서부 말리의 한 도시로, 멀리 떨어진 곳이라는 의미로 쓰이기도 한다.

상에는 상당히 많다오. 그런데 내가 원했던 것은 바로 그 다른 것이었소. 그래서 우리는 헤어지고 말았소. 나는 무정하게 굴다가 그녀를 떠나버렸던 것이오. 그런 뒤 나는 또 다른 아가씨를 알게 되었는데, 유부남과 놀아나서 그 남자의 정신을 거의 완전히 빼놓았다는 추문이 있는 여선생이었소. 그녀는 살결이 하얗고, 부드럽고 다감한 유형의 여자로, 나보다 연상이었고 바이올린을 연주했소. 그런데 이 여자가 또 악마같이 끔찍했다오. 사랑에 대해서라면 그녀는 뭐든지 다 좋아했지만, 성관계만은 예외였다오. 바짝 달라붙어서 애무하고 온갖 방법을 다 써서 품 안으로 파고 들어오곤 했는데, 그러면서도 막상 성관계 그 자체를 요구하면, 곧바로 그저 이를 갈아대면서 증오의 독기를 뿜어내는 것이었소. 나는 그녀에게 성관계를 강하게 요구했고, 그러자 그녀는 그저 증오감으로 가득 차 나를 얼어붙게만 할 뿐이었소. 그래서 나는 다시금 좌절하고 말았소. 그 모든 것이 정말 혐오스러웠소. 나를 원하고 또 그것도 원하는 여자를 난 간절히 바랐소. 그때 버사 쿠츠가 나타났소. 그녀는 내가 어렸을 때 바로 이웃집에 살았다오. 그래서 난 그녀의 집안을 잘 알고 있었지. 그들은 평범한 사람들이었소. 그런데 버사는 버밍엄 어딘가에 가서 떨어져 살았소. 그녀 말로는 귀부인의 말동무로 가 있었다고 하지만, 다른 사람들 말로는 호텔의 여급 비슷한 걸 했다고 하더군. 어쨌든, 조금 전에 말한 그 다른 여자한테 내가 아주 지긋지긋할 정도로 넌더리가 나 있던 무렵, 그러니까 내가 스물한 살이었을 때인데, 버사가 돌아왔소. 그녀는 점잔 빼며 우아한 태도를 하고 세련된 옷차림에다, 일종의 발랄한 젊음의 기운을 발산하고 있었소. 그것은 이따금 여자에게서, 말하자면 창녀 같은 여자에게서 보게 되는 일종의 화려한 관능의 기운이었소. 글쎄, 그 당시 나는 살인이라도 저지를 것 같은 상태였소. 버틸리의 직장도 때려치웠는데, 잡초처럼 어울리지 않는 주제를 한 채 거기서 사무원 일을 하고 있다는 생각이 들었기 때문이오. 그래서 나는 테버셜에 돌아와 대장장이 십장 노릇을 하며 지냈소. 주로 말편자 만드는 일을 했다오. 그건 원래 우리 아버지의 직업이었는데, 난 아버지 곁에서 늘 그 일을 구경하며 자랐소. 말을 다루는 건 내가 좋아하는 일이었고, 그래서 난 그 일을 자연스럽게 익혔다오. 그리하여 나는 소위 '훌륭하게' 말하는 것, 즉 점잖은 영어로 이야기하는 것을 그만두고는, 사투리를 쓰는 말씨로 돌아갔소. 여전히 집에서 책을 읽기는 했지만, 난 대장장이 일을 하며 조랑말이 끄는 이륜 경마차도 한 대 가지고서, 제 물을 만난 고기처럼 뽐내며 살았다오. 그 무렵 아버지는 나한테 300파운드를 유산으로 남기고 돌아가셨소. 그래서 난 버사와 사귀기 시작했는데, 그녀가 평범한 여자여서 난 기뻤소. 나는 그녀가 평범한 여자이기를 원했소. 그리고 나 자신도 평범해지고 싶었소. 그리하여 나는 그녀와 결혼을 했고, 그녀는 그리 나쁘지 않았소. 과거의 그 '순수하다'는 다른 여자들은 나한테서 불알 달린 사내의 면모를 완전히 몰아내다시피 했지만, 이 여자는 그 점에 대해 아무 문제가 없었던 거요. 그녀는 날 원했고, 그것을 꺼리지도 않았소. 난 아주 기뻤소. 그건 바로 내가 원하는 것이었기 때문이오. 즉 내가 자신과 섹스해 주기를 원하는 여자를 찾은 것이었소. 그래서 난 그녀와 신나게 섹스를 나누었소. 그런데 내가 그것을 그렇게 즐거워하자, 그리고 가끔씩 침대에 누워 있는 그녀에게 아침 식사를 갖다주곤 하자, 그녀는 나를 경멸하기 시작하는 것 같았소. 그녀는 집안일을 아무렇게나 내버려 두는 듯하더니, 저녁에 내가 일을 마치고 돌아왔을 때 식사조차 제대로 차려주지 않았고, 그래서 내가 뭐라고 한마디라도 하면 냅다 소리치며 덤벼드는 것이었소. 나도 발끈해 아주 격하게 대거리를 했소. 그녀는 나에게 컵을 집어던졌고, 나는 그녀의 목덜미를 붙잡아 숨이 끊어져라 하고 죄어 비틀었소. 뭐, 그런 식이었소! 하지만 그녀는 오만하게 나를 대했소. 그리고 그게 심해져, 내가 자기를 원할 때 결코 나를 받아들이려고 하지 않았소. 결코 말이오. 항상 나를 거부하며, 무정하게 굴었소. 그러다가 내가 완전히 거부당해 그녀를 원하는 마음이 없어지게 되면, 그때 가서는 여보야 당신아 하고 온갖 아양을 떨면서 나를 유혹하는 것이었소. 그러면 나는 항상 응하고 말았소. 하지만 내가 그녀에게 들어갔을 때, 그녀는 결코 나하고 함께 절정에 오르지 않았소. 결코 그렇게 하지 않았소! 그녀는 그저 기다리곤 했소. 내가 반시간 동안이나 버티기도 했지만, 그러면 그녀는 더 오래 버티는 것이었소. 그러다가 내가 마침내 절정에 올라 정말로 일을 끝내고 나면 그제서야 그녀는 자기 자신을 위해 몸을 움직이기 시작했고, 그러면 나는 그녀가 혼자 절정에 도달할 때까지 그녀의 몸 안에 머물러 있어야 했소. 그녀는 혼자 몸을 비틀어대고 소리를 질러대면서 하체의 그 부분으로 나를 꽉 움켜잡은 채 죄어대었고, 그러다가 마침내 절정에 이르러서는 완전히 황홀경에 빠지는 것이었소. 그러고 나서는 이렇게 말하곤 했소. 참말로 좋았어요! 하고 말이오. 차츰 난 그게 지긋지긋해졌소. 그런데 그녀는 점점 고약해지기만 했소. 그녀는 점점 힘들게 절정에 도달하는 것 같더니, 나의 그 아랫부분을 잡아 찢듯 물고 늘어지곤 했소. 그건 마치 새가 부리로 거길 쪼아 찢어발기는 것과도 같았소. 분명코 흔히들, 여자는 그 아랫부분이 무화과처럼 부드럽다고 생각할 거요. 하지만 내 말하건대, 진짜 여자 색광들은 두 다리 사이에 새의 부리 같은 것이 있어, 그걸로 남자가 지긋지긋해 견딜 수 없을 때까지 계속 쪼아 발긴다오. 그저 혼자만 죽도록 좋아라 하고, 쪼아 발기며 소리를 질러대는 것이오! 흔히 남자들의 이기적 성욕에 대해 말들을 하지만, 여자의 그 가차 없이 쪼아 발기는 부리질에 비교하면 근처에도 못 간다고 난 생각하오. 노련한 매춘부같이, 일단 여자가 그런 식으로 발달해 빠져들면 말이오! 그런데 내 아내가 바로 그렇게 자신을 어쩌지 못하는 여자였던 거요. 난 그녀에게 이야기를 했고, 얼마나 그게 싫은지 말했소. 그러자 그녀는 애를 써보기도 했소. 그녀는 가만히 누워서 내가 일을 주도하게끔 하려고 해보았소. 그녀는 정말 그렇게 하려고 애를 써보았소. 하지만 소용없었소. 그녀는 내 움직임으로부터 아무런 느낌도 받지 못하는 것이었소. 그녀는 그 일을 자신이 해야만 했소. 자기가 마실 커피를 스스로 갈아야 했던 것이오. 그래서 그것은 다시 그녀에게 미쳐 날뛰는 욕망으로 돌아왔고, 그녀는 자신을 풀어 던져, 쪼아 발기고 물어 찢어야만 했소. 마치 그녀의 부리 끝, 즉 문지르며 찢어발기는 바깥의 뾰족한 맨 끝부분 이외에는 아무 감각이 없는 것 같았소. 노련한 창녀들이 바로 그렇다고 남자들은 말하더군. 그것은 그녀 안에 있는 저급한 종류의 자기 의지, 일종의 미쳐 날뛰는 자기 의지였소. 술에 중독된 여자처럼 말이오. 결국 난 더 이상 견딜 수 없었소. 우리는 따로 떨어져서 잠을 잤소. 그녀가 먼저 그렇게 하기 시작했소. 한바탕 날뛰며 발작을 일으키곤 할 때, 나에게서 떨어져 있고 싶다면서 그러기 시작한 것인데, 그럴 때면 내가 자기를 좌지우지하려고 한다나 어쩐다나 하며 악을 쓰는 것이었소. 그래서 그녀는 자기 방을 따로 쓰기 시작했소. 하지만 시간이 지나자 오히려 거꾸로 내가 그녀를 내 방에 들어오지 못하게 하는 형세로 바뀌었소. 정말로 난 그녀가 들어오지 못하게 했소. 나는 그녀와 하는 그 짓이 정말 싫었고, 그녀도 날 증오했소. 정말이지, 아이가 태어나기 전에 그녀는 날 얼마나 증오했는지 모른다오! 그녀가 증오감에서 아이를 임신한 건 아닌가 하는 생각이 자주 들곤 할 정도였다오. 어쨌든, 아이가 태어났고 그 뒤로 나는 그녀를 내버려 두었소. 그러다 전쟁이 일어났고, 나는 군에 입대해 버렸소. 그리고 나중에 돌아왔을 때, 그녀가 지금의 그 사내와 스택스 게이트에서 함께 살고 있다는 사실을 알게 되었소."

그는 말을 중단했는데, 창백한 얼굴이었다.

"스택스 게이트의 그 남자는 어떤 사람인데요?" 코니가 물었다.

"다 큰 아기 같은 친구로 말씨가 아주 천한 사내요. 그녀한 테 꼼짝 못 하고 휘어잡혔는데, 둘 다 술에 절어 산다더군."

"세상에, 그런 여자가 돌아오면 어쩌지요!"

"정말이지, 그렇소! 난 그저 박차고 나가, 다시 어디로든 사라져 버리고 말 거요."

침묵이 흘렀다. 불 속에 던져진 두꺼운 판지 사진은 이미 뿌옇게 재로 변해 있었다.

"그러니까, 당신을 원하는 여자를 마침내 정말 만나긴 했는데," 코니가 말했다. "이번엔 바라던 것이 좀 지나치게 이루어졌던 셈이로군요."

"맞소! 그런 셈이오! 하지만 그렇다고 해도 난 몸뚱이 없는 가짜 여자들보다는 차라리 그 여자를 택할 거요. 내 젊은 시절의 그 창백한 여자나, 독기를 향내로 뿜는 그 백합 같은 여자나, 그 밖의 다른 여자들보다는 말이오."

"그 밖의 다른 여자들은 어땠는데요?" 코니가 물었다.

"다른 여자들이 어땠냐고? 그 밖의 다른 여자는 나에게 없소. 다만 내 경험으로 보건대, 대다수의 여자들이 그렇다는 말이오. 여자들 대부분이 남자를 원하긴 하지만 섹스는 원하지 않는다오. 다만 거래의 일부로서 그것을 참고 있을 뿐이지. 좀 구식인 여자들의 경우는, 그저 존재하지 않는 듯이 자리에 가만히 누워서 남자가 일을 치르게 한다오. 그런 다음 싹 잊어버리고는 다시 남자를 좋아하지. 그들에게 있어 실제 관계하는 행위 자체는 아무 의미도 없는, 그저 약간 불쾌한 느낌을 주는 것일 뿐이라오. 그리고 대부분의 남자들은 그것으로 만족하지. 난 그럴 수 없지만 말이오. 그런데 그런 여자들 가운데 좀 약은 여자들은 그렇지 않은 체하기도 한다오. 그들은 열정에 사로잡혀 짜릿한 쾌감을 느끼는 체하지. 하지만 그건 다 거짓 꾸밈일 뿐이라오. 그런 척 가장하고 있는 것뿐이지. 한편, 모든 걸 다 좋아하는 여자들이 있는데, 그들은 온갖 종류의 촉감이나 포옹, 절정 등을, 자연스러운 것만 제외하고는 뭐든지 다 좋아한다오. 그들은 항상 남자가 잘못된 시점에, 즉 절정의 순간 마땅히 도달해 있어야 하는 그 유일한 지점에 도달해 있지 않을 때, 꼭 절정에 오르게 한다오. 다음으로는 고약한 종류의 여자들이 있는데, 그들은 내 아내처럼 남자에 의해서는 도대체 절정에 오를 수가 없어서 자기네 스스로 절정에 올라야 한다오. 그들은 행위를 적극적으로 주도하고 싶어하지. 다음으로 또, 내면적으로 죽어버린 여자들이 있는데, 그들은 그저 죽어 있을 뿐이며, 자신들도 그걸 알고 있다오. 그다음으로, 남자가 정말로 절정에 '이르기' 전에 남자를 밖으로 밀어내 버리고는 혼자 계속 허리를 비틀어대다가 남자의 넓적다리를 문지르며 절정에 이르는 여자들이 있소. 하지만 그런 여자들은 대개 레즈비언적인 유형이라오. 의식적이건 무의식적이건 여자들에게 레즈비언적인 성격이 얼마나 많은지 놀라울 정도요. 내 보기에 여자들은 거의 모두가 레즈비언적인 성향을 지니고 있는 것 같소."

"그런데 그게 당신 비위에 거슬리는가 보군요?" 코니가 물었다.

"그런 여자들을 죽이고 싶을 정도라오. 진짜로 레즈비언을 만날 때면, 나는 마음속으로 정말 끔찍하게 울부짖으면서 그 여자를 죽이고 싶은 심정이 된다오."

"그러면 어떻게 하나요?"

"그저 할 수 있는 한 빨리 떠나가 버리는 거요."

"그런데 당신은 레즈비언을 남자 동성애자보다 더 나쁘게 여기나요?"

"내 개인적으로는 그렇소! 왜냐하면 난 그런 여자들로 인해 더 많은 고통을 받았기 때문이오. 이론상으로는 잘 모르겠소. 하지만 레즈비언 성향의 여자를 실제로 만나면, 그녀가 자신이 레즈비언이라는 것을 알고 있든 없든, 난 화가 치밀어 오른다오. 그렇소. 정말 그렇소! 하지만 어쨌든, 난 어떤 여자와도 더 이상 아무 관계도 갖고 싶지 않았소. 그저 나 혼자 떨어져 살고 싶었소. 내 개인적 자유와 품위를 지키면서 말이오……."

그의 얼굴은 창백해 보였고, 이마에는 우수가 어려 있었다.

"그럼 당신은 내가 나타났을 때 싫었나요?"

"싫기도 했고, 기쁘기도 했소."

"그럼 지금은요?"

"바깥세상의 것들을 생각하면 괴로운 마음이오. 그 모든 복잡한 문제들을 비롯해, 맞붙어 싸워야 할 불쾌한 일들이 조만간 닥쳐올 것을 생각하면 말이오. 그럴 때면 피가 식어 가라앉고 맥이 빠지며 우울해진다오. 하지만 피가 끓어오를 때는 기뻐진다오. 심지어 승리감에 찬 기분이 들기까지 하지. 난 정말 환멸로 가득 차 비통해하던 중이었소. 진정한 섹스란 전혀 남아 있지 않다고, 즉 정말로 남자와 함께 자연스럽게 '절정에 이르는' 여자란 한 사람도 없다고 여겼던 거요. 흑인 여자들은 예외겠지만…… 뭐, 글쎄, 우리는 백인 남자고, 흑인 여자들은 진흙처럼 좀 지저분한 존재라고 생각하면서 말이오."

"그래 지금은, 내가 있어서 기쁜가요?" 그녀는 물었다.

"그렇소! 나머지 일들을 잊을 수 있을 때는 말이오. 나머지 일들을 잊을 수 없을 때는, 식탁 밑으로 기어 들어가 죽고만 싶은 심정이라오."

"왜 식탁 밑으로 들어가겠다는 거죠?"

"왜 식탁 밑이냐고?" 그는 웃으며 말했다. "글쎄 뭐, 숨으려는 거겠지. 귀염둥이 아가씨!"

"당신은 여자에 대한 경험이 아주 끔찍했던 것 같군요." 그녀가 말했다.

"보다시피, 난 스스로를 기만할 수가 없었소. 대부분의 남자들은 그걸 그저 얼렁뚱땅 넘어가 버린다오. 그들은 그저 대충 어떤 태도를 취하고는 거짓을 받아들이는 거지. 하지만 난 스스로를 속일 수가 없었소. 난 내가 여자에게서 무엇을 원하는지를 알고 있었고, 그래서 그걸 얻지 못했는데도 얻었다고 결코 거짓말할 수가 없었던 것이오."

"그럼 지금은 그걸 얻은 건가요?"

"그런 것 같소."

"그렇다면 왜 그렇게 창백하고 우울한 얼굴이세요?"

"뱃속 가득 기억으로 차 있기 때문이라오. 그리고 아마 나 자신이 두려워서 그렇기도 할 거고."

그녀는 말없이 앉아 있었다. 밤이 깊어가고 있었다.

"당신은 그게 그렇게 중요하다고 생각해요? 남자하고 여자의 관계 말이에요." 그녀가 그에게 물었다.

"나에겐 그렇소. 나에겐 그게 인생의 핵심 문제라오. 한 여자와 제대로 된 관계를 맺느냐가 말이오."

"만약 당신이 그런 관계를 맺지 못한다면요?"

"그럼 그것 없이 살아가야 하겠지."

그녀는 다시 잠깐 생각에 잠겨 있다가 물었다.

"여자와의 관계에 있어서 당신은 항상 올바르게 행동했다고 생각해요?"

"천만에! 아내가 그렇게 된 것은 바로 내 탓이기도 하다오. 내 잘못이 아주 컸소. 바로 내가 아내를 망쳐놓은 셈이지. 게다가 나는 남을 대단히 못 믿는 사람이오. 당신도 그건 예상하고 있어야 할 거요. 나는 여간해서는 그 누구도 마음속으로 잘 믿지 않소. 그런 점에서 나 역시 거짓이 많은 사람인지도 모르오. 어쨌든 나는 남을 잘 믿지 않소. 게다가 애정이란 것은 남에게 잘못 주어서는 안 되는 것이기도 하다오."

그녀는 그를 쳐다보았다.

"피가 끓어오를 때, 몸이 느끼는 것을 당신은 믿지 않을 수가 없지요." 그녀가 말했다. "그럴 때는 믿지 않을 수가 없지요, 안 그래요?"

"그렇소, 슬프게도 말이오! 바로 그게 내가 그 모든 곤경에 빠졌던 이유라오. 그리고 바로 그 때문에 내 마음이 그토록 철저하게 남을 믿지 못하는 것이기도 하고."

"당신 마음이야 뭐, 믿지 못하는 대로 그냥 내버려 두세요.

그건 별로 중요하지 않잖아요!"

개가 깔개 위에서 불편한 듯 한숨을 내쉬었다. 재로 덮인 불길은 기운이 약해져 있었다.

"우리 둘은 영락없이, 지쳐빠진 한 쌍의 패잔병인 셈이군요." 코니가 말했다.

"당신도 지쳐빠진 패잔병이다, 이 말이지?" 그는 웃으며 말했다. "그런데 이제 함께 다시 싸움터로 돌아가고 있는 셈이로군!"

"그래요! 전 정말로 두렵게 느껴져요."

"그렇소!"

그는 자리에서 일어나, 그녀의 신발을 잘 마르게끔 놓아두고는, 자기 신발도 흙을 닦은 뒤 불 가까운 데다 세워두었다. 내일 아침에 신발에 기름칠을 할 것이다. 그는 꼬챙이로 푹푹 쑤셔서 판지 사진의 타고 남은 재를 가능한 한 불길 밖으로 떨궈냈다. "불에 타고 나서조차 이건 혐오스럽군." 그는 말했다. 그런 다음 그는 내일 아침에 땔 장작을 가져다 벽난로 안쪽의 시렁에다가 얹어두었다. 그러고는 잠깐 동안 개를 데리고 밖으로 나갔다.

그가 돌아왔을 때, 코니는 말했다.

"나도 잠깐 나갔다 오고 싶어요."

그녀는 혼자 어둠 속으로 나갔다. 머리 위에는 별이 총총 떠 있었다. 밤공기에 실려 오는 꽃향기를 맡을 수 있었다. 그리고 그녀는 젖은 신발이 다시 더욱 축축하게 젖어드는 것을 느낄 수 있었다. 그러나 그녀는 문득 어디론가 멀리 떠나가고 싶은 생각이, 이 남자와 그 모든 사람들로부터 곧장 떨어져 멀리 떠나가 버리고 싶은 생각이 들었다.

날씨가 추웠다. 부르르 몸서리를 치면서 그녀는 남자의 집으로 돌아갔다. 그는 나직하게 타고 있는 벽난로의 불 앞에 앉아 있었다.

"아휴! 추워라!" 그녀는 부르르 몸서리를 쳤다.

그는 장작을 불에다 밀어 넣고는, 다시 가서 장작을 더 가져다가, 불길이 탁탁 소리를 내며 굴뚝 가득 치솟도록 불을 피웠다. 너울거리며 노랗게 타오르는 불길에 두 사람 모두 얼굴과 영혼이 따뜻하게 녹으면서 행복한 기분이 되었다.

"마음 쓰지 마세요!" 하고 말하면서 그녀는, 말없이 떨어져 앉아 있는 그의 손을 잡았다. "최선을 다하면 되는 거잖아요."

"그렇소!" 그는 한숨을 쉬며 일그러진 미소를 지었다.

그녀는 그에게로 몸을 옮겨, 불을 앞에 두고 앉아 있는 그의 품속으로 살며시 안겨 들었다.

"그러니 잊어버리세요!" 그녀는 속삭였다. "다 잊어버리세요!"

훈훈하게 퍼지는 불기운을 받으며 그는 그녀를 꼭 껴안았다. 불꽃 그 자체는 마치 망각의 움직임과도 같았다. 그리고 지그시 느껴지는 그녀의 부드럽고 따뜻하며 무르익은 몸의 무게! 천천히 그의 피가 역류하는 듯하더니, 다시금 되돌아 흘러나가면서 거센 힘과 저돌적인 정력이 솟구치기 시작했다.

"아마 당신의 그 여자들도 정말로는 당신과 함께 절정에 올라서 당신을 제대로 사랑하고 싶었을 텐데, 다만 그렇게 할 수 없던 것뿐일 거예요. 그게 다 그 여자들의 잘못만은 아닐 거예요." 그녀가 말했다.

"나도 알고 있소. 나 자신이 바로 발에 밟혀 등뼈가 부러진 뱀같이 형편없는 존재였다는 걸 내가 모른다고 생각하는 거요!"

그녀는 갑자기 그에게 바짝 달라붙었다. 그녀는 그 모든 것을 다시 시작하고 싶지 않았다. 하지만 무슨 심술에선지 말을 꺼내고 말았던 것이다.

"하지만 이제는 아니잖아요!" 그녀는 말했다. "이제는 그런 존재가 아니잖아요, 발에 밟혀 등뼈가 부러진 뱀 같은 존재가 말예요!"

"내가 지금 어떤 존재인지 난 모르겠소. 어쨌든 앞으로 암담한 날들이 닥칠 것이오."

"아녜요!" 그녀는 항변하며, 그에게 바짝 매달리듯 달라붙었다. "어째서요? 어째서 그렇죠?"

"앞으로 암담한 날들이…… 우리 둘과 다른 모든 사람들에게 닥쳐올 거요." 그는 예언하듯 우울하게 되풀이해 말했다.

"아녜요! 그런 말일랑 하지 마세요!"

그는 잠자코 있었다. 그러나 그녀는 그의 내면에 있는 암담한 절망의 공허를 느낄 수 있었다. 그것은 모든 욕망을 죽이고, 모든 사랑을 죽이는 것이었다. 그것은 남자들의 내면에 있는 어두운 동굴과 같은 것으로, 그 안에서 그들의 영혼이 상실되어 버리는 그런 절망이었다.

"그런데 섹스에 대해 당신이 하는 말은 정말 아주 무정하게 들리는군요." 그녀가 말했다. "당신이 원하는 것은 마치 당신 자신의 쾌락과 만족뿐이었던 것 같으니 말예요."

그녀는 신경질적으로 그에게 맞서 항변하고 있었다.

"아니오!" 그가 말했다. "나는 한 여자에게서 즐거움과 만족을 얻고 싶었던 것이고, 또 그것을 결코 얻지 못했던 것이오. 왜냐하면 여자가 나에게서 즐거움과 만족을 똑같이 얻지 못할 때 나도 그녀에게서 그것들을 결코 얻을 수가 없기 때문이오. 그런데 그런 경우가 한 번도 없었소. 두 사람이 일치되어야 그런 일은 일어날 수 있는 법이오."

"하지만 당신은 상대 여자들을 결코 믿지 않았던 거예요. 당신은 나조차도 진정으로 믿지 않고 있어요." 그녀는 말했다.

"여자를 믿는다는 것이 무슨 말인지 잘 모르겠소."

"보세요, 바로 그거예요!"

그녀는 여전히 그의 무릎 위에 몸을 웅크린 채 안겨 있었다. 그러나 그의 마음은 멍하니 잿빛으로 흐려져 있었다. 그의 마음은 그 자리에서 떠나, 그녀를 받아줄 수 없는 곳에 가 있었다. 그리고 그녀가 뭐라고 한마디할 때마다 그의 마음은 더욱더 멀리 달아났다.

"그럼 당신이 정말로 믿는 것은 대체 무엇이지요?" 그녀는 고집스럽게 물었다.

"모르겠소."

"믿는 게 아무것도 없는 거겠죠. 내가 이제껏 알아온 그 모든 남자들처럼 말예요." 그녀는 말했다.

두 사람 다 말없이 있었다. 그러다가 그가 침묵에서 깨어나며 말했다.

"아니오, 난 뭔가 정말로 믿는 것이 있소. 가슴이 따뜻하다는 것의 가치를 난 믿소. 특히 사랑에서 따뜻한 가슴이 되는 것, 즉 따뜻한 가슴으로 성행위를 하는 것을 난 믿소. 남자가 따뜻한 가슴으로 성행위를 하고 여자가 따뜻한 가슴으로 그것을 받아들인다면 세상의 모든 것이 다 잘되리라고 난 믿고 있소. 차디찬 가슴으로 하는 그 모든 성행위야말로 바로 백치 같은 어리석음과 죽음을 낳는 근원인 것이오."

"하지만 당신은 차디찬 가슴으로 나와 성행위를 하진 않잖아요?" 그녀가 항변하며 말했다.

"지금은 당신하고 성행위를 하고 싶은 마음이 전혀 없소. 지금 내 가슴은 바로 차디찬 감자만큼이나 차갑게 식어 있소."

"오, 그래요!" 놀리는 듯이 그에게 입을 맞추면서 그녀는 말했다. "그럼 우리 그것들을 살짝 튀겨서[20] 먹어요."

그는 웃음을 터뜨렸다. 그러곤 똑바로 몸을 세워 앉았다.

"내 말은 정말이오!" 그가 말했다. "한 조각의 따뜻한 가슴만 얻을 수 있다면 정말 뭐든지 줄 수 있을 거요. 하지만 여자들은 그걸 좋아하지 않소. 당신조차도 진정으로 그것을 좋아하지 않고 있소. 당신이 좋아하는 것은 그저 근사하고 강렬하며 날카롭게 꿰뚫는, 차가운 가슴의 성행위인데, 그러고 나서는 그게 온통 설탕처럼 달콤하다고 꾸몄을 뿐이오. 나에 대한 당신의 애정 같은 게 과연 어디 있는지 한번 말해봐요. 당신은 고양이가 개를 바라보듯이, 나를 의심스럽게 바라보고 있

---

20) sauté. '튀긴' '데친'을 뜻하는 프랑스어.

소. 내 말하건대, 부드러운 애정과 따뜻한 가슴이 되는 것조
차 두 사람의 일치가 있어야만 하오. 당신은 분명 성행위를 좋
아하지만, 동시에 그 행위가 뭔가 훌륭하고 신비스러운 것으
로 불리기를 바라고 있소. 그저 당신 자신의 거만한 자존심을
만족시키기 위해서 말이오. 당신의 거만한 자존심은 그 어떤
사내의 존재보다도, 또는 한 사내와 함께 있는 것보다도 더,
아마 한 오십 배쯤은 더, 당신에게 중요한 것이니까 말이오."

"하지만 그건 바로 내가 당신에게 하고 싶은 말이라고요. 당
신은 거만한 자존심을 빼면 아무것도 아니니까요."

"오호라! 그렇다면 좋소!" 그는 마치 자리에서 일어나고 싶
은 것처럼 몸을 움직이며 말했다. "그럼 우리 따로 떨어져 있
읍시다. 차라리 죽고 말지 차디찬 가슴으로 하는 성행위는 더
이상 하고 싶지 않으니까 말이오."

그녀는 그에게서 몸을 빼내며 빠져나왔고, 그는 일어섰다.

"나라고 그런 걸 원하는 줄 아세요?" 그녀가 말했다.

"원하지 않기를 바랄 뿐이오." 그는 대답했다. "하지만 어쨌
든, 당신은 침대로 가서 자도록 하오. 난 여기 아래서 잘 테
니까."

그녀는 그를 쳐다보았다. 그의 얼굴은 창백했고, 이마는 침
울한 표정이었으며, 움츠러든 마음은 추운 북극만큼이나 멀리
달아나 버린 것 같았다. 남자들이란 모두 똑같다.

"아침까지는 집에 돌아갈 수 없어요……." 그녀는 말했다.

"물론 그렇소! 그러니 위층으로 올라가 잠자리에 들라는 말
이오. 벌써 1시 15분 전이오."

"정말이지 그렇게는 하고 싶지 않아요." 그녀는 말했다.

그는 방을 건너가더니 구두를 집어 들었다.

"그럼 내가 나가겠소!"

그는 구두를 신기 시작했다. 그녀는 그를 빤히 쳐다보았다.

"잠깐만요!" 그녀는 더듬거리듯 말했다. "잠깐만요! 우리 둘 사이가 도대체 어떻게 된 거지요?"

그는 몸을 구부린 채 구두끈을 매고 있었는데, 아무 대답도 하지 않았다. 몇 순간이 그대로 지나갔다. 갑자기 눈앞이 아득해지며 실신할 것 같은 느낌이 그녀를 덮쳤다. 그녀는 모든 의식이 꺼져 없어지는 듯하더니, 눈을 크게 뜬 채로 미지의 심연으로부터 그를 멍하니 바라보면서, 더 이상 아무것도 의식하지 못한 채 그 자리에 우뚝 서 있었다.

이상하게 조용한 느낌에 문득 그는 고개를 들고 쳐다보았다. 그녀가 눈을 크게 뜬 채 의식을 잃고 있는 모습이 보였다. 마치 바람에 휙 밀쳐진 것처럼 그는 벌떡 일어나, 한쪽 발에만 구두를 신은 채로, 절름거리며 그녀에게로 뛰어갔다. 그러고는 두 팔로 그녀를 붙들어 몸에 꽉 누르며 껴안았다. 어떤 아픔이 그의 몸을 관통하는 듯 느껴졌다. 그러고는 그 자리에, 그는 그녀를 껴안고 그녀는 그에게 안긴 채, 그대로 서 있었다.

그러더니 문득 그의 두 손이 맹목적으로 아래로 뻗어 내리며 그녀의 몸을 더듬기 시작했다. 옷 속을 더듬어 매끄럽고 따뜻한 그녀의 몸이 있는 곳으로 파고들어 갔다.

"오, 내 사랑!" 그는 중얼거리듯 말했다. "내 귀여운 사랑! 우리 싸우지 맙씨다! 절때로 싸우지 맙씨다! 난 그대를 사랑하오. 그리고 정말 그대를 사랑스럽게 만지고 십따오. 나하고 다투지 마오! 그러지 마오! 정말 그러지 마오! 우리 떨어지지 말고 함께 이씁씨다."

그녀는 얼굴을 들어 그를 쳐다보았다.

"놀라지 마세요." 그녀는 차분히 말했다. "놀랄 필요 없어요. 당신 정말로 나하고 떨어지지 않고 함께 있고 싶은 거예요?"

그녀는 두 눈을 크게 뜨고 차분한 시선으로 그의 얼굴을 들여다보았다. 그는 손길을 멈추더니, 갑자기 조용해지면서 얼굴을 한쪽으로 돌렸다. 그의 온몸은 완전히 조용히 멈춘 채 움직이지 않았다. 하지만 떨어져 물러서지는 않았다. 그러다가 그는 다시 고개를 들고는 그녀의 두 눈을 들여다보면서, 특유의 그 묘한 미소를 살짝 지어 보였다. 그의 감정은 가라앉아 있었다.

"그렇쏘!" 그는 말했다. "맹세컨대 우리 떨어지지 말고 함께 이씁씨다."

"정말이세요?" 두 눈에 눈물이 가득 고인 채 그녀는 물었다.

"그래, 정말이오! 가슴과 배와 성기까지 말이오……."

그는 여전히 희미한 미소를 띤 채 그녀를 내려다보았는데, 눈가에는 빈정대는 기미가 스쳤고, 비통한 빛이 어려 있기도 했다.

그녀는 소리 없이 울고 있었다. 그는 그녀와 함께 누웠다. 그러고는 벽난로 앞의 깔개 위, 바로 그 자리에서 그녀의 몸 안으로 들어갔다. 그렇게 해서 두 사람은 어느 정도 평정을 되찾았다. 그런 다음 그들은 재빨리 침대로 갔다. 방 안 공기도 싸늘해지고 서로 다투느라 피곤했기 때문이다. 그녀는 그에게로 바싹 붙어 안겼는데, 자신의 존재가 작아지면서 감싸이는 듯한 느낌이었다. 두 사람 다 이내 잠이 들었다. 한 사람처럼 똑같이 깊은 잠에 빠져들었다. 그렇게 그들은 누워 꼼짝하지 않은 채, 해가 숲 위로 떠올라 날이 밝기 시작할 때까지 잤다.

그러다가 그가 먼저 깨어 환하게 밝아오는 빛을 보았다. 커튼은 처져 있었다. 그는 검은지빠귀와 개똥지빠귀들이 숲속에서 큰 소리로 요란하게 우는 소리에 귀를 기울였다. 그가 일어나는 시각인 5시 반쯤 되었으니 눈부신 아침이 밝아오고 있을 터였다. 그는 정말 잠을 푹 잤다! 참으로 상쾌하게 맞는 새 아침이었다! 여자는 아직 몸을 둥그렇게 웅크린 채 부드러운 모습으로 잠들어 있었다. 그는 손으로 그녀의 몸을 어루만지듯 쓰다듬었다. 그러자 그녀는 파란 눈을 놀란 듯이 뜨더니, 무심코 미소를 지으며 그의 얼굴을 들여다보았다.

"일어났군요?" 그녀는 그에게 말했다.

그는 그녀의 눈을 들여다보았다. 그러곤 미소를 지으며 그녀에게 입을 맞추었다. 갑자기 그녀가 벌떡 일어나 앉았다.

"어머나, 내가 여기 있다니!" 그녀는 말했다.

그녀는 방 안을 둘러보았다. 벽을 하얗게 칠하고 천장이 경사진 자그만 침실로서, 박공 창문에는 하얀 커튼이 처져 있었다. 방에는 노란 칠을 한 조그만 서랍장과 의자 하나 그리고 그녀가 그와 함께 잠을 잔 자그마한 하얀 침대 외에는 아무 장식이나 세간이 없었다.

"어쩜, 우리가 여기 이렇게 함께 있다니!" 그녀는 그를 내려다보면서 말했다. 그는 누운 채 그녀를 지켜보면서, 얇은 잠옷 속의 그녀의 양 젖가슴을 손가락으로 어루만졌다. 따뜻하고 평안하게 가라앉은 마음일 때 그는 젊고 잘생겨 보였다. 그의 시선도 여느 때와는 달리 아주 따뜻했다. 그녀 역시 한 송이 꽃처럼 싱싱하고 젊어 보였다.

"이걸 벗기고 싶소!" 그렇게 말하면서 그는 그녀의 얇은 고급 면 잠옷을 그녀의 머리 위로 잡아 올려 벗겼다. 그러자 침대 위에 앉아 있는 그대로 그녀의 양어깨와 황금빛이 살짝 도는 약간 긴 두 젖가슴이 드러났다. 그는 그녀의 젖가슴을 종처럼 부드럽게 흔들어보며 좋아했다.

"당신도 잠옷을 벗어요." 그녀가 말했다.

"아니, 싫소!"

"안 돼요! 벗어요!" 그녀는 명령하듯 말했다.

그러자 그는 낡은 무명 잠옷 윗도리를 벗었고, 바지도 벗어 내렸다. 손과 손목 그리고 얼굴과 목을 빼고는 온통 우유처럼 하얀, 호리호리하니 근육이 잘 발달된 그의 몸이 나타났다. 코니에게 그는 다시금 갑자기 찌르는 듯이 아름다운 존재로 보였다. 지난날의 그 오후, 그가 몸을 씻는 모습을 그녀가 보았던 때처럼 그랬다.

황금빛 햇살이 창문의 하얀 커튼에 와 닿았다. 그녀는 햇살이 안으로 들어오고 싶어 한다고 느꼈다.

"아, 저 커튼 좀 걷어요! 새들도 그렇게 하라고 노래하고 있네요! 햇살이 들어오게 해요." 그녀는 말했다.

그는 하얗고 야윈 알몸으로 미끄러지듯 침대에서 빠져나가,

그녀에게 등을 보인 채 창문으로 다가가서는, 약간 구부정한 자세로 커튼을 걷었는데, 그러고 나더니 한순간 밖을 내다보며 서 있었다. 하얀 그의 등은 훌륭하게 잘 빠진 모습이었고, 자그만 궁둥이는 극히 섬세하고 우아한 남자다움을 지니고 있어 아름다웠으며, 목덜미는 발그레하니 섬세하면서도 튼튼해 보였다. 어떤 내적인 힘이, 즉 외적인 것이 아닌 어떤 힘이 그 섬세하고 훌륭한 육체에 깃들어 있었다.

"당신은 정말 아름답군요!" 그녀가 말했다. "참으로 깨끗하고 훌륭한 몸이에요! 이리 오세요!" 그녀는 두 팔을 벌려 내밀었다.

그는 그녀에게로 돌아서기가 부끄러웠다. 발기된 알몸 때문이었다. 그는 바닥에서 셔츠를 집어 들어 몸에다 대고서 그녀에게로 돌아왔다.

"안 돼요!" 늘어뜨려진 젖가슴께로부터 날씬하고 아름다운 두 팔을 내민 채 그녀는 말했다. "당신 몸을 보여줘요!"

그는 셔츠를 떨어뜨리고는 그녀를 바라보면서 가만히 서 있었다. 나직한 창문 사이로 한 줄기 햇살이 비쳐들어, 그의 넓적다리와 날씬한 복부를 환히 비추었다. 몽싯몽싯 자그만 구름을 이룬 선명한 적황색의 털 사이로 거무스름하니 뜨겁게 달아오른 채 꼿꼿이 솟아 있는 그의 남근이 환히 드러나 보였다. 그녀는 깜짝 놀라며 두려워하는 듯했다.

"참 신기하군요!" 천천히 그녀가 말했다. "참으로 신기하게 서 있군요! 정말 크기도 해라! 그리고 어쩜 그렇게 검고 자신만만한 모습인가요! 항상 그런 모습을 하고 있나요?"

사내는 앞이 그대로 다 드러난 자신의 호리호리하고 하얀 몸을 내려다보았다. 그러곤 소리 내어 웃었다. 날씬한 가슴 사이에는 거무스레하니 거의 까만색에 가까운 털이 나 있었다. 그러나 복부 아래쪽, 남근이 굵게 휘어진 모양으로 솟아 있는 부분에는, 금빛이 도는 붉은 털이 자그만 구름을 이루며 선명하게 돋아 있었다.

"정말 도도해 보이는군요!" 그녀는 불안스러운 어조로 중얼거리듯 말했다. "그리고 참으로 당당하고요! 남자들이 왜 그렇게 거만하게 뻐기는지 이제야 알겠어요! 하지만 아주 귀엽기도 하군요, 정말이에요. 마치 따로 살아 있는 존재 같아요! 좀 무섭기도 하고! 하지만 정말 사랑스러워요! 그가 바로 나한테 들어온다니!" 그녀는 두려움과 흥분에 사로잡혀 아랫입술을 지그시 깨물었다.

사내는 탱탱하게 그대로 계속 솟아 있는 남근을 말없이 내려다보았다. "그래!" 그가 마침내 입을 열어 작은 목소리로 말했다. "그래, 이 녀석아! 이제 그만 됐따. 그래, 그러케 대가릴 계속 쳐들고 이써야겠나! 거기 그러케 니 맘대로, 응? 남 생가근 조금도 안코서 말야! 네 녀석이 날 똥으로 보는구나, 존 토머스 이놈! 네가 주인이냐? 내 주인이냐고? 허 참, 나보다 더 거만한 녀석이로군. 말도 별로 안코 인는 걸 보니 말야. 야, 존 토머스! 너 저기 저 여자를 원하는 거야? 내 제인 부인을 원하는 거냐고? 이 녀석아, 네놈은 날 다시 어려운 지경에 빠져들게 한 거야. 알아? 그래, 미소를 지으며 네놈은 고갤 잘도 쳐드는구나. 그러면 그녀에게 부타글 해봐, 이노마! 제인 부인에게 부타글 하라구! 이러케 말해봐. '문들아, 너희 머리를 들지 어다. 영광의 왕께서 드러가고자 하시니.'[21] 하고 말야. 그래, 이 낯짝도 두껀 놈아! 바로 씹이지? 네놈이 원하는 건 바로 그거지. 제인 부인한테 터러놔, 이 녀석아, 네놈이 씹을 원한다 고 말야. 존 토머스, 그리고 제인 부인의 씹……!"

"오, 그를 놀리지 말아요!" 코니가 말했다. 그러면서 그녀는 침대 위를 무릎으로 기어 그에게 다가가서는, 그의 하얗고 호리호리한 허리를 두 팔로 감아 자기에게로 끌어당기며 안았다. 그러자 매달려 흔들거리는 그녀의 양 젖가슴이 꿈틀거리며 꼿꼿이 선 남근의 귀두에 닿으면서, 귀두로부터 축축한 물방울 같은 것이 묻어 나왔다. 그녀는 사내를 꼭 껴안았다.

"누워요!" 그가 말했다. "어서! 들어가야겠소!"

그는 다급해져 있었다.

얼마 후 두 사람이 아주 조용하게 가만히 누워 있을 때, 여자는 다시 사내의 몸을 들춰내어 그 신비스러운 남근을 바라보지 않을 수 없었다.

"이제 그는 조그매져서 생명의 작은 봉오리처럼 부드러워졌네요!" 그렇게 말하면서, 그녀는 부드럽고 자그마한 성기를 살며시 손으로 잡아보았다. "그는 정말 사랑스럽기만 하군요! 그렇게 자기 맘대로 움직이고, 그렇게 신기롭다니! 그리고 또 이토록 천진스럽다니! 그리고 그렇게 내 속 깊숙이 들어오다니! 절대로 그를 모욕해서는 안 돼요. 알았죠! 그는 내 것이기도

---

21) 「시편」 24편 7절 참조.

하니까요. 당신 것만이 아네요. 내 것이기도 하다고요! 어쩜 이렇게 사랑스럽고 천진스러울 수 있는지!" 그리고 그녀는 부드럽게 성기를 손에 쥐었다.

그는 소리를 내며 웃었다.

"서로 마음 맞는 사랑으로 우리의 가슴을 묶어 연결해 주는 끈은 복되도다."[22] 그가 말했다.

"물론이지요!" 그녀가 말했다. "그가 부드럽고 자그마할 때조차 내 가슴이 그에게 꼭 묶여 있는 것처럼 느껴지는군요. 그런데 여기 이곳에 난 당신 털은 참으로 사랑스러워요! 정말 아주아주 다른 털이에요!"

"그건 내 털이 아니라 존 토머스의 털이라오!" 그가 말했다.

"존 토머스! 존 토머스!" 그러면서 그녀는 부드러운 성기에 재빨리 한 번 입을 맞추었는데, 금세 성기는 다시금 꿈틀거리며 일어나기 시작했다.

"아아!" 사내는 거의 고통스러운 듯이 기지개를 켜면서 말했다. "이 녀석은 내 영혼 소게다 뿌리를 박아노코 있따오. 이 신사 녀석은 마리오! 그래서 가끔 난 이 녀석을 어떠케 해야 할지 모를 때가 있따오. 글쎄, 이 녀석은 자기 자신의 의지를 가지고 이써서는, 비위를 맞추기가 아주 힘들다오. 하지만 난 이 녀석을 죽이거나 하는 이른 결코 하지 아늘 거요."

"남자들이 항상 그를 두려워하는 것도 당연하군요!" 그녀가 말했다. "그는 좀 무서운 존재니까요."

---

22) 4장에서 토미 듀크스가 인용한 존 포셋의 찬송가 구절.

사내의 의식이 다시 그 흐름의 방향을 바꿔 아래쪽으로 향해 내려가자, 부르르 떨리는 느낌이 그의 몸을 관통하듯 흘렀다. 그러자 그는 속수무책이 되었는데, 그의 성기는 서서히 부드럽게 물결치듯 일어나다가 탱탱하게 가득 차며 부풀어 오르더니, 이내 단단해지면서 거기 그 자리에 단단하고 도도하게, 묘하니 높이 솟은 모양으로 우뚝 서 있었다. 여자 역시 그 모습을 지켜보면서 전율하듯 몸을 약간 떨었다.

"자! 이제 이 녀석을 가져가오! 당신 것이니까." 사내가 말했다.

그녀는 몸이 부르르 떨렸으며, 정신은 녹아 없어지는 듯했다. 그가 그녀의 몸으로 들어오는 순간, 말할 수 없는 쾌감이 날카로우면서도 부드러운 물결로 그녀의 온몸을 휩쓸듯 덮쳤다. 그렇게 시작된 그 묘하고 녹아 흐르는 듯한 쾌감의 전율이 온몸으로 한없이 퍼져나갔고, 마침내 극치에 이른 흥분의 가차 없는 마지막 쇄도와 함께 그녀는 넋을 잃었다.

그는 저 멀리서 7시를 알리는 스택스 게이트의 기적 소리를 들었다. 월요일 아침이었다. 그는 약간 몸서리를 쳤다. 그러고는 얼굴을 그녀의 젖가슴 사이에 파묻은 채 그 부드러운 유방으로 양쪽 귀를 막아 소리가 안 들리게 했다.

그녀는 기적 소리조차 듣지 못했다. 그녀는 영혼이 투명하게 씻긴 채 완전히 고요하게 누워 있었다.

"일어나야 하지 않겠소?" 그가 나직하게 말했다.

"몇 시죠?" 그녀가 흐릿한 목소리로 물었다.

"좀 전에 7시 기적이 울렸소."

"일어나야겠군요."

그녀는 늘 그렇듯이, 바깥세상으로부터 받는 강요에 화가 나 있었다.

그는 일어나 앉아 멍하니 창밖을 내다보았다.

"날 사랑하죠, 그렇죠?" 그녀가 조용히 물었다.

"그런 줄 다 알고 인는 거잖쏘. 뭣 때무네 묻는 거요!" 그는 약간 짜증스러운 듯이 대답했다.

"당신이 날 붙잡고…… 놓아주지 않았으면 좋겠어요." 그녀는 말했다.

그의 눈은 따뜻하고 부드러운 어두움으로 가득 차, 아무것도 생각할 수 없는 듯 보였다.

"언제? 지금 말이오?"

"지금 당신의 가슴속에다가요. 그러고 나서 난 곧…… 당신에게로 와서 언제까지나 같이 살고 싶어요."

그는 고개를 떨구고 아무 생각도 할 수 없는 채, 알몸으로 침대 위에 그대로 앉아 있었다.

"당신은 그걸 바라지 않나요?" 그녀가 물었다.

"물론 바라오!" 그가 말했다.

그러더니 여전히 부드럽지만 또 다른 의식의 불꽃으로 어두워져서 거의 잠든 것과 같이 보이는 시선으로 그는 그녀를 바라보았다.

"지그믄 묻지 마오." 그가 말했다. "날 이대로 내버려 둬주오. 난 그댈 좋아하오. 거기 누워 이쓸 때의 그대를 난 사랑하오. 여자가 섹스에 기피 몰두할 쑤 있꼬 썹이 좋으면, 그런 여자는 사랑스러운 존재요. 난 그대를, 그대의 다리를, 그대의 모습을, 그리고 그대의 여자다움을 사랑하오. 그대의 여자다움을 진정 사랑하오. 난 당신을 내 부랄과 가스므로 사랑하오. 하지만 지그믄 묻지 마오. 내가 말로 표현하게 하지 마오. 할 쑤 인는 동안 현재의 내 모습 그대로 있께 내버려 둬주오. 나중엔 뭐든지 무러도 좋쏘. 다만 지그믄 날 그냥 내버려 둬주오. 이대로 내버려 둬주오!"

그러고는 부드럽게, 그녀의 봉긋한 베누스의 둔덕 위에 손을 갖다 대고는 갈색의 부드러운 처녀털을 쓰다듬었는데, 그 자신은 가만히 알몸으로 침대 위에 앉아, 거의 부처처럼 미동도 하지 않는 얼굴로 멍하니 있었다. 꼼짝도 하지 않은 채, 다른 의식의 보이지 않는 불길 속에 휩싸여, 그는 그녀의 몸에 손을 대고 앉아서는 의식이 다시 평상으로 돌아서기를 기다렸다.

잠시 후, 그는 손을 뻗어 셔츠를 집어 입고는 말없이 나머지 옷을 재빨리 갖추어 입었다. 그러곤 한 송이 디종의 영광[23]처럼 희미한 황금빛을 띤 채 알몸으로 침대 위에 가만히 누워 있는 그녀를 한 번 바라본 뒤 방에서 나갔다. 아래층에서 곧 그가 문 여는 소리가 들려왔다.

하지만 여전히 그녀는 생각에 깊이 잠긴 채 누워 있었다. 떠나가기가, 그의 체취와 기운을 벗어나 떠나가기가 몹시 힘들었

---

23) '디종의 영광'이라는 뜻의 글로와르 드 디종(Gloire de Dijon)이라는 장미를 가리키는데, 주로 노란색이며 매우 화려하다.

다. 그가 계단 아래 끝에서 불렀다. "7시 반이오!" 그녀는 한숨을 내쉬었다. 그러고는 침대에서 빠져나왔다. 텅 빈 작은 방이다! 조그만 서랍장과 자그만 침대 외에 아무것도 없었다. 그러나 마룻바닥은 깨끗하게 닦여 있었다. 그리고 구석의 박공 창문 옆에는 책 몇 권이 꽂힌 선반이 하나 있었는데, 순회도서관에서 빌린 책도 몇 권 있었다. 그녀는 한번 살펴보았다. 볼셰비키주의 러시아에 관한 책들과 여행서 몇 권, 원자와 전자에 관한 책 한 권 그리고 지구 중심부의 구성과 지진의 원인에 관한 책도 한 권 있었다. 그리고 소설이 몇 권 있었고, 인도에 관한 책이 세 권 있었다. 그래! 결국 그는 독서를 하는 사람이었던 것이다.

햇살이 박공 창문으로 들어와 그녀의 벌거벗은 손발을 비추었다. 바깥에서 그의 개 플로시가 이리저리 돌아다니는 모습이 보였다. 개암나무 숲은 초록빛의 엷은 안개에 싸여 있는 듯했고, 나무들 밑의 땅은 암녹색의 산쪽풀로 덮여 있었다. 새들이 날아다니면서 즐겁게 지저귀며 노래하는 맑고 상쾌한 아침이었다. 이대로 여기 머무를 수만 있다면 얼마나 좋을까! 저 연기와 철의 끔찍한 바깥세상이 없기만 하다면! 오직 그이만으로 하나의 세계를 삼을 수 있다면!

그녀는 아래층으로 내려갔다. 가파르고 좁은 나무 층계였다. 하지만 그녀는 이 작은 집으로도 만족할 것이다—그 자체로 하나의 세계를 이루기만 하다면 말이다.

그는 세수를 해 상쾌하게 보였고, 벽난로의 불길은 활활 타고 있었다.

"뭘 좀 들겠소?" 그가 말했다.

"아뇨! 빗만 좀 빌려주세요."

그녀는 그를 따라 설거지 칸으로 가서는, 빗을 받아 뒷문 옆에 걸린 손바닥만 한 거울 앞에서 머리를 빗었다. 그러고 나자 떠날 준비는 끝났다.

그녀는 자그만 앞뜰에 서서 이슬에 젖은 꽃들을 바라보았다. 회색빛 화단의 패랭이꽃들은 이미 봉오리가 맺혀 있었다.

"세상의 다른 것들을 모두 사라져 없어지게 만들고 당신과 함께 여기 살고 싶어요." 그녀는 말했다.

"세상은 없어지지 않을 거요." 그가 말했다.

그들은 거의 아무 말 없이, 이슬에 젖은 아름다운 숲속을 걸어갔다. 그러나 그들은 자신들만의 세계 속에 함께 있었다.

라그비로 돌아가는 것은 그녀에게 고통스러운 일이었다.

"곧 돌아와서 당신과 완전히 함께 살고 싶어요." 그와 헤어질 때 그녀는 말했다.

그는 대답 없이 그저 빙긋 미소를 지어 보였다.

그녀는 조용히 누구의 눈에도 띄지 않고 집으로 돌아왔다. 그리고 자신의 방으로 올라갔다.

15장

아침 식사를 나르는 쟁반 위에 힐더에게서 온 편지가 놓여 있었다. "아버지께서 이번 주에 런던에 가실 예정이란다. 다음 주 목요일인 6월 17일에 내가 널 데리러 갈게. 곧바로 떠날 수 있도록 준비를 다 해놓고 있어야 한다. 라그비에서 시간을 낭비하고 싶지 않으니까 말이야. 라그빈 정말 싫은 곳이거든. 아마 난 렛포드의 콜먼 씨네 집에서 묵을 텐데, 그러면 목요일에 너하고 점심을 같이할 수 있을 거야. 그럼 차 마시는 시간쯤에 출발해서, 그랜섬에서 잠을 잘 수 있을 거야. 클리퍼드와 함께 저녁 시간을 보내는 건 쓸데없는 일이야. 네가 가는 걸 싫어하는데, 그렇게 지체해 봤자 그 사람에게 조금도 즐거운 일이 못될 테니까 말이다."

그렇다! 그녀는 다시금 체스 판의 말처럼 이리저리 옮겨지고 있었다.

클리퍼드는 그녀가 가는 것을 싫어했다. 하지만 그건 단지 그녀가 없으면 안전한 느낌이 들지 않기 때문이었다. 그녀의 존재는 어떤 이유에선지 그에게 안전한 느낌을, 그리고 하고 있는 일들을 자유롭게 할 수 있다는 느낌을 주었다. 그는 열심히 탄광에 매달렸으며, 가장 경제적인 방법으로 석탄을 캐내고 그렇게 캐낸 석탄을 판매한다는, 거의 가망 없는 문제와 맞붙어 정력적으로 씨름하고 있었다. 그는 석탄을 사용하는, 즉 그것을 화학적으로 변화시키는 방법을 찾아내서, 석탄을 팔 필요가 없게 하거나 아니면 그걸 팔지 못하게 되는 분한 일을 당하지 않도록 해야만 한다고 생각하고 있었다. 그러나 만약 그가 전력을 생산해 낸다 할지라도, 그가 과연 그걸 팔거나 사용할 수 있을까? 게다가 그걸 석유로 변화시키는 일은 아직은 너무 비용이 많이 들고 과정이 복잡했다. 산업을 살아 있게 하기 위해서는 더욱더 많은 산업이 미친 듯이 계속해서 끊임없이 필요했다.

그것은 일종의 광기였다. 그리고 그것에 성공하기 위해서는 광인(狂人)이 되어야 했다. 그런 점에서 클리퍼드도 약간 미쳐 있었다. 코니 생각엔 그랬다. 탄광 일에 대한 그의 그 강렬한 집중과 명민함은 그녀에게 일종의 광기의 표출 같았으며, 그의 그 영감(靈感)이란 것들도 정신이상의 결과물 같았다.

그는 그녀에게 자신의 모든 중요한 계획들에 대해 이야기했으며, 그녀는 일종의 놀라움으로 귀를 기울이면서 그가 이야기를 하게 내버려 두었다. 그러면 얼마 후 그 유창하게 흐르던 말은 끝났고, 그는 곧 라디오의 확성기를 틀고서는 멍해졌으며, 그와 동시에 그의 계획들도 일종의 꿈처럼 그의 내면으로 둘둘 감겨 들어가 버리고 마는 것 같았다.

그리고 매일 밤 그는 볼턴 부인과 함께 6펜스 내기를 하며 ─ 영국 육군 병사들이 즐기는 카드놀이인 ─ 폰툰을 쳤다. 그리고 그럴 때면 그는 다시금 일종의 무의식 상태, 즉 멍한 도취 상태랄까 아니면 도취된 멍한 상태랄까 하여튼 그런 것에 빠져들었다. 코니는 그런 꼴을 보는 것이 견딜 수 없었다. 그러나 그녀가 잠자리에 들고 나면 그와 볼턴 부인은 새벽 두세 시까지 이상한 욕망에 휩싸인 채 거리낌 없이 계속 내기 놀이를 하곤 했다. 볼턴 부인도 클리퍼드만큼이나 그 묘한 욕망에 사로잡혀 있었다. 그녀는 거의 항상 잃곤 했으므로 더욱 그러했다.

그녀는 어느 날 코니에게 이렇게 말했다. "어젯밤 클리퍼드 경께 23실링이나 잃었답니다."

"그래, 그이가 그 돈을 당신한테서 다 받아 가던가요?" 코니가 깜짝 놀라며 물었다.

"아, 그야 물론이지요, 부인! 노름빚은 당연히 갚아야죠!"

코니는 단호하게 타이르며, 두 사람 모두에게 화를 냈다. 그 결과 클리퍼드는 볼턴 부인의 연봉을 100파운드 인상해서 그 걸로 그녀는 내기를 할 수 있었다. 이와 같은 그 모든 일에서 코니가 보기에, 클리퍼드는 정말로 점점 죽은 존재가 되어가는 것처럼 보였다.

그녀는 마침내 그에게 17일에 떠날 거라고 말했다.

"17일이라고!" 그가 말했다. "그럼 언제 돌아올 거지?"

"늦어도 7월 20일까지는 돌아올 거예요."

"그렇지! 7월 20일이라고 했지."

이상한 얼굴로 멍하게 그는 그녀를 바라보았는데, 그 시선에는 어린아이같이 멍청한 듯하면서도 늙은이같이 묘하게 멍한 교활함이 깃들어 있었다.

"이제 와서 날 실망시키지 않겠지, 그렇지?" 그가 물었다.

"어떻게 실망시킨다는 말이죠?"

"당신이 떠나가 있는 동안 말이야. 틀림없이 돌아오는 거지?"

"그럼요! 7월 20일까지는 꼭 돌아올 거예요!"

그는 아주 이상한 눈길로 그녀를 바라보았다.

하지만 그는 사실 그녀가 가기를 바랐다. 그건 아주 이상한 일이었다. 그는 분명코, 그녀가 가기를, 그래서 뭔가 사건을 만들어 혹 임신이라도 해서 집에 돌아오든지 어쩌든지 하기를 바랐다. 그러면서 동시에 그는 그녀가 가는 것을 두려워했다. 그저 두려울 뿐이라는 듯이 말이다.

그녀는 떨리는 마음으로 주시하면서, 그와 완전히 헤어질 진짜 기회가 오기를, 마침내 때가 무르익어 자신과 그 모두 준비될 때가 오기를 가만히 기다리고 있었다.

어느 날 그녀는 사냥터지기에게 자신의 외국 여행에 대해 이야기하며 앉아 있었다.

"그러면 나는 돌아와서," 그녀는 말했다. "클리퍼드에게 헤어져야겠다고 말할 수 있을 거예요. 그런 다음 당신과 나는 떠날 수 있겠지요. 사람들은 상대가 당신이라는 걸 알 필요도 없을 거예요. 우린 다른 나라로 가면 되고요. 안 그래요? 아프리카나 오스트레일리아 같은 데로 말예요. 어때요?"

그녀는 자신이 세운 계획으로 무척이나 들떠 있었다.

"당신은 식민지 국가에 가본 적이 전혀 없잖소?" 그가 그녀에게 물었다.

"네! 당신은요?"

"난 인도하고 남아프리카 그리고 이집트에 가보았소."

"남아프리카로 가는 건 어때요?"

"그럴 수도 있겠지!" 그는 천천히 대답했다.

"거기론 가고 싶지 않은가 보군요?" 그녀가 물었다.

"어디로 가든 상관없소. 뭘 어찌하든 난 별로 상관없소."

"당신은 행복한 기분이 들지 않나요? 왜 그렇죠? 우린 가난하지 않을 거예요. 나한텐 일 년에 약 600파운드의 수입이 있어요. 편지로 물어 확인해 봤어요. 많지는 않지만 충분할 정도는 될 거예요, 안 그래요?"

"나한테야 그건 큰돈이오."

"아, 얼마나 좋을까요!"

"하지만 난 먼저 이혼을 해야만 하고, 당신도 그래야 할 것이오. 그렇지 않으면 둘 다 복잡한 문제에 휘말리게 되고 말 테니까 말이오……"

생각해야 할 것이 많았다.

그 후 어느 날 그녀는 그에게 그 자신에 대해 물었다. 오두막에 함께 있을 때였는데, 밖에는 천둥이 치며 비가 쏟아지고 있었다.

"그래, 당신은 중위로서 장교이자 신사가 되었을 때 행복하지 않았어요?"

"행복하지 않았냐고! 글쎄. 모시던 대령님을 난 좋아했소."

"그분을 아주 좋아했나요?"

"그렇소! 그를 아주 좋아했소."

"그분도 당신을 사랑해 주었겠지요?"

"그렇소! 어느 의미에서 그도 날 사랑해 주었소."

"그분에 대해 좀 더 이야기해 봐요."

"글쎄, 이야기할 게 뭐가 있을는지? 그는 사병으로 시작해서 장교가 된 사람이었소. 그는 군대를 사랑했지. 그리고 결혼은 하지 않았소. 나보다 스무 살 많았고, 지력이 아주 뛰어난 사람이었소. 그리고 그런 사람이 으레 그렇듯 군대 안에서 외톨이였는데, 그 나름대로 열정적인 인간이었고 또 아주 총명한 장교였소. 그와 함께 있는 동안 난 그의 마력에 사로잡혀 살았다오. 그가 내 삶을 좌우하게 하다시피 했지. 하지만 난 결코 그걸 후회해 본 적이 없소."

"그럼 그분이 죽었을 때 당신은 몹시 상심했겠군요?"

"나도 그때 같이 죽을 뻔했소. 하지만 정신이 들었을 때, 나는 내 다른 부분이 끝장나 버렸다는 것을 깨달았지. 하지만 난 진작부터 그것이 죽음으로 끝나리라는 걸 알고 있었다오. 그런 것은 모두 그렇게 끝나는 법이니까 말이오."

그녀는 생각에 잠긴 채 그대로 앉아 있었다. 바깥에서 천둥치는 소리가 요란하게 울렸다. 노아의 홍수 때 방주 속에 들어와 있는 것 같은 느낌이었다.

"당신은 과거가 아주 많은 것 같군요." 그녀가 말했다.

"그렇게 보이오? 난 이미 죽음까지도 한두 번 경험해 본 셈이오. 하지만 아직 이렇게 살아 열심히 꼼지락대며, 더 많은 고생에 시달릴 운명을 앞에 두고 있다오."

그녀는 깊은 생각에 잠겨 있었는데, 그러면서도 폭풍우 소리에 귀를 기울였다.

"그러니까 당신은 그 대령이 죽었을 때, 장교로서 그리고 신사로서 행복하지가 않았겠군요?"

"그렇소! 장교니 신사니 하는 자들은 치사한 족속이었소." 갑자기 소리 내어 웃으며 그는 말했다. "대령은 이렇게 말하곤 했소. '이보게, 영국의 중산계급은 음식을 한 입 떠먹을 때마다 서른 번씩 씹어야 한다네. 창자가 너무 좁아서 완두콩만 한 음식물만 그냥 넘어가도 꽉 막혀버리고 말거든. 그자들은 세상에서 가장 치사하고 좀스러우며 여자처럼 유약한 무리일세. 제 잘난 맛에 잔뜩 취해서, 구두끈 하나 좀 잘못 매여 있어도 큰일이나 난 것처럼 파랗게 질리고, 폭 삭은 짐승 고기처럼 썩어빠진 존재인 주제에 항상 올바른 체하고 있지. 한마디로 완전히 두 손 번쩍 들 지경이라네. 허리가 꼬부라지도록 굽실대고, 혓바닥이 닳도록 똥구멍을 핥으며 아부해 대면서, 항상 올바른 체하는 족속이거든. 무엇보다도, 꼴값 떠는 도덕군자의 족속이라고 할 수 있지. 꼴값 떠는 도덕군자 족속 말일세! 여자처럼 유약하고 좀스러운 데다 불알이 반쪽밖에 없는, 꼴값 떠는 도덕군자의 세대 같으니라고……' 하고 말이오."

코니는 소리 내어 웃었다. 비는 억수같이 쏟아지고 있었다.

"그분은 그들을 아주 증오했군요!"

"아니오." 그가 대답했다. "그에게 그들은 증오할 가치도 없는 존재였다오. 그저 그런 족속을 마음에 들어하지 않았을 따름이오. 그건 증오하고는 다른 거요. 왜냐하면, 대령도 말한 것처럼, 영국군 전체가 결국 마찬가지로 도덕군자같이 꼴값을 떨고 반쪽짜리 불알에다 창자가 좁디좁은 존재가 되어가고 있기 때문이오. 그렇게 되는 것은 바로 인류 전체의 운명이기도 하다오."

"하층 평민들, 그러니까 노동자계급도 그렇단 말이죠?"

"모조리 그렇소. 사람들의 기(氣)는 다 죽어 없어져 버렸소. 자동차니 영화니 비행기니 하는 따위가 사람들에게서 마지막 남은 기까지 다 빨아 없애버리고 있소. 분명히 말하건대, 새로 태어나는 세대마다 점점 더 토끼처럼 소심해지고 고무관으로 된 창자와 양철 다리와 양철 얼굴을 하고 있을 거요. 양철 인간인 거지! 그건 모두, 인간다운 것을 말살해 버리고 기계적인 것을 숭배하는, 일종의 강고한 볼셰비키주의 같은 것이라오. 돈, 돈, 돈만이 절대적이지! 모든 현대인의 무리가 진짜로 쾌감을 얻는 일은 바로 인간에게서 본래의 인간적 감정을 말살해 버리는 일, 즉 인간 본래의 아담과 이브를 분쇄해 없애는 일이라오. 모두 똑같소. 세상 전체가 다 똑같소. 모두 인간의 진면목을 쳐 죽이고 있다오. 포피(包皮)당 1파운드, 불알 한 쌍에 2파운드를 지불하면서 말이오. 그래서 씹이란 것은 그저 기계적인 성행위에 불과하다오! 모든 게 다 똑같소. 돈을 줘서 온 세상 사람들의 성기를 잘라버리고 있는 거요. 인류에게서 참

된 기를 뽑아내서 그들을 모두 보잘것없는 장난감 기계 같은 존재로 만들고 말 자들에게 돈을 있는 대로 다 갖다 바치고 있는 거요."

오두막에 그렇게 앉아 있는 그의 얼굴에는 조롱하는 듯 빈정대는 표정이 떠올랐다. 하지만 그러면서도 그는 한쪽 귀를 젖혀, 숲 너머로 몰아치는 폭풍우 소리에 귀를 기울였다. 그 소리는 그에게 아주 고독한 느낌이 들게 했다.

"하지만 그건 언젠가 끝나지 않을까요?" 그녀가 물었다.

"그렇소, 끝날 거요. 스스로 망하고 구원하는 지경까지 갈 거요. 마지막 남은 진정한 인간이 죽임을 당하고, 세상 사람들 모두가 순하게 길든 존재가 되면, 즉 백인이고 흑인이고 황색인이고 모든 인종이 순하게 길든 존재가 되면, 세상 사람들 모두 제정신이 아닌 상태가 돼버릴 것이오. 그건 제정신의 근원이 바로 불알에 있기 때문이지. 그렇게 되면 모두들 제정신이 아닌 상태가 되고 말 거고, 그러면 그들은 거대한 화형식[24]을 거행할 것이오. 당신도 알다시피, 화형식이란 말은 원래 '신앙의 행위'를 뜻하잖소? 그러니까 말하자면, 그들은 바로 자신들의 그 보잘것없는 신앙 행위를 거창하게 거행할 것이오. 그래서 그들은 서로를 제물로 바칠 것이오."

"그러니까, 서로를 죽인다는 말인가요?"

"그렇소, 귀여운 아가씨! 현재 상태로 계속 나간다면, 이 섬

---

24) auto da fé. 포르투갈어로 '신앙의 행위'라는 뜻으로, 이단자에게 선고문을 낭독하고 화형을 집행하게 하는 스페인 종교재판의 한 절차를 말한다.

나라에는 백 년 안에 사람이 만 명도 남지 않을 거요. 아니, 열 명도 안 남아 있을지 모르지. 사람들은 서로를 아주 훌륭하게 청소해 버리고 말 것이니까." 천둥소리가 아까보다 멀리 떨어져서 울리고 있었다.

"참으로 근사하겠군요!" 그녀가 말했다.

"정말 근사할 거요! 인간이 멸종해 버리고 그 뒤 다른 종(種)의 생물이 나타날 때까지 오랫동안 공백이 이어질 것을 생각하는 일보다 더 마음을 차분히 진정시켜 주는 건 없을 거요. 이런 식으로 계속 나아가서 모든 사람들이, 지식인이고 예술가고 정부고 산업가고 노동자고 모두 다, 자신들의 마지막 남은 인간적 감정과 마지막 한 조각 남은 직관력, 그리고 마지막 남은 건강한 본능까지 미친 듯이 죽여 없앤다면, 그리하여 지금 계속되고 있듯이 그렇게 계속 대수학(代數學)적인 진행으로 나아간다면, 그러면 마침내 인류여, 안녕! 하고 종치는 날이 도래하고 말 것이오! 잘 가거라! 친구야! 하는 날이 말이오. 그러면, 바로 인간이란 뱀이 스스로를 집어삼키고는 텅 빈자리를 남겨놓는 셈인데, 그 빈자리는 아주 엉망진창이긴 하겠지만 전혀 희망이 없는 건 아닐 거요. 생각해 보시오, 얼마나 근사할지! 사나운 야생 들개들이 라그비에서 짖어대고, 사나운 야생 조랑말들이 테버셜의 갱구 위를 짓밟고 돌아다니는 때를 말이오! 그야말로 하나님, 당신을 찬미하나이다![25] 하고

---

25) te deum laudamus. 라틴어로 "하나님, 당신을 찬양합니다"라는 뜻으로, 5세기경부터 교회 안에서 찬양곡으로 불렸다.

환희의 찬양을 올리고 싶을 거요."

코니는 다시 소리 내어 웃었다. 하지만 그리 즐겁지는 않았다.

"그렇다면 당신은 분명 세상 사람들이 모두 볼셰비키주의자라는 게 기쁘겠군요." 그녀는 말했다. "세상 사람들이 종말을 향해 서둘러 달려가고 있는 게 말이에요."

"그렇소. 난 그들을 막지 않을 거요! 왜냐하면 막고 싶어도 막을 수가 없기 때문이오."

"그렇다면 당신은 왜 그렇게 괴로워하는 거지요?"

"그렇지 않소! 내 성기가 마지막 찍소리를 내고 죽어버린다 해도, 난 아무렇지도 않소."

"하지만 당신에게 자식이 있다면요?" 그녀는 물었다.

그는 고개를 떨구었다.

"글쎄⋯⋯." 그는 마침내 입을 열어 말했다. "이런 세상에 자식을 낳는 것은 나한테는 그릇되고 괴로운 행위같이 여겨지는군."

"아녜요! 그렇게 말하지 마세요! 그런 말 하지 마세요!" 그녀는 애원하듯 말했다. "나한테 아기가 생길 거예요. 그러니 기쁘다고 말해주세요." 그의 손을 잡으며 그녀는 말했다.

"당신이 기쁘다면 나도 기쁘오." 그는 말했다. "하지만 나로서는, 아직 태어나지 않은 아기에게 끔찍한 몹쓸 짓을 한 것같이 여겨진다오."

"아, 안 돼요!" 그녀는 충격을 받은 듯이 말했다. "그러면 당신은 결코 진정으로 나를 원할 수가 없어요! 그런 느낌이 있으면 당신은 나를 진정으로 원할 수가 없는 거예요!"

그는 음울한 얼굴을 한 채 다시금 말없이 있었다. 바깥에서는 비가 쏟아지는 소리만이 들려왔다.

"꼭 당신 말대로만은 아녜요!" 그녀는 속삭이듯 말했다. "꼭 그렇지는 않아요! 다른 측면의 진실도 있는 거예요." 그녀는, 그가 지금 비통한 마음이 된 까닭의 일부는 바로 자신이 일부러 그를 떠나 베네치아에 가려고 하는 데 있다고 느꼈다. 그런데 그것은 한편으로 그녀를 기쁘게 했다.

그녀는 그의 옷을 열어젖혀 복부를 드러나게 한 다음 그의 배꼽에 입을 맞췄다. 그러고는 뺨을 그의 배에다 대고 팔로 그의 따뜻하고 조용한 허리를 휘감아 꼭 안았다. 홍수로 뒤덮인 천지간에 둘만이 존재하는 것 같았다.

"희망에 찬 마음으로 아이를 원한다고 말해줘요!" 그녀는 나직하게 속삭이면서, 얼굴을 그의 배에 대고 꼭 눌렀다. "어서 그렇다고 말해줘요!"

"글쎄!" 그가 마침내 입을 열었다. 그러자 팽팽히 당겨진 그의 의식이 풀어지면서 묘한 떨림이 그의 몸을 따라 흐르는 것을 그녀는 느꼈다. "글쎄……. 가끔 난 이곳의 광부들 중에서라도 한번 누군가, 정말 한번 누군가 시도만이라도 해보아쓰면! 하고 생각하곤 한다오. 광부드른 요즘 일은 고되게 하면서 돈은 별로 벌지 모타고 있소. 누군가 한 사람이 나서서 그들에게 말 좀 해줄 수 이쓰면 조으련만. 이러케 말이오. '돈만 생가카질 말라. 생화레 필요한 것들 문제라면 우리에겐 필요한 것드리 거의 다 있따. 돈을 위해 살지 말자.'……."

그녀는 그의 배에 뺨을 대고 부드럽게 비볐다. 그리고 그의 불알을 손으로 살며시 감아쥐었다. 그의 성기가 이상한 생명력을 가지고 가만히 꿈틀거렸다. 하지만 솟아나 일어서지는 않았다. 밖에서는 비가 두드려 부수듯 사납게 쏟아지고 있었다.

"……'뭔가 다른 거슬 위해 살자. 우리 자시늘 위해서든 다른 누구를 위한 거시든, 돈만 벌기 위해서 사는 삶을 그만두자. 지금 우리는 그러케 살도록 강요받고 있다. 우리 자시늘 위해서 눈곱만큼 벌고 사장드레겐 거액을 버러다 바치면서 그러케 살도록 강요받고 있따. 이제 그런 삶을 그만두자! 조금씩, 그걸 멈춰나가자. 고래고래 소리치며 떠드러낼 피료가 업따. 그저 조금씩, 산업에 물든 그 모든 삶을 떨쳐버리고 본연으로 도라가자. 돈은 아주 최소한만 이쓰면 충분할 거시다. 이게 모든 사라믈, 나와 당신, 사장과 주인, 심지어 왕까지도 위하는 일이다. 돈은 정말 아주 최소한만 이쓰면 된다. 그저 그러케 하기로 결심만 해라. 그러면 당신네드른 이 더러운 수렁에서 헤어 나올 쑤 이께 된다.' 하고 말이오." 그는 잠깐 멈췄다가 다시 말을 이었다.

"그리고 난 또 그드레게 이러케 말할 거시오. '보라! 저기 인는 조를 한번 보라! 그의 움지기는 모습은 얼마나 멋진가! 살아 인는 의식을 가지고 싱싱하게 움지기는 그의 모습을 보라! 그는 정말 아름답지 안은가! 그런데 여기 조녀를 보라! 그는 볼품업시 추하기만 하지 안은가! 그건 바로 그가 스스로 깨어나려는 마음이 전혀 업기 때문이다.' 그리고 또 이러케 말할 거시오. '보라! 당신 자신들의 모습을 한번 보라! 한쪽 어깨는

삐죽 추켜 올라가고 두 다리는 뒤틀려 있꼬 두 발은 온통 붓고 혹투성이인 당신들의 모습을! 그 비러머글 노동으로 당신 자신드레게 한 짓이 대체 무어신가? 바로 자신드를 망쳐버린 것바께 더 인는가. 결코 당신네 자신과 삶을 망치도록 노동하지 말라. 그러케 많이 노동할 피료가 전혀 업따. 오슬 벗고 당신네 몸을 한번 보라. 싱싱하게 살아서 아름다워야 하는 당신네드른 지금 추하고 반은 죽은 상태일 뿐이다.' 그러케 나는 그들에게 말할 거시오. 그리고 나를 따르는 사람들에게 다른 옷을 입도록 할 거시오. 아마 몸에 꼭 만는 선홍색 빨간 바지와 하얀색의 약간 짤븐 웃옷을 이필 거요. 정마리지, 남자드리 빨간 바지의 멋진 다리를 갖게 되면, 그것마느로도 한 달만에 달라지고 말 거요. 그드른 다시 정말 사내다운 남자가 되기 시작할 거요! 그러면 여자들도 그들 하고 시픈 대로 옷을 입을 수 이쓸 거요. 왜냐하면 일단 남자들이, 꼭 끼는 주홍빛 바지를 입은 다리에다가, 짤븐 하얀 웃옷 아래 멋지게 주홍빛으로 드러난 엉덩일 하고서 거러 다니기 시작하면, 곧 여자들도 여자다운 여자가 되기 시작할 거시기 때문이오. 여자들이 여자다울 수 엄는 거슨 바로 남자드리 남자답지 못하기 때문인 거시오. 그리고 때가 되면 테버셜을 허물어버리고, 우리 모두를 수용할 만한 아름다운 건물을 몇 채 지을 거시오. 그리고 이 고장을 다시 깨끄시 되살려 노을 거시오. 또 아이를 많이 낳지 안을 거신데, 그건 세상이 이미 인구 과잉이기 때문이오.

하지만 난 사람드레게 설교를 늘어놓지는 안을 거시오. 그저 그들을 벌거벗기면서 이러케 말할 거시오. '당신 자신드를 한번 보라! 돈만을 위해 일하고 인는 당신드를 말이다! 당신 자신들의 비명 소리를 한번 들어보라! 돈만을 위해 일하고 인는 당신들의 비명 소리를 말이다. 당신드른 오로지 돈만을 위해 일해왔다! 테버셜을 보라! 끔찍하지 안은가! 그건 바로 당신네드리 돈만을 위해 일하고 인는 동안에 지어졌기 때문이다. 당신네 여자드를 보라! 그들은 당신드레게 관심이 업꼬, 당신들도 그드레게 관심이 업따. 그건 바로 당신드리 온 시간을 바쳐 오로지 돈만을 위해 일하고 돈에만 마음을 쓰면서 사랐기 때문이다. 당신드른 제대로 이야기를 나누거나 도라다니거나 생활을 하거나 할 수가 업스며, 여자들과의 관계도 제대로 가질 수 업따. 당신드른 살아 인는 것이 아니다. 당신 자신들의 꼴을 한번 보란 말이다!' 하고 말이오."

쥐 죽은 듯이 완전한 침묵이 흘렀다. 코니는 반은 선성으로 들으면서, 그의 아랫배 끝에 난 털에다가 오두막으로 오는 도중에 꺾어온 물망초꽃 몇 송이를 꿰어 엮고 있었다. 바깥은 온 세상이 고요해진 가운데, 공기가 꽤 쌀쌀해졌다.

"당신에게는 네 가지 종류의 털이 있군요." 그녀가 그에게 말했다. "가슴에 난 털은 거의 검은색에 가까운데, 머리털은 별로 검지가 않아요. 하지만 당신 콧수염은 빳빳하니 암적색이고, 여기 이곳에 난 털, 그러니까 당신의 사랑털은 마치 선명한 금빛 적황색의 겨우살이가 자그만 솔처럼 돋아나 있는 것 같아요. 그런데 이게 제일 아름다워요!"

그는 내려다보았는데, 우윳빛 물망초꽃들이 사타구니의 털에 엮여 있었다.

"그래! 바로 거기가 물망(勿忘)의 꽃을 엮어놓을 곳이지 —남자와 여자의 사랑털이 난 곳 말이야. 그런데 당신은 앞일이 걱정되지 않소?"

그녀는 그를 올려다보았다.

"물론 걱정되지요. 아주 몹시요!" 그녀는 말했다.

"인간 세상이 파멸할 운명이라는, 즉 인간 세상이 자신의 더러운 야만성에 의해 스스로 파멸하고 말 운명을 자초하고 있다는 느낌이 들 때, 그럴 때면 난 우리가 식민지 나라로 가는 것조차 위험에서 멀어져 안전해지는 느낌이 별로 들지 않으면서 걱정에 휩싸이게 된다오. 설령 달나라로 간다 해도 완전한 피신이 되지 못할 거요. 거기서조차, 뒤를 돌아보면 뭇 별들 가운데서 더럽고 야만적이고 추한 모습의 지구가 보일 것이기 때문이오. 인간에 의해 추하게 더럽혀진 꼴이 말이오. 그럴 때면 난 쓸개라도 삼킨 것처럼 속이 뒤집히면서, 그 어디에도 안전하게 도망칠 곳이 없다는 느낌이 든다오. 하지만 그러다가 기분이 달라지면 난 또다시 모든 걸 잊어버리고 만다오. 그렇지만 지난 백 년의 세월 동안 인간들에게 일어난 일은 정말 치욕스럽기 짝이 없는 것이오. 남자들은 단지 일하는 벌레로 전락했고 그들의 남자다움과 진정한 삶은 모조리 빼앗기고 말았소. 할 수만 있다면 나는 기계를 이 지상에서 쓸어 버리고 산업 시대를 하나의 끔찍한 오류로서 완전히 끝장내 버리고 싶소. 하지만 그건 나도 어느 누구도 할 수 없는 일이므로, 난 차라리 가만히 침묵을 지킨 채, 내 자신의 삶이나 살아보려고 애쓰는 게 나을 것이오. 살아갈 만한 인생이 나한테 있는지 의심스럽지만 혹 그런 게 나에게 있다면 말이오."

바깥에서는 천둥소리가 멎어 있었다. 하지만 좀 약해졌던 빗줄기가 갑자기 몰아치듯 비를 퍼붓기 시작했고, 잦아들던 폭풍우도 마지막으로 머뭇거려 보는 듯이 번개를 치고 우레를 울려댔다. 코니는 좀 불안해졌다. 그가 아주 오랫동안 이야기를 계속하고 있는 데다가, 이제는 그녀에게가 아니라 자기 자신에게 이야기를 하고 있었다. 절망이 그를 완전히 덮쳐 짓누르는 것처럼 보였다. 하지만 그녀는 지금 행복한 느낌이었고, 그래서 절망하는 것이 싫었다. 잠시지만 그녀가 그를 떠난다는 사실이 그를 그런 기분에 빠뜨렸다는 것을 그녀는 알고 있었다. 그는 그것을 마음으로만 느낀 채 의식적으로는 깨닫지 못하고 있었는데, 어쨌든 그녀는 어떤 승리감 같은 것을 약간 느끼기도 했다.

그녀는 앞문을 열고는 쏟아지는 빗줄기를 바라보았다. 수직으로 퍼붓는 형세가 마치 강철로 된 커튼이라도 친 듯했다. 갑자기, 그 속으로 뛰어나가 내달려 보고 싶은 충동이 일었다. 그녀는 자리에서 일어나, 재빨리 양말을 벗기 시작하더니 곧 겉옷과 속옷까지 모두 다 벗어던졌다. 그는 숨을 죽이고 바라보았다. 동물적인 느낌을 주는 뾰족하고 예리한 그녀의 두 젖가슴이 움직임에 따라 출렁이며 흔들렸다. 그녀의 몸은 초록색 빛을 받은 가운데 상아색을 띠었다. 그녀는 고무로 된 신발을 다시 신고 나서 야성적인 웃음을 자그맣게 터뜨리며 밖으로 달려나갔다. 두 젖가슴을 쏟아지는 빗줄기를 향해 내밀고 두 팔을 활짝 벌린 채, 빗줄기에 가려 모습이 희미해진 가운데, 아주 오래전 드레스덴에서 배웠던 율동 체조의 동작을 하면서 달려갔다. 창백한 듯 흐릿한, 이상한 형상의 모습이었다. 몸을 들어올렸다 내렸다 하다가 앞으로 구부려서는, 한껏 드러난 엉덩이에 빗줄기가 부딪혀 번쩍거리며 튀기게 하고, 다시 굼실굼실 흔들며 몸을 세우더니 배를 앞으로 쑥 내민 채 빗속을 달리기도 하고, 그러다가 다시 앞으로 휙 수그려서는, 허리와 궁둥짝만을 내밀어 온통 드러낸 채, 무슨 야만적인 인사를 되풀이해 그에게 일종의 경의를 표하기라도 하듯이, 흔들어대는 것이었다.

그는 묘하게 뒤틀린 웃음을 터뜨리더니, 옷을 벗어던지기 시작했다. 도저히 가만히 있을 수 없었다. 그도 벌거벗은 하얀 알몸이 되어, 살짝 몸서리를 한 번 치고는, 세차게 사선을 그으며 퍼붓는 빗줄기 속으로 뛰쳐나왔다. 플로시가 그의 앞으로 뛰어오르며 미친 듯이 짖어댔다. 코니는 머리칼이 온통 젖어 머리에 찰싹 달라붙은 모습으로, 흥분으로 뜨거워진 얼굴을 돌려 그를 바라보았다. 파란 눈에 흥분의 불꽃이 확 타오르는가 싶더니, 휙 돌아서서는 묘하게 돌진하는 듯한 동작으로 빈터를 빠져나가 길을 따라 쏜살같이 달려갔다. 그녀가 비에 젖은 나뭇가지에 몸을 스치며 달려가자 비에 젖은 둥근 머리통과 도망치느라 앞으로 기울어진 젖은 등판 그리고 빗물이 반짝거리는 둥그스름한 궁둥짝만이 그에게 보였다. 웅크린 채 도망치고 있는 여자의 경이로운 나체였다.

그녀가 넓은 승마로까지 거의 다 갔을 때에야 비로소 그는 그녀를 따라잡아, 벌거벗은 한 팔로 그녀의 부드럽고 비에 젖은 나체의 허리를 감싸 붙들 수가 있었다. 그녀는 비명을 지르며 몸을 반듯이 세웠다. 그러자 물컹하니 부드럽고 차가운 그녀의 살이 그의 몸에 부딪히며 닿았다. 그는 그것을 와락 부둥켜안았다. 그 물컹하니 부드럽고 차가워진 여자의 살을 미친 듯이 꼭 누르며 껴안았다. 그러자 그렇게 닿은 그녀의 살은 금세 불꽃처럼 뜨거워졌다. 빗물이 흘러내리는 그들의 몸에서는 어느덧 김이 모락모락 피어올랐다. 그는 그녀의 묵직하니 사랑스러운 양 볼기짝을 한 손에 한 쪽씩 그러쥐고는 격정적으로 꼭 끌어당겨 안은 채, 몸을 부르르 떨며 빗속에서 꼼짝하지 않고 서 있었다. 그러더니 갑자기 그녀를 넘어뜨리고는 자신도 함께 길 위로 쓰러졌다. 사방이 고요한 가운데 빗소리만이 요란하게 천지에 진동하고 있었다. 짧고 날카롭게, 그는 그녀를 차지했다. 짧고 날카롭게. 그러곤 끝냈다, 동물처럼.

그는 눈에서 빗물을 닦아내면서 바로 일어났다.

"들어갑시다." 그가 말했고, 두 사람은 오두막을 향해 달리기 시작했다. 그는 곧장 아주 빠르게 달려갔다. 비를 좋아하지 않았기 때문이다. 그러나 그녀는 좀 더 천천히 가면서, 물망초꽃이나 석죽이나 블루벨 등을 꺾기도 하고, 몇 발짝 뛰다가 멈춰서는 그가 저만치 먼저 달아나는 모습을 지켜보기도 했다.

그녀가 꽃을 들고 숨을 헐떡이면서 오두막에 도착했을 때는 그가 벌써 불을 지펴놓아 잔 나뭇가지들이 탁탁 소리를 내며 타고 있었다. 그녀의 뾰족한 젖가슴은 가쁜 숨결에 솟아올랐다 가라앉았다 했고, 머리칼은 비에 젖어 찰싹 달라붙어 있었으며, 얼굴은 발그레하게 상기되어 있었고, 젖어 번들거리는 몸에서는 빗물이 뚝뚝 떨어졌다. 눈을 크게 뜬 채 숨을 헐떡이며, 머리는 빗물에 젖어 자그마해져 있고, 순박하고 풍만한 엉덩이에서 빗물이 뚝뚝 떨어지고 있는 그녀는 전혀 다른 존재처럼 보였다.

그는 헌 이불보를 가져다가 그녀의 몸을 닦아주었는데, 그녀는 어린아이처럼 가만히 서 있었다. 그런 다음 그는 자기 몸을 닦으면서 오두막 문을 닫았다. 불은 활활 타오르고 있었다. 그녀는 그가 몸을 닦고 있는 이불보의 다른 쪽 끝에다 고개를 파묻고는 젖은 머리칼을 비벼 닦았다.

"두 사람이 똑같은 수건으로 몸을 닦고 있군. 그러니 이제 우린 앞으로 다투게 될 거요!"[26] 그가 말했다.

머리칼이 온통 헝클어진 채, 그녀는 잠깐 쳐다보았다.

"아녜요!" 그녀는 눈을 크게 뜨고서 말했다. "이건 수건이 아니잖아요. 이불보라고요."

그러고는 그녀는 계속해서 바쁘게 머리를 비벼 닦았고, 그 동안 그도 반대편에서 바쁘게 자기 머리를 닦았다.

격하게 뛰고 난 탓에 아직도 숨을 헐떡이면서, 두 사람은 제각기 군용 담요를 둘러쓰고 몸 앞부분을 불 쪽에 드러낸 채, 벽난로 앞의 통나무에 나란히 앉아서 좀 진정되기를 기다렸다. 코니는 담요가 살갗에 닿는 느낌이 싫었다. 그러나 이불보는 지금 온통 젖어 있어서 할 수 없었다.

---

26) 똑같은 수건을 두 사람이 함께 쓰면 다투게 된다는 영국의 미신이 있다.

그녀는 담요를 벗어던지고는 진흙으로 된 벽난로 앞턱에 무릎을 꿇고 앉아, 머리를 불 쪽으로 숙인 채 고개를 흔들어 머리카락을 말렸다. 그는 아름답게 곡선을 그리며 휘어져 내려가는 그녀의 엉덩이를 가만히 바라보았다. 그 모습은 오늘 그를 황홀하게 했다. 묵직하고 둥그스름한 그녀의 궁둥짝으로 비스듬히 흘러내리는 그 풍만한 곡선은 얼마나 아름다운지! 그리고 가운데의 갈라진 곳에, 비밀스러운 따뜻함 속에 감싸인 그 비밀의 입구들!

그는 손으로 그녀의 궁둥이를 부드러이 쓰다듬으며, 그 둥그렇게 휘어진 곡선미과 풍만함을 오랫동안 섬세하게 감상하듯 느껴보았다.

"당신은 궁둥이가 정말 근사하오." 그는 쉰 목소리의 애무하는 듯한 어조의 사투리로 말했다. "당신은 정말 그 누구보다도 근사한 엉덩일 가져쏘. 정말 세상에서 제일로, 제일로 근사한 여자 엉덩이요! 구석구석 그야말로 정말 여자다운 엉덩이요. 엉덩짝이 단추알만 한, 사내나 다름없는 그런 여자들하고 당신은 정말 달라! 부드럽게 휘어진 당신 궁둥이는 남자가 뱃속까지 진정으로 사랑하게 되는, 그런 진짜 궁둥짝이오. 세계라도 받쳐 들 수 이쓸 만한 궁둥짝이오, 정말!"

이렇게 말하는 내내 그는 그 둥그스름한 궁둥이를 섬세하게 어루만졌다. 곧 묘하니 알 수 없는 불꽃이 그곳으로부터 그의 손을 타고 전해져 오는 것 같았다. 그러자 그의 손가락 끝이 그녀의 육체로 들어가는 두 비밀의 입구를 잇달아 반복해 부드러운 불길이 살며시 스치듯이 쓰다듬었다.

"당신이 똥을 싸고 오주믈 눈다 해도 난 기쁠 거시오. 똥도 오줌도 쌀 수 엄는 여자는 난 원하지 안쏘." 코니는 어이없다는 듯, 갑자기 콧구멍으로 터져 나오는 웃음을 억누르지 못했다. 하지만 그는 아랑곳하지 않고 계속 말을 이었다. "당신은 진짜배기야, 정말로! 진짜배기 암컷이야. 여기로 당신은 똥을 싸고 또 여기론 오주믈 누겠지. 하지만 그래서 난 오히려 두 곳 모두 소느로 만지며 당신을 사랑하오. 오히려 그래서 마리오. 당신은 정말 제대로 된, 그래서 자신을 자랑스러워하는, 그런 여자 엉덩일 가져쏘. 자신을 조금도 부끄러워하지 안는 엉덩일 말이오. 정마리오."

그는 그녀의 비밀스러운 부분을 손으로 꼭 누르며 죄듯이 만졌다. 다정하게 은밀한 인사라도 하는 듯한 손길이었다.

"참 좋소." 그는 말했다. "아, 참 좋소! 내가 단 십 분바께 살지 모탄다 해도, 그동안 당신 엉덩일 어루만지며 그걸 다 알아낼 수 이끼만 하다면, 난 한 번의 제대로 된 인생을 사라따고 여길 거요. 정마리오! 산업사회의 제도가 어쩨뜬 상관업쏘! 여기에 바로 내 일생의 진수가 이쓰니 말이오."

그녀는 몸을 돌려 그의 무릎 안으로 기어 들어가, 그에게 안겨 바짝 매달렸다.

"키스해 줘요!" 그녀는 속삭였다.

그리고 그녀는, 서로 얼마 동안 헤어져 있어야 한다는 생각이 두 사람 모두의 마음속에 숨어 도사리고 있다는 사실을 깨달았다. 그래서 그녀는 마침내 슬퍼졌다.

그녀는 그의 허벅지 위에 올라앉은 채, 머리를 그의 가슴에 기대고, 어렴풋이 빛나는 상아빛 두 다리를 느슨하게 벌리고 있었다. 불길은 두 사람을 너울너울 비추며 빨갛게 타고 있었다. 고개를 숙인 채 앉아 있던 그는 빨갛게 어른거리는 불빛 속에서, 그녀의 접힌 몸을, 그리고 양털같이 부드러운 갈색 털이 아래로 뻗어, 그녀의 벌어진 넓적다리 사이에서 뾰족하게 하나의 점으로 모아지고 있는 것을 보았다. 그는 뒤에 있는 식탁으로 손을 뻗어, 그녀가 꺾어온 꽃다발을 집어 들었다. 꽃다발은 여전히 빗물에 흠뻑 젖어 있어서 물방울이 그녀의 몸 위로 떨어졌다.

"꽃들은 사시사철 비바람을 맞으며 바깥에서 산다오." 그가 말했다. "그들에겐 집이 없지."

"오두막 같은 것조차도 없지요!" 그녀가 중얼거리듯 속삭였다.

조용한 손길로 그는 물망초꽃 몇 송이를 그녀의 봉긋한 베누스의 둔덕에 난 고운 갈색 털에다 꿰어 엮었다.

"자!" 그가 말했다. "물망초꽃들이 그 이름에 딱 들어맞는 자리에 꽂혀 이쏘!"

그녀는 묘하니 조그만 우윳빛 꽃들이 몸통 아래쪽 끝의 갈색 처녀털 사이에 달려 있는 것을 내려다보았다.

"참 예쁘기도 하죠!" 그녀는 말했다.

"생명처럼 예쁘군." 그가 대답했다.

그리고 그는 분홍빛 석죽 꽃봉오리 하나를 그 사이의 털에다 꽂았다.

"자! 이건 바로 나요. 당신이 날 잊지 안을 물망(勿忘)의 자리에 내가 꽂혀 있는 셈이지! 갈대 속의 모세[27]와도 같다고 할까."

"그럼 당신은 내가 잠깐 떠나 있는 걸 별로 개의치 않는 거죠, 그렇죠?" 그녀는 안타까운 듯이 물으며, 그의 얼굴을 올려다보았다.

그러나 굵은 눈썹 아래의 그의 얼굴은 속을 헤아릴 수 없는 표정이었다. 그는 아주 멍하니 무표정한 얼굴로 있었다.

"당신 좋을 대로 하오." 그가 말했다.

점잖은 표준어였다.

"하지만 당신이 싫다면 안 가겠어요." 그녀는 그에게 바짝 붙어 매달리면서 말했다.

침묵이 흘렀다. 그는 몸을 기울여 장작을 하나 더 불에 밀어 넣었다. 불꽃이 멍한 표정으로 잠자코 있는 그의 얼굴을 빨갛게 비췄다. 그녀는 가만히 기다렸다. 하지만 그는 아무 말이 없었다.

"난 그저, 그렇게 하는 게 클리퍼드와 헤어지는 좋은 방법이 되리라고 생각했을 뿐이에요. 난 아이를 갖고 싶거든요. 또 그렇게 하면 나에게 기회가 되기도 할 텐데, 그러니까……." 그녀가 다시 말을 시작했다.

"사람들이 믿을 만한 거짓말을 꾸며낼 기회가 된다는 거겠지." 그가 말했다.

"그래요. 그 밖에 다른 것도 있지만요. 당신은 사람들이 사

---

27) 「출애굽기」 2장 참조.

실대로 알기를 바라세요?"

"사람들이 어떻게 생각하든 난 상관없소."

"난 달라요! 사람들이 불쾌하고 냉담한 마음으로 나를 대하는 건 싫어요. 내가 라그비에 있는 동안만은 말이에요. 나중에 내가 완전히 떠나버린 다음에야, 그들이 뭐라고 생각하건 상관없지만요."

그는 잠자코 있었다.

"하지만 클리퍼드 경은 당신이 돌아올 거라고 기대하고 있잖소?"

"네, 일단은 돌아와야 해요." 그녀는 말했다. 다시 침묵이 흘렀다.

"그럼 라그비에서 애를 낳을 생각이오?" 그가 물었다.

그녀는 팔로 그의 목을 휘감았다.

"당신이 날 데려가지 않는다면, 그럴 수밖에 없겠죠." 그녀는 대답했다.

"데려가다니, 어디로 말이오?"

"어디든지요! 멀리! 라그비에서 멀리 떨어진 곳이기만 하면요."

"언제 말이오?"

"그야…… 내가 돌아왔을 때죠."

"하지만 뭣 하러 다시 돌아와서 두 번 일을 한단 말이오? 일단 떠나버리면 그만일 텐데." 그가 말했다.

"아녜요, 일단은 돌아와야 해요. 약속했거든요! 아주 굳게 약속했어요. 게다가, 사실 난 바로 당신에게로 돌아오는 것이에요."

"바로 당신 남편의 사냥터지기한테 말이오?"

"그게 대체 무슨 상관인지 모르겠군요." 그녀는 말했다.

"모르겠소?" 그는 잠시 생각에 잠겼다. "그럼 언제 다시 떠나갈 생각이오? 완전히 말이오. 정확히 언제 떠날 생각인 거요?"

"글쎄요, 잘 모르겠어요. 일단 베네치아에서 돌아올 거고…… 그런 다음 함께 모든 걸 준비하면 되겠지요."

"어떻게 준비한다는 말이오?"

"뭐…… 먼저 전 클리퍼드에게 떠나겠다고 말하겠어요. 그에게 일단 말을 해야 할 테니까요."

"그렇소?"

그는 입을 다물고 가만히 있었다. 그녀는 두 팔로 그의 목을 껴안았다.

"일을 어렵게 하지 말아줘요." 그녀는 간청하듯 말했다.

"무슨 일을 어렵게 만든다는 거요?"

"내가 베네치아에 가서…… 이런저런 준비를 하는 일 말예요."

반은 히죽거리는 듯한 미소가 희미하게 그의 얼굴을 스치고 지나갔다.

"일을 어렵게 만들려는 것은 아니오." 그가 말했다. "그저 당신이 추구하는 것이 무엇인지 알고 싶었을 뿐이오. 하지만 당신 자신은 그걸 모르고 있는 것 같소. 당신이 원하는 것은 바로 시간적 여유요. 멀리 떠나가서 살펴볼 시간적 여유 말이오. 그렇다고 당신을 비난할 생각은 없소. 오히려 난 당신이 현명하다고 생각하오. 당신은 라그비의 여주인으로 그냥 남아 있는 쪽에 마음이 기울지도 모르오. 그것에 대해서 역시 난 당신을 비난할 생각이 없소. 난 당신에게 라그비 같은 걸 전혀 제공해 줄 수 없으니까 말이오. 사실, 당신은 나한테 얻을 것이 무엇인가를 이미 잘 알고 있소. 그래, 맞소. 당신이 그러는 것은 옳은 일이오! 정말이오! 게다가 나도, 당신에게 얹혀서 당신의 부양을 받으며 사는 것이 별로 달갑지 않소. 그 문제 역시 중요하오.”

어쩐지 그녀는 그가 피장파장의 맞받아치기를 하고 있는 것처럼 느껴졌다.

“하지만 당신은 나하고 같이 살고 싶죠, 그렇죠?” 그녀는 물었다.

“당신은 어떻소? 먼저 말해보시오.”

“그건 당신도 잘 알고 있잖아요. 그것은 물어볼 필요도 없이 자명한 사실이에요.”

“좋소! 그럼 언제 당신은 나하고 같이 살고 싶소?”

“아까 말한 것처럼 베네치아에서 돌아오면 함께 모든 걸 준비할 수 있을 거예요. 지금은 당신한테 정신없이 빠져 있어요. 좀 진정하고 정신을 차릴 필요가 있어요.”

“맞소! 진정하고 정신을 차려야 하오!”

그녀는 약간 기분이 상했다.

“하지만 당신은 날 믿죠, 그렇죠?” 그녀는 물었다.

“아, 그야 두말하면 잔소리지!”

그의 말투에서 빈정거림을 읽을 수 있었다.

"그럼, 말해봐요." 그녀는 단호하고 쌀쌀한 어조로 말했다. "내가 베네치아에 가지 않는 게 더 낫겠다고 당신은 생각하는 건가요?"

"그야 분명, 당신이 베네치아에 가는 쪽이 더 낫다고 해야 하겠지." 그는 냉정하고 약간 조롱기 섞인 목소리로 말했다.

"그게 다음 주 화요일이라는 거 알죠?" 그녀가 물었다.

"그렇소!"

그녀는 생각에 잠기기 시작했다. 그러다가 마침내 다시 입을 열어 말했다.

"그리고 내가 돌아올 때쯤이면, 우리는 처한 상황을 좀 더 잘 알 수 있게 될 거예요, 안 그래요?"

"틀림없이 그렇겠지!"

묘한 침묵의 심연이 두 사람 사이에 가로놓여 있었다!

"변호사한테 가서 내 이혼 문제에 대해 이야기해 보았소." 그가 좀 어색하게 말했다.

그녀는 전율하듯 살짝 몸을 떨었다.

"그랬어요!" 그녀는 말했다. "그가 뭐라고 하던가요?"

"진작에 이혼을 했어야 했는데, 이제 문제가 좀 어려워졌다고 하더군. 하지만 내가 군대에 가 있었던 거니까, 결국은 잘 해결되리라 생각한다고 했소. 다만, 이 일 때문에 그 여자에 대해 생각해야 하는 일만 없으면 정말 좋을 텐데!"

"그 여자도 사실을 알고 있어야 하는 건가요?"

"그렇소! 그녀에게 이미 통지서가 발송되었소. 그녀와 동거하고 있는 사내한테도, 이혼 소송의 공동 피고인으로서 역시 통지서가 발송되었소."

"끔찍하군요, 그런 절차를 모두 밟아야 한다니! 나도 클리퍼드를 상대로 그런 것들을 다 거쳐야만 하겠지요……."

침묵이 흘렀다.

"그리고," 그가 말을 이었다. "당연히 앞으로 여섯 달 내지 여덟 달 동안 나는 모범적인 생활을 해야 하오. 그러니 당신이 베네치아에 가면, 나로서는 유혹이 없어지는 셈이지. 적어도 한두 주일 동안은 말이오."

"내가 당신에게 유혹이 된다는 말이군요!" 그녀는 그의 얼굴을 어루만지면서 말했다. "당신한테 내가 유혹이 된다니 정말 기뻐요! 그 문제는 이제 그만 생각하기로 해요! 당신이 생각을 하기 시작하면 난 무서워져요. 그럴 땐 당신한테 그만 납작하게 짓눌리고 마는 느낌이에요. 그 문제는 그만 생각하기로 해요. 이제 떨어져 있으면 실컷 생각할 수 있어요. 지금 우리 이야기의 핵심은 바로 그것뿐이에요! 그리고 아까부터 생각하던 것인데, 떠나기 전에 하룻밤 더 꼭 당신한테 오고 싶어요. 한 번 더 꼭 당신 집에 가고 싶어요. 목요일 밤쯤이면 괜찮을까요?"

"당신 언니가 데리러 오는 날 아니오?"

"맞아요! 하지만 언니 말로는 차 마시는 시간쯤에 출발할 거래요. 그러니 차 마시는 시간쯤에 우리는 라그비를 출발할 수 있을 거고, 그러면 언니는 어디 다른 곳에 가서 잠을 자고 난 당신한테 와서 함께 밤을 보낼 수 있을 거예요."

"하지만 그러면 당신 언니가 사실을 알게 되지 않겠소."

"아 뭐, 언니한테 다 얘기할 거예요. 이미 어느 정도는 말을 해놓았어요. 언니하고 모든 걸 다 의논할 거예요. 언니는 아주 분별력 있는 사람이라 큰 도움이 되거든요."

그는 그녀의 계획에 대해 생각을 해봤다.

"그러니까 당신은 차 마시는 시간쯤에 라그비를 떠날 텐데, 마치 런던으로 가는 것처럼 하겠다, 이거로군? 그래, 어느 방면의 길을 잡아 떠나올 거지?"

"노팅엄과 그랜섬을 지나는 길을 탈 거예요."

"그런 다음, 당신 언니가 도중 어디쯤에 당신을 내려주면 걷든지 차를 타든지 해서 여기로 돌아오겠다, 이 말이로군? 나한테는 아주 위험하게 들리는걸."

"그래요? 글쎄요……. 그럼, 언니한테 데려다 달라고 하죠. 언니는 맨스필드에서 자면 될 테니까, 저녁에 나를 이리로 데려다주었다가 다음 날 아침에 다시 데리러 올 수 있을 거예요. 그건 아주 쉬운 일이에요."

"그러다 사람들 눈에라도 띄면 어쩔 거요?"

"안경을 쓰고 베일로 얼굴을 가리죠."

그는 얼마 동안 곰곰이 생각에 잠겼다.

"글쎄 뭐," 그가 다시 말했다. "당신 좋을 대로 하오. 여느 때처럼 말이오."

"하지만 당신은 별로 맘에 들지 않는가 보죠?"

"아, 나도 좋소! 나도 마음에 드는 계획이오." 그는 약간 엄하게 굳어진 얼굴로 말했다. "쇠도 뜨거울 때 두드리라고 했듯이 주어진 기회는 잡는 게 좋을 테니까 말이오."

"방금 내가 무슨 생각을 했는지 알아요?" 그녀가 갑자기 말했다. "갑자기 떠오른 생각인데요. 당신은 '불타는 절굿공이의 기사'[28]예요!"

"그래! 그럼 당신은? 당신은 빨갛게 달아오른 절구 부인인 셈인가?"

"맞아요!" 그녀가 말했다. "맞아요! 당신은 절굿공이 경(卿)이고 난 절구 부인이에요."

"좋소. 그럼 난 훈작의 작위를 수여받은 셈이오. 내 존 토머스는 당신의 제인 부인에 대응해 존 경이 되는 거고 말이오."

"그래요! 존 토머스는 훈작의 작위를 수여받았어요! 나는 '존귀하신 처녀털 부인'이고요. 그리고 당신에게 꽃도 있어야 해요. 그래요!"

그녀는 두 송이의 분홍빛 석죽꽃을 그의 성기 위쪽의 금빛이 도는 수북한 붉은색 털에다 꿰어 엮었다.

"자, 보세요!" 그녀는 말했다. "아름다워요! 정말 아름다워요! 존 경!"

그리고 그녀는 약간의 물망초꽃을 그의 가슴팍의 검은 털속에 밀어 넣었다.

"이제 여기 이 부분에서도 당신은 날 잊지 않겠지요, 그렇죠?" 하고 말하면서 그녀는 그의 가슴팍에다 입을 맞추었다. 그러고는 물망초꽃을 그의 양 젖꼭지에 각각 조금씩 올려놓

---

28) The Knight of Burning Pestle. 영국의 극작가 프랜시스 보몬트(Francis Beaumont, 1584~1616)의 희극 제목.

은 뒤, 다시 그의 가슴에다 입을 맞췄다.

"나를 달력²⁹⁾으로 만드는군!" 그가 말했다. 그러곤 소리 내어 웃었는데, 그러자 꽃들이 그의 가슴에서 흔들렸다.

"잠깐 기다려요!" 그가 말했다.

그는 일어나더니, 오두막 문을 열었다. 입구에 누워 있던 플로시가 몸을 일으켜 그를 쳐다보았다.

"그래, 나다!" 그가 말했다.

비는 그쳐 있었다. 축축하고 무거우면서 향기를 머금은 고요가 세상을 덮고 있었다. 저녁때가 다가오고 있었다.

그는 밖으로 나가서, 승마로 쪽과 반대 방향으로 좁다란 길을 따라 걸어갔다. 코니는 홀쭉하니 하얀 그의 모습을 지켜보았다. 그것은 유령처럼 보였는데, 마치 혼령이 그녀에게서 멀어지는 것 같았다. 그의 모습이 더 이상 보이지 않게 되자, 그녀의 가슴은 철렁 내려앉는 듯했다. 그녀는 오두막 문간에 서서 담요를 몸에 두른 채, 비에 젖은 세상의 고요한 침묵을 들여다보았다.

그러나 곧 그가 돌아오는 모습이 보였다. 이상한 걸음걸이로 빠르게 걸어왔는데, 꽃을 들고 있었다. 그녀는 문득 그가 좀 두려워졌는데, 그가 진짜 인간이 아닌 듯 느껴졌기 때문이다. 가까이 다가왔을 때 그의 눈길은 그녀의 눈을 들여다보고 있었다. 하지만 그녀는 그 시선의 의미를 알 수가 없었다.

그는 매발톱꽃과 석죽꽃, 선갈퀴 그리고 어린잎이 술처럼

_____

29) 당시 인쇄되어 나오던 꽃 그림 장식의 달력을 가리킨다.

달린 참나무 잔가지와 조그맣게 봉오리가 맺힌 인동덩굴 등을 가지고 왔다. 그는 보풀보풀 잎이 돋은 어린 참나무 잔가지를 그녀의 머리에다, 그리고 인동덩굴 실가지는 그녀의 양 젖가슴에다 빙 둘러가며 묶어 매달아 놓고는, 블루벨과 석죽을 몇 송이씩 늘어지게 그 사이사이에다 꽂았다. 그러고는 그녀의 배꼽에다 분홍빛 석죽꽃 한 송이를 살짝 얹어놓았으며, 그녀의 처녀털에다가는 물망초와 선갈퀴를 꽂아놓았다.

"이게 바로 당신의 가장 아름다운 모습이오!" 그가 말했다. "존 토머스와 혼례를 올리고 있는 제인 부인의 모습으로 말이오."

그러고 나서 그는 자기 몸의 털에다가도 꽃을 꽂기 시작했다. 성기 주위에다 덩굴 좀가지풀을 약간 감아놓고, 배꼽에다는 히아신스 꽃송이 하나를 종처럼 꽂았다. 그녀는 재미있다는 듯이 그를, 즉 묘하니 열중한 그의 모습을 지켜보았다. 그러다가 그녀는 석죽 한 송이를 그의 콧수염에다 찔러 넣었는데, 그러자 그것은 그의 코밑에 꽂힌 채 달랑달랑 매달려 있었다.

"이건 제인 부인과 결혼하는 존 토머스의 모습이오." 그가 말했다. "그럼 이제, 콘스턴스와 올리버를 저희 갈 길로 떠나보내야 하오. 아마……." 그는 손을 앞으로 펼치며 뭔가 손짓을 하려는 듯하다가 그만 재채기를 하고 말았다. 재채기에 꽃들이 그의 코와 배꼽에서 날아가 버렸다. 그는 재채기를 한 번 더 했다.

"아마 어쨌다고요?" 하고 그녀는 물으면서, 그가 말을 계속 잇기를 기다렸다.

그는 약간 당황스러운 듯한 얼굴로 그녀를 바라보았다.

"뭐요?" 그가 말했다.

"아마 어쨌냐고요? 무슨 말을 하려고 했는지 계속해 보세요." 그녀는 주장하듯 말했다.

"글쎄, 내가 무슨 말을 하려던 참이었지?"

그는 까먹고 만 것이다. 그리고 그가 그렇게 까먹고 말을 맺지 못한 것은 그녀가 일생 동안 겪은 가장 실망스러운 일 중 하나였다.

한 줄기 황금빛 햇살이 나무들 너머로 비쳐 왔다.

"해가 떴소!" 그가 말했다. "그리고 당신이 가야 할 시간이 되었소. 오, 부인, 시간이 되었소, 시간이! 오, 마님이시여, 날개 없이 날아다니는 게 뭔지 아시오? 그건 바로 시간이라오! 시간!"

그는 손을 뻗어 속옷 셔츠를 집어 들었다.

"안녕, 잘 있어! 하고 존 토머스에게 인사나 해주오." 그는 자신의 성기를 내려다보면서 말했다. "그는 덩굴 좀가지풀의 품에 안겨 무사히 잘 있을 거요! 지금은 그에게 불타는 절굿공이의 모습이 별로 없지만 말이오."

그러고 나서 그는 플란넬 속옷 셔츠를 머리 위로 뒤집어 썼다.

"남자에게 가장 위험한 순간은," 머리가 옷 밖으로 다시 나왔을 때 그가 말했다. "바로 속옷 셔츠를 입을 때라오. 그럴 때 남자는 자루 속에다 머리를 처박는 셈이나 다름없지. 그 때문에 나는, 저고리를 입듯이 입을 수 있는 미국식 셔츠가 더 좋다오." 그녀는 여전히 그를 지켜보면서 가만히 서 있었다. 그는 짧은 사각 팬티에 발을 들이밀고, 곧 그것을 허리춤까지 올린 뒤 단추를 채웠다.

"제인을 좀 보시오!" 그가 말했다. "온통 꽃을 두르고 있는 모습을 말이오! 아름다운 지니[30]야, 내년엔 누가 너에게 꽃을 달아주게 될까? 나일까, 아니면 어떤 다른 사람일까? '안녕, 나의 블루벨, 잘 있으렴──!'[31] 하지만 이 말이 나오는 노래는 싫어하오. 전쟁 초기의 노래였지, 아마." 그러고 나서 그는 바닥에 앉아 양말을 신기 시작했다. 그녀는 여전히 꼼짝하지 않고 서 있었다. 그는 둥글게 휘어져 내려간 그녀의 엉덩이를 손으로 만졌다. "귀엽고 예쁜 제인 부인!" 하고 그는 말했다. "아마 당신은 베네치아에서, 당신의 처녀털에다 재스민 꽃을, 그리고 당신의 배꼽에다가는 석류꽃을 달아줄 남자를 만날지도 모르오. 가엾고 귀여운 제인 부인!"

"그런 말은 하지 말아요!" 그녀가 말했다. "당신이 그런 말을 하면 내 마음만 아플 뿐이에요."

그는 고개를 떨구었다. 그러고는 사투리로 말했다.

"그래, 아마 그럴지도 모르오. 아마 그럴지도 몰라! 그럼 조쏘, 그런 말은 이제 그만두게쏘. 더 이상 안 하게쏘. 하지만 당신은 이제 옷을 입꼬, 도라가야 하오. 참으로 아름답게도 서인는, 당신의 그 웅장한 영국 저택으로 말이오. 이제 시간은

---

30) 제인의 애칭.
31) 1904년에 영국에서 크게 인기를 끌었던 행진곡 가요의 첫 구절.

다 돼쏘! 존 경과 귀여운 제인 부인을 위한 시간은 다 돼쏘! 자, 속옷을 입으시오, 채털리 부인! 거기 그러케 속옷조차 입지 안코 꽃 몇 송이만을 누더기처럼 걸친 채 서 이쓰면, 아무도 알아뽑지 모탈 거요. 그러니 자, 자, 내 그 누더길 벗겨주리다, 그대, 꽁지 짤븐 어린 개똥지빠귀님이여." 그러면서 그는 그녀의 머리카락에서 나뭇잎들을 떼어내고는, 그녀의 축축한 머리카락에다 입을 맞췄다. 그러곤 그녀의 젖가슴에서 꽃들을 떼어낸 뒤 거기에 다시 입을 맞췄고, 이어 그녀의 배꼽에도 입을 맞췄으며, 그다음 그녀의 처녀털에도 입을 맞췄는데, 거기에 매달려 있는 꽃들은 그대로 남겨놓았다. "이 꽃들만은, 할 수 인는 한 여기 그대로 달려 이써야 하오." 하고 그는 말했다. "자! 이제 그댄 다시 알몸이 되어쏘. 궁둥이까지 다 벌거버슨 아가씨에다가 제인 부인이 약간 섞인 존재에 불과할 뿐인 거지! 자, 이제 당신 속옷을 이브시오. 그만 가야 하니까 말이오. 그러치 안으면 채털리 부인께선 저녁 식사 시가네 늦고 말꺼고, 그럼, 대체 어딜 가써쏘 하고 내 예쁜 아가씬 다그치믈 당하고 말 꺼요!"

그가 이렇게 지방 사투리로 말하고 있을 때면, 그녀는 어떻게 대꾸를 해야 할지 도무지 알 수가 없었다. 그래서 그녀는 그저 옷을 주워 입고, 약간 수치스럽게 라그비로 돌아갈 채비를 했다. 말하자면, 그런 느낌이, 즉 약간 수치스럽게 집으로 돌아가는 것 같은 느낌이 들었던 것이다.

그는 넓은 승마로가 있는 데까지 그녀를 바래다주고자 했다. 그가 돌보는 어린 꿩들은 피신처에 들어가 모두들 무사히 잘 있었다.

두 사람이 승마로가 있는 데로 나왔을 때, 볼턴 부인이 창백한 얼굴로 머뭇거리며 그들 쪽으로 오고 있었다.

"아이고, 부인, 무슨 일이라도 나지 않았나 하고 모두들 걱정했답니다!"

"아녜요! 아무 일도 없었어요."

볼턴 부인은 사내의 얼굴을 들여다보았다. 평온하고, 사랑의 감정으로 싱싱해 보이는 얼굴이었다. 그녀의 시선을 받은 그의 눈길은 반은 웃는 듯하고 반은 조롱기를 머금은 듯했다. 운 나쁜 일을 당할 때면 그는 항상 웃음으로 그걸 무시해 버리곤 했다. 그러나 그는 상냥한 눈길로 그녀를 쳐다보았다.

"안녕하십니까, 볼턴 부인! 자, 마님, 이제 괜찮으실 테니까, 저는 이만 물러가도록 하겠습니다. 안녕히 가십시오, 마님! 볼턴 부인께서도 안녕히 가십시오!"

그는 인사를 올리고는 돌아섰다.

16장

코니는 집으로 돌아오자 꼬치꼬치 캐묻는 질문 공세에 시달렸다. 클리퍼드는 차 마시는 시간에 밖으로 나갔다가 폭풍우가 시작되기 바로 직전, 집으로 돌아왔다. 그런데 그녀가 보이지 않는 거였다! 마님께서는 어디 있냐고 물었지만, 아무도 아는 사람이 없었다. 볼턴 부인만이 마님께서는 숲으로 산책 나가신 걸로 안다고 말했다. 숲으로 갔다고! 이렇게 폭풍우가 몰아치는데! 클리퍼드는 단번에, 불안해서 미칠 것 같은 상태로 빠져들고 말았다. 그는 번개가 한 번 번쩍일 때마다 깜짝깜짝 놀랐고, 천둥이 한 번 울릴 때마다 몸을 움츠리며 얼굴이 하얗게 질렸다. 천둥이 치고 얼음처럼 차갑게 쏟아지는 폭우를 그는 마치 세상의 종말이라도 온 것처럼 바라보았다. 그는 점점 더 흥분에 사로잡혀 어쩔 줄 몰라했다.

볼턴 부인은 그를 진정시키려고 애썼다.

"부인께서는 오두막으로 피하셔서, 비가 그칠 때까지 기다리고 계실 겁니다. 걱정 마십시오. 마님께 아무 일도 없을 테니까요."

"이렇게 폭풍우가 몰아치는데 숲에 나가 있다니, 정말 탐탁지 않소! 그녀가 숲에 나가 있다는 것 자체가 도무지 맘에 들지 않소! 그녀가 나간 지 벌써 두 시간 이상이나 지났소. 나간 시간이 언제라고 했지?"

"경께서 돌아오시기 조금 전이었습니다."

"임원에서 만나지 못했는데. 도대체 이 사람은 어디 있는 거고, 또 무슨 일이 일어난 거지?"

"아이고, 부인께는 아무 일도 없을 겁니다. 두고 보십시오. 부인께서는 비가 그치자마자 즉시 집으로 돌아오실 테니까요. 단지 비 때문에 못 오고 계신 것뿐입니다."

그러나 마님은 비가 그치자마자 즉시 돌아오지 않았다. 그러기는커녕, 시간이 점점 흘러 태양이 얼굴을 내밀어 마지막 노란 햇살을 뿌리고 있을 때까지도, 여전히 감감 무소식이었다. 해가 마침내 졌고, 어둠이 깔리기 시작했으며, 저녁 식사 시간을 알리는 첫 번째 종소리도 이미 울린 뒤였다.

"안 되겠어!" 클리퍼드는 미친 듯이 소리쳤다. "필드와 베츠를 보내 찾아보라고 해야겠어."

"아이고, 그러지 마십시오!" 볼턴 부인이 외쳤다. "그러면 사람들이 무슨 자살 사건이라도 일어난 줄 알 겁니다. 아이고, 괜히 헛소문만 퍼지게 하지 마십시오! 제가 한번 살짝 오두막으로 가서 부인께서 거기 계시지 않은지 보겠습니다. 분명 부인께서는 무사히 거기 계실 겁니다."

그렇게 얼마 동안 설득을 하자, 클리퍼드는 그녀에게 한번 가서 보라고 허락했다.

그리고 바로 그렇게 해서 코니는 찻길에서, 혼자 창백한 얼굴로 서성거리고 있는 그녀와 마주치게 된 것이다.

"부인, 제가 이렇게 부인을 찾으러 나온 것을 노여워하시지 말아주십시오! 클리퍼드 경께서 안절부절못할 정도로 몹시 흥분하며 불안해하셨거든요! 경께서는, 부인께서 번개에 맞으셨거나, 넘어지는 나무에 깔려 돌아가신 게 틀림없다고 믿으실 정도였습니다. 그래서 필드와 베츠를 숲으로 보내 시신을 찾아오도록 해야겠다는 결심까지 하셨답니다. 그래서 저는 하인들에게 온통 난리를 피우게 하기보다는, 제가 나와서 알아보는 게 낫겠다고 생각했습지요."

그녀는 불안해하며 이야기했다. 그녀는 코니의 얼굴에 부드러운 평온과 반쯤 꿈꾸는 듯한 열정의 표정이 아직 남아 있는 것을 볼 수 있었다. 동시에 그녀에게 화를 내는 듯한 느낌을 받기도 했다.

"그래요, 잘했군요!" 코니는 말했다. 그녀는 그 밖에 더 이상 할 말이 없었다.

두 여자는 젖은 숲 사이로, 터벅터벅 말없이 걸어갔다. 커다란 물방울이 숲의 나무에서 떨어져 물을 튀기며 터지곤 했다. 임원에 이르렀을 때, 코니는 큰 걸음으로 앞장서서 걸어가기 시작했다. 그러자 볼턴 부인은 약간 숨을 헐떡거렸다. 그녀는 요즘 더욱 포동포동하게 살이 찌고 있었다.

"야단법석을 떨다니 클리퍼드는 어째서 그리도 어리석은 거지!" 코니가 마침내 입을 열어 말했다. 화가 나서, 혼자 중얼거리는 말이었다.

"아, 부인께서도 아시다시피 남자들이란 다 그렇답니다! 그들은 흥분하며 불안해하는 걸 좋아하죠. 하지만 부인을 보는 즉시 클리퍼드 경께서는 괜찮아지실 겁니다."

코니는 볼턴 부인이 자신의 비밀을 알고 있다는 것에 몹시 화가 났다. 분명 그녀는 알고 있는 게 틀림없었다.

갑자기 코니는 길 위에 딱 멈춰 섰다.

"내 뒤를 밟다니 정말 어처구니가 없군!" 눈에서 불꽃을 뿜으며 그녀는 말했다.

"아이고! 부인, 천만의 말씀이십니다! 클리퍼드 경께서는 틀림없이 필드와 베츠를 보내고 마셨을 거고, 그러면 그들은 곧장 오두막으로 갔을 겁니다. 게다가 전 사실 오두막이 어디 있는지도 몰랐습니다. 정말입니다."

코니는 그 말이 암시하고 있는 것에 격분해 얼굴이 더욱 짙게 붉으락푸르락해졌다. 하지만 일깨워진 정열에 사로잡혀 있을 때, 그녀는 거짓으로 숨기지 못했다. 그녀는 심지어, 사냥터지기와의 사이에 아무 일도 없었던 체하는 것조차 할 수가 없었다. 그녀는 앞에 서 있는 여자를 바라보았다. 볼턴 부인은 아주 교활하게 가만히 서서 고개를 숙인 채 있었다. 하지만 어째서인지는 모르겠지만, 같은 여성으로서, 그 여자는 그녀의 편이기도 했다.

"글쎄, 뭐!" 코니는 말했다. "그러면 그렇다고 치죠. 어쨌든 상관없으니까!"

"아, 부인! 아무 일 없을 테니 걱정 마세요. 부인께서는 그저 오두막에서 비를 피하고 계셨던 것뿐인걸요. 전혀 아무 일도 아닌 것이죠."

두 사람은 집을 향해 다시 계속해서 걸어갔다. 코니는 클리퍼드의 방으로 곧장 밀고 들어갔다. 그에 대해, 그의 창백하니 잔뜩 긴장한 얼굴과 튀어나온 두 눈에 대해 끓어오르는 분노를 품으며 들이닥쳤다.

"분명히 말하지만, 하인들을 보내서 내 뒤를 밟게 할 필요는 없다고 생각해요!" 그녀는 화를 터뜨리면서 말했다.

"뭐라고!" 그도 버럭 화를 내면서 소리쳤다. "아니, 이 여자야, 대체 어디 갔다 온 거야? 몇 시간 동안이나 사라져 소식도 없다니, 그것도 폭풍우가 그렇게 몰아치는데 말이야! 그 망할 놈의 숲에는 도대체 뭘 때문에 그렇게 가는 거야? 거기서 뭘 하길래 그래? 비가 그친 지도 벌써 몇 시간이나 지났잖아. 몇 시간이나 말이야! 지금 몇 시나 되었는지 알기나 해? 당신 행동에 격분해서 미치지 않을 사람 아무도 없다고. 도대체 어딜 갔다 온 거야? 대관절 뭘 하다가 온 거냐고?"

"말하지 않겠다면 어쩔 거지요?" 그녀는 머리에서 모자를 벗고 머리카락을 흔들어 풀며 말했다.

그는 그녀를 쳐다보았는데, 두 눈은 놀라 더욱 튀어나오면서 흰자위가 노래졌다. 그가 이렇게 격노하는 것은 아주 고약한 일이었다. 볼턴 부인은 그 후 며칠 동안 그를 상대하며 기분을 풀어주느라 지긋지긋하게 고생을 해야 했다. 코니는 갑자기 가책을 느꼈다.

"하지만 말이에요!" 그녀는 좀 누그러져서 말했다. "정말이지, 누가 들으면 내가 어디 모르는 곳에라도 갔다고 생각하겠어요! 난 그저, 폭풍우가 치는 동안 오두막에 앉아서는 불을 좀 피워놓고 기분 좋게 있었을 뿐이라고요."

그녀는 이제 편해진 마음으로 말을 했다. 결국, 그를 더 이상 자극해 흥분시킬 필요는 전혀 없었다! 그는 미심쩍은 눈초리로 그녀를 쳐다보았다.

"당신 머리카락을 좀 보라고!" 그는 말했다. "당신 꼴을 좀 보란 말이야!"

"알아요!" 그녀는 침착하게 대답했다. "옷을 다 벗어버리고 빗속을 뛰어다녔거든요."

그는 말문이 막혀 그녀를 빤히 쳐다보았다.

"당신 정말 미쳤군!" 그가 말했다.

"왜요? 빗물로 목욕하는 걸 좋아한대서요?"

"몸은 또 어떻게 말린 거야?"

"헌 수건으로 닦고, 불을 쬐었죠."

그는 여전히 기가 막힌다는 듯이 그녀를 빤히 쳐다보았다.

"그러다 누가 오기라도 하면 어떻게 됐겠어?"

"오긴 누가 오겠어요?"

"누가 오냐고? 아니, 아무라도 올 수 있잖아! 멜러즈도 있고 말야. 그래, 그 친구 거기 오곤 하지 않아? 그 친구 저녁때면 꼭 거기에 가봐야 할 텐데……."

"맞아요, 그가 오긴 왔어요. 나중에 날이 개었을 때, 꿩에게 모이를 주러 말예요."

그녀는 놀라울 정도로 태연히 말을 했다. 옆방에서 귀를 기울이고 있던 볼턴 부인은 완전히 감탄하면서 들었다. 여자가 저토록 자연스럽게 시치미를 뗄 수 있다니!

"하지만 당신이 미친 사람처럼, 빗속에서 아무것도 걸치지 않은 채 뛰어다니고 있을 때 그가 왔더라면 어찌됐겠어?"

"글쎄 뭐, 그는 일생일대의 경악을 하고는, 있는 힘을 다해 도망쳤겠지요."

클리퍼드는 여전히 꼼짝하지 않고 그녀를 빤히 처다보았다. 자신이 의식 저 밑바닥에서 무슨 생각을 하고 있는지 그는 결코 알지 못했다. 그는 너무나 깜짝 놀라 어이가 없어서, 의식의 표면에서조차 명확하게 생각을 정돈할 수가 없었다. 그는 그저 단순히, 그녀가 말한 것을 일종의 멍청한 상태에서 받아들였을 뿐이었다. 그리고 그는 그녀를 감탄하며 바라보았다. 그렇게 감탄해 바라보지 않을 수 없었다. 그녀는 참으로 발그레하니 생기 넘치고 아름다우며, 부드러이 윤기가 넘치는 모습이었다. 물론 그것은 사랑으로 부드럽게 넘치는 윤기였다.

"최소한," 좀 차분해지면서 그가 말했다. "감기라도 심하게 걸리지 않고 넘어가면 다행으로 생각하라고."

"천만에요, 감기 같은 건 걸리지 않았어요." 그녀는 대꾸했다. 마음속으로 그녀는 다른 사내의 말을 생각하고 있었다. '당신은 정말 그 누구보다도 근사한 여자 엉덩일 가졌쏘!' 그녀는 정말이지 할 수만 있다면 클리퍼드에게, 폭풍우가 천지를 뒤흔들고 있는 동안 한 남자가 자기한테 그런 말을 하더라고 말하고 싶은 마음이 간절했다. 하지만 차마 그러진 못했다! 그녀는 그 대신, 기분이 상해 불쾌해진 여왕 같은 태도를 취하면서, 옷을 갈아입으러 2층으로 올라갔다.

그날 저녁, 클리퍼드는 그녀에게 다정하게 대해주고 싶어했다. 그는 아주 최근에 나온 과학적 종교 도서를 읽던 중이었다. 그에게는 일종의 그럴듯한 종교적 성향이 한 가닥 있어서, 자기 자아의 미래에 관해 자기중심적인 관심을 가지고 있었다. 어떤 책에 대해 코니와 대화하는 것은 그에게 습관처럼 되어 있었다. 그것은 둘 사이에 뭔가 이루어지는 대화가 있어야만 했기 때문인데, 그 대화는 거의 화학적으로 일어났다. 즉 두 사람은 거의 화학적으로, 머릿속에서 대화를 섞어 만들어내야 했던 것이다.

"그런데 말야, 당신은 이걸 어떻게 생각해?" 그가 손을 뻗어 책을 집어 들면서 말했다. "우리가 진화의 긴 시기를 몇 단계 더 거친 뒤의 시대를 살고 있기만 하다면, 당신이 빗속을 뛰어다니며 뜨거운 몸을 식힐 필요 같은 건 전혀 없을 거야. 아, 그래 여기 있군! '우주는 우리에게 두 가지 양상을 보여준다. 한편으로 그것은 물질적으로 소모되어 없어지고 있으며, 다른 한편으로는 정신적으로 상승하고 있다…….'"

코니는 귀를 기울여 들으면서, 뭔가 말이 더 이어질 것을 기대했다. 그러나 클리퍼드는 그녀의 반응을 기다리며 가만히 있었다. 그녀는 문득 깨닫고 놀라 그를 쳐다보았다.

"우주가 정신적으로 상승해 올라간다면," 그녀는 말했다.

"그것의 꼬리가 닿아 있던 자리인 아래의 지상에는 뭘 남겨놓을까요?"

"저런!" 그가 말했다. "글쓴이가 의미하는 걸 그대로 받아들여 생각해 보라고. 상승한다는 것은 그가 말한, 소모되어 없어진다는 것의 반대개념이라고 보아야 할 것 같은데."

"그러니까, 정신적으로 부풀어 비대해진다는 말이군요!"

"아니, 농담하지 말고 진지하게 말해봐. 뭔가 의미가 있다고 생각하지 않아?"

그녀는 다시 그를 쳐다보았다.

"물질적으로 소모되어 없어진다는 게 말이에요?" 그녀는 말했다. "내 보기에 당신은 점점 살만 잘 찌고 있고, 나도 쇠약해지고 있진 않아요. 당신에겐 태양이 이전보다 작아진 것같이 보이나요? 나한텐 그렇지 않아요. 그리고 아담이 이브한테 준 사과도, 물론 혹시라도 그런 게 있었다면 말인데, 우리가 지금 먹는 오렌지색 피핀종 사과보다 정말 별로 크지 않았을 거라고 난 생각해요. 당신은 컸을 거라고 생각하나 보죠?"

"글쎄. 그럼, 그다음을 들어봐. '그렇게 하여 우주는 천천히, 우리가 가진 시간의 척도로는 상상도 할 수 없을 만큼 아주 천천히 새로운 창조의 상황으로 옮겨가고 있는데, 그 상황에 이르면 우리가 지금 알고 있는 바의 물리적 세계는, 존재하지 않는 것이나 거의 다를 바 없을 만큼 아주 작은 잔물결 같은 것으로 그 존재가 표시되고 말 것이다.'"

그녀는 흥미롭다는 듯이 눈빛을 반짝이며 들었다. 온갖 종류의 험한 비판의 말이 저절로 떠올랐다. 그러나 그녀는 이렇게만 말했다.

"참으로 어리석기 짝이 없는 헛소리군요! 그 잘난 체하는 알량한 인식으로 마치, 그토록 천천히 일어나고 있는 일을 다 알 수 있기라도 한 것처럼 말하다니! 그 말이 뜻하는 것은 오직, 그걸 쓴 작자가 이 세상에서 육체적으로 보잘것없는 못난이라는 것, 그래서 그 작자가 우주 전체까지 자기처럼 물질적으로 보잘것없는 못난이로 만들어버리고 싶어 한다는 것뿐이라고요. 알량하니 가소롭기 짝이 없는 시건방 같으니라고!"

"허, 참. 하지만 좀 더 들어보라고! 이 위대하신 저자의 엄숙하신 말씀을 가로막지만 말고 말이야! '현존하는 세계 질서의 유형은 까마득히 먼 과거에서부터 형성되어 왔으며, 까마득히 먼 미래에 가서 종말을 고할 것이다. 따라서 추상적 형태들과 창조성 그리고 하나님이라는, 고갈되어 없어지지 않는 영역이 남게 되는데, 창조성의 경우는 그 성격이 항상 그 자신의 창조물에 의해 새롭게 결정되어 변화하며, 하나님의 경우는 모든 형태의 질서가 바로 그분의 지혜에 의존하고 있다.' 자, 바로 이게 저자가 맺고 있는 결론이야!"

코니는 경멸스럽다는 얼굴로 앉아 듣고 있었다.

"그 작자는 정신적으로 부풀어 올라 비대해지고 만 사람이군요." 그녀는 말했다. "웬 뜬구름 잡는 소리가 그렇게 많죠! 까마득하다느니, 질서의 유형이 종말을 고한다느니, 추상적 형태들의 영역이니, 성격이 변하는 창조성이 어쨌다느니, 하나님이 여러 형태의 질서와 짬뽕이 되었다느니! 정말이지 바보스럽기 짝이 없는 소리군요!"

"그래, 좀 이것저것 막연히 뭉쳐놓은, 말하자면 허튼소리의 집합체 같은 점이 있긴 해." 클리퍼드가 말했다. "그렇지만 나는 우주가 물질적으로 소모되어 없어져 가는 반면 정신적으로는 상승한다는 생각에는 뭔가 의미가 있다고 생각해."

"그래요? 그렇다면 우주더러 상승하라고 내버려 두죠. 나를 여기 지상에다 육체적으로 안전하고 확실하게 남겨놓기만 하면 되니까 말예요."

"당신은 당신의 육체적 존재가 좋은가 보지?" 그가 물었다.

"그래요, 정말 좋아요!" 그녀의 마음속에 '정말 세상에서 제일로, 제일로 근사한 여자 엉덩이요!'라는 말이 다시금 메아리쳤다.

"그건 사실 좀 이상하군. 왜냐하면 육체가 거추장스러운 장애물이라는 것은 부정할 수 없는 사실이니까 말이야. 하지만 그렇다면 여자는 정신적 삶을 최상의 궁극적 기쁨으로 여기지 않는 것 같다는 생각이 드는군."

"최상의 궁극적 기쁨이라고요?" 그를 쳐다보면서 그녀가 말했다. "조금 전의 그런 바보 같은 헛소릴 지껄이는 것이 정신적 삶의 최상의 궁극적 기쁨이라는 거예요? 아이고, 그런 건 사양하겠어요! 난 육체를 원해요. 육체적 삶이 정신적 삶보다 훨씬 진정하게 훌륭한 것이라고 난 믿어요. 물론, 육체가 진정으로 깨어 살아 있을 때 그렇다는 거지요. 하지만 너무나 많은 사람들이 유명한 그 바람 소리 장치처럼, 죽은 시체에 불과한 몸뚱이에다가 정신을 덧붙여 달고 있을 뿐이지요."

그는 놀라워하는 표정으로 그녀를 바라보았다.

"육체적 삶이라는 것은," 그가 말했다. "그저 동물적 삶에 불과한 거야."

"하지만 지성만 고도로 발달하고 몸뚱이는 죽은 시체인 삶보다는 훨씬 나아요. 게다가 당신 말은 틀렸어요! 인간의 육체는 이제서야 비로소 진정한 생명으로 태어나고 있을 따름이라고요. 육체는 그리스인들에게서 아름다운 불꽃을 한번 깜빡여 보았지만, 그 뒤로 플라톤과 아리스토텔레스가 그걸 밟아 꺼버렸고, 이어 예수가 나타나서는 완전히 끝장내 버리고 말았지요. 하지만 이제 육체는 진정한 생명으로 태어나고 있어요. 정말로 무덤에서 다시 살아나 일어나고 있다고요. 그리고 마침내 아름다운 우주 속에서 아름다운, 그야말로 아름다운 생명으로 피어날 거예요, 인간의 육체는 말이죠."

"여보, 당신 말하는 것이 마치 꼭 그 모든 것의 도래를 알리는 사람이라도 된 것 같군! 그래, 당신은 이제 곧 휴가를 즐기러 떠날 예정이긴 하지. 하지만 그렇다고 너무 점잖지 못하게 기고만장해진 말아. 내 장담하건대, 어떤 신이 존재하든, 분명 그는 인간에게서 내장이나 소화기관 따위를 천천히 없앰으로써 인간이 더욱 높고 정신적인 존재로 진화해 나가도록 하고 있는 것이 틀림없어."

"클리퍼드, 당신 말을 내가 어떻게 믿을 수 있겠어요? 나에겐 어떤 신이 존재하든 마침내 그 신이, 당신이 부르는바, 나의 그 내장이란 것 속에서 깨어나, 마치 새벽처럼 행복하게 그곳에서 물결친다는 느낌밖에 없는데 말예요. 난 당신 말과는 정반대로 느끼는데, 어떻게 당신 말을 믿을 수 있겠어요?"

16장

"아, 그래! 한데, 당신의 그 비상한 변화는 어떻게 해서 일어난 거지? 홀딱 벗고 빗속으로 뛰쳐나가 바쿠스의 여사제처럼 날뛰며 돌아다니고 나서 그렇게 된 건가? 아니면 뭔가 사건을 일으켜 보고 싶은 욕망이나, 베네치아로 가는 것에 대한 기대 때문에 그런 건가?"

"둘 다예요! 여행을 떠나는 걸로 내가 이렇게 흥분하며 즐거워하는 게 불쾌한가 보죠?" 그녀가 말했다.

"그래, 그렇게 노골적으로 기분을 드러내는 것이 좀 불쾌해."

"좋아요, 그럼 감출게요."

"아냐, 그럴 필요 없어! 당신의 그 짜릿한 흥분은 거의 나한테까지 전해져서, 거의 내가 여행을 떠나는 사람인 것처럼 느껴질 정도야."

"그러면 같이 가지 그래요?"

"그 문제는 이미 이야기가 끝났잖아. 게다가 내 생각에, 당신의 가장 큰 기쁨은 사실, 바로 나와 이 모든 것으로부터 일시적으로나마 작별을 고할 수 있다는 사실에서 비롯되는 거야. 우선 당장 잠깐이라도 '만사여, 안녕!' 하고 훌훌 털어버리는 것만큼 짜릿하게 즐거운 일은 없지. 하지만 이별이라는 것은 언제나 또 다른 만남을 의미하는 거야. 그리고 만남이란 언제나 새로운 속박에 얽매이는 것의 시작이고……."

"내가 새로운 속박에 얽매이는 일은 없을 거예요."

"큰소리치지 마. 신(神)들이 듣고 있다고." 그가 말했다.

그녀는 갑자기 멈칫했다.

"그래요! 큰소리치진 않겠어요!" 그녀는 말했다.

하지만 그럼에도 불구하고, 그녀는 여행을 떠나는 것이 무척 흥분되고 즐거웠다. 바로, 속박의 끈이 뚝 끊어져 버리는 느낌이었다. 그녀는 설레는 마음을 억누를 수 없었다.

클리퍼드는 그날 저녁 잠을 이룰 수 없었다. 그래서 볼턴 부인과 밤새도록 내기 카드놀이를 했는데, 그녀는 너무나 졸려서 거의 죽을 지경이었다.

힐더가 도착하기로 한 날이 다가왔다. 코니는 멜러즈와 약속해 두기를, 일이 잘되어 그날 밤 같이 지낼 수 있을 것 같으면 그녀의 방 창문 밖에 초록색 숄을 걸어놓겠다고 했다. 그리고 일이 좌절되면 빨간 숄을 걸겠다고 했다.

볼턴 부인이 코니가 짐 꾸리는 일을 도와주었다.

"여행으로 기분 전환을 하는 것은 부인께 정말 아주 좋을 거예요."

"나도 그렇게 생각해요. 얼마 동안 클리퍼드 경을 혼자 도맡아 돌봐야 할 텐데, 괜찮겠지요?"

"네, 그럼요! 저는 클리퍼드 경을 아주 잘 다룰 수 있습니다. 제 말은 그러니까, 클리퍼드 경께서 제 도움을 필요로 하시는 일은 뭐든 다 잘 해낼 수 있다는 뜻입니다. 경께서 전보다 좋아지셨다고 생각하지 않으세요?"

"그래요, 많이 좋아졌어요! 정말 놀라울 정도로 그의 시중을 잘 들어주더군요."

"뭘요! 하지만 남자들이란 모두 똑같답니다. 그저 아기들과 같아서, 추어올리고 구슬리면서, 자기네 마음대로 하고 있다고 생각하게끔만 하면 되는 거지요. 그렇게 생각하지 않으세요, 부인?"

"글쎄, 별로 경험이 없어서 잘 모르겠군요."

코니는 일손을 잠깐 멈추었다.

"당신 남편조차도, 슬슬 다뤄가면서 아기처럼 구슬리고 그
래야 했나요?" 그녀는 상대방 여자를 쳐다보면서 물었다.

볼턴 부인도 일손을 멈추었다.

"글쎄요!" 그녀는 말했다. "그이의 경우도 꽤나 어르고 달래
야 했지요. 하지만 그는 항상 내 속셈이 무엇인지 알고 있었답
니다. 그건 확실히 말할 수 있습니다. 하지만 그는 대개 저한
테 져주곤 했지요."

"그는 남편이랍시고 주인 행세하며 지배하려 드는 사람이
결코 아니었나 보군요?"

"그랬답니다! 물론 적어도, 이따금씩 그의 눈빛에 심상찮은
표정이 떠오르는 때도 있기는 했죠. 그러면 저는, 이번엔 내가
져주어야 할 때구나 하고 곧 알아차렸지요. 하지만 보통은 그
가 나한테 져주곤 했답니다. 그래요, 그는 주인 행세하며 지배
하려는 남편이 결코 아니었습니다. 하지만 저 역시 그랬답니
다. 그이한테 더 이상 주장할 수 없는 경우를 저는 알고 있었
고, 그럴 때면 곧바로 져주곤 했으니까요. 그 때문에 이따금씩
상당한 희생을 감수해야 하긴 했지만 말입니다."

"만약 당신이 그에게 맞서서 끝까지 굴복하지 않았다면 어
떻게 되었을까요?"

"글쎄요, 모르겠는데요. 그런 적이 한 번도 없었으니까요.
그가 틀린 생각을 하고 있을 때조차, 그의 주장이 확고부동

하면 저는 제 쪽에서 져주었답니다. 우리 사이를 망가뜨리고 싶지 않았거든요. 여자가 정말로 남자에게 맞서 자신의 의지를 주장하면, 그걸로 두 사람의 관계는 끝장나 버리는 법입니다. 자신이 진정 좋아하는 남자라면, 그가 정말로 단호한 태도를 보이는 경우에는 그에게 져주어야 합니다. 그의 생각이 옳건 그르건, 일단 그에게 져주어야 하는 거지요. 그렇지 않으면 뭔가 깨져버리고 만답니다. 하지만 역시 분명히 말할 수 있는데, 이따금씩 남편 테드도, 제가 뭔가에 대해 굳게 마음을 먹고 있으면, 비록 제 생각이 틀렸을지라도 저한테 져주곤 했지요. 그래서 저는, 이런 문제는 결국 피장파장이라고 생각한답니다."

"그리고 그건 바로 당신이 모든 환자들을 대하는 태도이기도 하겠군요?" 코니가 물었다.

"아, 그건 좀 다릅니다. 그런 경우에는 마음가짐이 전혀 틀리답니다. 환자들에게 무엇이 좋은지 저는 알고 있거나 아니면 알려고 애를 쓰긴 하지만, 그다음에는 그저 그럭저럭 그들을 다루면서 그들에게 좋게끔 해주기만 할 뿐입니다. 그건 자기가 진정으로 좋아하는 사람을 대하는 것과는 다르지요. 아주 달라요. 일단 한 남자를 진정으로 좋아하게 되면, 대부분의 경우 어떤 다른 남자에게든지, 그가 당신을 필요로 할 때 애정을 가지고 그를 대해줄 수가 있습니다. 하지만 그건 똑같은 애정이 아니랍니다. 그 경우 당신은 진정으로 마음을 주는 것이 아니기 때문이지요. 여자가 일단 한번 진정으로 마음을 주고 나면, 다시 또 진정으로 마음을 줄 수 있을지 저는 의심스럽답니다."

이 말을 듣고 코니는 깜짝 놀라며 두려움에 사로잡혔다.

"사람이란 정말 오직 한 번만 마음을 줄 수 있다고 생각하는 건가요?" 그녀는 물었다.

"네. 아니면 결코 못 주거나 둘 중 하나지요. 대부분의 여자들은 결코 마음을 주지 못하거나, 그럴 마음도 먹지 못한답니다. 그들은 그게 무슨 뜻인지조차 모르고 있지요. 남자들도 그건 마찬가지예요. 하지만 진정으로 마음을 주는 여자를 보게 되면, 저는 그 여자로 인해 심장이 멎어버리는 듯한 기분이 되고 만답니다."

"당신은 또, 남자들이 쉽게 화를 낸다고 생각하는 건가요?"

"네, 맞습니다! 자존심에 상처를 입으면 그들은 그렇지요. 하지만 여자도 마찬가지 아니겠어요? 그저 남자와 여자의 자존심이 서로 약간 다를 뿐이지요."

코니는 이것에 대해 곰곰이 생각해 보았다. 여행을 떠나는 것에 대해 뭔가 불안스러운 느낌이 다시 들기 시작했다. 결국 그녀는, 비록 잠깐 동안일 뿐이라 할지라도, 자기 남자를 무시하듯 버려둔 채 떠나는 것이 아닌가? 그는 그것을 알고 있었고, 바로 그 때문에 그는 그렇게 묘하니 비꼬는 듯한 태도를 보였던 것이다.

그렇지만! 인간의 존재는 외적 상황이라는 기계적 힘에 의해 크게 지배된다. 코니도 이 기계적 힘의 손아귀에 놓여 있었다. 그녀가 그 손아귀에서 자신을 오 분 만에 벗어나게 할 수는 없는 일이었다. 또 그러고 싶은 마음도 없었다.

힐더는 목요일 아침, 시간에 넉넉히 맞춰 도착했다. 날렵한 2인승 자동차를 타고 왔는데, 여행 가방은 차 뒤에 끈으로 단단히 묶여 있었다. 그녀는 전과 다름없이 새침데기 아가씨 같은 모습이었지만, 그녀 특유의 강한 의지 또한 여전했다. 그녀는 정말 끔찍할 정도로 강인한 특유의 의지를 소유하고 있었는데, 그건 그녀의 남편도 진작 알아차린 터였다. 하지만 그는 이제 그녀와 이혼 수속을 밟고 있었다. 그랬다──그녀는 심지어 남편이 자기와 쉽게 이혼할 수 있도록 거들기까지 했다. 그녀에게 애인이 있는 것도 결코 아니었는데 말이다. 당분간 그녀는 남자로부터 '벗어나' 있었다. 그녀는 자기 삶의 주인으로서, 그리고 두 아이의 어머니로서 독립된 삶을 살아가는 것에 아주 만족해했으며, 그녀는 그 두 아이를, 그 말의 의미가 무엇이든지 간에 하여튼 '제대로' 길러낼 생각이었다.

코니 역시 여행 가방 하나밖에 가지고 갈 여유가 없었다. 그러나 그녀는 기차로 가는 아버지 편에 트렁크 하나를 미리 보내놓았다. 쓸데없이 베네치아까지 차를 왜 몰고 가느냐, 게다가 7월의 이탈리아는 너무 더워 도무지 자동차를 타고 다닐 수 없다, 하면서 아버지는 편하게 기차로 가기로 했던 것이다. 그는 스코틀랜드에서 막 내려와 떠날 준비를 하고 있었다.

그리하여 힐더는, 시골풍의 새침데기 육군 원수처럼, 여행의 구체적인 사항을 준비하고 정해주었다. 그녀와 코니는 위층의 방에 앉아서 이야기를 나누고 있었다.

"하지만 언니!" 약간 겁에 질린 듯한 얼굴로 코니가 말했다. "난 오늘 밤 이 근처에서 머물고 싶어. 이 집 말고 근처에서 말야!"

힐더는 표정을 알 수 없는 잿빛 눈으로 동생을 빤히 쳐다보았다. 그녀는 아주 차분해 보였지만, 무섭게 화를 내는 경우도 아주 많았다.

"이 근처라니, 어디서 말야?" 그녀는 부드러운 어조로 물었다.

"그러니까 언니, 나한테 사랑하는 사람이 있다는 걸 언니도 알고 있지……?"

"뭔가 있다고 짐작은 했지."

"그러니까 말야, 그 사람이 이 근처에 살고 있는데, 난 이 마지막 밤을 그 사람과 함께 보내고 싶어. 꼭 그러고 싶어! 약속했거든." 코니는 우기며 졸라대는 태도가 되었다.

힐더는 미네르바 여신[32] 같은 머리를 숙인 채 잠자코 있었다. 그러다가 고개를 들고 바라보면서 말했다.

"그 사람이 누군지 나한테 말해줄 수 있겠니?"

"우리 집 사냥터지기야." 코니는 약간 더듬거리며 말했다. 그러곤 마치 부끄러움에 휩싸인 어린애처럼, 얼굴을 아주 빨갛게 붉혔다.

"코니야!" 하고 말하면서 힐더는 혐오감으로 코를 약간 쳐들었다. 어머니에게서 물려받은 몸짓이었다.

"알아, 언니. 하지만 그이는 정말로 사랑스러운 사람이야. 그는, 그는, 정말로 그는 부드러운 애정을 이해하는 사람이야."

---

32) 로마신화에서 지혜의 여신.

하고 말하면서 코니는 그를 변호하려고 애썼다.

힐더는, 마치 발그레하고 풍부한 혈색의 아테나 여신[33]처럼, 고개를 숙이고는 곰곰이 생각에 잠겼다. 그녀는 사실 격렬하게 화가 나 있었다. 그러나 감히 그것을 나타내 보이진 못했다. 잘못하면 아버지를 닮은 코니가 곧바로 거칠게 흥분해, 다룰 수 없게 될 염려가 있기 때문이다.

힐더가 클리퍼드를 좋아하지 않는 것은 사실이었다. 자기가 무슨 대단한 존재라도 되는 양 자신 있게 구는 그의 차가운 태도는 정말 마음에 들지 않았다! 그가 염치없이 뻔뻔스럽게 코니를 이용해 먹고 있다고 그녀는 생각했다. 동생이 그와 헤어지려고 마음먹기를 그녀는 진작부터 바라왔다. 그러나 그녀는, 확고한 스코틀랜드 중산계급으로서, 자신이나 집안을 '깎아내리는' 것은 무엇이든 혐오했다.

그녀는 마침내 얼굴을 들어 동생을 바라보았다.

"넌 후회하게 될 거야." 그녀는 말했다.

"아냐, 후회하지 않을 거야." 코니는 얼굴을 붉히면서 외쳤다. "그이는 정말 예외적인 사람이야. 난 진정으로 그이를 사랑해. 그이는 정말 사랑스러운 연인이야."

힐더는 여전히 생각에 잠겨 있었다.

"넌 아주 금방 그 사람이 싫어지고 말 거야." 그녀는 말했다. "그러곤 그 사람 때문에 네 자신을 부끄러워하며 살게 될

---

33) 그리스신화에서 지혜의 여신으로, 앞에 나온 로마신화의 미네르바에 해당된다.

거야."

"그러지 않을 거야! 난 그이의 아이를 낳을 생각이야."

"코니!" 힐더가 외쳤다. 망치로 내려치는 듯이 단호한 목소리였고 분노로 창백해진 얼굴이었다.

"할 수만 있다면 난 그럴 거야. 그이의 아이를 낳으면 난 정말 굉장히 자랑스러울 거야."

코니에게 이야기해 봤자 소용없는 일이었다. 힐더는 생각에 잠겼다.

"그래, 클리퍼드가 의심하지는 않니?" 그녀는 물었다.

"아니! 그럴 틈을 주지 않았는데 어떻게 의심하겠어?"

"틀림없이 넌 그에게 의심받을 행동을 많이 했을 텐데." 힐더가 말했다.

"천만에, 전혀 안 했어."

"오늘 밤의 일만 해도 아주 쓸데없이 어리석은 짓으로 보이는구나. 그 남자는 어디에 살고 있는데?"

"숲의 반대쪽 끝에 있는 집에 살아."

"총각이니?"

"아니! 아내가 집을 나갔어."

"몇 살인데?"

"잘 몰라. 나보단 나이가 많아."

대답을 하나하나 들을수록 힐더는 점점 더 화가 났다. 그녀의 어머니가 그랬던 것처럼, 일종의 발작과 같이 격하게 치미는 분노였다. 그러나 여전히 그녀는 감정을 감추었다.

"내가 너라면 오늘 밤의 그런 엉뚱한 짓은 단념할 거야." 그녀는 차분한 어조로 충고했다.

"그럴 수 없어! 오늘 밤 꼭 그이와 함께 지내야만 해. 그렇지 않고는 난 베네치아에 갈 수가 없어. 정말 갈 수 없어."

힐더는 아버지의 고집을 그대로 다시 듣는 느낌이었다. 그래서 그녀는 양보했는데, 그건 단지 일을 악화시키지 않으려는 전략적 판단에서 나온 것일 뿐이었다. 그리하여 그녀는 동의를 했는데, 둘이 함께 맨스필드로 차를 몰고 가서 저녁을 먹은 다음, 어두워진 뒤에 코니를 사냥터지기의 집으로 가는 오솔길 끝머리까지 도로 데려다주었다가, 다음 날 아침에 그 길 끝머리에서 다시 그녀를 데려가기로 했다. 그녀 자신은 맨스필드에서 잘 예정이었는데, 삼십 분밖에 걸리지 않는 곳에 있어서, 그 정도면 쉽사리 오갈 수 있었다. 그러나 그녀는 이 일을, 즉 자신의 계획에 이렇게 차질이 생긴 것을 마음에 담아두고 동생을 미워했다.

코니는 그녀의 방 창문턱에다 비췻빛 녹색 숄을 던져 걸쳐놓았다.

코니에 대한 분노의 탓으로, 힐더는 클리퍼드에게 따뜻하게 대했다. 결국, 그에게는 어쨌든 정신이란 것이 있었다. 그리고 비록 그가 기능적으로 성(性)을 상실한 사람이라 할지라도, 오히려 그 때문에 더 나은 셈이다. 그만큼 다투고 싸울 거리가 적어졌으니 말이다! 힐더는 그 성관계라는 것을 더 이상 원하지 않았다. 성관계에 있어 남자들은 야비하고 이기적이며 가소롭고 끔찍한 존재가 되었다. 그 점에서 코니는 많은 여자들보다 견뎌야 할 일이 정말로 적은 것인데, 그걸 그녀는 모른다.

한편 클리퍼드도 힐더가 결국은 확실하게 지적인 여성이며, 가령 남자가 정치계에 진출하려 한다면 최상의 내조자가 되어 줄 만한 여자라고 내심 단정했다. 그랬다. 그녀에게는 코니와 같은 어리석음이 전혀 없었다. 코니는 차라리 어린애라고 할 만했다. 그녀는 전혀 믿음직스럽지가 못해서, 그녀에 대해 변명을 하지 않으면 안 되었던 것이다…….

라그비 저택에서 그날 좀 일찍 차를 들었는데, 햇살이 비쳐 들어오도록 저택의 문들은 활짝 열어젖혀진 상태였다. 모두들 약간 흥분해 숨을 가쁘게 쉬고 있는 것처럼 보였다.

"잘 다녀오라고, 코니 양(孃)! 무사히 나한테 돌아와야 돼."

"잘 있어요, 클리퍼드! 그래요, 곧 돌아올게요." 코니는 다정하다고까지 할 만한 태도로 말했다.

"잘 가요, 힐더! 코니를 잘 지키고 보살펴 주실 거죠?"

"두 눈 똑바로 뜨고 지킬게요!" 힐더가 대답했다. "코니가 엉뚱한 데로 깊이 빠지는 일이 없도록 할게요."

"약속하신 겁니다!"

"잘 있어요, 볼턴 부인! 클리퍼드 경을 훌륭하게 잘 돌봐드릴 걸로 믿어요."

"최선을 다하겠습니다, 부인."

"그리고 무슨 소식이든지 있으면 편지로 전해주고, 클리퍼드 경에 대해서도 어떻게 지내고 계신지 나한테 알려줘요."

"알겠습니다, 부인. 그러겠습니다. 여행 즐겁게 하시고, 돌아오셔서 저희에게 재미난 얘기 많이 해주세요."

모두들 손을 흔들었다. 차가 출발했다. 코니는 뒤를 돌아보왔다. 클리퍼드가 실내용 자동 의자를 타고 층계 꼭대기까지 나와 앉아 있는 모습이 보였다. 결국 어쨌든 그는 그녀의 남편이고, 라그비는 그녀의 집이었다. 말하자면, 상황에 의해 그렇게 된 것이다.

체임버스 부인이 임원의 출입문을 열어주고는 마님께서 즐거운 휴가 다녀오시길 빈다고 말했다. 자동차는 임원의 앞쪽을 가리고 있는 짙은 잡목 숲을 미끄러지듯 빠져나가, 큰길로 들어섰다. 길을 따라 광부들이 줄지어 집으로 돌아가고 있었다. 힐더는 크로스힐 도로로 차를 돌렸다. 간선도로는 아니지만 맨스필드로 이어지는 길이었다. 코니는 먼지막이 보안경을 썼다. 차는 철도를 따라 달렸는데, 길 아래쪽으로 땅을 오목하게 깎아 파내고 놓은 철도였다. 그러다가 그들은 다리 위로 그 오목하게 팬 철길을 넘어갔다.

"저게 그 사람 집으로 가는 오솔길이야!" 코니가 말했다.

힐더는 초조한 듯이 그 길을 한번 흘끗 쳐다보았다.

"이대로 곧장 갈 수가 없다니 정말로 몹시 유감이다!" 그녀는 말했다. "9시까지는 펠멜[34]에 도착할 수 있을 텐데."

"언니에겐 정말 미안해." 보안경을 쓴 채 코니가 말했다.

그들은 곧 맨스필드에 도착했다. 한때는 낭만적인 곳이었지만 이제는 실망스럽기 짝이 없는 탄광읍에 불과했다. 힐더는 자동차 여행 안내서에 이름이 올라 있는 호텔 앞에 차를 세우고는 방을 하나 얻었다. 그 모든 게 재미라곤 눈곱만큼도 없

---

34) 런던의 중심가.

었고, 그녀는 너무 화가 나서 거의 이야기도 하기 싫을 정도였다. 하지만 코니는 언니에게 그 남자가 살아온 이야기를 들려주고 싶은 마음을 억누를 수가 없었다.

"그이! 그이! 대체 그 사람 이름이 뭐니? 그저 그이라고만 하는데 말야!" 힐더가 말했다.

"그이의 이름을 불러본 적이 없어. 그이도 내 이름을 부른 적이 없고. 생각해 보니 이상하긴 하군. 다만 제인 부인이니 존 토머스니 하고 서로 부르기는 해. 하지만 그의 이름은 올리버 멜러즈야."

"그래, 넌 채털리 마님 대신 천한 올리버 멜러즈 부인이 되고 싶다는 거니?"

"기꺼이 그러겠어."

코니하고는 더 이상 어떻게 할 도리가 없었다. 그리고 어쨌든, 그 남자도 인도에서 사오 년 동안 군대의 중위로 있었다니까, 어느 정도 남 보기에 부끄럽지는 않은 사람임에 틀림없었다. 또 얼핏 듣기에 그는 인격을 갖춘 사람 같기도 했다. 힐더의 마음은 약간 누그러지기 시작했다.

"하지만 넌 얼마 안 있어 곧 그 사람에게 싫증이 나고 말 거야." 그녀는 말했다. "그러곤 그 사람과 관계한 것을 부끄럽게 여길 거야. 하층 노동자계급과는 조화롭게 섞일 수 없는 법이니까 말이야."

"하지만 언니는 열렬한 사회주의자 아냐? 언니는 언제나 노동자계급 편을 드는 사람이잖아!"

"정치적인 위기에서는 내가 그들의 편이라고 할 수 있겠지.

하지만 그들의 편에 서보고서 나는 우리의 삶을 그들의 것과 함께 섞는 것이 얼마나 불가능한 일인가를 또한 알게 되었어. 이건 속물근성에서 나온 생각이 아냐. 바로 살아가는 리듬 자체가 완전히 다르기 때문에 그렇다는 거야."

힐더는 진짜 정치적 지식인 계층에서 살아온 사람이었다. 그래서 그녀의 말을 반박한다는 것은 비참하리만큼 불가능했다.

호텔에서의 이렇다 할 것 없는 저녁 시간은 지루하게 지나갔고, 마침내 두 사람은 이렇다 할 것 없는 저녁 식사를 먹었다. 그러고 나서 코니는 몇 가지 필요한 것들을 조그만 비단 가방에 챙겨 넣고는 머리를 한 번 더 빗으로 가다듬었다.

"어쨌든 말야, 언니." 그녀는 말했다. "결국, 사랑이란 건 놀라운 것일 수 있어. 진정으로 살아 있다는 느낌과 창조의 한가운데 있다는 느낌이 들 때는 말야." 그것은 거의 자랑하는 말과 같았다.

"세상의 모기들도 다 그렇게 느낄걸." 힐더가 말했다.

"그렇게 생각해? 그렇담 모기들한테는 참으로 잘된 일이네!"

저녁의 날씨는 놀라울 정도로 맑았고 노을빛이 오래도록 부드러이 남아 있었다. 조그만 이 읍에서조차 그랬다. 밤새도록 어스름한 빛이 남아 있을 것이다. 분노로 인해 가면과도 같은 얼굴을 한 채, 힐더는 차를 다시 출발시켰다. 두 사람은 낮에 왔던 길을 되돌아 달려갔고, 다른 길로 볼소버를 지나갔다. 코니는 보안경에다 위장용 모자를 쓰고, 말없이 앉아 있었다. 힐더의 반대 때문에 그녀는 오히려 격렬하게 남자의 편을 들었으며, 무슨 일이 있더라도 끝까지 그를 버리지 않을 작정이었다.

크로스힐을 지날 때쯤 차의 전조등을 켰는데, 오목하게 팬 아래쪽 철길 위로 불을 밝힌 채 칙칙폭폭 달려 지나가는 조그만 기차로 인해 정말로 밤이 된 것 같은 느낌이 들었다. 힐더는 사냥터지기의 집으로 가는 오솔길로 꺾이는 곳이 다리 끝에 있다는 것을 미리 염두에 두었다. 그녀는 좀 갑자기 속도를 늦추더니 도로에서 벗어나 차를 세웠다. 풀이 무성하게 우거진 오솔길로 전조등이 하얀 빛을 눈부시게 비췄다. 코니는 밖을 내다보았다. 저만치 거무스름한 사람의 형상이 눈에 띄자, 그녀는 자동차 문을 열었다.

"다 왔어!" 그녀는 부드러운 목소리로 말했다.

그러나 힐더는 이미 전조등을 꺼버리고는, 차를 뒤로 빼서 돌리는 일에 열중하고 있었다.

"다리 위에 아무것도 없나요?" 힐더는 무뚝뚝하게 물었다.

"아무것도 없으니 염려 마시오." 남자의 목소리가 대답했다.

힐더는 다리까지 차를 뒤로 뺐다가 방향을 바꾼 뒤, 도로를 따라 몇 킬로미터쯤 앞으로 차를 전진시킨 다음, 다시 오솔길로 후진해 들어와, 풀과 고사리 등을 바퀴로 깔아뭉개면서 느릅나무 아래에 차를 세웠다. 그런 다음 자동차의 불빛을 완전히 껐다. 코니가 차에서 내렸다. 사내는 나무 밑에 서 있었다.

"오래 기다렸어요?" 코니가 물었다.

"그다지 오래되진 않았소." 그가 대답했다.

두 사람은 힐더가 차에서 나오기를 기다렸다. 그러나 힐더는 자동차 문을 닫은 채 그대로 가만히 앉아 있었다.

"우리 언니 힐더예요. 와서 언니한테 인사하지 않을래요? 언니! 멜러즈 씨야."

사냥터지기는 모자를 들어올리며 인사를 하긴 했지만, 더이상 가까이 다가서지는 않았다.

"저 사람 집까지 같이 가, 언니." 코니는 간청하듯 말했다. "여기서 멀지 않아."

"차는 어떻게 하고?"

"다른 사람들도 곧잘 오솔길에다 차를 세워놓곤 합니다. 열쇠만 잘 가지고 오십시오."

힐더는 말없이 생각해 보며 앉아 있었다. 그러더니 고개를 돌려 오솔길 저 뒤쪽을 바라보았다.

"차를 저기 수풀 뒤로 후진시킬 수 있나요?" 그녀는 물었다.

"예, 그럴 수 있습니다!" 사냥터지기가 말했다.

힐더는 구부러진 곳을 돌아 천천히 차를 후진시켜, 도로에서 보이지 않게 세우고 나서는, 차의 문을 잠근 뒤 차에서 내렸다. 밤이었지만 어슴푸레한 빛이 어둠을 밝히고 있었다. 사람들이 잘 다니지 않는 오솔길인지 산울타리가 길가에 높이 우거져 있었고, 아주 어두워 보였다. 공기 중에는 신선하고 달콤한 향기가 감돌았다. 사냥터지기가 앞장서 갔고, 그다음으로 코니가, 그리고 그 뒤를 힐더가 따라갔다. 모두들 말없이 걸어갔다. 걷기 힘든 곳에서는 사냥터지기가 손전등으로 길을 비춰주었고, 그러면 일행은 다시 계속해서 나아갔다. 부엉이 한 마리가 참나무 숲 너머에서 부드러운 소리로 부엉부엉 울었고, 사냥터지기의 개 플로시가 소리 내지 않고 어슬렁거리며 따라왔다. 아무도 말을 하지 않았다. 이야기할 게 아무것도 없었다.

마침내 사냥터지기의 집 노란 불빛이 저만치 보였고, 그러자 코니의 가슴은 빠르게 두근거리기 시작했다. 그녀는 두려움으로 약간 겁을 먹은 상태였다. 그들은 여전히 일렬로 줄을 지어 계속 나아갔다.

그는 잠가놓은 문을 열고 따뜻하지만 세간이나 장식 없이 황량한 작은 방으로 앞장서 들어갔다. 벽난로에서는 불이 나직하니 빨갛게 타고 있었다. 식탁에는 모처럼 제대로 깔린 하얀 식탁보 위로 접시와 유리컵이 각각 두 개씩 놓여 있었다. 힐더는 고개를 저어 머리칼을 한번 흔들어보고는 쓸쓸한 방을 둘러보았다. 그런 다음 용기를 내어 사내를 쳐다보았다.

그는 키가 알맞게 컸고 야윈 편이었는데, 잘생긴 남자라는 생각이 들었다. 그는 조용히 거리를 유지하고 있었으며, 이야기를 하고 싶은 마음이 전혀 없는 것 같았다.

"앉아, 언니." 코니가 말했다.

"앉으시지요!" 그가 말했다. "뭐 차라도 좀 타다 드릴까요? 아니면 맥주를 한잔하시겠는지요. 마침 적당히 시원한 맥주가 있습니다."

"맥주로 해요!" 코니가 말했다.

"나도 맥주로 주세요!" 힐더는 일종의 거짓 수줍음을 띠면서 말했다. 그는 그녀를 쳐다보면서 눈을 깜빡거렸다.

그는 파란 주전자를 집어 들고는 설거지 칸 쪽으로 뚜벅뚜벅 걸어갔다. 맥주를 가지고 돌아왔을 때, 그의 얼굴은 다시 달라져 있었다.

코니는 문 옆에 앉아 있었고, 힐더는 창문 쪽 구석에 등을 벽 쪽으로 기댄 사냥터지기의 의자에 앉아 있었다.

"거긴 저이의 자리야." 코니는 부드럽게 말했다. 그러자 힐더는 불에 데기라도 한 듯 벌떡 일어섰다.

"그대로 안즈세요, 그대로 안자 계세요! 아무 의자나 안꼬 시픈 데 안즈세요. 상전 노릇할 사람은 아무도 업스니까요." 그는 더할 나위 없이 아주 차분하게 말했다.

그리고 그는 힐더에게 유리컵을 갖다주고는 그녀부터 먼저 파란 주전자에서 맥주를 따라주었다.

"담배는," 그가 말했다. "혹시 갖꼬 계시다면 모르게찌만, 저한텐 업씀니다. 전 담배를 피우지 안커든요. 뭐 좀 드시게씀니까?" 그는 코니 쪽을 곧장 돌아다보았다. "뭘 좀 가져올 테니까 한입 들게쏘? 당신은 대개 뭐라도 조금 먹고 시퍼 하곤 하잔쏘." 그는 묘하게 태연하고 확신에 찬 태도로 사투리를 쓰며 말했는데, 마치 여관집 주인 같았다.

"먹을 게 뭐가 있는데요?" 코니는 얼굴을 붉히며 물었다.

"별건 업꼬, 삶은 햄, 치즈, 절인 호두가 이쏘. 좋아할지 모르게찌만."

"좋아해요." 코니가 말했다. "언니는 어때?"

힐더는 그를 쳐다보았다.

"왜 요크셔 사투리를 쓰는 건가요?" 그녀는 부드러운 어조로 물었다.

"내 말씨 말입니까! 그건 요크셔 사투리가 아니고 더비 사투립니다."

그는 특유의 그 희미하고 어렴풋한 미소를 씩 지으면서 힐더를 마주 쳐다보았다.

"더비 사투리라고 하죠, 그럼! 왜 더비 사투리를 쓰는 거죠? 처음엔 자연스러운 표준말을 하던데 말이에요."

"그래쓰니까? 하지만 뭐, 내가 하고 시픈 대로 바꿀 수 인는 것 아닌가요? 물론 그보다는, 더비 사투릴 쓰는 게 편해서 그런 거니까, 그냥 내버려 둬주십시오. 정 싫지만 안으시면 말임니다."

"약간 좀 꾸민 듯 부자연스럽게 들려서요." 힐더가 말했다.

"예, 그럴지도 모르죠! 하지만 이곳 테버셜에선 오히려 댁네 말씨가 부자연스럽게 들릴 겁니다." 그는 다시 그녀를 바라보았는데, 뭔가 헤아려보는 듯하면서 거리를 두는 묘한 표정이 그의 광대뼈를 따라 떠올랐다. 마치 '그래, 당신은 누구야?' 하고 말하기라도 하는 것 같은 표정이었다.

그는 뚜벅뚜벅 걸어 식품실로 음식을 가지러 갔다.

두 자매는 아무 말 없이 앉아 있었다. 그는 접시를 하나 더 가져왔고, 나이프와 포크도 가져왔다. 그러고는 이렇게 말했다.

"괜찬으시다며는, 겉옷을 좀 벗겟씀니다. 전 늘 그러케 하거든요."

그러고 나서 그는 겉옷을 벗어 못에 걸어놓은 다음, 셔츠

바람으로 식탁 앞에 앉았다. 얇은 크림색 플란넬 셔츠였다.

"어서 드십시오!" 그가 말했다. "어서들 마니 드십시오! 권하길 기다리는 예의 가튼 건 차릴 피료 업습니다!"

그는 빵을 자르고 나더니, 움직이지 않고 가만히 앉아 있었다. 힐더는, 코니가 전에 그랬던 것처럼, 그의 침묵과 거리감에서 나오는 힘을 느꼈다. 식탁 위에 놓인 그의 자그맣고 예민하며 나긋나긋해 보이는 손이 눈에 띄었다. 그는 여느 단순한 노동자가 아니었다. 정말 아니었다. 말하자면, 그는 연극을 하고 있는 것이다! 연극을!

"하지만 말예요!" 작은 치즈 한 조각을 집어 들며 그녀는 말했다. "당신이 사투리가 아니라 보통 쓰는 표준말로 우리한테 이야기를 하는 게 아무래도 더 자연스러울 거 같군요."

그는 힐더의 지독하게 고집스러운 의지를 느끼면서 그녀를 바라보았다.

"그럴까요?" 그는 표준말로 말했다. "과연 그럴까요? 당신과 나 사이에 오가는 말 중 과연 정말로 자연스러운 것이 있을 수 있을까요? 동생이 날 다시 만나기 전에 내가 죽어 지옥으로나 떨어졌으면 좋겠다고 당신이 말하는 것 말고 말이오. 그리고 나도 뭔가 거의 똑같이 불쾌한 말을 당신에게 되쏘아 붙이는 것 말고 말이오. 자연스러울 수 있는 게 과연 그것 말고 또 있을까요?"

"아, 있지요!" 힐더가 말했다. "그저 올바른 예의범절만으로도 아주 자연스러워질 수 있으니까요."

"그러니까, 제2의 천성 같은 거 말이죠!" 그가 말했다. 그러곤 소리 내어 웃기 시작했다. "아니오." 그는 말했다. "난 예의 범절 가튼 것에 염증이 낫씀니다. 그러니 난 그냥 이대로 있고 십쏘!"

힐더는 곧장 대놓고 거절당한 꼴이라 굉장히 격분했다. 결국 어쨌든, 그는 자신이 예우(禮遇)를 받고 있음을 깨닫고 있다는 표시쯤은 할 수도 있었다. 그런데 그 대신 그는 오히려 연극하는 듯하고 거만하게 뽐내는 태도로, 예우를 베풀고 있는 사람은 바로 자신이라고 생각하는 것처럼 굴었다. 그야말로 건방진 태도였다! 불쌍한 코니, 잘못 현혹되어 이런 사내의 손아귀에 사로잡혀 있다니!

세 사람은 말없이 음식을 먹었다. 힐더는 그의 식사 예절이 어떤가 눈여겨 살펴보았다. 그녀는 그가 자신보다 본능적으로 훨씬 더 섬세하고 품위 있는 사람이라는 것을 깨닫지 않을 수 없었다. 그녀에게는 어딘지 스코틀랜드인 특유의 어설픔이 좀 있었다. 그에 반해 그에게는 영국인 특유의 조용하면서 꽉 찬 듯한 자신감이 있었고, 서투른 구석이라곤 찾아볼 수 없었다. 그런 그를 제압한다는 것은 아주 어려운 일일 터이다.

그러나 그 역시 그녀를 제압하지는 못할 것이다.

"그런데 당신은 정말로," 그녀는 좀 더 인간적인 태도로 말했다. "이런 모험을 할 가치가 있다고 생각하나요?"

"뭐가 가치가 있다는 거고 무슨 모험을 한다는 거죠?"

"내 동생과의 이런 불장난 말이에요."

그는 그 기분 나쁜 미소를 한순간 살짝 지어 보였다.

"그건 저 사람에게 무러보시오!"

그리고 그는 코니를 쳐다보았다.

"당신 스스로 자진해서 이러케 하는 거잖쏘. 안 그러쏘, 아가씨? 내가 당신에게 강요한 거시 아니잔쏘?"

코니는 힐더를 쳐다보았다.

"괜히 트집 잡지 않았으면 좋겠어, 언니."

"물론 나도 그러고 싶진 않아. 하지만 누군가는 상황에 대해 생각을 해야 돼. 살아가는 데 뭔가 연속성 같은 것이 있어야 하는 거잖아. 그저 엉망으로 아무렇게나 살아갈 수는 없는 거니까 말야."

한순간 침묵이 흘렀다.

"뭐, 연속성이라고요?" 그가 말했다. "그게 도대체 뭘 뜨타는 거요? 그리고 당신의 인생에는 과연 무슨 연속성이 이따는 거요? 당신은 이혼하려고 하는 걸로 알고 인는데 말이오. 그건 대체 무슨 연속성이오? 혹시 당신 자신의 완고함의 연속성이라고는 할 쑤 이께찌—그 정도라면 나도 알 수 이쏘. 하지만 그게 당신한테 무슨 소용이 이께쏘? 당신은 몇 살 채 더 먹기도 전에 그런 연속성에 신물이 나고 말 꺼요. 완고한 여자와 그녀의 고집스러운 의지, 그래, 견고한 연속성을 이룰 잘 어울리는 짝이오. 정말 잘 어울리오. 아이고, 내가 당신 가튼 여잘 상대하며 사라야 하는 남자가 아니라는 게 천만다행이오!"

"당신은 도대체 무슨 권리로 나한테 이런 식으로 말하는 거죠?" 힐더가 말했다.

"궐리라고 했소? 당신이야말로 무슨 궐리로 다른 사람드를 당신의 연속성 따위로 얼거매려고 하는 거요? 사람드리 각자 자신들 나름의 연속성에 따라 살도록 내버려 두시오."

"이보세요, 당신은 지금 내가 당신하고 무슨 관계라도 되는 줄로 알고 있는 거예요?" 힐더가 조용히 말했다.

"그러쏘." 그가 대답했다. "관계가 되오. 왜냐면 그럴 수바께 엄는 거시기 때문이오. 요컨대, 당신은 내 처형이나 다름엄는 셈이오."

"분명히 말하건대, 그런 관계가 되려면 아직 멀었어요."

"나도 당신한테 분명히 말하지만, 그러케 먼 건 아니오. 내 인생에 있어서도 나름의 연속성 가튼 것이 이쏘! 정말이지, 내 인생의 그 어느 때든 당신 경우 못지 안쏘. 그리고 저기 인 는 당신 동생이 씹과 부드런 애정을 좀 얻고자 나한테 올 때, 그녀는 자기가 뭘 원하는지 알고 오는 거요. 그녀는 이미 전에 나하고 잠자리를 가치해쏘. 당신은, 나한텐 천만다행스럽 께도, 당신의 그 연속성이라는 거스로 인해 그러케 하질 모타 겠지만 말이오." 잠시 쥐 죽은 듯한 침묵이 흐른 뒤, 그가 덧 붙여 말했다. "나는 뭐, 바지를 궁둥짝이 아프로 오도록 돌려 입고 목석처럼 사는 그런 사람이 아니오. 그래서 어쩌다 당신 동생 가튼 뜻밖의 행운이라도 차자오면, 하늘에 감사하며 고 맙게 바다들이오. 저기 인는 저 아가씨에게서 남자는 많은 즐 거움을 어들 수 인는데, 그런 즐거움을 당신 가튼 여자들에게 선 세상 어느 누구도 얻을 수가 업쏘. 그건 안타까운 일이기 도 한데, 왜냐면 당신도 빛 조은 야생 돌사과 대신 잘 이근 훌 륭한 사과가 되어쓸지 혹 모르는 일이기 때무니오. 당신 가튼 여자들에게는 올바른 접목(接木)이 피료하오."

그는 힐더를 바라보면서 살짝 묘한 미소를 지어 보였는데, 육감적이고 감상하는 듯한 시선이 어렴풋이 감돌았다.

"당신 같은 남자들은," 그녀가 대꾸했다. "격리시켜 버려야 해요. 자신들의 비속함과 이기적인 욕정을 정당화시키려고만 하니 말이에요."

"어이구, 부인! 나 가튼 남자가 아직 몇이라도 남아 인는 걸 오히려 감사하게 생각해야 할 겁니다. 하지만 당신은 지금의 그 처지가 되어 마땅한 사람이오. 지독히 외롭게 혼자 버려져 있는 그 처지가 말이오."

힐더는 자리에서 일어나 문 쪽으로 갔다. 그도 일어나서 못에 걸어놓은 겉옷을 잡아 내렸다.

"혼자서도 잘 찾아갈 수 있어요." 그녀가 말했다.

"찾아갈 수 없을걸요." 그가 담담하게 대답했다.

그들은 무거운 발걸음으로 다시 우스꽝스럽게 줄지어 오솔길을 따라 말없이 걸어갔다. 부엉이 한 마리가 아직도 부엉부엉 울고 있었다. 총으로 쏘아 잡아야겠다고 그는 생각했다.

자동차는 약간 이슬에 젖은 채, 아무 일 없이 그대로 서 있었다. 힐더는 차에 올라타고는 시동을 걸었다. 다른 두 사람은 기다리며 서 있었다.

"내 말은 그저," 그녀가 참호 같은 좌석에서 말했다. "이런 모험을 할 가치가 없다는 걸 당신이나 코니 둘 다 쉬이 깨닫게 될 거라는 것뿐이에요!"

"한 사람에게 독이 되는 것이 다른 사람에겐 약이 될 수 인는 법이오." 어둠 속에서 그가 말했다. "하지만 나한테는 그게 약은 물론, 더할 나위 없는 즐거움까지 된다오."

전조등 불빛이 번쩍 켜졌다.

"아침에 기다리지 않게 해, 코니."

"응, 그럴게. 조심해서 가, 언니!"

차는 천천히 움직여 도로 위로 올라서더니, 곧 빠르게 미끄러지듯 사라졌고, 그러자 밤은 정적 속으로 떨어졌다.

코니는 조심스럽게 그의 팔을 잡았고, 두 사람은 오솔길을 따라 걷기 시작했다. 그는 아무 말도 하지 않았다. 마침내 코니가 그를 멈춰 세웠다.

"키스해 줘요!"

"아니, 좀 기다려주오! 화를 좀 가라앉혀야겠으니 말이오." 그가 말했다.

그 말을 듣고 코니는 재미있어 했다. 그녀는 여전히 그의 팔을 잡고 있었다. 그들은 빠른 걸음으로 오솔길을 따라, 말없이 걸어갔다. 지금 이 순간 그와 함께 있다는 것이 그녀는 정말 몹시 기뻤다. 힐더가 잡아채듯 자신을 데리고 가버렸을 수도 있다는 생각이 들자, 그녀는 몸서리를 쳤다. 그는 속을 전혀 알 수 없는 침묵 속에 잠겨 있었다.

그들이 집으로 다시 들어왔을 때, 코니는 거의 뛸 듯이 기쁜 마음이었는데, 그것은 언니에게서 완전히 자유로워졌다는 느낌 때문이었다.

"하지만 당신은 언니한테 좀 심했어요." 그녀가 그에게 말했다.

"그녀는 언제고 한번 호되게 얻어마자야 할 사람이기에 그래쏘."

"왜 그렇죠? 언니는 정말 좋은 사람인데 말예요."

대답을 하지 않은 채 그는 왔다 갔다 하면서, 조용하고 체념적인 동작으로, 저녁때 하는 이런저런 집안일을 처리했다. 그는 외면상 화가 나 있었지만, 그녀에게 화가 난 것은 아니었다. 코니는 그렇게 느꼈다. 그리고 화가 난 것으로 인해 오히려 그는 독특한 매력을 풍겼는데, 내면적 깊이가 있고 광채 같은 그 매력에 그녀는 짜릿한 흥분으로 온몸이 스르르 녹아내리는 듯한 느낌에 사로잡혔다. 그는 여전히 그녀를 모른 척하고 있었다.

자리에 앉아 구두끈을 풀기 시작할 때까지도 그는 계속 그랬다. 그러더니 그는 눈을 치켜뜨면서 그녀를 올려다보았다. 눈썹에는 여전히 노여움이 짙게 드리워져 있었다.

"위로 올라가지 안케쏘?" 그가 말했다. "촛불은 저기 이쏘!"

그는 빠르게 홱 젓는 고갯짓으로 식탁 위에서 타고 있는 촛불을 가리켜 보였다. 그녀는 순종하듯이 그것을 집어 들었다. 그녀가 첫 번째 층계를 올라갈 때, 그는 그녀의 풍만한 엉덩이 곡선을 가만히 지켜보았다.

관능적 열정의 밤이었다. 그녀는 약간 놀라고 거의 마음이 내키지 않기까지 했다. 하지만 날카롭게 꿰뚫는 관능의 전율이 곧 다시금 그녀의 온몸을 꿰뚫으며 사로잡았다. 부드러운 애정의 전율과는 다르고 그것보다 더 날카롭고 더 무서웠지만, 그러면서도 바로 그 순간만은 더욱 간절한 마음으로 원하게 되는, 그런 전율이었다. 약간 겁이 나기도 했지만, 그녀는 그에게 마음대로 하도록 내버려 두었다. 그러자 이성과 수치심 따위를 모두 내던진 순전한 관능이 그녀를 뿌리까지 뒤흔들었고, 그녀의 마지막 속살까지 완전히 다 벌거벗겼으며, 마침내 그녀를 완전히 다른 여자로 태어나게 했다. 그것은 사실 사랑이 아니었다. 육욕의 탐닉도 아니었다. 그것은 날카롭고 뜨겁게 타오르면서, 영혼을 활활 불살라 버리는 관능의 불꽃이었다.

수치심을, 가장 내밀한 곳의 가장 깊고도 가장 오래된 것까지 다 불살라 없애버리는 관능의 불꽃이었다. 그가 자기 의지대로 마음껏 그녀를 다루도록 내버려 두는 데는 그녀의 노력이 필요했다. 그녀는 마치 노예처럼, 육체적 시중을 드는 노예처럼 수동적으로 그냥 응해주기만 하는 존재가 되어야 했다. 하지만 정열의 불꽃은 그녀의 몸을 휘감아 핥아대며 모든 걸 불태워 없앴으며, 마침내 그 관능의 불꽃이 창자와 가슴을 뚫고 솟구쳐 올랐을 때, 그녀는 정말로 죽는다는 느낌이었다. 하지만 그건 통렬한 쾌감과 놀라운 경이감을 주는 죽음이었다.

아벨라르[35]가 말하기를, 엘로이즈와 사랑을 하던 시절에 두 사람은 정열의 모든 단계와 온갖 세련된 극치를 경험했다고 하는데, 그때 그가 한 말이 과연 무슨 뜻일까 하고 코니는 자주 궁금해하곤 했다. 그런데 이제 그걸 알 것 같았다. 천 년

---

35) 피에르 아벨라르(Pierre Abélard, 1079~1142). 프랑스의 철학자이자 교사, 신학자. 그의 제자이자 나중에 연인이 되는 엘로이즈(Héloïse)와의 사랑 이야기로 유명하다.

전이나, 만 년 전이나 똑같다! 똑같은 것이 그리스의 항아리에도 있고, 세상 그 어디에나 있었다! 정열의 세련된 극치와 관능의 자유로운 넘침이! 게다가 그것은 바로, 잘못된 수치심을 모두 불태워 없애버리고 육체의 가장 무거운 광석까지 다 녹여내 그것을 순수한 상태로 제련하기 위해서, 반드시 그리고 영원히 필요한 것이었다. 순전한 관능의 불길로 태우기 위해서 말이다.

그 짧은 여름밤 동안에 그녀는 정말 많은 것을 배웠다. 그녀는 여자가 수치심으로 죽을 수도 있다고 생각할 수 있었겠지만, 그 대신 오히려 그 수치심이 죽어 사라지고 없었다. 그 수치심은 바로 두려움이었는데, 우리 몸 깊숙이 유기적으로 달라붙어 있는 그 수치심이, 다시 말해 우리 육체의 뿌리 속에 깊이 웅크리고 있어 오직 관능의 불에 의해서만 쫓아낼 수 있는 그 오래디오랜 육체적 두려움이, 마침내 남자의 남근에 의해 일깨워지고 추적당해 쫓겨나고 만 것이며, 그리하여 그녀는 자신의 밀림 바로 한가운데까지 이르게 된 것이다. 그녀는 이제, 자기 본성의 진정한 근본에 이르렀다는 느낌이 들었으며, 본질적으로 아무 부끄러움이 없는 존재가 되었다. 그녀는 자신의 관능적 자아, 부끄럼 없이 벌거벗은 자아가 되어 있었다. 그녀는 어떤 승리감을, 거의 허세를 부리고 싶기까지 한 승리감을 느꼈다. 그랬다! 바로 이거였다! 이게 바로 삶이었다! 이게 바로 자신의 진정한 존재 방식이었다. 위장하거나 부끄러워해야 할 것은 아무것도 남아 있지 않았다. 그녀는 자신의 궁극적인 벌거벗음을 한 남자, 즉 다른 한 존재와 함께 나

눈 것이다.

그런데 이 남자는 참으로 무섭게 휘몰아치는 정력의 화신이었다! 정말로 끔찍한 화신이었다! 그런 그를 받아내기 위해서는 실로 강해야 했다. 그러나 어떤 깨달음에 도달했다. 다시 말해 그 대가로 육체라는 밀림의 핵심, 즉 우리 몸에 유기적으로 존재하는 수치심의 그 마지막 가장 깊은 구석에 대한 깨달음에 도달한 것이다. 그곳은 오직 남근만이 탐험할 수 있는 곳이다. 그런데 이 남자는 정말 끔찍하도록 무섭게 그녀를 밀어붙이며 그곳에 들이닥쳤다! 그녀는 그것을 얼마나 싫어하며 두려워했던가! 그러나 동시에 얼마나 진정으로 그것을 원했던가! 그녀는 이제 깨달았다. 영혼 저 밑바닥의 근원에서 그녀는 남근이 이렇게 파헤쳐 들어오는 것을 이미 필요로 하고 있었으며, 또 은밀히 그것을 원하고 있었다. 다만 그러면서도 그것을 결코 얻지 못하리라고 믿어왔다. 그런데 이제 갑자기 그것이 주어졌고, 한 남자가 그녀의 최후의 궁극적 벌거벗음을 함께 나누고 있었으며, 그녀는 아무런 부끄럼도 느끼지 않았던 것이다.

시인을 비롯해 모든 사람들은 그 얼마나 거짓말쟁이들인가! 그들은 우리로 하여금, 우리가 원하는 것은 바로 부드러운 정감이라고 착각하게 했다. 우리가 진정 최고로 원하는 것은 바로 꿰뚫듯 찔러오고, 모든 걸 불살라 없애버리며, 좀 끔찍하기까지 한 이 관능인데도 말이다. 수치심이나 죄의식 또는 마지막 한 줌의 불안감도 없이 그 관능을 감히 실행할 수 있는, 그런 남자를 찾아내다니! 만약 그가 나중에 부끄러움을 느끼게 되어 여자로 하여금 부끄러움을 느끼게 한다면, 그 얼마나 끔찍한가! 참으로 안타깝게도, 섬세하고 관능적인 남자는 정말 드물었다! 참으로 안타깝게도, 대부분의 남자들은 너무나 겉치레뿐이고 왠지 모르게 수치스러운 존재였다! 바로 클리퍼드처럼, 그리고 심지어 마이클리스처럼 말이다! 두 사람 모두, 관능적인 면에서 어딘지 모르게 겉치레뿐이고 굴욕감을 일으키는 존재였다. 정신의 지고한 즐거움이라고! 그게 여자한테 대체 무슨 의미가 있단 말인가? 사실, 그걸 뇌까리는 남자 본인에게조차 그게 과연 무슨 의미가 있단 말인가! 그 자신마저도 정신적 면에서, 그저 엉망진창에다 겉치레뿐인 존재가 되고 마는데! 정신을 순화하고 생기를 불어넣기 위해서라도 바로 순전한 관능은 필요하다. 엉망진창이 아니라 불꽃같은 순전한 관능이 말이다.

아, 하나님, 진정한 한 사람의 남자란 그 얼마나 희귀한 존재인지요! 남자들은 모두 빨빨거리며 돌아다니다가 코를 킁킁거리고는 교미나 해대는 개들이었다. 그런데 두려워하지 않고 부끄러워하지 않는 진정한 남자를 찾은 것이다! 그녀는 그를 바라보았다. 그는 지금 야생동물처럼 잠이 들어, 아득히 저 먼 곳에 깊이 빠져들어 있었다. 그에게서 떨어지지 않기 위해, 그녀는 안겨들듯 바짝 다가 누웠다.

마침내 그가 일어났고, 그가 움직이는 기척에 그녀도 잠에서 완전히 깨어났다. 그는 침대에 일어나 앉아서는 그녀를 내려다보았다. 그녀는 자신의 벌거벗은 존재가 그의 눈에 비쳐 있는 것을 보았다. 그녀에 대한 직접적인 앎이 담긴 시선이었다. 그녀에 대한 남자로서 앎의 인식이, 흐르는 액체처럼, 그의 눈길에서 그녀에게로 흘러 육감적인 관능으로 감싸는 것 같았다. 아, 반쯤 잠에 취한 손발과 온몸을 묵직하게 늘어뜨린 채, 차오르는 정열에 흠뻑 적셔드는 것은 그 얼마나 육감적으로 만족스럽고 사랑스러운 기분인지!

"일어날 시간이 되었어요?" 그녀가 물었다.

"6시 반이오."

8시에는 오솔길 끝머리에 가 있어야 했다. 정말 늘 언제나 이렇게 강요된 의무가 기다리고 있다!

"아직은 시간이 남아 있군요." 그녀는 말했다.

"내가 가서 아침을 차려 이리 가지고 올까 싶기도 한데, 어떻소?" 그가 말했다.

"오, 좋아요!"

플로시가 아래층에서 나지막하게 낑낑거리는 소리를 내었다. 그는 일어나더니, 잠옷을 벗어던지고는 수건으로 몸을 문질러 닦았다. 용기와 생명력으로 가득 차 있을 때 인간의 모습은 그 얼마나 아름다운지! 그렇게 그녀는 생각하면서 말없이 그를 지켜보았다.

"커튼 좀 걷어줄래요?"

태양은 벌써 아침의 부드러운 초록빛 나뭇잎들 위로 환히 햇살을 비추고 있었고, 숲은 푸르스름한 생기를 띠고 바로 가까이에 서 있었다. 그녀는 일어나 침대에 앉아서는, 지붕의 경사면을 뚫고 낸 창을 통해 꿈꾸듯이 밖을 내다보았다. 벌거벗은 두 팔이 양옆에서 눌러 밀치는 바람에 벌거벗은 젖가슴은 가운데로 몰려 솟아 있었다. 그는 옷을 입고 있었다. 그녀는 반쯤 꿈에 젖은 채 앞으로의 삶을, 그와 함께할 앞으로의 삶을 그려보았다. 그것이야말로 삶다운 삶일 것이다.

그가 가려고 하고 있었다. 웅크린 알몸의 위험한 그녀의 존재로부터 달아나고 있었다.

"내 잠옷이 아예 어디로 없어져 버린 건가요?" 그녀가 말했다.

그는 침대 속으로 손을 밀어 넣더니, 흐물흐물한 비단옷 조각을 끄집어내었다.

"발목에 비단 같은 것이 걸리는 느낌이었소."

그러나 잠옷은 거의 두 쪽으로 찢어져 있었다.

"괜찮아요!" 그녀가 말했다. "사실, 여기 있어야 할 것이에요. 두고 갈게요."

"그래, 두고 가오. 내가 밤에 벗 삼아 다리 사이에다 끼고 잘 테니까 말이오. 이름이나 무슨 표시 같은 건 붙어 있지 않겠지?"

"네, 없어요! 그저 평범한 구식 잠옷일 뿐이에요."

그녀는 그 찢어진 잠옷을 걸쳐 입고는, 다시 그대로 앉아 꿈꾸는 듯이 창밖을 내다보았다. 창문은 열려 있었으며, 아침 공기가 새들의 지저귀는 소리를 싣고 부드럽게 밀려 들어왔다. 새들이 계속해서 날아 지나갔다. 그러더니 플로시가 돌아다니는 모습이 보이기도 했다. 아침이었다.

아래층에서 그가 불을 지피고, 물을 퍼 올리고, 뒷문으로 나가고 하는 등의 소리가 들려왔다. 이윽고 베이컨 냄새가 풍겨오더니, 마침내 그가 커다란 검정 쟁반을 들고 2층으로 올라왔다. 문을 겨우 통과할 수 있을 만큼 큰 쟁반이었다. 그는 쟁반을 침대에 내려놓고는 차를 따랐다. 코니는 찢어진 잠옷을 입은 채로 쪼그리고 앉아 시장한 듯 달려들어 음식을 먹기 시작했다. 그는 하나뿐인 의자에 앉아서 무릎 위에다 자기 접시를 올려놓고 먹었다.

"정말 맛있군요!" 그녀가 말했다. "이렇게 같이 아침을 먹다니 얼마나 좋은지 모르겠어요."

그는 말없이 먹고 있었는데, 그의 정신은 빠르게 지나가는 시간에 쏠려 있는 듯했다. 그 모습에 문득 그녀는 정신을 차렸다.

"아, 내가 여기에 당신과 함께 머물러 살 수 있다면, 그리고 라그비는 백만 킬로미터 저 멀리에 떨어져 있다면 정말 얼마나 좋을까요! 사실 당신이 아니라 바로 라그비로부터 난 지금 떠나가는 셈이에요. 당신도 알고 있죠?"

"그래, 알고 있소!"

"그럼 약속해 줘요. 우리 둘이 함께 살 것이고 함께 삶을 꾸려나갈 것이라고요. 당신하고 나, 둘이서 말예요! 약속해 주는 거죠, 그렇죠?"

"그래, 약속하오! 우리가 그럴 수 있다면 말이오."

"물론, 그럴 수 있을 거예요! 게다가 우린 꼭 그렇게 할 거예요! 꼭 하고 말 거라고요, 안 그래요?" 그녀는 몸을 앞으로 기울여 그의 손목을 잡았다. 그 와중에 차가 엎질러졌다.

"그래, 맞소!" 그는 쏟아진 차를 훔치면서 대답했다.

"우리가 이제 함께 살지 않는다는 것은 도저히 있을 수가 없는 일이에요, 안 그래요?" 그녀는 호소하듯이 말했다.

그는 그녀를 쳐다보면서 얼핏 스쳐가는 미소를 한 번 지어 보였다.

"그렇소!" 그는 말했다. "하지만 당신은 이십오 분 후면 출발해야 하오."

"그래요?" 그녀는 외치며 말했다. 갑자기 그가 손가락을 들어올려 소리 내지 말라는 경고를 하면서 벌떡 일어났다.

플로시가 한 번 짧게 짖는 소리가 났기 때문인데, 곧이어 경고하듯 요란스럽고 날카롭게 짖는 소리가 세 차례 들려왔다. 그는 쟁반 위에 접시를 가만히 내려놓고는 아래층으로 내려갔다. 콘스턴스는 그가 뜰에 난 길로 걸어나가는 소리를 들었다. 자전거 벨 소리가 저 바깥에서 따르릉 울렸다.

"안녕하쇼, 멜러즈 씨! 등기우편이오!"

"아, 그래요! 연필 좀 가지고 이씀니까?"

"여기쏘!"

잠시 조용했다.

"캐나다에서 와꾼요!" 낯선 사람의 목소리가 들렸다.

"그러쏘! 브리티시컬럼비아[36]에 가 인는 친구한테서 온 거요. 등기로 뭘 이러케 부천는지 모르게쏘."

"혹시 돈다바리라도 몇 뭉치 보낸 거 아니오?"

"그보다는 오히려 뭐가 좀 필요하다고 부타카는 것 같쏘."

---

36) 캐나다 남서부의 주.

잠시 말이 그쳤다.

"허! 오늘도 날씨가 조쿤요!"

"그러쿤요!"

"그럼, 안녕히 계시오!"

"안녕히 가시오!"

잠시 후에 그가 다시 2층으로 올라왔다. 좀 화가 난 모습이었다.

"우체부였소." 그는 말했다.

"참 일찍도 오는군요!" 그녀가 대답했다.

"시골 배달 구역이라 그렇다오. 대개 7시쯤까지는 여기 오지. 배달할 게 있을 땐 말이오."

"당신 친구가 무슨 돈 뭉치를 보냈다고요?"

"아니오! 그저 브리티시컬럼비아의 어느 곳 사진 몇 장과 그곳에 대한 서류 뭉치일 뿐이오."

"거기로 가게요?"

"우리가 혹시 그리 갈 수 있지 않을까 하는 생각을 했소."

"어머, 그래요! 정말 멋진 생각이에요!"

그러나 그는 우체부가 온 것 때문에 성이 나 있었다.

"망할 놈의 자전거들 가트니라고, 미처 알아보기도 전에 갑짜기 어디선가 불쑥 나타난단 말이야. 그 작자가 아무것도 눈치채지 모태쓰면 조켄는데."

"아무런들, 어떻게 눈치챌 수 있었겠어요!"

"당신은 이제 일어나 갈 준비를 해야 하오. 난 가서 바깥을 좀 살피고 오겠소."

그녀는 그가 총을 메고 개와 함께 오솔길로 정찰하듯 살피며 가는 것을 보았다. 그녀는 아래층으로 내려가서는 세수를 했다. 그가 돌아왔을 무렵, 그녀는 가져왔던 조그만 비단 가방에 소지품을 챙겨 넣고 떠날 준비를 마쳤다.

그는 문을 잠갔다. 그리고 두 사람은 출발했는데, 오솔길로 가지 않고 숲속을 통해서 갔다. 그는 몹시 조심하고 있었다.

"사람이 사는 것은 바로 어젯밤 같은 때를 위해서라는 생각이 들지 않아요?" 그녀가 그에게 말했다.

"그래, 동감이오! 하지만 그 외의 다른 시간드레 대해서도 생가글 해야만 하는 거요." 그는 다소 무뚝뚝하게 대꾸했다.

두 사람은 풀이 우거진 길을 따라 터벅터벅 계속 걸어갔다. 그는 앞장서 가면서 말이 없었다.

"우리 함께 살면서 같이 삶을 꾸려나갈 거지요, 그렇죠?" 그녀는 간청하듯 말했다.

"그래, 그럴 거요!" 뒤를 돌아보지도 않고 성큼성큼 계속 걸어가면서 그는 대답했다. "때가 되면 말이오! 하지만 당신은 지금 베네치안지 어딘지 하는 데로 떠나고 있는 거요."

그녀는 말문이 막힌 채, 무겁게 내려앉는 마음으로 그의 뒤를 따라갔다. 아, 이렇게 떠나야 하다니, 그녀는 참담한 심정이었다!

마침내 그가 걸음을 멈췄다.

"내 잠깐 이쪽으로 건너가 보고 오겠소." 그는 오른쪽을 가리키면서 말했다.

그러나 그녀는 두 팔로 그의 목을 휘감으며 그에게 바짝 매달렸다.

"당신은 나에 대한 애정을 그대로 간직하고 있을 거죠, 그렇죠?" 그녀는 속삭이며 물었다. "어젯밤 전 당신을 진정으로 사랑했어요. 어쨌든 당신은 나에 대한 애정을 그대로 간직하고 있을 거죠, 그렇죠?"

그는 그녀에게 입을 맞추고 잠깐 동안 그녀를 꼭 껴안았다. 그러고 나서는 한숨을 한 번 내쉬더니, 다시 한번 그녀에게 입을 맞췄다.

"가서 차가 와 인는지 보고 오게쏘."

그는 가시나무와 고사리 덤불이 나지막하게 우거져 있는 곳 너머로 성큼성큼 걸어갔다. 고사리 덤불 사이로 그가 지나간 자국이 남았다. 일이 분 동안 그의 모습은 사라져 보이지 않았다. 그러더니 그는 다시 성큼성큼 걸어 돌아왔다.

"차가 아직 와 이찌 안쏘." 그가 말했다. "게다가 빵집 마차가 길에 서 이쏘."

그는 걱정스럽고 불안한 듯했다.

"잠깐, 들어봐요!"

자동차가 가까이 다가오면서 나직하게 경적을 울리는 소리가 들렸다. 차는 다리 위에서 속도를 늦추었다.

"저기 왔군! 어서 가오!" 그가 말했다. "난 뒤에 있겠소. 어서 가오! 차가 저기 멈춰 서 있게 하지 마오."

그녀는 더할 나위 없이 비통한 심정으로, 그가 오간 길을 따라 고사리 덤불 사이를 내닫듯이 헤치며 나아갔다. 그러곤 곧 커다란 호랑가시나무 산울타리가 있는 곳에 이르렀다. 그는 바로 그녀 뒤에 따라와 있었다.

"자! 저기로 해서 나가오!" 한 군데 틈이 벌어진 곳을 가리키면서 그가 말했다. "난 나가지 안케쏘."

그녀는 절망에 찬 얼굴로 그를 바라보았다. 그러나 그는 입만 한 번 맞춰주고는 그녀를 놓아 보냈다. 그녀는 완전히 비참한 심정에 사로잡힌 채, 호랑가시나무의 틈을 지나 나무 울타리 사이로 기어나가서는, 비틀거리며 내려가 자그만 도랑을 건넌 다음 오솔길로 올라섰다. 그곳에는 힐더가 짜증 난 표정으로 막 차에서 내려서고 있었다.

"아, 거기 있었구나!" 힐더가 말했다. "그 사람은 어딨니?"

"그인 안 왔어."

들고 온 그 자그만 가방을 가지고 차에 올라탈 때, 코니의 얼굴에서는 눈물이 흐르고 있었다. 힐더는 볼썽사나운 보안경이 달린 자동차 여행용 헬멧을 잡아채듯 홱 집어 들었다.

"이걸 써!" 그녀는 말했다. 코니는 그 변장용 모자를 눌러썼고, 이어 자동차 여행용 외투까지 걸쳤다. 그러고는 보안경을 쓴 채, 사람 같지도 않고 정체를 알 수 없는 모습으로 앉아 있었다. 힐더는 사무적인 동작으로 차를 출발시켰다. 그들은 오솔길을 빠져 올라왔고, 이어 도로를 따라 내려갔다. 코니는 그러기 전에 주위를 둘러보았다. 하지만 그의 모습은 보이지 않았다. 그에게서 멀어지고 있었다! 점점 멀리! 그녀는 쓰라린 눈물을 흘리며 앉아 있었다. 이별은 너무나 갑자기, 정말 예기치 못하게 닥쳐왔다. 그것은 죽음과도 같았다.

"네가 얼마 동안이라도 그 사람에게서 떨어져 있게 되어 정말 다행스러울 뿐이다!" 크로스힐 마을을 피해서 차를 돌리며 힐더가 말했다.

17장

"들어봐, 언니." 점심을 먹은 뒤 런던이 가까워지고 있을 무렵 코니가 말했다. "언닌 진정한 애정이나 진정한 관능 같은 걸 경험해 본 적이 전혀 없어서 그래. 그런 것들을, 그것도 한 사람과의 관계에서 경험해 알게 된다는 것은 정말 굉장한 일이야."

"아이고 제발, 네 그 알량한 경험을 자랑하려고 하지 마!" 힐더가 말했다. "난 아직껏 만나본 적이 없어. 여자한테 자신을 다 내주면서, 여자와 친밀한 애정 관계를 맺을 수 있는 남자를 말이야. 내가 원하는 건 바로 그런 남자였지. 나는 남자들의 자기만족적인 애정이나 관능 따위에는 별로 관심이 없어. 남자의 귀여운 노리갯감이나 쾌락용 고깃감[37]이 되는 것엔 만족할 수가 없다고. 나는 완전하게 친밀한 애정 관계를 원했는데, 그걸 얻지 못했을 따름이야. 하지만 난 그걸로 충분해."

코니는 이 말을 곰곰이 생각해 보았다. 완전하게 친밀한 관계라! 그녀 생각에 그것은 나 자신에 관한 모든 것을 상대방에게 드러내 보이며 또 상대방도 그 자신에 관한 모든 것을 나에게 드러내 보이는 것을 의미하는 듯했다. 그러나 그것은 지겨운 일이었다. 그리고 남자와 여자 사이의 그 모든 지긋지긋한 자의식의 과잉이었다! 일종의 질병이었다!

"내 생각에 언니는 모든 사람들과의 관계에서, 항상 자의식이 지나친 것 같아." 그녀는 언니에게 말했다.

"나에겐 적어도 노예근성 같은 것은 없다고 생각해." 힐더가 말했다.

"아냐, 그렇지 않을지도 몰라! 언니는 혹시 스스로에 대한 생각의 노예가 되어 있는지도 몰라."

힐더는 전에 들어보지 못한 코니의 이 오만한 말을 듣고는, 얼마 동안 말없이 차를 몰았다. 코니, 이 건방진 계집애가 감히, 하는 심정이었다.

"난 적어도, 나에 대한 다른 사람의 생각에 노예가 되어 있진 않아. 더군다나 그 다른 사람이란 게 바로 남편의 하인이거나 한 것도 아니고 말이야." 그녀는 마침내, 노골적으로 분노를 드러내며 쏘아붙였다.

"그게 그렇지 않다는 건 언니도 잘 알고 있을걸." 코니는 조용히 대답했다.

---

37) chair à plaisir. 매춘부를 일컫는 프랑스어.

코니는 언제나 언니가 자신을 지배하도록 내버려 두었다. 하지만 비록 어딘가 마음 한구석에서 슬퍼하고 있었을지라도, 그녀는 이제 다른 여자들의 지배로부터 자유로웠다. 아! 그건 본질적으로 하나의 해방이었고, 또 하나의 생명을 얻은 것과도 같았다. 다른 여자들의 그 괴상한 지배와 아집으로부터 자유로워진 것은 말이다. 여자들이란 정말, 얼마나 끔찍한 존재인지!

그녀는 아버지와 함께 있게 되어서 기뻤다. 그녀는 언제나 그의 귀염둥이였다. 그녀와 힐더는 펠멜의 작은 호텔에 묵었고, 맬컴 경은 클럽에 가 있었다. 그러나 그는 저녁때 딸들과 함께 외출했고, 그들도 아버지와 함께 다니는 것을 좋아했다.

맬컴 경은 여전히 풍채가 좋고 건강했다. 물론 주변에서 급격하게 펼쳐지는 새로운 세상에 대해서는 약간 두려움을 느끼긴 했다. 그는 스코틀랜드에서 두 번째 아내를 맞이했는데, 그보다 젊고 더 부자인 여자였다. 그러나 그는 첫 번째 아내에게 그랬던 것과 똑같이, 가능한 한 자주 그녀의 곁을 떠나 자유롭게 즐기며 살았다.

코니는 오페라를 보러 갔을 때 아버지 곁에 앉았다. 그는 적당히 살이 찐 편이었고, 제법 살찐 넓적다리를 갖고 있었다. 하지만 여전히 억세고 근골(筋骨)이 튼튼했으며, 인생을 즐기며 살아온 건강한 남자의 넓적다리였다. 그의 명랑한 이기성, 완고할 정도의 독립성, 후회 없는 관능성, 그 모든 것을 코니는 근골이 단단하고 반듯한 두 넓적다리에서 다 볼 수 있는 듯했다. 그야말로 남자다운 모습이다! 하지만 이제 아버지는 늙은이가 되어가고 있었고, 그건 슬픈 일이었다. 왜냐하면 그의 남성적인 억세고 굵은 두 다리에는, 애정의 팽팽한 예민함과 힘 같은 것이 하나도 없었기 때문이다. 그런데 이 애정의 예민함과 힘이란 바로 젊음의 정수(精髓)라 할 수 있는 것으로서, 일단 거기에 생겨나면 결코 죽어 없어지지 않는 것이다.

코니는 인간에게 존재하는 다리라는 것에 대해 새로이 눈을 떴다. 다리는 그녀에게 얼굴보다 더 중요한 것이 되었다. 얼굴은 이제 그다지 진정한 의미를 갖지 못했다. 팽팽하게 살아 있는 두 다리를 가지고 있는 사람들이 얼마나 적은지! 그녀는 1층 앞쪽의 특석에 앉아 있는 남자들을 바라보았다. 푸딩 찌는 천 같은 검정 옷에 싸인 푸딩처럼 커다랗게 축 늘어진 넓적다리나, 나무 작대기같이 비쩍 마른 데다 장례용 천 같은 검정 옷을 걸치고 있는 다리, 아니면 보기 좋게 잘 빠지긴 했지만 관능이건 부드러운 애정이건 예민함이건 아무것도 없이 그저 다리랍시고 빨빨거리며 돌아다니는 평범하기 짝이 없는 다리, 모두 그런 다리뿐이었다. 그녀의 아버지 같은 관능성조차도 전혀 찾아볼 수가 없었다. 그들은 모두 기가 질리고 압도당해, 존재다움을 상실한 인간들이었다.

그러나 여자들은 기가 질리고 압도당하지는 않았다. 대부분의 여자들이 가지고 있는, 저 방앗간 기둥같이 끔찍한 다리를 보라! 정말로 소름 끼치고, 정말로 살인이라도 하기에 충분할 것 같은 다리였다! 이 밖에 불쌍하도록 가냘픈 꼬챙이 다리! 혹은 비단 양말을 신어 단정하고 깔끔하게 보이지만 생명의 표정이라곤 조금도 없는 다리! 실로 끔찍하기 짝이 없었다,

무의미하게 이리저리 빨빨거리며 돌아다니는 저 수백만의 무의미한 다리짝들은 말이다!

코니는 런던에서 행복하지 않았다. 사람들은 너무나 유령 같고 공허해 보였다. 아무리 활발하고 잘생긴 모습을 하고 있어도 그들에게는 살아 있는 행복이 전혀 없었다. 온통 불모의 메마른 존재뿐이었다. 그렇지만 코니에게는 행복에 대한 여자로서의 맹목적인 갈망이, 행복을 보장받고 싶어 하는 강렬한 갈망이 있었다.

파리에서는 그래도 어쨌든, 약간의 관능이 아직 남아 있는 것을 그녀는 느꼈다. 그러나 그것은 참으로 지치고 피곤하고 기진맥진해진, 부드러운 애정의 결핍으로 인해 기진맥진해진 관능이었다. 파리는 슬픈 곳이었다. 세상에서 가장 슬픈 도시 중의 하나였다. 기계적이 되어버린 관능에 지쳤고, 돈, 돈, 돈 하며 흥분하고 긴장하는 데 지쳤고, 원망하거나 우쭐대는 것에 대해서조차 지쳐서, 그저 죽고만 싶을 정도로 지쳐 있는 곳이었다. 다만 그러면서도 아직은 충분히 미국화나 런던화가 안 되어서 그 지친 모습을, 기계적으로 춰대는 지그춤[38]으로 덮어 감추지는 못하고 있었다! 아, 남자다움을 뽐내는 저 사내들, 저 놈팽이들[39], 저 제비족, 저 훌륭한 만찬을 즐기는 남자들! 그들은 얼마나 지친 모습인지! 부드러운 애정을 조금씩 주고받지 못해 그토록 지치고 기진맥진해 있는 것이었다.

---

38) 보통 4분의 3박자의 빠르고 경쾌한 춤.
39) flâneurs. 한가롭게 거닐며 빈둥거리는 사람이라는 뜻의 프랑스어.

한편, 유능하고 이따금 매력적이기도 한 여자들은 진정한 관능의 실체에 대해 한두 가지 알고 있긴 했다. 그 점에서 그들은 지그춤을 춰대는 영국의 여자들보다 나은 셈이었다. 그러나 그들은 부드러운 애정에 대해서는 오히려 훨씬 더 모르고 있었다. 메마른 의지의 끝없는 긴장으로 말라버린 채, 그들 역시 지쳐서 기진맥진해 가고 있었다. 인간 세상은 그저 기진맥진해지고 있을 뿐이었다. 어쩌면 그것은 완전히 파괴적인 것으로, 일종의 무정부적인 혼란 상태로 변할지 몰랐다! 클리퍼드와 그의 보수적인 무정부 상태 같은 것으로 말이다! 어쩌면 그것은 그다지 오랫동안 보수적으로 있지도 않을 것이다. 그것은 어쩌면 아주 급진적인 무정부 상태로 진행해 갈지도 몰랐다.

코니는 세상이 두려워 움츠러드는 느낌이었다. 이따금씩 불바르 산책길이나 불로뉴 숲이나 뤽상부르공원 등을 거닐면서 잠깐 행복한 기분이 들 때도 있었다. 그러나 파리는 이미 미국인들과 영국인들, 즉 기이한 제복을 입은 이상한 미국인들과, 외국에서 흔히 볼 수 있는 그 절망스럽기 짝이 없고 역겨운 영국인들로 가득 차 있었다.

그녀는 마침내 그곳을 떠나 여행을 계속하게 되어 기뻤다. 갑자기 날씨가 더워졌는데, 그래서 힐더는 차를 몰고 스위스를 지나 브레네르 고개[40]를 넘고, 그다음 돌로미티케산맥[41]

---

40) 이탈리아와 오스트리아의 국경에 있는 알프스산맥의 한 고개.
41) 오스트리아 티롤 지방의 백운석 산맥.

을 통해서 베네치아로 갔다. 힐더는 일을 꾸려나가고 운전도 하는 등, 모든 일에서 주도적인 역할을 하고 싶어 했다. 반면 코니는 그냥 얌전히 있는 것으로 아주 만족했다.

정말로 아주 멋진 여행이었다. 하지만 코니는 계속해서 혼자 속으로 중얼거렸다. 난 왜 진정으로 흥이 나질 않는 걸까! 난 왜 진정으로 짜릿한 즐거움을 전혀 느끼지 못할까? 풍경에 대한 관심이 더 이상 진정으로 생기질 않다니, 정말 끔찍한 일이야! 하지만 아무리 해도 관심이 생기지 않는걸. 끔찍한 일이야. 난 마치 루체른 호수42)를 건너면서 산과 푸른 호수가 있다는 것조차 알아보지 못했다는 성(聖) 베르나르두스43)와도 같아. 난 그저 풍경을 즐기고 싶은 생각이 더 이상 나지 않을 뿐이야. 사실, 그런 것을 꼭 열심히 봐야 할 필요가 어디 있지? 그럴 필요가 어디 있냐고? 난 그러고 싶지 않아.

그랬다. 그녀는 프랑스, 스위스, 티롤 지방 또는 이탈리아 등 그 어디서도 진정한 흥미를 느끼지 못했다. 그녀는 그저 차에 실려 그 모든 곳을 지나쳤을 따름이었다. 그리고 그 모든 곳은 라그비보다 오히려 더 비현실적이었다. 그 끔찍한 라그비보다도 말이다! 그녀는 프랑스나 스위스, 이탈리아 모두 결코 다시 보지 못한다 하더라도 상관없으리라는 느낌이 들었다. 이곳들은 계속 이렇게 머물러 있을 것이다. 라그비가 오히려 더 현실적인 곳이었다.

---

42) 스위스 중부에 위치한 호수.
43) 베르나르 드 클레르보(Bernaddu de Clairvaux, 1090~1153). 12세기 프랑스의 수도사로서 클레르보 대수도원을 설립했다.

그럼 사람들은 어떤가! 사람들은 차이가 거의 없이 모두 똑같았다. 모두들 그녀에게서 돈을 뜯어내려는 마음밖에 없었다. 그리고 여행자들의 경우는, 억지로라도 즐거움을 끌어내려는 마음밖에 없었는데, 그것은 마치 돌에서 피를 쥐어짜 내려는 것과 같은 억지였다. 불쌍한 산들! 불쌍한 풍경들! 짜릿한 흥분을 일으키고 즐거움을 주도록, 그것들은 모두 계속해서 쥐어짜 내고 또 짜내져야만 했다. 그저 작심이라도 한 듯이 즐기고자 달려드는 이 사람들은 도대체 뭘 어쩌자는 속셈인가?

'그래!' 코니는 속으로 혼자 말했다. '차라리 라그비가 낫겠어. 거기서는 한가로이 돌아다니며 조용히 지낼 수 있고, 뭘 열심히 구경하거나 꾸며서 행동하는 짓 따위를 할 필요가 전혀 없지. 즐기는 체하는 이 관광객 연기 행위는 정말 너무나 절망스럽도록 굴욕적인 짓이야. 정말 가소로운 헛수작이야.'

그녀는 라그비로 돌아가고 싶었다. 심지어 클리퍼드, 가련한 불구자인 클리퍼드에게라도 돌아가고 싶었다. 어쨌든, 적어도 그는 이 떼거지로 들끓는 휴가꾼 무리만큼 어리석은 존재는 아니었다.

그러나 내면적인 의식 속에서 그녀는 그 다른 남자와의 접촉을 끊지 않고 있었다. 그녀는 그와의 연결점을 놓쳐서는 안 되었다. 아, 그걸 놓쳐서는 정말 안 되었다. 그랬다가는 길을 잃고 헤맬 것이다. 이 쓰레기같이 천박한 졸부들과 향락족의 세상에서 길을 잃고 헤맬 것이다. 아, 이 향락족! 아, 이 '즐기자' 판! 그건 또 다른 형태의 현대적 질병이었다.

그들은 메스트레[44]에서 차를 보관소에다 맡기고는, 정기

여객선을 타고 베네치아로 건너갔다. 아름다운 여름날 오후였다. 얇은 석호(潟湖)에는 잔물결이 일었고, 한껏 쏟아지는 햇살에 호수 건너편에 등을 돌리고 앉아 있는 베네치아가 희미하게 아른거리는 모습으로 보였다.

부두에서 그들은 곤돌라로 바꿔 타고는 곤돌라 사공에게 갈 곳을 일러주었다. 그는 희고 파란 윗도리를 입은 정식 곤돌라 사공이었는데, 별로 잘생긴 얼굴도 아니고 인상적인 구석도 전혀 없었다.

"아, 예! 에스메랄다 별장 말씀이지요! 아, 예! 잘 알고 있는 곳이죠! 그곳에 사는 신사분의 사공으로 일한 적이 있거든요. 하지만 거리가 꽤 된답니다!"

사공은 다소 어린애 같은 데다 성미가 급한 사람처럼 보였다. 그는 좀 과장된 몸짓으로 격렬하게 노를 저어, 진흙투성이의 지독하게 기분 나쁜 초록색 벽이 늘어선 어둑한 골목 운하를 이리저리 지나갔는데, 가난한 지역을 통해 흐르는 이 운하들 위로 빨래가 줄에 높이 걸려 있는 모습이 보이기도 하고 시궁창의 오물 냄새가 강해졌다 약해졌다 하면서 풍겨 나오기도 했다.

그러나 마침내 사공은 넓게 트인 운하로 나왔는데, 포장된 인도가 양쪽에 있고 고리 모양의 다리들이 걸쳐져 있으며, 도시 중심의 대운하를 향해 직각으로 곧장 흘러드는 운하 가운데 하나였다. 두 여자는 자그만 차양 아래 앉아 있었고, 사공

---

44) 베네치아의 북서쪽에 있는 조그만 도시.

은 그들 뒤편의 약간 올라온 곳에 자리를 잡고 서 있었다.

"아가씨들께서는 에스메랄다 별장에 오랫동안 머무르실 건가요?" 수월하게 노를 저으면서 그가 물었다. 그러곤 희고 파란 손수건으로 얼굴에 흐르는 땀을 닦았다.

"한 이십 일쯤 있을 거예요. 그리고 우린 둘 다 결혼한 부인이에요." 힐더가 대답했다. 그녀 특유의 묘하게 조용한 목소리였는데, 그 때문에 그녀의 이탈리아어는 더욱 외국어 투로 들렸다.

"아! 이십 일 동안요!" 그 남자는 말했다. 잠시 침묵이 흘렀다. 그러다가 그가 다시 물었다. "그럼 부인들께서는 곤돌라 사공이 필요하지 않으신가요? 에스메랄다 별장에 머물러 계실, 그 이십 일가량 동안 말입니다. 물론 하루나 일주일 단위로도 일할 수 있습니다."

코니와 힐더는 생각해 보았다. 베네치아에서는 자가용 곤돌라가 있는 편이 좋았다. 뭍에서 자가용차가 있는 편이 좋은 것처럼 말이다.

"우리가 가는 별장에는 뭐 없나요? 배 말이에요."

"모터 달린 배 한 대하고 곤돌라도 하나 있긴 하지요. 하지만……." 이 하지만이란 말은 바로, 그 배들이 그녀들의 차지가 되지는 못할 것이라는 뜻이었다.

"얼마에 일할 수 있는데요?"

하루에 약 30실링, 일주일엔 10파운드라고 했다.

"그게 공정 가격이에요?" 힐더가 물었다.

"더 싼 값입니다, 부인. 더 쌉니다. 공정 가격은……."

두 자매는 생각해 보았다.

"글쎄요." 힐더가 말했다. "내일 아침에 한번 와봐요. 그럼 결정할 테니까. 이름이 뭐죠?"

그의 이름은 지오반니였다. 그는 몇 시에 올지 그리고 누구를 찾는다고 말해야 하는지 등을 물었다. 힐더는 마침 명함이 없었다. 그래서 코니가 자기 것 하나를 그에게 주었다. 그는 그것을 남국인의 뜨겁고 파란 눈으로 재빨리 한번 살펴보고 마는가 싶더니 재차 그것을 흘끗 살펴보았다.

"아!" 얼굴이 환해지면서 그가 말했다. "귀부인이시군요! 귀부인이신 거 맞죠?"

"그래요, 콘스탄차 부인이에요!" 코니는 대답했다.

그는 고개를 끄덕거리면서 되풀이해 말했다. "콘스탄차 귀부인님!" 그러곤 명함을 조심스럽게 자신의 웃옷 속에 간직했다.

에스메랄다 별장은 상당히 멀리 떨어진 석호 끝의, 키오자[45] 가 바라다 보이는 곳에 있었다. 그다지 오래되지 않은 집으로, 쾌적한 편이었으며, 바닷가를 바라보는 테라스가 있었고, 그 아래쪽으로는 꽤 커다란 정원이 있었다. 정원에는 나무가 짙게 우거져 있었고, 석호를 저쪽에 두고 담이 빙 둘러쳐져 있었다.

집주인은 육중하고 좀 투박한 스코틀랜드인으로, 전쟁 전에 이탈리아에서 큰돈을 벌었는데, 전쟁 동안 초월적인 애국

---

45) 베네치아 남쪽의 항구.

심을 보여 그 공로로 훈작의 작위를 수여받은 사람이었다. 그의 아내는 마르고 창백한 날카로운 유형의 여자로, 자기 재산이 하나도 없었고 남편의 좀 지저분한 호색 행각을 단속하며 살아야 하는 불행을 짊어지고 있었다. 그는 하인들을 아주 지독히도 못살게 구는 주인이었다. 그러나 지난겨울에 가벼운 뇌졸중으로 쓰러진 적이 있은 뒤로, 이제는 시중들기가 한결 수월해졌다.

집은 사람들로 상당히 들어차 있었다. 맬컴 경과 그의 두 딸 말고도 일곱 명이 더 있었는데, 스코틀랜드인 부부가 역시 두 딸을 데리고 와 있었고, 미망인인 젊은 이탈리아 백작 부인, 젊은 그루지야 공자(公子) 그리고 아직 젊은 편인 영국인 목사 등이 머무르고 있었다. 영국인 목사는 폐렴을 앓고 나서 건강을 위해 집주인인 알렉산더 경의 전속 목사로 와 있었다. 빈털터리에다가 잘생긴 용모를 한 공자는 딱 알맞게 지닌 건방진 태도며 하는 짓 등이 훌륭한 운전사감으로나 겨우 족할 것 같은 푼수였다. 백작 부인은 조용하고 깜찍하게 생긴 여자로 어딘가에 정부(情夫)라도 숨겨놓은 것 같은 눈치였다. 목사는 버킹엄주의 한 교구 목사로 있다가 온 소박하고 단순한 사람이었는데, 다행스럽게도 아내와 두 아이를 영국에 두고 올 수 있었다. 한편 식구 넷의 거스리 집안사람들은 에든버러의 견실하고 훌륭한 중산계급으로서, 만사를 실속 있게 즐기며, 뭐든지 다 해보면서도 위험을 무릅쓰는 경우는 절대 없는 사람들이었다.

코니와 힐더는 처음부터 공자는 상대에서 제외해 버렸다.

거스리가 사람들은 어느 정도 그들과 비슷한 부류의 실질적인 사람들이긴 했지만 따분했다. 게다가 그들의 두 딸이 원하는 것은 남편감이었다. 목사는 나쁜 사람은 아니었지만 너무 깍듯하게 굴었다. 알렉산더 경은 가벼운 뇌졸중을 앓고 난 뒤로 여간해서는 쉽사리 쾌활한 기분이 되지 못했지만, 그래도 젊고 잘생긴 여자들이 그렇게 많이 주위에 와 있는 것에 여전히 짜릿한 흥분을 느꼈다. 그의 아내 쿠퍼 부인은 조용한 성격에 마음고생을 많이 한 불쌍한 여자였지만, 심사가 꼬여 있어서 모든 다른 여자들을 싸늘하게 감시하는 눈초리로 지켜보았고, 그것이 제2의 천성이 되어 있었다. 그리고 그녀는 냉혹하고 상스러운 말들을 지껄이곤 했는데, 그것으로 그녀가 모든 인간성을 얼마나 형편없이 낮게 생각하고 있는지가 분명하게 드러났다. 코니도 알아챈 것이지만, 그녀는 또한 하인들을 정말 혹독하리만치 심하게 대했다. 다만 시끄럽지 않은 방법을 쓸 뿐이었다. 그녀의 행동이 어찌나 교묘했던지 알렉산더 경은 바로 자신이 집안 전체의 지배자이고 왕이라고 생각하면서, 딴에는 온화해 보이는 살찐 올챙이배를 씰룩거리며 실로 따분하기 짝이 없는 농담을 지껄여 대곤 했다. 힐더는 그런 그의 농담을 익살 심기(心氣)라고 이름 붙였다.

맬컴 경은 그림을 그리면서 나날을 보냈다. 그랬다. 그는 여전히 이따금씩 자신의 스코틀랜드 풍경화와 대비가 되도록, 베네치아의 석호 풍경을 그려보곤 했다. 그래서 아침에 그는 커다란 캔버스를 들고 소위 '찍어놓은 자리'라는 곳으로 배를 타고 갔다. 그러고 나서 조금 있으면, 이번엔 쿠퍼 부인이 스케

치북과 물감을 들고 도심지로 배를 타고 갔다. 그녀는 고질적인 수채화가였고, 그래서 집 안은 장밋빛 궁궐, 어두운 운하, 흔들 다리, 중세풍의 건물 정면 등을 그린 수채화들로 가득 차 있었다. 그녀가 나간 뒤 또 조금 있으면, 이번엔 거스리 가족, 공자, 백작 부인, 알렉산더 경이 그리고 가끔씩 목사 린드 씨도 함께 리도로 나갔고, 그들은 거기에서 해수욕을 즐기다가 1시 반경에 늦은 점심을 먹으러 집으로 돌아오곤 했다.

이런 별장 식구들은 한집 식구로 같이 지내기에는 정말이지 따분한 사람들이었다. 그러나 두 자매에게는 별문제가 되지 않았다. 그들은 늘 밖에 나가 있었다. 그들의 아버지는 그들을 전시장으로 데리고 가, 한없이 길게 이어지는 지루한 그림들을 관람시켜 주었다. 그는 또 루키스 별장에 데리고 가서 그곳의 옛 친구들에게 인사를 시키기도 했고, 따뜻한 저녁때는 광장에 있는 플로리안 식당의 옥외 테이블에 함께 앉아 식사나 차를 들곤 했다. 그리고 또 극장에도 데려가 골도니[46]의 연극을 함께 보기도 했다. 밝은 조명 아래 수상(水上) 축제가 벌어졌고, 여기저기서 무도회도 열렸다. 이곳은 휴양지 중의 휴양지였다. 리도는, 햇볕에 빨갛게 타거나 잠옷 같은 옷을 걸친 인간들의 몸뚱이로 온통 뒤덮여 있어, 마치 한없이 많은 물개 떼가 짝짓기 하러 올라와 해안을 온통 뒤덮은 듯한 모습이었다. 광장의 너무 많은 사람들, 리도의 너무나 많은 인간의 몸뚱이와 사지(四肢)들, 너무나 많은 곤돌라, 너무나 많은 모

---

46) 카를로 골도니(Carlo Goldoni, 1707~1793). 이탈리아의 극작가.

터 달린 배들, 너무나 많은 증기 여객선들, 너무나 많은 비둘기 떼, 너무나 많은 얼음, 너무나 많은 칵테일, 팁을 받고 싶어 하는 너무나 많은 남자 하인들, 마구 떠들어대는 너무나 많은 여러 나라 말들, 정녕 너무나 많고 많은 햇빛, 너무나 많은 베네치아의 냄새, 뱃짐으로 실려 오는 너무나 많은 딸기들, 너무나 많은 비단 숄, 노점 진열대 위에 커다랗게 잘라서 내놓은, 뻘건 날고기 빛의 너무나 많은 수박 조각들. 그것은 곧 너무나 많은 향락, 진정 너무나 지나치도록 많은 향락이었다!

코니와 힐더는 밝은색 여성복을 입고 돌아다녔다. 그들을 아는 사람들이 많이 있었고, 또 그들도 많은 사람들을 알고 있었다. 마이클리스가 달갑지 않게 어디선가 나타났다. "안녕하시오! 어디에 머무르고 있소? 이리 와서 아이스크림이나 뭘 좀 들어요! 내 곤돌라로 함께 어디 놀러 가지 않겠소?" 마이클리스조차 거의 햇볕에 탄 모습이었다. 비록 '햇볕에 푹 익었다'는 말이 오히려 그곳의 인간들 대부분의 살가죽 모습에 더 들어맞는 표현이긴 하지만 말이다.

어느 의미에서는 즐겁기도 했다. 거의 향락에 가까울 정도였다. 그러나 어쨌든, 칵테일을 마셔대고, 따스한 물속에 누워 있거나 뜨거운 태양 아래 뜨거운 모래밭 위에서 일광욕을 하고, 따뜻한 밤에 어느 남자와 아랫배를 비벼대며 재즈를 춰대고, 그러다가 얼음으로 기분을 식히는 등, 그 모든 것은 완전히 마취제였다. 그리고 그것은 바로 사람들 모두가 원하는 것, 곧 일종의 마약이었다. 느릿느릿 흐르는 물도 마약이었고 태양도 마약이었고 재즈도 마약이었으며 담배도, 칵테일도, 얼음도, 베르무트[47])도 모두가 마약이었다. 마약에 취해버리기! 향락에 빠지기! 오직 그뿐이었다!

힐더는 이렇게 마약에 취하는 것을 반쯤은 즐겼다. 그녀는 모든 여자들을 바라보면서 그들에 대해 추측해 보기를 즐겼다. 여자들은 같은 여자들에게 엄청난 관심을 보였다. 저 여자하고 있는 모습 좀 봐! 저 여잔 어떤 남자를 사로잡은 걸까? 어떤 재미를 보고 있는 것일까? 남자들은 하얀 플란넬 바지를 입은 커다란 개와도 같은 꼴을 하고서, 가볍게 다독거림을 받거나 뒹굴어댈 수 있기를, 아니면 어느 여자의 아랫배를 자기 아랫배에다 착 붙이고 재즈를 출 수 있기를 기다렸다.

힐더는 재즈를 좋아했는데, 그 이유는 자신의 아랫배를 소위 남자라는 어떤 상대방의 아랫배에다 착 붙이고는, 남자가 내장의 중심으로부터 그녀의 움직임을 이끌게 하면서 이리저리 방 안을 춤추며 돌아다닐 수 있고, 또 그런 다음 그에게서 떨어져 나와서는 '그 작자'를 언제 봤냐는 듯이 싹 무시해 버릴 수 있기 때문이었다. 남자는 그저 이용 대상일 뿐이었던 것이다.

가엾게도 코니는 즐겁지가 않았다. 그녀는 재즈를 추고 싶지 않았는데, 그 이유는 그저 자신의 아랫배를 어느 '작자'의 아랫배에다 착 붙이고 있을 수가 없었기 때문이다. 리도에 덩어리처럼 밀집한 거의 나체에 가까운 육체들의 무리가 그녀는 싫었다. 그 많은 사람들이 다 몸을 적시기에는 물도 거의 충분

---

47) 약초, 풀뿌리, 나무껍질 등의 향미를 첨가한 백포도주의 일종.

하지 않은 것 같았다. 그녀는 알렉산더 경과 쿠퍼 부인이 마음에 들지 않았다. 또 마이클리스든 그 밖의 어느 누구든 자신을 뒤따라 다니는 것을 원하지 않았다.

제일 즐거운 때는 힐더를 설득해 석호 건너편 저 멀리 떨어진 곳 어딘가의 외딴 자갈 해변 같은 데로 함께 건너갈 때였다. 거기서 그들은 곤돌라를 해변의 기슭 안쪽에서 기다리도록 해놓고, 둘이서만 아주 한적하게 해수욕을 할 수 있었다.

그럴 때면 지오반니는 다른 곤돌라 사공을 데리고 와서 그를 돕게 했는데, 거기까지 거리가 먼 데다, 혼자서는 뜨거운 햇볕에 땀이 너무 지독하게 흐르기 때문이었다. 지오반니는 아주 친절했다. 이탈리아 사람들이 그렇듯이 다정했고, 그러면서도 열정적인 면이 전혀 없었다. 이탈리아 사람들은 열정적이지 않다. 열정이란 것은 깊이 쌓인 감정의 축적에서 나오는 법이다. 이탈리아 사람들은 쉽게 감동하며 흔히 다정스럽게 굴곤 하지만, 어떤 종류의 열정이든 그것을 지속적으로 간직하는 경우는 거의 없다.

그리하여 지오반니는 과거에 여러 궤짝 분량은 될 만큼 많은 부인네들에게 그랬던 것처럼, 이번의 두 귀부인네에게도 헌신적으로 봉사하고 있었다. 그들이 원하기만 한다면 언제든지 자신의 몸을 팔 준비가 되어 있었다. 즉 그는 내심 은근히 그들이 자기를 원하지 않나 하고 기다리고 있었다. 귀부인들은 상당히 후하게 값을 치러줄 테고, 그러면 그 돈은 아주 유용하게 쓰일 것이다. 왜냐하면 그는 막 결혼을 하려는 참이기 때문이었다. 그는 자신의 결혼에 대해 그들에게 이야기했고, 그들은 적당히 관심을 보여주었다.

그는 석호 건너편의 어느 외딴 기슭을 찾아가는 이 뱃놀이가 바로 그런 거래를 위한 것이라고 생각했다. 연애,[48] 즉 정을 통하는 거래 말이다. 그래서 그는 도와줄 동료를 하나 데리고 왔다. 단지 배만 젓는 게 아닌 먼 길일 것이기 때문이다. 게다가 따지고 보면 부인네들도 두 사람이니까, 짝이 맞기도 했다. 두 명의 귀부인과 두 마리의 팔팔한 고등어! 훌륭하게 짝을 맞춘 계산이었다! 더욱이, 아름답기까지 한 귀부인들이었다! 그는 그들이 그저 자랑스러울 뿐이었다. 그리고 비록 그에게 돈을 지불하고 명령을 내리는 부인은 언니 쪽이었지만, 그를 연애 상대로 택하는 사람은 동생 쪽 젊은 부인이었으면 하고 은근히 기대했다. 그녀 쪽이 돈도 더 많이 줄 것이다.

그가 데리고 온 친구는 이름이 다니엘레였다. 그는 정식 곤돌라 사공이 아니었다. 그래서 그에게는 돈을 뜯어내고 몸을 팔고 하는 기질 같은 것이 전혀 없었다. 그는 산돌라 사공이었는데, 산돌라란 인근 섬에서 과일이나 농산물을 실어 들여오는 큰 배를 일컫는 말이었다.

다니엘레는 미남에 키가 크고 몸매가 잘 빠졌으며, 둥그스름하니 경쾌한 머리에는 짧고 연한 금발 머리칼이 살짝 곱슬져 있었다. 사내답게 잘생긴 얼굴은 사자와 좀 비슷한 구석이 있었으며, 먼 곳을 바라보는 듯한 파란 눈을 하고 있었다. 그는 지오반니와 달리 새살스럽게 굴거나 수다스럽지 않았고 술

---

48) l'amore. 사랑을 뜻하는 이탈리아어.

꾼도 아니었다. 그는 과묵했으며, 마치 혼자서 배를 타고 물 위를 달리는 것처럼 힘차고 수월하게 노를 저었다. 부인네들은 귀부인으로서, 자기하고는 거리가 먼 사람들이었다. 그는 심지 어 그들을 쳐다보지도 않았다. 그저 앞만 바라보았다.

그는 진짜 남자다운 사내였으며, 지오반니가 술을 너무 많 이 마시고서는 커다란 노를 허세스럽게 밀쳐대며 서투르게 젓 기 시작하자 약간 화를 내었다. 멜러즈처럼 그는 몸을 더럽히 지 않은 사내다운 사내였다. 코니는, 쉽게 정이 넘쳐흐르는 지 오반니의 아내 될 여자가 불쌍하게 여겨졌다. 그러나 다니엘레 의 아내는 어여쁜 저 베네치아 여인들, 즉 미로처럼 복잡한 어 느 동네의 뒤꼍에 정숙하고 꽃처럼 아름답게 살고 있는 모습 을 아직도 찾아볼 수 있는, 그런 진정한 베네치아 여인들 중의 한 사람일 것이다.

아, 얼마나 슬픈 일인가. 남자가 먼저 여자로 하여금 몸을 팔게 하더니, 이젠 여자가 남자로 하여금 몸을 팔게 하는구나. 지오반니는 몸을 팔고자 하는 갈망에 사로잡혀, 개처럼 침을 질질 흘리면서, 여자한테 자신을 바치고 싶어 어쩔 줄을 몰라 하고 있었다. 그것도 돈을 위해서 말이다! 코니는 저 멀리 장 밋빛을 띠고서 물 위로 낮게 떠 있는 베네치아를 바라보았다. 돈으로 지어져, 돈으로 꽃을 피우며, 돈으로 죽어버린 곳이었 다. 돈으로 죽어버린 소굴! 돈, 돈, 돈, 매음 그리고 죽음, 오직 그뿐인 곳이었다.

하지만 다니엘레는 아직 남자로서의 충절을 자유롭게 지킬 수 있는 남자였다. 그는 곤돌라 사공의 윗도리를 입지 않고 모직으로 짠 파란 저지 셔츠만을 입고 있었다. 그는 약간 거칠고 투박했으며 자존심이 강했다. 바로 그래서 그는, 두 여자에게 고용되어 일을 하고 있는 그 개 같은 사내 지오반니에게 고용되어 일을 하고 있는 것이다. 그랬다! 예수가 악마의 돈을 거절했을 때,[49] 그는 유대인 은행가 같은 그 악마를 세상의 지배자가 되도록 내버려 둔 것이다.

코니는 햇빛이 강렬하게 이글거리는 석호로부터 취한 듯 멍한 상태가 되어 돌아오곤 했는데, 그럴 때면 라그비에서 편지가 와 있곤 했다. 클리퍼드는 정기적으로 편지를 써 보냈다. 그는 편지를 아주 잘 썼다. 한데 엮어 책으로 출판해도 좋을 정도였다. 그런데 바로 그 때문에 오히려 코니는 그의 편지가 재미없었다.

그녀는 석호의 강렬한 햇빛, 찰싹거리는 바닷물의 짠맛, 드넓은 허공, 텅 빈 마음, 무심한 공허감 등에 멍하게 취한 채 나날을 보냈다. 하지만 그야말로 건강한, 완전히 멍하게 취하도록 건강한 상태에 있었다. 그것은 만족스러웠으며, 그래서 그녀는 그런 상태로 마냥 빠져들어 가면서, 아무것도 상관하지 않고서 살았다. 게다가 그녀는 임신 중이었다. 그녀는 이제 분명히 알고 있었다. 그래서 햇빛과 석호의 짠맛과 해수욕과 자갈 해변에 드러눕기, 조개 줍기와 곤돌라에 탄 채 멀리 한가롭게 떠돌기 등을 통해 얻는 그 멍한 도취감은 바로 임신 상태 덕분에 그녀의 몸 안에서 완전하게 향유되었다. 그것은 흡족

---

49) 「마태복음」 4장 8~11절과 「누가복음」 4장 5~8절 참조.

하고 멍한 도취감을 안겨주는, 또 다른 종류의 충만한 건강이 었다.

그녀가 베네치아에 온 지도 이제 두 주일이 지났다. 앞으로 열흘이나 두 주일 정도 더 머물러 있을 예정이었다. 햇살은 언제 어느 때고 늘 뜨겁게 내리비쳤으며, 충만한 육체적 건강은 모든 것을 완전히 잊어버리게 만들었다. 그녀는 일종의 멍한 행복감에 빠져 있었다.

그런데 클리퍼드의 편지가 그녀를 그런 도취 상태로부터 깨어나게 했다.

"이곳의 우리에게도 고을에서 벌어진 가벼운 흥분거리가 있었다오. 사냥터지기 멜러즈의 난봉꾼 아내가 문득 그의 집에 나타났다는데 박대만 당하고 말았던가 보오. 멜러즈가 그녀를 내쫓아 버리고는 문을 잠가버렸다더군. 그렇지만 소문에 의하면, 그가 숲에서 돌아와 보니 이쁜 구석이라곤 더 이상 없는 그 여자가 침대에 굳게 자리를 잡고는 완전한 나체[50]로, 혹은 더러운 나체[51]라고 할 수 있는 모습으로 누워 있더라는 거야. 그녀는 창문을 깨고는 그리로 들어갔다는군. 그런데 멜러즈는 난잡하게 놀아난 이 베누스를 자기 침대에서 쫓아낼 수가 없었는지, 오히려 자기가 집에서 도망쳐, 들리는 말로는 테버셜에 있는 어머니의 집으로 달아나 버렸다는 거야. 그러는 사이에 스택스 게이트의 이 베누스는 그의 집을 자기 집이

---

50) puris naturalibus. 전라를 뜻하는 라틴어.
51) impuris naturalibus. '불순한' '불결한'을 뜻하는 라틴어.

라고 주장하면서 그곳에 자리를 잡고 들어앉았다고 하니, 따라서 아폴로[52]는 테버셜에 거처를 정한 게 분명한 듯하다오.

난 이 이야기를 풍문으로 듣고 전하는 것인데, 멜러즈 자신이 직접 나한테 와서 말하거나 하진 않았소. 내가 우리 고을의 이 별스러운 추문거리를 들은 것은 바로 우리의 추문잡이 참새이자 우리의 따오기, 우리의 썩은 고기 전담 청소 독수리인 볼턴 부인에게서라오. 내가 이 이야기를 이렇게 전하는 것은 바로 그녀가 큰 소리로 외친 말 때문이라고 할 수 있는데, 그녀는 '만약 그 여자가 근처를 돌아다니게 되면 마님께서는 더 이상 숲에 가시지 않을 거예요!' 하고 소리치듯 말하더군.

맬컴 경이 백발을 휘날리고 분홍빛 살을 빨갛게 빛내면서 바다로 성큼성큼 걸어가는 모습을 그린 당신의 그림은 내 마음에 꼭 드오. 그런 태양빛을 즐길 수 있다니 당신이 부럽소. 여기는 요즘 비가 오고 있다오. 하지만 맬컴 경의 그 고질적인 죽음의 육욕성만은 부럽지 않소. 그렇지만 그 어른의 나이에 어울린다고 해야겠지. 사람이란 분명, 나이를 먹어갈수록 점점 더 육욕적으로 되고 점점 더 죽음의 성질을 띠게 되는 법이니까 말이야. 오직 젊음만이 불멸성을 맛볼 수 있는 법이지."

이 소식을 받고 코니는 절반쯤 멍하게 도취된 상태로 있던 행복감에서 깨어나, 거의 격앙에 가까운 초조감에 휩싸여 안

---

52) 태양, 건강, 음악, 시, 예언 등을 지배하는 그리스 신으로, 여기서 멜러즈를 빗대어 표현한 것이다.

절부절못했다. 마침내 그녀가 그 짐승 같은 여자 때문에 괴로움을 당해야 할 때가 닥친 것이다! 마침내 놀라며 애를 태워야 할 때가 닥친 것이다!

멜러즈에게서는 아무 편지도 없었다. 서로 편지를 하지 않기로 합의를 보았지만, 그녀는 이제 그로부터 직접 소식을 듣고 싶은 마음이 간절했다. 어쨌거나 결국, 그는 앞으로 태어날 아이의 아버지였다. 그에게서 편지를 받았으면!

그러나 이 얼마나 가증스러운 일인가! 모든 것이 이제 엉망진창이 되고 말았다. 저 하층계급의 사람들이란 그 얼마나 천하고 더러운 존재인지! 햇살과 한가로운 여유로 가득 찬 이곳은, 저 영국 중부 지방의 그 끔찍하고 암담한 엉망진창에 비해 그 얼마나 훌륭하고 근사한가! 결국, 맑은 하늘이야말로 인생에서 가장 중요한 것이 아닌가!

그녀는 임신했다는 사실을 아무에게도 알리지 않았다. 언니 힐더에게조차 말하지 않았다. 그녀는 정확한 사정을 알아보고자 볼턴 부인에게 편지를 보냈다.

덩컨 포브스라는 그들의 미술가 친구가 한 사람 있었는데, 그는 얼마 전에 로마에서 북쪽으로 올라와, 에스메랄다 별장에 와서 머무르고 있었다. 이제 그가 세 번째 손님으로 곤돌라에 함께 타고서, 그들과 함께 석호 건너편으로 가서는 해수욕을 하면서, 그들의 호위병 노릇을 했다. 조용하니 말이 거의 없는 젊은이로, 그림 솜씨가 꽤 수준급이었다.

볼턴 부인에게서 편지가 왔다. "제가 감히 확신컨대, 클리퍼드 경을 다시 만나시는 날, 부인께서는 분명 대단히 만족하실 겁니다. 경께서는 한껏 생기에 넘쳐 아주 열심히 일을 하시며, 또 희망에 가득 차 계시답니다. 물론 경께서는 부인이 다시 이곳 우리 곁으로 돌아오는 날을 간절히 고대하고 계시지요. 부인께서 안 계시니 집 안에 어쩐지 활기가 없는 듯하고, 그래서 저희들도 모두 마님께서 저희 곁으로 다시 돌아오실 날을 손꼽아 기다리고 있답니다.

멜러즈 씨에 대해 말씀드리자면, 클리퍼드 경께서 부인께 이야기를 얼마나 전해주셨는지 모르겠습니다만, 어느 날 오후에 그의 아내가 갑자기 돌아온 모양입니다. 그가 숲에서 돌아와 보니 그 여자가 문간 계단에 앉아 있더랍니다. 그 여자는, 자기가 그의 법적 아내이므로 그에게 돌아온 것이며 다시 그와 함께 살기를 원한다, 따라서 그는 자기와 이혼하지 못할 것이다, 하고 말을 했다 합니다. 아마 멜러즈 씨가 이혼하려고 애쓰고 있었나 봅니다. 하지만 멜러즈 씨는 그녀와 어떠한 관계도 맺으려고 하지 않았고, 그녀를 집 안에 들이려고도 하지 않았으며, 그 자신도 역시 들어가지 않았다고 합니다. 그는 문도 열지 않은 채 그대로 다시 숲으로 돌아가 버렸답니다.

하지만 어두워진 뒤에 그가 돌아와 보니, 집을 부수고 들어간 흔적이 있어 그는 그 여자가 무슨 짓을 저질렀는지 보러 위층으로 올라갔는데, 글쎄 거기에 그 여자가 걸레 쪼가리 하나 걸치지 않은 채 침대에 누워 있더라는 겁니다. 그는 그녀에게 돈을 주겠다고 했지만, 그녀는 자기가 그의 아내이며 따라서 그는 자기를 다시 받아들여야 한다고 우기더랍니다. 그들이 그 후 어떤 종류의 소동을 벌였는지는 저도 잘 모릅니다. 다만 그의 어머니한테서 그 일을 대충 들어서 알고 있을 뿐인데, 그의 어머니도 아주 굉장히 흥분해 있더군요. 우선, 그는 그 여자한테 다시 그녀와 함께 사느니 차라리 죽고 말겠다고 하고는, 자기 물건을 챙겨서 곧장 테버셜 언덕에 있는 그의 어머니 집으로 갔다고 합니다. 그날 밤을 거기에서 보낸 그는 다음 날 임원을 통해서 숲으로 가는 등, 자기 집 근처에는 얼씬도 하지 않았답니다. 그래서 그날 그는 아내와 마주친 적이 없었던가 봅니다. 하지만 그다음 날 그 여자가 베걸리에 있는 자기 오빠 댄의 집에 나타났는데, 욕을 하고 소란을 피우면서 떠들어대기를, 자기는 그의 법적 아내인데 그동안 그가 여자들을 집에 끌어들여 놀아났다는 겁니다. 그러곤 그 근거로 그의 서랍 속에 웬 향수병이 있었다느니, 잿더미 위에는 필터가 금빛인 담배꽁초가 박혀 있었다느니 하면서 뭔지 잘 모를 온갖 얘기를 줄줄이 늘어놓더랍니다. 게다가 그 후로 우체부 프레드 커크까지 나서가지고는, 자기도 어느 날 아침 일찍 누군가가 멜러즈 씨 침실에서 이야기하는 소리를 들었는데, 그때 자동차 한 대가 멜러즈 씨 집 근처 오솔길에 서 있더라 하고 떠벌리고 있는 모양입니다. 멜러즈 씨는 계속 그의 어머니 집에 묵으면서 임원을 통해 숲으로 일하러 다녔고, 그 여자도 계속 그의 집에 묵고 있었던 것 같습니다. 그러니 뭐, 입방아가 끝이 없었죠. 그래서 마침내 멜러즈 씨는 톰 필립스하고 그 집으로 가서 가구와 침구를 대부분 가져와 버리고, 펌프의 손잡이도 나사를 풀어 빼버렸답니다. 그래서 그 여자는 어쩔 수 없이 그 집을 떠나야 했지요. 하지만 그 여자는 스택스 게이트로 돌아가는 대신 베걸리로 가서는, 스웨인 부인네 집에 방을 얻어 들어 갔답니다. 시누이가 받아주려고 하지 않았기 때문이죠. 어쨌 든 그러고 나서 그 여자는 멜러즈 씨 어머니 집으로 계속 찾 아가서는 그를 붙잡으려고 했답니다. 그러면서 그가 그의 집 에서 자기와 잠자리를 같이했다고 맹세하는가 하면, 또 그가 자신에게 생활비를 지불하도록 만들기 위해 변호사한테 가 기도 했다더군요. 그녀는 몸집이 상당히 커졌고 전보다 더 상 스러워진 데다, 황소처럼 힘이 세졌답니다. 그녀는 멜러즈 씨 에 대해 정말 끔찍한 말들을 지껄이며 돌아다니고 있는데, 그 가 여자들을 집으로 어찌어찌 끌어들였다느니, 자기와 결혼했 을 때 자기에게 어찌어찌 행동했다느니, 자기에게 지저분하고 짐승 같은 짓을 했다느니 하면서 뭔지 모를 온갖 나쁜 소리 를 줄줄이 늘어놓는답니다. 여자가 일단 입을 벌리기 시작하 면 그 얼마나 지독히 못되게 굴 수 있는지, 정말로 끔찍할 뿐 입니다. 그 여자가 아무리 천하고 지저분하다 할지라도 그녀 의 말을 믿는 사람이 있기 마련이고, 그러면 어느 정도는 더러 운 낙인이 찍힐 수밖에 없지요. 정말이지, 멜러즈 씨가 여자들 한테 지저분하게 짐승처럼 구는 남자들 중의 하나라고 암시하 는 그 여자의 작태는 그저 경악스러울 따름입니다. 그런데 세 상 사람들은 누구에 대한 것이든 헐뜯는 말이라면, 특히 그와 같은 험담이라면, 그저 얼씨구나 하며 곧장 믿어버리고 말지 요. 그 여자는 그가 살아 있는 한 결코 그를 내버려 두지 않겠 다고 공언하고 다닌답니다. 하지만 제 말인즉슨, 그가 그렇게 짐승처럼 구는 사람이라면 도대체 왜 그렇게 간절히 그 사람한테 돌아가려고 하느냐, 이겁니다. 물론 그 여자는 지금 폐경기가 가까이 다가오고 있지요. 멜러즈 씨보다 몇 살 위니까요. 그래서 그런 상스럽고 난폭한 여자들은 폐경기가 닥쳐오면 언제나 좀 제정신을 잃고 날뛴답니다……."

이것은 코니에게 아주 고약한 타격이었다. 이제, 정말 영락없이 바로 그녀가 받아야 할 몫의 천함과 지저분함이 닥쳐오고 있는 것이다. 그녀는 그가 버사 쿠츠 같은 여자를 미리 청산해 버리지 못한 것에 대해 화가 났다. 아니, 도대체 그런 여자와 결혼을 한 것부터 화가 났다. 어쩌면 그에게는 지저분한 것에 대한 어떤 갈망 따위가 있는지도 몰랐다. 코니는 그와 함께 보냈던 마지막 밤을 기억에 떠올리고는 몸서리를 쳤다. 관능에 관한 그 모든 것을 그는 이미 다 알았던 것이다. 버사 쿠츠 같은 여자조차 상대로 삼아서 말이다! 정말 구역질나는 일이었다. 그를 떼어버리는 것이, 깨끗하게 완전히 떨쳐버리는 것이 좋으리라. 어쩌면 그는 정말로 상스럽고, 정말로 지저분한 사람인지도 모른다.

그녀는 이제까지의 그 모든 일이 온통 역겨워졌다. 그래서 거스리 씨네 딸들의 그 어수룩한 경험 부족과 유치한 처녀다움이 오히려 부럽게 느껴질 정도였다. 그녀는 이제, 자신과 사냥터지기의 관계를 혹 누가 알게 될까 봐 두려워졌다. 그 얼마나 말할 수 없이 굴욕스러운 일일 것인가! 그녀는 싫증이 났고 걱정스러웠으며, 흠 없고 점잖은 처신에 대한 갈망에 사로잡혔다. 거스리 씨네 딸들의 그 속되고 생명력 없는 점잖음이라도 좋다고 할 지경이었다. 만약 클리퍼드가 이 일을 알게 된다면, 그 얼마나 말할 수 없이 굴욕스러운 일일 것인가! 사회에 대한, 그리고 더럽게 물어뜯을 사회의 이빨에 대한 무서움으로 그녀는 겁에 질렸다. 배 속의 아기를 지워버리고 다시 완전히 깨끗해질 수 있으면 좋겠다고 바랄 정도였다. 요컨대, 그녀는 공포 상태에 빠져들었다.

향수병에 대해 말하자면, 그건 그녀의 어리석음에서 비롯된 행위였다. 서랍 속에 있는 그의 손수건 한두 장과 셔츠에다 향수를 뿌려주고 싶은 마음을 그녀는 억누를 수가 없었는데, 그야말로 어린애같이 유치한 마음에서 한 짓이었다. 그러고는 반쯤 남은 조그만 코티[53] 산제비꽃 향 향수병 하나를 그의 옷가지 사이에다 남겨두었던 것이다. 그가 그 향수 냄새를 맡고 자기를 기억해 주었으면 하고 바라는 마음에서였다. 담배꽁초는, 힐더가 버린 것이었다.

그녀는 덩컨 포브스에게 조금이나마 털어놓고 이야기해 보지 않을 수 없었다. 자기가 사냥터지기와 연인 사이라고는 말하지 않고, 그저 그가 마음에 드는 사람이라고만 했다. 그러고는 그의 내력을 포브스에게 들려주었다.

"글쎄, 두고 보십시오." 포브스가 말했다. "세상은 그 사람을 쓰러뜨려 처치해 버릴 때까지 결코 가만히 있지 않을 겁니다. 중산계급으로 기어 올라갈 기회가 있었는데 그걸 거절한 사람이라면, 그리고 자신의 섹스를 지키고 옹호하고자 하는 남자라면, 세상은 그를 절대 가만두지 않고 해치워 버리려

---

53) 유명한 향수 및 화장품 상표.

할 것입니다. 세상이 결코 가만 놔두지 않을 것이 딱 한 가지 있다면 그것은 바로 섹스를 솔직하고 깨끗이 드러내는 행위이지요. 더럽게 감추며 욕하는 것은 얼마든지 해도 괜찮습니다. 사실 사람들은, 섹스를 더럽히고 욕할수록 그만큼 더 섹스를 좋아하지요. 하지만 만약 당신이 자신의 섹스가 지닌 진정한 가치를 믿고 그것을 더럽히려 하지 않는다면, 세상은 여지없이 당신을 거꾸러뜨리고 말 겁니다. 그건 정신 나간 금기 사항 중 아직까지 남아 있는 유일한 것이지요. 즉 절대 섹스를 자연스럽고 생명의 원천이 되는 행위로 보아서는 안 되는 것입니다. 세상은 그걸 용납하지 않습니다. 그리고 당신이 그런 섹스를 행하도록 내버려 두느니 먼저 당신을 죽여버리고 말 겁니다. 두고 보십시오. 세상은 그 남자를 해치워 버리고 말 겁니다, 하지만 말입니다, 그가 했다는 게 결국 뭐란 말입니까? 그가 아내와 가죽이 닳도록 진탕 성교를 나누었다고 해도, 그에겐 그럴 권리가 있는 것 아니냐, 이 말입니다. 그의 아내도 오히려 그것을 자랑스럽게 여겨야 하는 것이지요. 하지만 보십시오, 그 지저분한 암캐 같은 여자조차도 그에게 달려들어서는 섹스에 대한 군중의 하이에나 같은 본능을 이용해, 그를 거꾸러뜨리고 있지 않습니까. 우리는 그저 훌쩍이면서 우리의 섹스에 대해 죄의식이나 끔찍한 기분만을 느껴야 할 뿐, 섹스를 누린다는 것은 조금도 허락받지 못하고 있는 것입니다. 아, 정말이지, 세상은 그 불쌍한 사람을 해치워 버리고 말 겁니다……."

코니는 이제 정반대 쪽으로 역겨움을 느꼈다. 그가 저질렀다는 행동이 결국 뭐란 말인가? 코니 자신에게 그가 도대체 무슨 해를 끼쳤다고 그런단 말인가? 오히려 절묘한 기쁨의 절정과, 자유와 생명 의식을 느끼게 해준 것밖에 없지 않은가? 그는 그녀의 따뜻하고 자연스러운 성적 본능을 자연스럽게 흐르도록 해방시켜 주었다. 그런데 바로 그것 때문에 세상은 그를 해치우려 하고 있는 것이다.

안 돼. 그건 안 돼. 그럴 수는 없어. 그녀는 그의 모습을 떠올렸다. 벌거벗은 하얀 알몸에다 얼굴과 손은 햇볕에 그을린 채, 꼿꼿이 선 자신의 성기를 내려다보면서 마치 그것이 또 다른 살아 있는 존재라도 되는 양 말을 걸며, 그 묘한 미소를 얼굴에 살포시 머금고 있는 그의 모습이 떠올랐다. 그리고 그의 목소리가 다시 들려왔다. '당신은 정말 그 누구보다도 근사한 여자 엉덩이를 가져쏘!' 그러자 그의 손길이 따뜻하고 부드럽게 그녀의 둔부를, 그리고 은밀한 부분을, 축복의 손길과도 같이 감싸며 쓰다듬는 것을 그녀는 다시금 느꼈다. 그 뜨거운 열정이 그녀의 자궁을 타고 흘렀고, 자그만 불꽃들이 두 무릎 언저리에서 너울거렸다. 그러자 그녀는 외쳤다. "아, 안 돼! 난 이것을 저버릴 수 없어! 그이를 저버려서는 안 돼. 그이 곁에 끝까지 남아 그이에게서 얻은 것을 지켜야만 해. 무슨 일이 있어도. 그이를 만나고 나서야 나에겐 비로소 삶의 따뜻한 불꽃이 생겼어. 이제 난 이것을 저버리지 않을 거야."

그녀는 경솔한 짓을 하고 말았다. 아이비 볼턴에게 편지를 보내면서, 사냥터지기한테 보내는 쪽지를 동봉해 그것을 좀 전해달라고 부탁했던 것이다. 그 쪽지에다 그녀는 이렇게 썼다. "당신의 아내가 그렇게 여러 가지로 당신을 괴롭히고 있다는 소식을 듣고 정말 몹시 가슴이 아팠답니다. 하지만 너무 마음 쓰진 말아요. 그저 일종의 히스테리일 뿐이니까요. 모든 것이 다, 처음과 마찬가지로 갑자기 잠잠해지고 말 거예요. 하지만 이런 일이 일어나다니 굉장히 안타깝군요. 당신이 너무 마음 쓰지 않기를 간절히 바랄 뿐이에요. 결국 따지고 보면, 마음 쓸 가치도 없는 일이잖아요. 그 여자는 그저 당신을 해치고 싶어 하는 히스테리 환자에 불과해요. 전 열흘 후면 돌아갈 거예요. 모든 일이 잘 풀리기를 간절히 빌겠어요."

그 며칠 후에 클리퍼드에게서 편지가 왔다. 그는 분명 흥분해 있었다.

"당신이 16일에 베네치아를 떠날 예정으로 준비하고 있다는 소식을 듣고 기뻤소. 하지만 그곳에서 즐겁게 지내고 있다면, 서둘러 집으로 돌아올 필요는 없소. 물론 우린 당신이 보고 싶고, 라그비의 식구들도 모두 당신을 그리워하고 있지. 하지만 무엇보다도 중요한 일은 바로 당신이 햇볕을 원 없이 실컷 쬐고 와야 한다는 것이오. 리도의 광고지에 쓰인 대로 햇볕과 잠옷의 즐거움을 한껏 누리면서 말야. 그러니 그것이 당신의 활기를 북돋아 주고, 이곳의 더할 나위 없이 끔찍한 겨울을 견뎌낼 수 있도록 건강을 준비하는 것이 된다면, 부디 좀 더 오래 머물러 있다가 오도록 하오. 오늘만 해도 이곳은 비가 내리고 있다오.

볼턴 부인은 정성을 다해 그리고 아주 훌륭하게 나를 보살펴 주고 있소. 그녀는 정말 묘하니 별난 여자야. 살아갈수록 점점 인간이란 얼마나 이상한 존재인지를 깨닫게 된다오. 개중에는 다리가 지네처럼 백 개, 아니면 바닷가재처럼 여섯 개있는 게 차라리 낫지 않을까 싶은 인간들이 있기도 하다오. 우리가 동료 인간들에게서 기대하도록 교육받아 온 인간다운 일관성이나 위엄 같은 것은 사실 전혀 존재하질 않는 것 같아. 우리 자신에게조차 과연 그런 것들이 놀랄 만큼 조금이라도 존재하는지 실로 의심스러울 뿐이야.

사냥터지기의 추문은 여전히 계속되고 있는데, 눈덩이처럼 점점 불어나고 있다오. 볼턴 부인이 늘 나한테 이야기를 전해 주고 있지. 그녀를 보면, 말없이 가만히 있지만 살아 있는 내내 아가미를 통해 소문을 소리 없이 들이마시고 있는 물고기가 연상된다오. 모든 것이 그녀의 아가미를 통해 걸러지는데, 그 어떤 것에도 그녀는 놀라는 법이 없지. 마치 다른 사람들의 인생사가 그녀에게 없어서는 안 되는 산소인 것처럼 보일 정도라오.

그녀는 멜러즈의 추문에 정신이 팔려 있어서, 내가 혹 이야기라도 시키면 즉시 깊숙한 심연의 내막까지 나한테 풀어놓곤 한다오. 그녀는 굉장히 분노하고 있는데, 그렇게 분노할 때조차 연극에서 배역을 연기하는 여배우처럼 감정을 표현한다오. 그녀의 분노는 바로 멜러즈의 아내, 즉 그녀가 고집스럽게 버사 쿠츠라는 이름으로 부르는 여자를 향한 것이라오. 그래서 나는 이 세상에 있는 버사 쿠츠 같은 여자들의 진흙탕 같은 삶을 그 깊숙한 심연까지 내려가 들여다보게 되는데, 그러다가 그 지저분한 이야기의 물결에서 빠져나와 천천히 수면 위로 올라오면, 도대체 어떻게 그럴 수 있나 하는 놀라움에 사로잡혀 멍하니 햇빛을 바라보곤 한다오.

나에겐 정말 틀림없는 진실처럼 보이는 것이 있는데, 그게 뭐냐 하면 바로 우리에게 모든 사물의 표면인 것처럼 보이는 이 세계가 사실은 깊은 대양의 밑바닥이라는 것, 즉 이 세상의 모든 나무들은 해저에서 자라는 식물이며, 우리는 비늘옷을 입은 기괴한 해저 동물군으로서 새우처럼 죽은 고기나 먹고사는 존재라는 생각이오. 다만 어쩌다 한 번씩 영혼이 우리가 살고 있는 그 헤아릴 길 없는 심연을 헤치고 헐떡이며 올라가, 진짜 공기가 있는 대기의 표면까지 높이 솟아오르곤 할 뿐이지. 확신컨대, 우리가 평소 숨 쉬고 있는 공기란 것은 물의 일종이며, 남자니 여자니 하는 우리 인간들도 일종의 물고기임에 틀림없소.

하지만 때때로 우리의 영혼은 해저의 심연을 휩쓸고 다니다가 문득 솟아올라, 키티웨이크 갈매기[54]처럼 황홀하게 빛 속으로 차고 날아오르곤 하지. 생각하건대, 인류라는 바닷속 밀림에서 동료 인간의 끔직한 해저 인생을 뜯어먹고 사는 것이 바로 우리 인간의 운명인 듯하오. 하지만 우리에겐 또 불멸의 운명이 있는데, 헤엄치며 잡은 먹이를 일단 삼키고 나면, 그곳을 탈출해 다시 눈부신 대기 속으로 솟아올라, 늙은 대양의 수면으로부터 진정한 빛의 세계로 뛰쳐나오는 것이 바로 그것

---

54) 북쪽 지방의 바다에 사는 작은 갈매기의 일종으로 절벽에 둥지를 틀고, 뒤쪽에 난 발가락 하나가 아주 짧거나 거의 뿌리만 있다.

이라오. 그럴 때 우리는 자신의 영원한 본성을 깨닫지.

볼턴 부인의 이야기를 들을 때면, 나는 저 아래 심해 속으로, 인간의 비밀을 지닌 물고기가 꿈틀거리며 헤엄치고 있는 바다 밑 저 아래로 뛰어드는 것 같은 느낌이 든다오. 고기를 탐하는 식욕에 이끌려 우리는 한입 가득 먹이를 잡아 물게 되는데, 그러고 나선 다시 위로, 위로 올라가, 짙은 바닷물 속으로부터 맑은 대기 속으로, 축축한 대양으로부터 마른 창공으로 솟아오르는 것이라오. 당신에게는 그런 과정을 모두 다 이야기할 수가 있소. 하지만 볼턴 부인과 함께 있으면, 그저 저 아래로 뛰어들어, 해저 밑바닥의 해초나 창백한 괴물들 사이로 끔찍하게 떨어져 내리는 것 같은 느낌뿐이야.

유감스럽게도 우리는 사냥터지기를 잃고 말 것 같소. 그 난봉꾼 아내의 추문이 가라앉기는커녕, 오히려 점점 크게 부풀어 사방에 퍼졌다오. 그는 말로 표현할 수 없는 온갖 짓을 저질렀다고 비난받고 있는데, 정말 묘한 것은 그 여자가 무슨 수를 썼는지 광부들의 아낙네 태반이 그 흉물스러운 생선 같은 여자를 지지하고 있다는 점이야. 그래서 마을은 입방아로 온통 썩은 내가 진동하고 있지.

들려오는 말로는, 이 버사 쿠츠라는 여자는 멜러즈의 집과 오두막을 샅샅이 뒤집어엎은 뒤, 그의 어머니 집에까지 들이닥쳐 멜러즈를 괴롭히고 있다고 하오. 그 여자는 또 어느 날 자기 딸을 붙잡아 세웠는데, 그녀를 판박이로 닮은 그 딸은 마침 학교에서 돌아오는 길이었다는군. 그런데 그 꼬마는 사랑하는 어미의 손에 입을 맞추기는커녕, 오히려 꽉 물어버렸다는 거야. 그래서 그 아이는 어미의 다른 쪽 손에 뺨을 철썩 얻어맞고는 비틀거리다 길가의 시궁창에 처박히고 말았는데, 마침 근처에 있다가 그 광경에 당황하고 분개한 어느 할머니가 구해주었다는군.

그 여자는 놀랄 만큼 많은 양의 독가스를 내뿜고 다닌다고 하오. 자기 결혼 생활의 온갖 자잘한 사건들을 상세히 떠벌리며 다닌다는 거야. 결혼한 부부가 대개 서로의 가장 깊은 침묵의 무덤 속에다 파묻어 놓곤 하는 것들을 말이야. 그녀는 그것들을 십 년간이나 묻어두었다가 이제 와서 파헤쳐 공개하기로 작정을 하고는, 아주 망측한 이야기를 줄줄이 늘어놓고 있다는군. 그 자세한 내용을 난 의사와 린리[55]한테서 들어서 알게 됐는데, 특히 의사는 아주 재미있어 한다오. 물론 사실은 아무 내용도 없는 것들이야. 인간에겐 항상, 색다른 성교 자세를 탐하는 이상한 호기심이 있어왔고, 따라서 한 남자가 자기 아내를, 벤베누토 첼리니[56]가 말한 것처럼, '이탈리아식으로' 다루고 싶어 한다 할지라도 뭐 그건 취향의 문제일 뿐이니까 말이야. 하지만 난 우리 사냥터지기가 그렇게 많은 기교를 터득해 행할 수 있으리라고는 거의 예상하지 못했소. 틀림없이 버사 쿠츠 자신이 먼저 그런 것들을 해보자고 꼬드겨 가르쳐주었을 거야. 그러나 어쨌든, 그건 그들의 개인적인 지저분함의 문제일 뿐, 다른 사람하고는 아무 상관이 없는 것이지.

---

55) 10장에서 언급된 탄광의 총감독 이름.
56) Benvenuto Cellini(1500~1571). 이탈리아의 조각가. 자신과 당대의 이야기를 생생하게 묘사한 자서전으로 유명하다.

그렇지만 모두들 귀를 기울여 듣고 있다오, 바로 내 자신
이 그러듯이 말야. 십여 년 전만 해도, 사람들의 보편적인 체
면 의식 때문에 이런 일은 그냥 쉬쉬하며 잦아들고 말았을 거
야. 하지만 보편적인 체면 의식이라는 것이 이제 더 이상 존재
하지 않아서, 광부들의 아낙네들은 온통 시끄럽게 들고일어나
전혀 부끄러운 기색 없이 떠들어대고 있다오. 그들이 떠드는
소리를 듣노라면, 마치 테버셜에서는 지난 오십 년 동안 흠 없
이 깨끗하게 잉태되지 않은 아이가 하나도 없고, 또 이곳의 비
국교도 아낙네들 가운데 잔 다르크처럼 눈부신 덕을 갖추지
않은 여자는 하나도 없는 것같이 생각될 정도라니까. 우리의
존경스러운 사냥터지기는, 라블레[57]적인 기미를 좀 지니고 있
다는 사실로 인해, 크리펜[58] 같은 살인자보다도 더 괴상망측
하고 끔찍한 존재가 되어버리고 만 듯하다오. 하지만 들려오
는 이런저런 온갖 이야기들로 미루어보건대, 이 테버셜 사람
들 역시 방탕한 패거리에 불과해.

그렇지만 문제는 바로, 이 빌어먹을 버사 쿠츠가 자신이 겪
거나 당한 것만을 떠벌리는 데 그치지 않는다는 점이라오. 그
녀는 목청껏 악을 쓰며, 남편이 여자들을 집에다 '들여두고'
살았다는 걸 자기가 알아냈다고 외치면서, 마구잡이 어림짐작

---

57) 프랑수아 라블레(François Rabelais, 1494?~1553). 프랑스의 풍자 작가.
작품에 비속하고 우스꽝스러운 내용이 많다.
58) 홀리 하비 크리펜(Hawley Harvey Crippen, 1862~1910). 미국의 의사로
서, 런던에 와서 살다가 비서와 사랑에 빠져, 아내를 살해한 뒤 지하실에 암
매장했다.

으로 몇 명의 여자 이름을 들먹였다는 거야. 그 때문에 몇몇 점잖은 사람들의 이름이 진흙탕에 뒹군 듯이 더럽혀졌고, 사태는 좀 지나치게 빗나가고 말았다오. 그래서 그 여자한테 추방령까지 내려지는 지경에 이르고 말았지.

이 문제에 대해 나는 멜러즈와 면담을 하지 않을 수 없었다오. 그 여자를 숲에 얼씬거리지 못하게 하는 것이 불가능했기 때문이지. 그는 평소와 다름없이 돌아다니며, '디의 방앗간 주인'[59]같이, '난 아무도 상관하지 않는다. 그래, 그러니, 아무도 날 상관 마라!'는 식의 태도를 취하고 있다오. 그렇지만 내 날카로운 짐작에, 그의 속마음은 분명 꼬리에 깡통을 매달고 있는 개와 같을 거요. 비록 겉으로는, 깡통이 거기 달려 있지 않은 듯이 훌륭하게 꾸미고 있지만 말이야. 어쨌든 들리기로는, 그가 지나갈 때면 마을에서는 아낙네들이 아이들을 불러들인다더군. 마치 그가 바로 사드 후작[60]이라도 되는 것처럼 말야. 멜러즈 자신은 얼마간 태연한 태도를 계속 유지하며 다니고 있긴 하지만, 내 보기엔 깡통이 아주 단단히 그의 꼬리에 매달려 있는 형국이고, 그래서 그는 스페인 민요의 돈 로드리고[61]처럼, '아, 그것은 이제 나의 가장 죄 많은 곳을 물어뜯는

---

59) 아일랜드의 극작가 아이작 비커스태프(Isaac Bickerstaffe, 1735?~1812?)의 민요풍 오페라 「어느 마을의 사랑(Love in a Village)」의 주인공.
60) 도나시앵 알퐁스 프랑수아 드 사드(Donatien Alphonse François de Sade, 1740~1814). 프랑스의 소설가로서, 변태적 성행위로 악명이 높아 '새디즘(sadism)'이라는 말을 낳았다.
61) 「돈 로드리고의 참회(La Penitencia de Don Rodrigo)」라는 스페인 민요에서 로드리고는 성적인 방탕을 회개하기 위해 머리가 둘 달린 뱀이 있는 무

구나!' 하고 속으로 계속 되뇌고 있을 거야.

나는 그에게, 숲을 지키는 직분을 제대로 수행할 수 있다고 생각하는지 물어보았소. 그는 자기 할 일을 게을리하진 않았다고 생각한다고 답하더군. 그 여자가 자꾸 숲을 침입하는 것은 좀 곤란한 일 아니냐고 내가 말했지. 그랬더니 그는 그 여자를 체포할 권리가 자신에겐 전혀 없다고 대답하더군. 그래서 난 추문과 그것의 불쾌한 진행 과정을 넌지시 언급했지. '글쎄요,' 하더니 그는 이렇게 말하더군. '사람들은 자기네 씹하는 짓이나 열심히 할 거시지, 왜 쓸데읍시 다른 사람에 대한 헛소리 따위에 그러케 귀를 기우리는지 모르겠군요.'

그는 좀 신랄한 태도로 그렇게 말했는데, 분명 진실의 씨앗을 담고 있는 말이긴 했소. 그렇지만, 그 말을 하는 투는 상스러웠고 불손했소. 그래서 내가 넌지시 그런 점을 지적했는데, 그러자 곧 깡통이 다시 요란스럽게 울려대더군. '클리퍼드 경, 제가 두 다리 사이에 불알주머니를 차고 있다고 나무라는 거슨 경과 가튼 처지에 인는 사람에게는 어울리지 안는 일임니다.'

당연히, 이런 식으로 아무에게나 무차별적으로 내뱉는 말들은 그에게 전혀 도움이 될 리 없지. 목사도, 린리도, 버로스[62]도 모두 그가 이곳을 떠나는 게 낫겠다고 생각한다오.

나는 또 그에게, 집에 귀부인들을 불러들였다는 게 사실이

덤에 누워 있어야 하는데, 이 뱀의 두 머리는 각각 로드리고의 생식기와 심장을 물어뜯는다.

62) 앞에서 언급된 의사의 이름.

냐고 물어보았지. 그랬더니 그자는 오직 '아니, 그게 경한테 뭐가 어떻다고 그러시는 거죠, 클리퍼드 경?' 하고만 말하더 군. 그래서 나는 그에게 이야기하길, 내 영지에서 풍기가 문란 해지는 일은 없도록 하고 싶다고 했더니 그자가 대꾸하기를, '그러시담 여편네들 주둥아리나 모조리 실로 꿰매버리는 게 나을 껍니다.' 하는 거야. 집에서의 행동거지에 대해 내가 좀 더 다그치자, 그자는 또 이렇게 말하더군. '그런 식이라면 틀림 없이 나하고 내 암캐 플로시 사이에도 무슨 추문이 이따고 해 야게꾼요. 궁금하실 텐데 그거또 좀 알려드릴까요?' 사실 말 이지, 건방짐과 무례함의 본보기로 이 작자를 능가할 사람은 아마 없을 거야.

난 그에게 다른 일자리를 쉽게 구할 수 있을 것인지 물어 보았다오. 그는 '나를 이 일자리에서 내쫓고 싶다는 말씀이신 것 가튼데, 일자리 구하는 거시야 눈짓 한 번 하는 것만큼이 나 쉽습니다.' 하고 대답하더군. 그렇게 해서, 그는 전혀 문제 를 일으키는 일 없이 다음 주 말에 그만두기로 했고, 또 겉보 기에는 기꺼이 조 체임버스라는 젊은 친구한테 사냥터지기 일 의 비법들을 가능한 한 많이 가르쳐주는 것 같다오. 나는 그 에게, 그만둘 때 한 달치 임금을 추가로 더 주겠다고 말했소. 그러자 내 양심을 달래야 할 까닭이 하나도 없으니 내 돈일랑 은 잘 넣어두길 바란다고 그는 말하더군. 그래, 무슨 말이냐고 물었더니, 그는 이렇게 말하더군. '경께서는 저한테 추가로 빚 진 게 아무것도 없습니다, 클리퍼드 경. 그러니 저한테 추가로 지불하실 필요 없습니다. 제 속옷 셔츠가 삐져나와 있는 게 보

인다고 생각된다면, 그저 그렇다고 저한테 말만 해주시면 됩니다.'

굴쎄, 당분간 이야기는 이걸로 끝이오. 그 여자는 사라져 버렸다오. 어디로 갔는지는 모르지만, 만일 테버셜에 다시 얼굴을 비친다면 곧바로 체포당하게 되어 있지. 듣기에 그녀는 감옥을 몹시 무서워한다는군. 감옥에 가고도 남을 짓을 했기 때문에 그런 게지. 멜러즈는 다음 주 토요일에 떠날 것이오. 그러면 이곳도 곧 정상으로 돌아올 거요.

그러므로 여보 코니, 당신이 그때까지, 즉 8월 초까지 베네치아나 스위스에 머무르고 싶어 한다면, 그 모든 지저분한 소문에서 당신이 벗어날 거라는 생각에 나도 기쁘게 여길 거요. 이번 달 말까지는 모든 게 다 잠잠해져서 없어지고 말 테니까 말이오.

그러니 이제 당신도 이해하겠지. 우리는 바로 심해의 괴물들이며, 따라서 바닷가재가 진흙 바닥 위를 걸어가면 바닥을 휘저어 우리 모두에게 진흙탕을 뒤집어씌운다는 것을 말이야. 우리로서는 부득이 그것을 철학적으로 받아들이는 수밖에 없다오."

클리퍼드의 편지에 드러난 노여움, 그리고 어느 쪽에 대해서건 전혀 동정심이 없는 그 태도는 코니를 아주 기분 나쁘게 했다. 그러나 멜러즈로부터 다음과 같은 편지를 받았을 때 그녀는 그것을 좀 더 잘 이해할 수 있었다. "고양이가 여러 마리의 다른 야옹이들을 이끌고 바구니를 뛰쳐나갔소. 당신도 이미 들었듯이, 아내 버사가 사랑 없는 내 품으로 돌아와서는, 내 집에 자리를 잡고 들어앉았다오. 그리고 그녀는, 좀 불손한 표현을 쓰자면, 수상한 쥐새끼 냄새를 곧 맡았는데, 바로 작은 코티 향수병이 문제였소. 그 후 적어도 며칠 동안은, 그 밖의 다른 증거를 찾아내지 못했는데, 그러다가 그 태워 버린 사진에 대해 악다구니를 쓰기 시작했다오. 그녀는 액자의 유리와 뒤판을 위층의 침실에서 발견해 냈는데, 불행하게도 뒤판에다 누군가 몇 개의 자그만 스케치를 끼적거려 놓고는 C. S. R.이라고 이름의 첫 글자를 여러 번 반복해서 써놓았다오. 하지만 이것만으로는 아무런 단서가 되지 못했소. 그러나 마침내 그녀는 오두막까지 뜯고 들어가서는 거기서 당신의 책 한 권을 찾아내고 말았소. 여배우 주디스의 자서전이었는데, 맨 첫 장에 당신 이름, '콘스턴스 스튜어트 리드'가 적혀 있었소. 그 뒤로 며칠 동안, 그녀는 여기저기 돌아다니면서 큰 소리로 내 정부가 다름 아니라 바로 채털리 부인이라고 떠들어대었소. 이 소문은 결국 목사와 버로스 씨 그리고 클리퍼드 경에게까지 전해졌소. 그러자 그들은 내 존귀하신 마누라님에 대해 법적인 조치를 취하기 시작했소. 그러자 그녀는 곧 사라져 버리고 말았는데, 항상 경찰을 끔찍하리만치 무서워하던 여자였기에 그랬을 거요.

클리퍼드 경이 나를 좀 보자고 했고, 그래, 난 가서 그를 만났소. 그는 이것저것 빙 돌려서 이야기했는데, 나에 대해 화가 난 것처럼 보였소. 그러다가 그는 채털리 부인의 이름까지 사람들 입에 오르내린다는 것을 알고 있느냐고 물었소. 나는 대답하기를, 추문 같은 것에 나는 결코 귀를 기울이지 않으며,

따라서 클리퍼드 경에게서 직접 그런 말을 듣게 되어 놀라울 뿐이라고 했소. 그가 말하기를, 물론 그런 것은 지독한 모욕이라고 했고, 그래서 나도 그에게 이야기하길, 우리 집 설거지 칸의 달력에 메리 왕비님[63]의 사진이 있는데, 그건 틀림없이 여왕 폐하도 내 후궁의 일원을 구성하고 있기 때문인 것 아니겠냐고 했소. 하지만 그는 그런 비꼬는 말을 탐탁하게 받아들이지 않았소. 그는 나에게, 내가 바지 단추를 풀어놓은 채로 돌아다니는 평판 나쁜 인물이라는 식의 말을 했고, 나도 그에게, 그는 아무리 해봤자 단추를 풀고 내놓을 게 전혀 없는 사람이라는 식으로 말을 해주었소. 그 결과 그는 나를 해고했고, 나는 다음 주 토요일에 그만두고 떠날 예정이오. 따라서 이곳에서는 내 모습이 더 이상 보이지 않을 것이오.

난 런던으로 갈 텐데, 코버그 광장 17번지에 위치한 내 옛날 하숙집 주인인 잉거 부인이 방을 하나 내주든지 아니면 다른 데서 얻어주든지 할 거요.

'너희 죄가 반드시 너희를 찾아낼 줄 알라.'[64] 특히 그대가 결혼을 했고 아내의 이름이 버사라면 더욱 그러할지니……"

코니 자신에 관한 말이나 그녀에게 어찌하라는 말은 한마디도 없었다. 그녀는 이를 매우 원망스럽게 여겼다. 그는 위로나 다짐하는 말 몇 마디쯤은 해줄 수도 있었을 터였다. 그러나 그녀는 그가 자기에게 자유를, 즉 라그비와 클리퍼드에게로

---

63) 당시 영국 왕 조지5세의 왕비.
64) 「민수기」 32장 23절.

돌아갈 자유를 주었음을 알았다. 하지만 그녀에게는 그 점도 원망스러웠다. 그는 그렇게 가장된 기사도를 발휘할 필요가 없었다. 차라리 클리퍼드에게 '그렇소. 그녀는 내 연인이고 정부요. 그리고 난 그것을 자랑스럽게 여기오.' 하고 말했으면 좋았을 것이다. 그러나 그렇게까지 할 용기가 그에겐 없었던 것이다.

그러니까 지금 테버셜에서는 그녀의 이름이 그의 이름과 짝지어져 사람들 입에 오르내리고 있다! 그건 참 난감한 일이었다. 그러나 곧 잠잠해지고 말 것이다.

그녀는 화가 났는데, 복잡하고 혼란스러운 분노로 인해 무기력해졌다. 어떻게 해야 할지, 또 무슨 대답을 해야 할지 몰랐고, 그래서 그녀는 아무 답장도 하지 않고 아무 행동도 취하지 않았다. 그녀는 베네치아에 계속 머무르며 똑같은 생활을 하고 지냈는데, 곤돌라를 타고 덩컨 포브스와 함께 호수 밖으로 나가고 해수욕도 하면서 나날을 보냈다. 덩컨은 십 년 전에 코니에 대해 좀 우울한 사랑을 품은 적이 있었는데, 지금 다시 그녀를 사랑하게 되었다. 그러나 그녀는 그에게 이렇게 말했다. "내가 남자들에게 바라는 것은 오직 한 가지밖에 없는데, 그것은 바로 날 혼자 내버려 둬달라는 것이에요."

그래서 덩컨은 코니를 혼자 내버려 두었다. 그리고 자신이 그렇게 할 수 있다는 것이 정말 아주 만족스럽기도 했다. 그럼에도 불구하고 여전히 그는 부드럽게 흐르는 일종의 묘하게 도착적인 사랑을 그녀에게 바쳤다. 그는 그녀와 함께 있고 싶어 했다.

"이런 생각을 해본 적이 있습니까?" 그가 어느 날 그녀에게 물었다. "사람들이 서로 얼마나 연결되어 있지 않은가 하는 것을 말입니다. 다니엘레를 한번 보십시오! 그는 태양의 아들처럼 잘생겼지요. 하지만 그 잘생긴 모습 가운데서도 그는 얼마나 외로워 보입니까. 틀림없이 아내와 가족이 있고, 그들을 버리고 떠날 수도 없는 사람일 텐데 말입니다."

"한번 물어보세요." 코니가 말했다.

덩컨은 정말 물어보았다. 다니엘레는 자신이 결혼한 몸이고, 자식이 둘인데, 모두 사내아이로 각각 일곱 살과 아홉 살이라고 대답했다. 그러나 그는 그 사실에 대해 아무런 감정도 드러내 보이지 않았다.

"아마, 진정으로 함께 결합할 수 있는 사람들만이 우주 속에서 홀로 존재하는 것 같은 그런 표정을 지니고 있는지도 모르죠." 코니가 말했다. "그 밖의 사람들은 어떤 끈적끈적한 접착성 같은 것을 지니고 있어서, 인간 대중에게 달라붙어 있는 것이고요. 지오반니처럼 말예요."

'그리고,' 그녀는 속으로 덧붙였다. '덩컨, 당신처럼 말예요.'

18장

코니는 어떻게 할 것인지 결정을 내려야 했다. 멜러즈가 라
그비를 떠나기로 되어 있는 다음 토요일, 즉 앞으로 엿새 뒤
에, 그녀는 베네치아를 떠나기로 했다. 그러면 월요일에 런던
에 도착할 테고, 바로 그를 만날 수 있을 것이다. 그녀는 그에
게 편지를 써서 그가 말한 런던의 주소로 보냈는데, 답신을
하틀랜드 호텔로 보내주고, 또 월요일 저녁 7시에 그리로 자신
을 찾아와 달라고 부탁했다.

마음속으로 그녀는 묘하고 착잡한 분노에 사로잡혀 있었다.
하지만 겉으로 보이는 그녀의 반응은 모두 마비되어 무감각
하기만 했다. 그녀는 언니 힐더에게조차 속마음을 털어놓으려
하지 않았으며, 그러자 힐더도 그녀의 굳은 침묵에 기분이 상
해서 네덜란드 여자 하나와 친밀하게 지냈다. 코니는 여자들

사이의 숨 막힐 정도로 친밀한 그런 관계가 싫었다. 그런데 힐더는 항상 답답할 정도로 그런 친밀한 관계를 맺곤 했다.

맬컴 경은 코니와 함께 가기로 결정했고, 덩컨이 힐더와 동행해 주기로 했다. 이 노(老)화가는 항상 사치스럽게 처신했다. 그래서 코니가 특급 호화 열차를 싫어하는데도 불구하고, 그는 '오리엔트 급행'[65]에 침대칸을 얻었다. 그즈음 그런 열차에 있는 저속한 타락의 분위기가 코니는 싫었다. 그렇지만 그 기차로 가면 파리에 빨리 도착하긴 할 것이다.

맬컴 경은 아내에게 돌아갈 때면 항상 마음이 편치 않았다. 그것은 첫 번째 아내 때부터 이어져 온 버릇이었다. 그러나 뇌조(雷鳥) 사냥철의 시작을 기념하는 연회를 앞두고 있어서 그는 충분히 여유 있게 도착하기를 원했다. 코니는 햇볕에 타서 보기 좋은 얼굴로 말없이 앉아 있었는데, 풍경 같은 것은 전혀 염두에 없는 듯했다.

"라그비로 돌아가는 길이라 좀 심드렁한 모양이구나." 그녀의 침울한 기분을 눈치 채고는 아버지가 말했다.

"전 라그비로 돌아가지 않을지도 모르겠어요." 그녀는 사람을 놀라게 할 만큼 불쑥 말을 던지고는, 크고 파란 눈으로 아버지의 눈을 들여다보았다. 맬컴 경의 크고 파란 눈에는 놀라서 겁에 질린 표정이 떠올랐는데, 그것은 사회적 양심이 별로 깨끗하지 못한 사람의 표정이었다.

---

65) 파리와 튀르키예의 콘스탄티노플(현재의 이스탄불)을 연결하는 호화 열차.

"그러니까, 파리에 잠시 머무르겠다는 말이냐?"

"아뇨! 결코 라그비로 돌아가지 않겠다는 말이에요."

그는 이미 자신의 사소한 문제들로 골치를 앓던 중이었다. 그래서 그녀의 문제까지 짊어지지 않기를 진심으로 바랐다.

"어떻게 된 거냐, 이렇게 갑자기?" 그가 물었다.

"아이를 가졌어요."

그녀가 이 말을 입 밖에 내어 누구에게 말한 것은 이번이 처음이었다. 이것은 그녀의 인생에서 하나의 분기점을 이루는 것처럼 여겨졌다.

"임신한 걸 어떻게 알았니?" 그녀의 아버지가 물었다.

그녀는 빙긋이 미소를 지었다.

"꼭 알아야 아는 건가요?"

"하지만, 하지만, 클리퍼드의 아이는 아니겠지, 물론?"

"네, 아녜요! 다른 남자의 아이예요."

그녀는 아버지를 애타게 하는 것이 좀 재미있는 듯했다.

"내가 아는 남자냐?" 맬컴 경이 물었다.

"아뇨! 아버지가 전혀 본 적이 없는 사람이에요."

긴 침묵이 흘렀다.

"그래, 앞으로 어떻게 할 작정이냐?"

"모르겠어요. 사실 그게 문제예요."

"클리퍼드와는 어떻게 해볼 도리가 없는 거니?"

"클리퍼드는 받아들일 거예요." 코니는 말했다. "지난번 아버지가 그를 만나 이야기를 한 뒤였는데, 그는 제가 신중하게 일을 처리하기만 하면 아이를 갖는 것도 괜찮겠다고 말했거든요."

"현재의 처지에서 그가 할 수 있는 분별 있는 말은 그것밖에 없는 셈이지. 그렇다면 뭐, 별문제가 없겠구나."

"어떤 점에서요?" 코니는 물으면서, 아버지의 두 눈을 들여다보았다. 그녀의 눈과 마찬가지로 크고 파랬지만, 어딘지 불안스러운 데가 있는 눈으로, 때로는 불안한 어린 소년 같은 표정을 띠기도 하고, 때로는 부루퉁하니 이기적인 표정을 띠기도 했다. 하지만 대개는 서글서글하고 조심성 깊은 표정을 띠었다.

"네가 클리퍼드에게 채털리 가문 전체의 상속자를 낳아주어서 라그비가 준남작을 계속 주인으로 모실 수 있게 된 셈 아니냐."

맬컴 경은 얼굴에 반은 관능적인 미소를 띠면서 웃어 보였다.

"하지만 전 그러고 싶지 않은걸요." 그녀가 대답했다.

"왜 그러냐? 그 다른 남자와 얽힌 감정 때문이냐? 글쎄! 얘야, 내 진심을 말해도 좋다면, 그건 이렇구나. 세상은 계속되는 법이야. 라그비도 그대로 계속 존재할 테지. 세상이란 어느 정도 고정되어 있고, 따라서 우리는, 적어도 외면적으로는, 그것에 순응해서 살아야 하는 법이야. 사적으로야, 물론 이것도 내 사적인 의견이지만, 우리는 마음 내키는 대로 할 수 있다. 감정이란 변하는 법이니까 말이야. 올해엔 한 남자를 좋아하다가 내년엔 다른 남자를 좋아할 수도 있는 거지. 하지만 라그비는 여전히 존재할 거란다. 라그비가 너를 버리지 않는 한 라그비를 버리지 말거라. 그런 한에서 네 하고 싶은 대로 하거라. 관계를 끊고 나와버리면 네가 얻는 것은 거의 없을 게야. 물론 네가 정 원한다면, 관계를 끊고 나올 수도 있겠지. 너에겐 독립된 수입이 있고, 그것만은 절대 너를 저버리는 일이 없을 테니까 말이다. 하지만 그렇게 함으로써 네가 얻는 것은 별로 없을 게야. 그러니 라그비에 꼬마 준남작을 안겨주도록 하려무나. 그렇게 하는 것은 유쾌한 일이기도 할 테니까 말이다."

그러고 나서 맬컴 경은 뒤로 기대고 앉아 다시 미소를 지었다. 코니는 대답하지 않았다.

"너에게 마침내 진짜 남자다운 남자가 생겼기를 바란다." 그가 잠시 후 그녀에게 말했다. 관능의 촉각을 세우고서 던지는 말이었다.

"예, 그런 남자가 생겼어요. 그게 문제예요. 그런 사람은 주위에 많지가 않거든요." 그녀가 대답했다.

"그래, 정말로 그렇지!" 그는 생각에 잠겨 말했다. "그런 남자는 정말 별로 없지! 글쎄, 애야, 너를 보니 그는 행운아인 것 같구나. 분명코 그는 너를 곤란하게 만들지 않겠지?"

"그럼요! 그 사람이 저를 속박하려 들거나 하는 것은 정말 전혀 없어요."

"그래! 그래! 진정한 사내라면 그럴 거야."

맬컴 경은 기뻤다. 코니는 그가 누구보다 아끼는 딸이었다. 그는 그녀가 지닌 여성스러움을 언제나 마음에 들어했다. 그녀는 힐더만큼 어머니의 기질을 많이 이어받지 않았던 것이다. 게다가 그는 클리퍼드가 처음부터 마음에 들지 않았다. 그래서 그는 기쁜 마음이었으며, 아직 태어나지 않은 그 아기가 마치 자기 자식이라도 되는 양, 딸에게 아주 다정스럽게 대해 주었다.

그는 코니와 함께 차를 타고 하틀랜드 호텔로 갔다. 그리고 그녀가 방을 찾아 들어가는 것을 보고는, 클럽에 잠깐 들러보기 위해 나갔다. 코니는 그날 저녁 아버지와 함께 있기를 마다한 터였다.

멜러즈에게서 편지가 와 있었다. "당신이 머무는 호텔에는 가지 않겠소. 하지만 애덤가(街)의 골든 콕이라는 주점 바깥에서 7시에 당신을 기다리고 있겠소."

그곳에 그는 서 있었다. 키가 크고 호리호리한 모습에, 얇은 어두운 색 천으로 된 정장 양복을 입어 아주 딴사람같이 보였다. 그에게는 남달리 타고난 품위가 있었지만, 그녀의 계급 사람들처럼 판에 박힌 모습은 없었다. 하지만 그가 어느 곳에 가든지 손색이 없다는 사실은 한눈에 알 수 있었다. 그에게는 자연스럽게 타고난 소양이 있었는데, 그것은 정말이지 판에 박힌 계급적 외양보다도 훨씬 더 훌륭했다.

"아, 왔군! 얼굴이 아주 좋아 보이오!"

"그래요! 하지만 당신은 안 그렇군요."

그녀는 걱정스러운 듯이 그의 얼굴을 들여다보았다. 야위어서 광대뼈까지 드러나 보였다. 그러나 그의 두 눈은 그녀에게 미소를 짓고 있었으며, 그녀는 그와 함께 있어 편안해지는 느낌이었다. 바로 그랬다. 갑자기, 태연하게 점잖은 겉모습을 유지하려는 긴장감이 허물어지고 말았다. 무엇인가 육체적인 것이 그에게서 흘러나와서, 그녀는 내적으로 편안하고 행복하며 안온한 느낌에 휩싸였다. 행복에 대한 여자로서의 본능이 막 발동하면서, 그녀는 즉시 그 느낌을 받아들여 마음속에 새겼다. '이 사람이 곁에 있으면 난 행복해!' 베네치아의 그 어떤 햇볕도 그녀의 마음속에 이러한 벅참과 열정을 안겨주지 못했다.

"아주 끔찍하게 시달렸지요?" 탁자를 사이에 두고 그의 맞은편에 앉으면서 그녀는 물었다. 그는 너무나 야위어 있었다──그것은 그녀에게 지금 분명히 보였다. 그의 손만은 그녀가 알고 있는 그대로, 즉 잠든 동물의 묘하게 풀어진 망각 상태의 모습으로 앞에 놓여 있었다. 그녀는 그 손을 잡아 입 맞추고 싶은 마음이 간절했다. 그러나 감히 그러지는 못했다.

"사람들은 언제나 끔찍하게 굴기 마련이오." 그가 말했다.

"마음고생이 아주 많았지요?"

"내가 언제나 그러는 만큼밖에는 마음을 쓰지 않았소. 마음고생을 해봤자 바보짓이라는 것을 알고 있으니까 말이오."

"꼬리에 양철 깡통을 매달고 있는 개와 같은 기분이었나요? 클리퍼드가 당신이 그렇게 느끼고 있을 거라고 말하더군요."

그는 그녀를 바라보았다. 그 순간 코니가 그런 말은 한 것은 잔인한 짓이었다. 왜냐하면 그의 자존심은 이미 혹독하게 상처를 입은 상태였기 때문이다.

"그런 기분이었던 것 같소." 그는 대답했다.

그가 얼마나 격심한 쓰라림을 느끼며 모욕에 분개했는지 그녀는 결코 알지 못했다.

긴 침묵이 흘렀다.

"내가 보고 싶었어요?" 그녀가 물었다.

"당신이 그 자리에 없어서 다행이라 생각했소."

다시금 침묵이 흘렀다.

"사람들이 당신과 나의 관계에 대해 정말로 믿었나요?" 그녀가 물었다.

"아니오! 내 생각엔, 아마 조금도 믿지 않는 것 같았소."

"클리퍼드는요?"

"그도 안 믿었다고 할 수 있소. 그는 그것을 깊이 생각해 보지 않고 바로 무시해 버리는 것 같았소. 하지만 당연히 그런 소문 때문에 그는 나를 더 이상 보고 싶지 않게 되었소."

"전 아이를 가졌어요."

문득 표정이 그의 얼굴에서, 그의 온몸에서 완전히 사라져 버렸다. 그는 어두워진 눈으로 그녀를 바라보았는데, 그 시선의 의미를 그녀는 전혀 이해할 수가 없었다. 마치 어두운 불꽃이 너울거리는 어떤 영혼이 그녀를 바라보는 것 같았다.

"기쁘다고 말해줘요!" 그녀는 애원하듯 말하면서 그의 손을 더듬어 잡았다. 그녀는 그 순간 어떤 강렬한 환희 같은 것이 그의 마음속에서 솟구치는 것을 느꼈다. 그러나 그것은 곧, 그녀가 이해할 수 없는 것들의 그물에 사로잡혀 바닥으로 꼬꾸라지고 말았다.

"그건 앞날의 일이오." 그가 말했다.

"하지만 기쁘지 않아요?" 그녀는 우기듯 말했다.

"앞날이 참으로 걱정스러울 따름이오."

"하지만 당신은 아무 책임도 질 필요가 없어요. 클리퍼드가 아이를 자기 자식으로 받아들일 테니까요. 그는 기쁘게 그럴 거예요."

그녀는 그가 얼굴이 창백해지면서 혐오스러운 듯 움츠러드는 것을 보았다. 그는 대답하지 않았다.

"클리퍼드에게 돌아가서 꼬마 준남작을 라그비에 안겨줄까요?" 그녀는 물었다.

그는 창백하고 아주 막연한 얼굴로 그녀를 바라보았다. 이죽거리는 듯한 흉한 미소가 살짝 그의 얼굴을 스치고 지나갔다.

"당신이 그에게 애 아버지가 누구인지 꼭 말할 필요는 없겠지."

"아, 그거요!" 그녀는 말했다. "그는 그렇게라도 아이를 받아들일 거예요. 내가 원한다면 말예요."

그는 잠시 동안 생각에 잠겼다.

"맞소!" 그가 마침내 혼잣말로 중얼거렸다. "그는 그렇게 할 거요."

정적이 흘렀다. 깊은 심연이 두 사람 사이에 가로놓여 있었다.

"하지만 당신은 내가 클리퍼드에게 돌아가는 것을 원하지 않죠, 그렇죠?" 그녀는 그에게 물었다.

"당신 자신은 어떻게 하고 싶소?" 그가 대답 대신 물었다.

"난 당신과 함께 살고 싶어요." 그녀는 꾸밈없이 간단하게 말했다.

그녀의 말을 들었을 때, 자신도 모르게 자그만 불꽃들이 그의 아랫배를 타고 흘렀고, 그는 고개를 떨구었다. 그러다가 그는 머리를 들어 그 홀린 듯이 멍한 시선으로 다시 그녀를 쳐다보았다.

"당신이 그렇게 할 만큼 가치 있는 일이라면 좋으련만," 그는 말했다. "난 가진 게 아무것도 없잖소."

"당신은 대부분의 남자들보다 더 많은 것을 갖고 있어요. 당신도 그걸 알고 있잖아요." 그녀가 말했다.

"어떤 점에서는 그렇다는 걸 나도 알고 있소." 그는 잠시 동안 말없이 생각에 잠겼다. 그러다가 다시 말을 이었다. "사람들이 말하기를, 나에겐 여자 같은 면이 너무 많다고들 합디다…… 하지만 그렇지 않소. 새를 쏘아 죽이는 걸 좋아하지 않는다고 해서, 또는 돈을 벌거나 출세하는 것 따위를 원하지 않는다고 해서 내가 여자가 되는 것은 아니오. 사실 나는 군대에서 쉽게 출세할 수도 있었소. 하지만 나는 군대가 마음에 들지 않았소. 비록 병사들을 잘 다룰 수 있었을지라도 그랬소. 병사들은 나를 좋아했고, 또 내가 화가 났을 때면 나를 제법 경외하며 무서워했소. 그렇소, 군대를 죽은 곳으로 만든 것은 바로 어리석고 아귀 같은 지주 출신 고관급들이었소. 그들이 군대를 완전히 바보같이 죽은 곳으로 만들어버린 거요. 난 병사들을 좋아했고, 병사들도 나를 좋아했소. 하지만 이 세상을 지배하는 작자들이 헛소리를 지껄이고 대장 행세를 하면서 오만하고 뻔뻔스럽게 구는 작태를 난 견딜 수가 없었소. 그게 바로 내가 출세할 수 없는 까닭이오. 나는 돈의 뻔뻔스러운 오만을 증오하고, 계급의 뻔뻔스러운 오만을 증오하오. 그러니 이런 세상에서, 한 여자에게 내놓을 만한 게 나한테 뭐가 있겠소?"

"왜 뭔가를 내놓아야 한다는 거죠? 이건 거래가 아니잖아요. 그저 우리가 서로 사랑한다는 것, 그것뿐이잖아요." 그녀가 말했다.

"아니오, 그렇지 않소! 그것만이 아니오. 산다는 것은 움직이며 앞으로 나아가는 것이오. 내 삶은 제대로 된 통로를 타고 흘러내리지 못할 거요. 그러질 못할 거요. 따라서 나는 혼자 동떨어져 폐수처럼 고여 있는, 그런 존재나 다름없소. 게다가 여자를 삶에 끌어들일 자격이 있으려면, 내 삶은 적어도 내적으로라도 뭔가를 행하고 뭔가를 성취해, 우리 두 사람 모두를 싱싱하게 유지할 수 있어야 하는데, 난 지금 그렇지가 못하오. 남자라면 뭔가 자기 인생의 의미를 여자에게 내보일 수 있어야 하는 법이오. 고립된 삶을 함께 살아야 하는 경우에는, 그리고 그 여자가 진정한 여자인 경우에는 말이오. 나는 그저 당신의 남자 첩(妾)으로만 살 수는 없소."

"왜 그럴 수 없다는 거지요?" 그녀가 물었다.

"그거야 뭐, 그럴 수가 없으니까 그렇지. 게다가 당신도 곧 그걸 싫어하게 될 거요."

"마치 날 믿을 수 없다는 말처럼 들리는군요." 그녀가 말했다.

이죽대는 듯한 미소가 그의 얼굴을 스치고 지나갔다.

"돈도 당신 것이고, 신분도 당신 것이며, 결정권도 당신이 갖게 될 것이오. 하지만 나는 결국 마님의 잠자리 상대나 해주는 존재일 수만은 없소."

"그럼 그 밖에 어떤 존재라는 거지요?"

"당신이 그렇게 묻는 것도 당연하오. 그건 분명코 눈에 보이는 것이 아니기 때문이오. 하지만 나는 뭔가 의미 있는 존재요──적어도 나 자신에게는 말이오. 나는 내 존재의 의미를 알 수 있소. 물론 나 말고는 아무도 알지 못한다는 것도 난 충분히 이해할 수 있소."

"그러니까 당신이 나와 함께 살게 되면, 당신 존재의 의미가 적어진다는 말인가요?"

그는 오랫동안 잠자코 있다가 대답했다.

"그럴지도 모르오."

그녀 역시 말을 하지 않고 잠시 생각에 잠겼다.

"그럼 당신 존재의 그 의미라는 것은 뭐지요?"

"정말로 말하는데, 그건 눈에 보이지 않는 것이오. 나는 세상을 믿지 않소. 돈도, 출세도, 우리 문명의 미래도 모두 믿지 않소. 인류에게 어떤 미래라는 것이 있으려면, 세상은 현재와는 아주 크게 달라져야만 할 거요."

"그럼 그 진정한 미래라는 것은 어떤 모습이어야만 하죠?"

"그건 하나님만이 아실 일이오! 뭔가 마음속으로 느껴지는 것이 나에게 있긴 하오. 극심한 분노와 온통 뒤섞여 있지만 말이오. 하지만 그게 결국 정말로 어떤 것인지는, 나도 잘 모르겠소."

"내가 말해줄까요?" 그의 얼굴을 들여다보면서 그녀가 말했다. "당신에겐 있지만 다른 남자들에게는 없는, 그리고 미래를 일궈낼 힘이 되는 것이기도 할 그것이 바로 뭔지, 내가 말해줄까요? 그래볼까요?"

"말해보시오." 그가 대답했다.

"그건 바로 당신이 가진 용기 있는 부드러운 애정이에요. 바로 그거예요. 당신이 내 엉덩이를 손으로 만지며 예쁜 엉덩이를 가졌다고 나에게 말할 때와 같은, 그런 것 말예요."

히죽거리는 듯한 미소가 그의 얼굴에 스쳤다.

"그거라고!" 그는 말했다.

그러고서 그는 생각에 잠긴 채 가만히 앉아 있었다.

"맞소!" 그가 다시 말했다. "당신 말이 맞소. 정말 바로 그것이오. 처음부터 끝까지 바로 그것이오. 병사들과의 관계에서 난 그것을 알았소. 나는 그들과 육체적으로 접촉해야 했고, 그것을 저버려서는 안 되었소. 난 몸으로 그들을 알아야 했고, 비록 그들에게 생지옥 같은 고생을 시켰을지라도 그들을 어느 정도 부드러운 애정으로 대해야만 했소. 부처가 말한 것처럼, 그것은 깨달음의 문제요. 하지만 부처조차 몸으로 깨닫는 것을 피했소. 그 자연스러운 육체적 애정을 말이오. 그것은 남자들 사이에서도, 제대로 된 남자다운 방식으로 행해지기만 한다면, 가장 바람직한 것이라오. 그것은 남자들을 그렇게 원숭이 같은 존재가 아니라, 진정으로 남자다운 존재로 만들어주는 것이오. 그렇소! 바로 부드러운 애정이오. 정말로 말이오. 그리고 그건 곧 씹의 깨달음이오. 성(性)이란 사실 접촉에 불과한 것으로서, 모든 접촉 중에서 가장 친밀한 접촉일 뿐이오. 그런데 그 접촉을 우리는 두려워하고 있소. 우리는 그저 절반

만 의식이 있고 절반만 살아 있을 뿐이오. 우리는 온전히 살
아서 의식이 깨어 있는 존재가 되어야 하오. 특히 우리 영국인
들은 서로 간에 접촉을 하는 것이 정말 필요하오. 좀 더 섬세
하고 좀 더 부드러운 접촉 말이오. 그것이야말로 바로 우리에
게 절실히 필요한 것이오⋯⋯."

그녀는 그를 바라보았다.

"그렇다면 왜 당신은 나를 두려워하는 것이죠?" 그녀가 물
었다.

그는 그녀를 오랫동안 바라보고 있다가 입을 열어 대답했다.

"사실 그것은 돈 그리고 신분 때문이오. 당신이 지닌 세속적
인 것 말이오."

"하지만 나에겐 부드러운 애정이 있잖아요?" 그녀는 안타까
운 듯이 물었다.

그는 멍하게 흐려진 시선으로 그녀를 내려다보았다.

"맞소! 하지만 그건 나타났다 없어졌다 한다오. 내 경우처
럼 말이오."

"하지만 당신과 나 사이에서는 그걸 믿을 수 있지 않겠어
요?" 그녀는 이렇게 물으면서 애타는 눈길로 그를 빤히 쳐다보
았다.

그의 얼굴이 완전히 부드럽게 풀리면서 무장했던 표정이
사라지는 것을 그녀는 보았다.

"믿을 수도 있겠지!"

두 사람 다 말없이 있었다.

"자, 날 좀 안아주세요." 그녀가 말했다. "그리고 우리에게

아이가 생겨서 기쁘다고 말해주세요."

그녀는 너무나 사랑스럽고 따스하고 애처로워 보였다. 그의 창자가 그녀를 향해 꿈틀거렸다.

"내가 묵고 있는 방으로 같이 갈 수 있을 거요." 그가 말했다. "비록 또 추문거리가 되겠지만 말이오."

그러나 그가 곧 세상에 대한 생각에서 벗어나는 것을 그녀는 보았는데, 그의 얼굴에 부드러운 정열을 담은 온화하고 순수한 표정이 떠올랐다.

그들은 좀 멀리 돌아가는 길을 걸어 코버그 광장으로 갔다. 그곳의 어느 집 꼭대기 층 방에서 그는 묵고 있었는데, 이 다락방에서 그는 가스풍로에다 음식을 해먹으며 자취를 하고 있었다. 자그마한 방이었지만, 싸구려 같은 데 없이 정돈이 잘되어 있었다.

그녀는 옷을 벗었고, 그에게도 스스로 옷을 벗도록 했다. 임신 초기의 풍만스러운 빛을 부드럽게 띠는 그녀의 모습은 사랑스러웠다.

"당신을 그냥 내버려 둬야겠소." 그가 말했다.

"아녜요!" 그녀가 말했다. "사랑해 줘요! 날 사랑해 줘요. 그리고 날 버리지 않겠다고 말해줘요. 날 버리지 않겠다고 말예요! 절대로 날 떠나보내지 않겠다고 말해줘요. 세상이나 그 어느 누구에게도, 안 보내겠다고 말예요."

그녀는 그에게 바짝 기어들어서는, 야위었지만 강한 그의 나체에 꼭 매달려 안겼다. 그곳은 그녀가 알고 있는 유일한 안식처였다.

"그대를 버리지 않겠소." 그가 말했다. "그대가 원하는 한, 난 그대를 버리지 않겠소."

그는 그녀를 힘껏 껴안았다.

"그리고 아이가 생겨서 기쁘다고도 말해줘요." 그녀는 되풀이해 말했다. "아기한테 입을 맞춰줘요! 내 배에다 입을 맞추면서 아기가 거기 있어서 기쁘다고 말해줘요."

그러나 그것은 그에게 더 어려운 일이었다.

"세상에 아이드를 태어나게 한다는 거시 난 두렵쏘." 그는 말했다. "애들의 미래가 난 정말 두렵끼만 할 따르미오."

"하지만 당신이 내 배 속에 잉태시킨 아기예요. 그러니 아기에게 다정히 대해줘요. 그것만으로도 아기의 미래는 이미 이루어지는 셈이에요. 자, 아기한테 입을 맞춰줘요! 어서요!"

그는 전율하듯 몸을 떨었다. 그녀의 말이 사실이었기 때문이다. '아기에게 다정히 대해줘요. 그것만으로도 아기의 미래는 이루어지는 셈이에요.' 그 순간 그는 그녀에 대한 순수한 사랑을 느꼈다. 그는 그녀의 아랫배에 입을 맞췄다. 그리고 그녀의 자궁과 그 속의 태아에게 좀 더 가깝게 입 맞추기 위해 베누스의 둔덕에다가도 키스를 했다.

"아, 당신은 나를 사랑하는군요! 정말 나를 사랑하는군요!" 자그맣게 외치며 그녀는 말했다. 의식을 잃은 채 무언가 불분명하게 질러대는 사랑의 비명과도 같은 외침이었다. 그리고 그는 부드럽게 그녀의 몸 안으로 들어갔다. 부드러운 애정의 물결이 그의 창자로부터 그녀에게로, 막혔다가 터진 듯 흘러넘쳐 들어가면서, 연민의 공감이 둘 사이에 불붙어 타오르는 것을 느꼈다.

그리고 그녀에게 들어가면서 그는 이것이 바로 그가 해야하는 일이라는 것을 깨달았다. 그것은 곧 남자로서의 자존심이나 존엄성이나 고결함을 잃지 않고 부드러운 접촉을 행하는 일이었다. 결국 보건대, 그녀에게 돈과 재산이 많고 자신에게는 아무것도 없다고 할지라도, 단지 그것 때문에 자신의 부드러운 애정을 그녀에게서 거둬들인다는 것은 그의 자존심과 의리가 허락하지 않을 것이다. '인간들 사이의 육체적 인식을 낳는 접촉, 그리고 부드러운 애정의 접촉을 나는 지키고자 싸우고 있다.' 그는 혼자 속으로 말했다. '그런데 이 여자는 바로 살을 섞은 내 동지이다. 나는 돈과 기계, 그리고 세상의 생명 없이 차갑고 관념적인 원숭이 작태에 맞서 싸우고 있다. 그런데 그녀는 이 싸움에서 나를 후원해 줄 것이다. 나에게 한 여자가 있다니 얼마나 고마운 일인가! 나와 함께 있고 부드러운 애정을 지니고 있으며 나를 진정으로 아는 여자가 나에게 있다니, 이 얼마나 고마운 일인가! 그녀가 포악한 여자나 얼뜨기 바보가 아니라는 것은 얼마나 고마운 일인가. 그녀가 부드럽고 다정하며 의식이 깨어 있는 여자라는 것은 얼마나 고마운 일인가.' 그리고 그의 정액이 그녀의 몸속에서 용솟음치며 분출될 때, 그의 영혼도 그녀를 향해 용솟음치며 솟구쳐 올랐다. 그것은 생식 행위를 훨씬 뛰어넘은 창조적 행위로서의 용솟음이었다.

그녀는 이제, 두 사람 사이에 어떠한 헤어짐도 있어서는 안 된다는 결심을 아주 확고하게 했다. 그러나 그 방법과 수단은 아직 생각해 봐야 할 것이다.

"당신은 버사 쿠츠를 미워했나요?" 그녀가 그에게 물었다.

"그 여자 이야기는 하지 마오."

"아녜요! 해야 해요. 왜냐하면 당신은 한때 그녀를 좋아했 잖아요. 그리고 지금 나하고 그렇듯이, 그녀와도 한때는 다정하고 가까운 사이였지요. 그러니 나한테 말해줘야만 해요. 좀 끔찍한 일 아녜요? 예전엔 다정하고 가까운 사이였는데, 이제 와서 그 여자를 그토록 미워한다는 것은 말이에요. 어째서 그렇게 된 거죠?"

"나도 모르겠소. 그녀는, 말하자면 언제라도 나에게 맞서 싸울 태세로 자신의 의지를 세우고 있었소. 항상, 늘 그랬소. 그녀의 여자로서의 지독한 의지를 말이오. 소위 그녀의 자유라는 것이었지! 여자의 소름 끼치도록 지독한 그 자유란 것은 야만스럽기 짝이 없는 포악성으로 귀결되었소! 정말이지, 그 여자는 언제나 그녀의 자유란 것으로 나에게 맞서 대항했소. 내 얼굴에 황산을 끼얹듯이 말이오."

"하지만 그녀는 지금도 당신에게서 떨어지지 못하고 있잖아요. 아직 당신을 사랑하는 것 아녜요?"

"천만에, 그렇지 않소! 그 여자가 나에게서 떨어지지 않고 있다면 그것은 바로 그녀가 그 광적인 분노에 사로잡혀 있기 때문이오. 그녀는 나를 못살게 굴지 않고는 견딜 수가 없는 거요."

"하지만 그녀는 당신을 사랑했던 게 틀림없어요."

"아니오! 글쎄, 몇 쪼가리 그런 점도 있었지. 그녀는 나에게 마음이 끌리긴 했소. 그런데 그것조차 그녀는 증오했던 것 같소. 그녀가 나를 사랑하는 순간이 가끔 있었소. 하지만 그녀는 항상 그것을 도로 거둬들이고는 난폭하게 굴며 괴롭히기 시작했소. 그녀의 가장 깊은 욕망은 바로 나를 못살게 괴롭히는 것이었고, 그런 그녀를 변화시키는 것은 불가능했소. 그녀는 바로 의지가 틀려먹었던 거요, 처음부터 말이오."

"하지만 그녀는 당신이 자기를 진정으로 사랑하지 않는다는 걸 느끼고는, 당신으로 하여금 사랑하게 만들고 싶었는지도 모르지요."

"아이고, 그건 정말 지독한 고문이었소."

"하지만 당신은 그 여자를 진정으로 사랑하지 않았잖아요, 안 그래요? 그 점만큼은 그녀에게 잘못한 거잖아요."

"어떻게 내가 그런 여자를 사랑할 수 있었겠소? 물론 처음엔 그랬지. 처음엔 사랑하기도 했소. 하지만 어찌된 영문인지, 그 여자는 언제나 나를 찢어발기곤 했소. 아니, 우리 이 이야긴 하지 맙시다. 그건 악운이었소. 그랬소, 그녀는 악운의 여자였소. 이번만 해도, 나는 할 수만 있다면 담비라도 쏘아 죽이듯이 그녀를 쏘아 죽여버렸을 거요. 여자의 탈을 쓰고 미쳐 날뛰는 그 악운의 존재를 말이오! 내가 그 여자를 쏴 죽여서 그 모든 불행과 고통을 끝장내 버릴 수만 있었다면 정말 좋았을 텐데! 그런 것은 허용되어야만 하오. 여자가 자신의 의지에 완전히 사로잡혀, 모든 것에 대항해 자신의 의지를 주장하며 날뛸 때, 그것은 참으로 무서운 일이고, 따라서 그런 여자는 결국 쏴 죽여야 하는 거요."

18장

"그렇담 남자들 역시, 그들의 의지에 사로잡혀 있으면, 결국 쏴 죽여야 하는 것 아닐까요?"

"그렇소! 마찬가지요! 하지만 어쨌든 난 그녀에게서 완전히 벗어나야만 하오. 그렇지 않으면 그녀는 다시 나를 괴롭힐 거요. 그것 때문에 당신하고 이야기를 좀 하고 싶었소. 할 수 있다면 난 반드시 이혼을 할 작정이오. 따라서 우리는 조심해야만 하오. 당신과 내가 함께 있는 것이, 정말이지 사람들 눈에 띄어서는 안 되오. 만약 당신과 내가 함께 있을 때 그 여자가 나타나 덮치기라도 한다면, 나는 결코, 절대로, 참을 수가 없을 거요."

코니는 이 말을 듣고 깊이 생각해 보았다.

"그럼 우리는 함께 있을 수가 없는 거로군요?" 그녀가 말했다.

"한 여섯 달 정도는 그래야 할 거요. 하지만 내 생각에 이혼 수속은 9월에나 다 끝나게 될 테니까, 그렇다면 3월까지가 될 거요……."

"하지만 아기는 아마 2월 말이면 태어날 텐데요." 그녀가 말했다.

그는 잠시 말이 없었다.

"클리퍼드나 버사 같은 인간들은 모두 죽어 없어졌으면 하는 마음이오." 그가 말했다.

"그 사람들에겐 별로 자비롭지 못한 말이군요." 그녀가 말했다.

"그들에게 자비롭지 못하다고? 아니오, 오히려 죽음을 내리는 것이야말로 그런 인간에게 해줄 수 있는 가장 자비로운 일일 거요. 그들은 제대로 살 수 없는 존재요! 오직 삶을 짓밟기만 하는 존재인 것이오. 그들의 내면에 있는 영혼은 끔찍할 뿐이오. 죽음은 그들에게 달콤할 것이 틀림없소. 그러니 나 같은 사람이 그런 인간들을 총으로 쏴 죽이는 것은 허용되어야 하는 것이오."

"하지만 당신은 그렇게 하진 못할 거예요." 그녀가 말했다.

"아니오, 할 거요! 그것도 족제비를 쏠 때보다 훨씬 역겹지 않은 기분으로 할 수 있을 거요. 족제비에게는 어쨌든 귀엽고 외로운 듯한 구석이라도 있지만, 그런 자들은 무수하게 널려 있으니까 말이오. 아, 정말이지 나는 그런 인간들을 쏴 죽이고 싶소."

"그들이 그렇게 많다면, 아마 당신이 죽이려 해봤자 소용없는 일일 거예요."

"글쎄……."

코니는 이제 생각할 거리가 많아졌다. 그가 버사 쿠츠에게서 완전히 벗어나고 싶어 한다는 것은 명백했다. 그리고 그런 그의 마음이 옳다고 그녀는 느꼈다. 최근에 당한 일은 그에게 너무 참혹스러웠다. 어쨌든 그렇게 되면 그녀는 봄이 올 때까지 혼자 지내야 할 것이다. 그녀도 클리퍼드와의 이혼이 이루어지도록 노력해 볼 것이다. 하지만 어떻게 말인가? 멜러즈의 이름을 댄다면, 곧 멜러즈 그이의 이혼을 무산시키고 말 것이다. 참으로 혐오스러운 상황이었다! 그저 곧장 털고 일어나 어디 먼 세상 끝으로 가버려, 그 모든 것으로부터 자유로워질 수는 없는 것일까?

그럴 수 없었다. 먼 세상 끝이라고 해봤자 오늘날에는 채링 크로스[66]에서 오 분도 걸리지 않는 거리에 있다. 라디오가 있는 한, 먼 세상 끝이라는 것은 존재하지 않는다. 다호메이[67]의 국왕이나 티베트의 달라이 라마까지도 모두 런던과 뉴욕의 라디오 방송을 청취하고 있다.

인내! 인내해야 한다! 이 세계는 거대하고 소름 끼치도록 복잡한 하나의 기계 장치인바, 모름지기 정신 바짝 차리고 아주 조심해 그 기계에 난도질당하지 않도록 해야 한다.

코니는 아버지에게 사정을 다 털어놓고 이야기했다.

"그래요, 아버지. 그 사람은 클리퍼드의 사냥터지기예요. 하지만 그는 장교로 인도에서 군복무를 한 사람이기도 해요. 다만 그는 다시 사병이 되기를 택한 저 C. E. 플로렌스 대령[68]과 같이, 스스로 하층계급이 되기를 택한 거예요."

그렇지만 맬컴 경은 그 유명한 C. E. 플로렌스의, 별로 마음에 들지 않는 신비스러운 행동에 대해 아무런 공감도 느끼지 않았다. 겸허한 그 모든 행동의 뒤에는 자신을 선전하려는 측면이 지나치게 많이 감추어졌다고 그는 생각했다. 그것은 훈작(勳爵)인 그가 제일 혐오하는 종류의 자만(自慢), 즉 겸양을

---

66) 런던 중심부에 있는 번화한 광장.
67) 아프리카 중서부 해안에 있는 공화국 베냉의 옛 이름.
68) '아라비아의 로렌스'로 흔히 알려진 토머스 에드워드 로렌스(Thomas Edward Lawrence, 1888~1935) 대령을 작가가 다른 이름으로 바꿔서 지칭한 것이다.

표방하는 자만과 전혀 다를 바 없어 보였다.

"그래, 너의 그 사냥터지기란 사람은 어디 출신이냐?" 맬컴 경은 좀 성이 난 어조로 물었다.

"테버셜 마을의 광부 아들이에요. 하지만 그는 누구한테도 절대 부끄럽지 않을 사람이에요."

예술가 훈작 나리는 더욱 화가 났다.

"나한테는, 금광꾼처럼 돈을 노리고 여자를 호리는 사내로 보이는구나." 그는 말했다. "게다가 너는 분명 꽤 캐내기 쉬운 금광이지."

"아녜요, 아버지. 그렇지 않아요. 그이를 만나보면 알게 될 거예요. 그는 정말 남자다운 사람이에요. 클리퍼드는 그가 겸손하게 굴지 않는다고 늘 그를 미워했어요."

"그의 육감이 한번 제대로 작용했던 모양이군."

맬컴 경이 견딜 수 없는 것은 딸이 사냥터지기와 정을 통했다는 사실이 일으킬 추문, 바로 그것이었다. 정을 통한 것 자체는 별로 마음에 걸리지 않았다. 그의 마음에 걸리는 것은 바로 추문이었다.

"그 친구가 어떤 사내인지는 난 관심 없다. 어쨌든 그가 너를 확실하게 구워삶아 사로잡은 것만은 분명하구나. 하지만 정말이지, 세상 사람들이 지껄여 댈 온갖 소리를 좀 생각해 보려무나. 그리고 너의 새어머니를 좀 생각해 보거라. 그녀가 이걸 과연 어떻게 받아들일지 말이다!"

"저도 알아요." 코니는 대답했다. "세상의 소문은 더럽고 잔인하지요. 상류사회에 사는 사람의 경우에는 특히 그렇죠. 게

다가 그 사람은 지금 정말 간절히 이혼을 원하고 있어요. 그래서 혹시, 다른 남자를 아이 아버지로 내세우고 멜러즈의 이름은 전혀 언급하지 않는 게 좋지 않을까 하고 생각하는 중이에요."

"다른 남자를 내세운다고! 누구를 말이냐?"

"덩컨 포브스라면 아마 괜찮을 거예요. 오래전부터 우리와 가깝게 알고 지낸 사람이잖아요. 꽤 유명한 화가이기도 하고요. 게다가 그는 저를 좋아하고 있거든요."

"허, 이런 참! 불쌍한 덩컨 같으니라고! 그래, 그렇다면 그 대가로 그에게 무슨 보상을 해줄 거냐?"

"모르겠어요. 하지만 그는 오히려 그 일을 좋아할지도 몰라요."

"뭐라고, 그가 좋아할지도 모른다고? 글쎄, 그렇다면 그 친구야말로 정말 웃기는 사람이로구나. 한데, 넌 그 친구와 단 한 번도 관계를 가진 적이 없잖니, 안 그러니?"

"네, 없어요! 하지만 그는 사실 그런 것을 별로 원하지 않아요. 그는 그저 제가 곁에 있어주기만을 바라지, 육체적 접촉은 원하지 않아요."

"하나님 맙소사! 참으로 놀라운 세대로군!"

"그가 무엇보다도 저한테 바랐던 것은 자기 그림의 모델이 되어주는 것이었어요. 전 한 번도 들어주지 않았지만요."

"불쌍한 친구 같으니라고! 하지만 그는 이미 충분히 짓밟힐 대로 짓밟힌 것처럼 보이는구나."

"그렇지만 그 사람과 관계를 가졌다는 소문이라면 아버지 마음에 그다지 걸리지 않겠지요?"

"아이고, 코니야! 이런 끔찍한 궁리를 다 해야 하다니!"

"알아요! 저도 역겨워요! 하지만 어쩔 도리가 없잖아요?"

"이렇게 궁리하고 눈감아 주고, 서로 짜고 꾸미고 해야 하다니! 내가 너무 오래 살았다는 생각이 드는구나."

"그만하세요, 아버지. 아버지도 이제까지 수없이 많이 궁리하고 눈감아 주고 하면서 살아오셨잖아요. 안 그런지 어디 한번 말씀해 보세요."

"하지만 내 확실히 말하지만, 이것하곤 경우가 달랐다."

"경우야 항상 다른 법이지요."

힐더가 도착했는데, 그동안 일이 새롭게 전개된 내용을 듣고는 역시 격노해 펄펄 뛰었다. 그녀 역시, 동생과 사냥터지기에 관한 추문이 사람들 사이에 퍼질 것이라는 생각을 두말할 것 없이 참을 수 없어 했다. 그건 정말 너무나 수치스러운 일이었다!

"우리 두 사람이 따로따로 자취를 감춘 뒤에, 브리티시컬럼비아 같은 데로 가버리면 어떨까? 아무런 추문도 나지 않게끔 말야." 코니가 말했다.

그러나 그것은 소용없는 생각이었다. 추문은 똑같이 터져나오고 말 것이다. 코니가 그 남자를 따라갈 것이라면, 그와 결혼을 할 수 있는 편이 그래도 나을 것이다. 이것이 힐더의 의견이었다. 맬컴 경은 생각이 확실하게 서지 않았다. 아직은 일이 조용하게 넘어갈 수 있을지도 몰랐다.

"하지만 그이를 한번 만나보시겠어요, 아버지?"

불쌍한 맬컴 경! 그는 그러고 싶은 마음이 별로 없었다. 물론 불쌍하기로는 멜러즈도 마찬가지였다. 그는 그러고 싶은 마음이 더더욱 없었으니 말이다. 하지만 만남은 이루어졌다. 맬컴 경의 클럽에 있는 한 사실(私室)에서 점심을 같이했는데, 둘이서만 만나, 서로 상대방을 위아래로 훑어보면서 마주 앉아 있었다. 맬컴 경은 꽤 많은 양의 위스키를 마셨으며, 멜러즈도 마셨다. 그리고 그들은 인도에 대해서 줄곧 이야기를 나누었는데, 인도에 관해 멜러즈는 꽤 잘 알고 있는 터였다.

식사 시간은 내내 그런 식으로 지나갔다. 마침내 커피가 나오고 웨이터가 가고 난 다음에야 비로소, 맬컴 경은 여송연에 불을 붙이고서 본론을 꺼냈다. 호감이 섞인 따뜻한 어조였다.

"자, 이보게, 젊은 친구, 내 딸애를 어떻게 할 생각인가?"

씨익 웃는 듯한 미소가 멜러즈의 얼굴을 스쳤다.

"글쎄요, 훈작님께서는 어떤 생각이신지요?"

"그 애가 자네 아이를 임신한 게 확실해 보이더군."

"영광스럽게도 그리되었습니다!" 씨익 웃으며 멜러즈는 대답했다.

"암, 진정코 영광이지!" 맬컴 경은 뿜어내는 듯한 웃음을 짤막하게 터뜨렸다. 그러고는 스코틀랜드 사람 특유의 호색적인 태도를 띠며 말했다. "암, 영광이고말고! 그래, 아랫도리 기분이 어땠나, 응? 좋았겠지? 이 사람아, 안 그래?"

"네, 좋았습니다!"

"틀림없이 그랬을 거야! 하, 하! 딸애는 바로 이 아비를 아주 꼭 닮았으니까 말이야! 사실, 나도 정말로 근사한 섹스라면 결코 마다한 적이 없다네. 비록 그 애 어머니가……. 오, 거룩하신 성자님들이시여 도우소서!" 그는 하늘을 향해 두 눈을 치켜떴다. "하지만 그 아이를 뜨겁게 달궈놓은 것은 자네인 셈이지. 그래, 자네가 그렇게 한 거야, 내 능히 알 수 있네. 하, 하! 그 아이한텐 내 피가 흐르고 있지! 그런데 바로 자네가 그 아이의 건초 더미에다 확실하게 불을 질러준 거야. 하, 하, 하! 난 대단히 기쁘게 여기고 있네, 정말이라네. 그 아이한테 바로 그게 필요했거든. 아, 이보게, 그 아인 훌륭한 계집아이라네, 정말 훌륭한 계집아이지. 그래서 난 알고 있었다네, 어떤 재수 좋은 망할 놈이 그 아이의 낟가리에다 불을 질러주기만 하면 그 아이가 아주 훌륭한 아랫도리 상대가 되리라는 것을 말일세. 하, 하, 하! 이 사람아, 뭐, 자네가 사냥터지기라고! 지독하게 솜씨 좋은 밀렵꾼이라고 해야 오히려 맞지 않겠나. 하, 하! 하지만 자, 이보게, 우리 진지하게 말해봄세. 일을 어떻게 하면 좋겠는가? 자, 진지하게 한번 말해봄세!"

진지하게 말해본다고 했지만, 그들의 이야기는 별로 진척되는 바가 없었다. 멜러즈는, 비록 좀 취하긴 했지만, 맬컴 경보다는 훨씬 멀쩡했다. 그는 가능한 한 조리 있게 대화를 이끌려고 애썼다. 그런데 그 방법이란 게 바로 말을 별로 많이 않는 것이었다.

"그러니까 자넨 사냥터지기란 말이지! 아 그래, 자네 말이 정말 맞네! 그런 종류의 사냥감이면 사내가 노려볼 만하지. 안 그런가, 응? 여자가 쓸 만한지는 바로 그녀의 궁둥이를 꼬집어보면 알 수 있다네. 궁둥이 살의 느낌만으로도 여자가 제

대로 색을 쓸 수 있을지 훤히 다 알 수 있지. 하, 하! 이 사람
아, 자네가 부럽네. 한데 자네 몇 살이나 먹었지?"

"서른아홉입니다!"

훈작 나리는 두 눈썹을 추켜올렸다.

"그렇게 많이 먹었는가! 글쎄 뭐, 겉으로 보기에 자넨 아직
한 이십 년은 더 재미 볼 수 있긴 하겠군. 암 그래, 사냥터지기
든 뭐든, 자네는 훌륭한 싸움닭이야. 한 눈을 감고서도 난 다
알 수 있네. 저 빌어먹을 클리퍼드하고는 전혀 다르지! 소심한
겁쟁이 똥개처럼 사내다운 능력도 없고, 사내 노릇 한번 해보
지도 못한 녀석하고는 말야. 난 자네가 마음에 드네, 이 사람
아. 틀림없이 자네는 근사한 불알주머니를 가지고 있을 거야.
그래, 자넨 싸움닭이야, 내 알 수 있지. 자넨 투사라고. 자네가
뭐, 사냥터지기라고! 하, 하, 나라면, 결단코, 내가 사냥할 짐승
을 자네에게 맡기지 않을걸세! 하지만 이보게, 진지하게 우리
말해봄세, 일을 어떻게 하면 좋겠는가? 세상은 빌어먹을 구닥
다리 여자들로 가득 차 있다네……."

그들이 진지하게 한 것은 아무것도 없었다. 남성적 관능에
대한 예의 그 비밀 결사대 같은 공감대만이 둘 사이에 형성되
었을 따름이다.

"그리고 이보게, 내가 자넬 위해 해줄 수 있는 게 있다면, 뭐
든지 믿고 부탁하게. 사냥터지기라고! 제기랄, 하지만 재미있
는 일이야! 마음에 들어! 암, 마음에 들고말고! 그 애한테 대
담한 뱃심이 있다는 것을 보여주는 증거 아닌가. 안 그런가?
따지고 보면 말일세, 그 애한테는 자신만의 수입이 있다네. 뭐

대단한 것은 못 되지만 굶지는 않을 정도지. 게다가 나도 내가 가진 것을 그 애한테 물려줄 거네. 맹세코 그럴 걸세. 그 아인 그럴 자격이 있네. 구닥다리 여자들로 가득 찬 세상에서 그렇게 대담한 뱃심을 보였으니 말일세. 나는 칠십 년 동안을 그런 구닥다리 여자들의 치마폭에서 벗어나려고 애를 쓰면서 살아왔다네. 그런데 아직도 그러질 못하고 있지. 하지만 자네는 그럴 수 있는 사내일세! 그래, 자넨 그럴 수 있는 사내야, 내 알 수 있네."

"그렇게 생각해 주셔서 기쁩니다. 세상 사람들은 대개, 에둘러서이긴 하지만, 제가 원숭이에 지나지 않는다고 저한테 말하곤 한답니다."

"아, 그들이야 그렇게 말하겠지! 이 친구야, 그 모든 구닥다리 여자들에게 자네가 원숭이 말고 뭘로 보이겠는가……."

그들은 다정하니 아주 기분 좋게 헤어졌다. 그리고 멜러즈는 그날 내내 속으로 웃으면서 지냈다.

다음 날 그는 코니와 힐더와 함께 점심을 같이했다. 조심스럽게 정한 장소에서였다.

"사태가 온통 그렇게 꼴사납게 되어서 정말 유감이에요." 힐더가 말했다.

"나에겐 여간 재미있는 일이 아니었소." 그가 대꾸했다.

"자식 낳는 일 같은 건 피했다가 두 사람 모두 자유로운 몸이 된 다음에 결혼하고 해도 충분했을 텐데 하는 생각을 금할 수가 없군요."

"하나님께서 불꽃에다 좀 너무 빨리 바람을 불어준 탓이지

18장 277

요." 그가 말했다.

"하나님하고 그것하고 무슨 상관이 있다는 거예요? 물론, 코니한테 두 사람을 먹여 살릴 만큼 충분히 돈이 있긴 하지만, 그래도 사태는 정말 감당하기 힘든 지경이라고요……."

"하지만 당신은 이 일의 조그만 귀퉁이 한 조각만 감당하면 되는 거잖소, 안 그렇소?" 그가 말했다.

"당신이 코니하고 같은 계급이기만 하다면 좋을 텐데……."

"아니면 동물원의 우리에 갇혀 있든가 말이죠?"

침묵이 흘렀다.

"내 생각엔 말이에요," 힐더가 말했다. "코니가 정을 통한 상대로 전혀 다른 남자의 이름을 대고 당신은 완전히 빠져 있는 것이 제일 좋을 것 같아요."

"하지만 난 이미 깊숙이 발을 들여놓은 상태로 알고 있는데……."

"내 말은 이혼 수속을 밟는 과정에서 말예요."

그는 의아해하는 얼굴로 그녀를 빤히 쳐다보았다. 코니는 덩컨을 내세우려는 계획을 감히 그에게 말하지 못했던 것이다.

"무슨 말인지 모르겠소." 그가 말했다.

"정을 통한 상대로 이름을 빌려주겠다고 동의해 줄 만한 친구가 한 사람 있어요. 당신 이름이 드러날 필요가 없도록 말이에요." 힐더가 말했다.

"남자가 말이오?"

"그야 물론이죠!"

"하지만 코니 이 사람에겐 다른 남자가 없을 텐데……?"

그는 의아해하는 얼굴로 코니를 바라보았다.

"네, 없어요!" 그녀는 급히 말했다. "그저 오래전부터 알고 지내던 사람으로, 아주 단순한 친구 관계이고 애정 같은 것은 전혀 없는 사이예요."

"그렇다면 뭣 때문에 그자는 그런 책임을 뒤집어쓰려 하는 거지? 그가 당신한테서 얻은 게 아무것도 없다면 말이오?"

"남자들 중에는, 기사도적 의협심이 많아서 여자한테서 뭘 얻는다든가 하는 걸 그다지 상관하지 않는 사람들도 있다고요." 힐더가 말했다.

"나한텐 잘된 일이군, 안 그렇소? 하지만 그 작자는 대체 누구요?"

"우리가 스코틀랜드에서 자랄 때부터 알고 지낸 친구인데, 화가예요."

"덩컨 포브스라는 자군!" 그는 즉시 알아맞혔다. 왜냐하면 코니한테서 그에 대해 들은 적이 있기 때문이다. "그런데 어떻게 그에게 책임을 덮어씌울 작정이오?"

"둘이 어디 호텔 같은 데 가서 한번 묵든지, 아니면 코니가 그의 집에까지라도 가서 한번 묵었다 오든지 할 수 있겠죠……."

"내 보기엔, 쓸데없이 수고만 잔뜩 하는 셈일 것 같소." 그가 말했다.

"그럼 무슨 다른 방안이라도 있단 말예요?" 힐더가 말했다. "만약 당신 이름이 알려지면, 당신은 당신 아내하고 이혼할 수 없게 되잖아요? 그 여잔 거의 상종하기가 불가능한 사람 같던데 말이에요."

"그렇소, 다 맞소!" 그는 매몰차게 말했다.

긴 침묵이 흘렀다.

"우리 둘이 곧장 어디론가 사라져 버릴 수도 있잖소." 그가 말했다.

"코니는 곧장 사라져 버리는 게 불가능해요." 힐더가 말했다. "클리퍼드는 이름이 너무 많이 알려져 있다고요."

다시금 완전한 좌절감에서 비롯된 침묵이 흘렀다.

"세상은 여전히 있는 그대로예요. 당신과 코니가 박해받지 않고 함께 살기를 원한다면, 결혼을 하지 않으면 안 돼요. 그런데 결혼을 하려면, 먼저 둘 다 이혼을 해야만 하는 거지요. 자, 그러니 문제는 당신들 두 사람이 그걸 어떻게 해낼 거냐 하는 거예요."

그는 오랫동안 말없이 잠자코 있었다.

"당신에게 맡긴다면 어떻게 해보겠소?" 그가 물었다.

"먼저 덩컨이 정을 통한 상대자 역할을 해준다고 동의할지 알아볼 거예요. 그런 다음 클리퍼드가 코니와 이혼하게 만들어야겠죠. 물론 당신도 부인과 이혼을 진행해야 할 것이고, 그 사이 당신들 두 사람은 자유로운 몸이 될 때까지 서로 떨어져 있어야 하지요."

"정신병원에 들어가 있는 거나 다름없겠군."

"그럴 수도 있겠죠! 세상 사람들도 당신들을 정신병자로 여길 테니까요. 아니면 그보다 더 끔찍한 존재로 볼지도 모르고요."

"더 끔찍한 존재라니, 뭐 말이오?"

"범죄자 같은 거겠죠."

"나의 이 거시기 단도(短刀)를 쑤셔댈 기회가 아직 몇 번 더 있기를 바라는 바이오." 그는 이죽거리는 미소를 지으면서 말했다. 그러고는 말없이 잠자코 있었는데, 화가 난 모습이었다.

"글쎄요!" 그가 마침내 다시 입을 열었다. "난 뭐든지 동의하겠소. 세상은 미쳐 날뛰는 천치와 같고, 아무도 처치할 수가 없소. 물론 나는 최선을 다하겠지만 말이오. 당신 말이 맞소. 우리는 할 수 있는 한 우리 자신을 살려내야만 하오."

그는 굴욕감과 분노, 피곤과 참담함이 뒤섞인 시선으로 코니를 바라보았다.

"내 귀여운 아가씨야!" 그가 말했다. "세상은, 꼬리에 소금을 뿌려 새를 잡듯, 그러케 당신을 자바버리고 말 꺼야."

"우리가 그러지 못하게 하면 되죠." 그녀는 말했다.

세상에 맞서 이렇게 거짓을 꾸미고 묵인하는 행위를 코니는 멜러즈보다는 덜 꺼림칙해했다.

덩컨을 만나 이야기를 꺼내자, 그 또한 부정을 범한 사냥터지기와 한번 만나보고 싶다고 고집했다. 그래서 저녁 식사를 같이하기로 했는데, 이번 장소는 덩컨의 아파트였고, 넷이 함께 만났다. 덩컨은 키가 좀 작은 편에 어깨가 벌어지고 피부가 가무잡잡했다. 쭉 뻗친 검은 머리칼과 켈트족으로서의 묘한 자부심이 과묵한 햄릿 같은 인상을 주었다. 그의 그림은 온통 관(管)이나 밸브 또는 나선형이나 이상한 색채 같은 것으로 이루어진 초현대적인 작품이었는데, 그러면서도 어떤 힘이 있었고, 형태와 색조에 어떤 순수성까지 지녔다. 멜러즈만이 그것을 비정하고 불쾌한 것으로 생각했다. 하지만 그는 그렇게 말하지는 않았다. 왜냐하면 덩컨은 자기 그림에 관한 한 거의 광적인 태도를 보였기 때문이다. 요컨대 그의 예술은 그에게 개인적인 숭배의 대상, 즉 개인적인 종교와 같은 것이었다.

그들은 화실의 그림들을 구경하고 있었는데, 덩컨은 그의 자그만 갈색 눈을 계속 멜러즈에게 고정시켰다. 그는 사냥터지기가 뭐라고 말할 것인지 한번 듣고 싶었다. 코니와 힐더의 의견은 이미 들어 알고 있는 터였다.

"이건 정말 살인과도 같소." 드디어 멜러즈가 입을 열어 말했다. 덩컨이 사냥터지기 같은 사람에게서 전혀 예상하지 못했던 말이었다.

"그럼 살해당한 사람이 있겠군요. 그게 누구죠?" 힐더가 좀 쌀쌀맞게 그리고 조롱하듯이 물었다.

"바로 나요! 이건 한 인간의 뱃속에 있는 동정심을 모조리 죽여버리고 있소."

순전한 증오의 물결이 화가의 마음속에서 넘치듯 흘러나왔다. 그는 이 사내의 목소리에 깃든 혐오의 어조를 알아챘다. 그리고 경멸의 어조도 알아챘다. 게다가 그는 뱃속에 든 동정심 어쩌고 하는 따위의 말이 역겨웠다. 그따위는 구역질 나는 감상이었다! 멜러즈는 좀 키가 크고 야윈 몸매에, 초췌하니 지친 듯한 표정을 한 채 그림들을 빤히 바라보면서 서 있었는데, 그 눈길에 어른거리는 초연함은 마치 나방이 날갯짓을 하며 춤추는 것과 같은 느낌을 주었다.

"아마 어리석은 우둔이 살해당한 것이라고 해야겠죠. 감상적인 우둔함이 말입니다." 화가가 비꼬는 듯이 말했다.

"그렇게 생각하시오? 내 생각엔 이런 관이나 요동치는 주름 같은 것들은 모두 이미 충분히 어리석을 대로 어리석고 아주 감상적인 것으로 보이오. 그것들은 자기 연민과 지독한 과민성 자부심을 잔뜩 보여주고 있소. 나에겐 그렇게 보이오."

또 다른 증오의 물결에 휩싸이면서 화가의 얼굴은 노래졌다. 그러나 일종의 거만한 침묵을 지키며 그는 그림들을 벽 쪽으로 돌려놓았다.

"이제 식당으로 갈 때가 된 것 같군요." 그는 말했다.

그들은 음울하게 걸음을 옮겼다.

커피를 마신 뒤에 덩컨이 말했다.

"코니의 아기 아버지 역할을 하는 일 정도는 전혀 어렵지 않습니다. 하지만 한 가지 조건이 있는데, 그녀가 와서 내 모델로 자세를 취해주었으면 합니다. 몇 년 전부터 코니에게 부탁했던 일인데, 그녀는 언제나 거절하기만 했죠." 그는 마치 화형 판결을 내리는 종교 재판관같이 단호하고 음산한 어투로 말했다.

"아하!" 멜러즈가 말했다. "당신은 그러니까, 조건부로만 그 일을 해주겠다는 거로군?"

"그렇소! 바로 금방 말한 조건하에서만 하겠소." 화가는 상대방에 대한 경멸을 말 속에 최대한 담아 드러내고자 애쓰면서 말했다. 그런데 그것이 좀 지나치고 말았다.

"나도 함께 모델로 쓰는 게 어떻겠소." 멜러즈가 말했다. "아니, 우리 둘을 군상(群像)으로 그리는 게 어떻겠소. '예술의 그물에 잡힌 불카누스[69]와 베누스'라고 하면 좋겠군. 사냥터지기가 되기 전에 난 대장장이였으니까 말이오."

"고맙소." 화가는 말했다. "하지만 불카누스한테는 나의 흥미를 끄는 면모가 별로 없는 것 같소."

"관 모양으로 만들고 꼬불꼬불 맵시를 내더라도 말이오?"

아무 대답이 없었다. 화가의 강한 자존심은 더 이상 이야기하는 것을 허락하지 않았다.

음울한 자리였다. 화가는 이후로 한결같이 상대편 사내를 무시했다. 그러곤 여자들에게만 아주 짤막하게, 마치 그의 엄숙한 우울 저 깊은 밑바닥에서부터 말을 쥐어 짜내기라도 하듯이 대꾸할 뿐이었다.

"당신 그 사람이 마음에 들지 않았죠. 하지만 그는 사실, 그보다는 나은 사람이에요. 정말 친절한 사람이에요." 덩컨의 집을 나왔을 때 코니는 설명하듯 말했다.

"그는 꼬불탕 주름투성이 디스템퍼[70]에 걸린 검둥 강아지 같은 녀석이야." 멜러즈가 말했다.

"그래요, 오늘 그의 행동은 훌륭하지 못했어요."

"그런데 당신은 가서 그자의 모델이 되어줄 작정이오?"

"아 뭐, 전 이제 더 이상 그런 걸 꺼리지 않아요. 그는 내 몸에 손대지 않을 거예요. 그리고 당신과 내가 함께 살 수 있도

---

69) 로마신화에서 불과 대장간의 신.
70) 개나 늑대 등의 동물이 걸리는 전염병의 일종으로 이 병에 걸리면 잘 먹지 못하고 눈, 코, 입 등에서 점액질 분비물이 과도하게 나온다.

록 길을 열어주는 거라면, 난 어떤 것도 꺼리지 않을 거예요."

"하지만 그자는 겨우 똥칠이나 하듯이 당신을 캔버스에 그려놓고 말 거요."

"괜찮아요. 그는 겨우 나에 대한 자신의 감정이나 그려놓고 있을 텐데, 그런 건 상관없어요. 난 그저 그가 내 몸에 손대지 못하게만 할 거예요, 절대로 말예요. 하지만 그가 자신의 그 예술가연하는 올빼미 눈으로 열심히 쳐다보면서 뭐든지 할 수 있다고 생각한다면, 그래, 실컷 쳐다보라죠. 나를 가지고 텅 빈 관이나 꼬불탕 주름 따위를 만들고 싶은 만큼 실컷 만들라고 그래요. 자기 혼자 좋아서 하는 짓거리니까요. 그가 당신을 미워한 것은 당신이 한 말 때문이에요. 관 모양을 그린 그의 그림이 감상적이고 잘난 척하는 듯이 보인다는 그 말 말이에요. 하지만 물론 당신 말은 사실이죠……."

19장

"클리퍼드에게. 유감스럽게도 당신이 예견했던 일이 일어나
고 말았군요. 난 다른 남자를 진정으로 사랑하게 되었어요.
그래서 당신이 나와 이혼해 주기를 바라요. 지금 나는 덩컨의
아파트에서 그와 함께 지내고 있어요. 전에 당신에게 이야기
했듯이, 그는 베네치아에서 우리와 함께 있었어요. 당신을 생
각하면 무척 마음이 아파요. 하지만 이 일을 부디 조용히 받
아들이려고 노력해 주세요. 당신은 이제 나를 별로 필요로 하
지 않는 상태고, 나도 라그비로 돌아간다는 걸 참을 수가 없
어요. 정말 미안해요. 하지만 부디 나를 용서하고, 나와 이혼
해 주세요. 그리고 나보다 더 좋은 사람을 찾도록 해보세요.
난 당신에게 맞는 여자가 사실 못 돼요. 생각하건대 난 너무
참을성이 없고 이기적인 사람 같거든요. 하지만 난 결코, 다시

돌아가서 당신과 같이 살 수 없어요. 물론 당신을 생각하면 이 모든 일이 정말 끔찍하도록 미안할 뿐이에요. 하지만 당신 자신을 잘 다스려 너무 흥분하지 않도록 한다면, 이 일이 그리 끔찍하게 마음에 걸리는 것은 아님을 당신도 알게 될 거예요. 당신은 사실 개인적으로 나에 대해 별로 관심이 없었으니까요. 그러니 부디 저를 용서하고 놓아주세요……."

클리퍼드는 내심으로는 이 편지를 받고 놀라지 않았다. 그는 내심 이미 오래전부터, 그녀가 자기 곁을 떠나가고 있다는 사실을 알고 있었다. 하지만 겉으로는 절대 인정하려 하지 않았다. 따라서 이 일은 겉으로, 그에게 가장 끔찍한 충격이자 재난으로 다가왔다. 그는 그녀에 대한 믿음을 표면적으로는 아주 평온하게 잘 지켜왔던 것이다.

그런데 그게 바로 우리 인간의 모습이다. 의지의 힘으로 우리는, 내면의 직관적 깨달음을 우리의 외부 의식에서 차단해 버린다. 그런데 이로 인해 공포 또는 불안 상태가 초래되고, 그 결과 우리는 재난이 정말로 닥칠 때 충격을 열 배나 더 강하게 받는 것이다.

클리퍼드는 발작을 일으킨 아이와 같았다. 그는 송장처럼 넋이 나간 듯이 침대에 일어나 앉아 있었는데, 이를 보고 볼턴 부인은 경악하듯 깜짝 놀랐다.

"아니, 클리퍼드 경, 대체 무슨 일이신가요?"

아무 대답이 없었다! 볼턴 부인은 그가 뇌졸중이라도 일으킨 것이 아닌가 하는 공포에 휩싸였다. 그녀는 급히 다가가서, 그의 얼굴을 만져보고 맥을 짚어보았다.

"통증이 있으신가요? 힘을 내셔서 아픈 곳이 어딘지 한번 말씀해 보세요. 자, 말씀해 보세요!"

아무 대답이 없었다!

"아이고 이런, 아이고 이런! 그럼 셰필드에 전화해서 캐링턴 선생님을 불러오겠습니다. 그리고 레키 선생님도 곧장 달려오시라고 하는 게 좋겠군요."

그녀는 문 쪽으로 걸어가고 있었다. 그때 그가 공허한 목소리로 말했다.

"아니오!"

그녀는 걸음을 멈추고는 그를 유심히 쳐다보았다. 그의 얼굴은 노래진 데다 표정도 멍한 것이, 꼭 얼빠진 백치 같았다.

"의사를 데려오지 않아도 된다는 말씀이신가요?"

"그렇소! 의사는 필요 없소." 무덤 속에서 들리는 듯한 목소리였다.

"아, 네. 하지만 클리퍼드 경, 경께서는 지금 편찮으신데, 아무래도 저 혼자서는 책임질 수가 없습니다. 의사를 불러야만 합니다. 그러잖으면 모든 책임이 제게 지워질 겁니다."

잠시 아무 말이 없었다. 그러더니 공허한 목소리가 들려왔다.

"난 아프지 않소. ……아내가 돌아오지 않겠다고 하는군." 마치 유령이 말하는 듯했다.

"돌아오시지 않는다고요? 부인께서 말씀입니까?" 볼턴 부인은 침대로 좀 더 가까이 다가서며 말했다. "아이고, 그런 건 믿지 마십시오. 부인께서는 꼭 돌아오실 테니 안심하세요."

침대에 앉아 있는 유령의 표정은 달라지지 않았다. 그 대신 편지 한 장을 이불 위로 내밀었다.

"읽어보시오!" 무덤 속에서 들리는 듯한 목소리가 말했다.

"어머, 부인께서 보내신 편지인가 보군요. 그렇다면 틀림없이 부인께서는 제가 읽어드리는 걸 좋아하지 않으실 겁니다, 클리퍼드 경. 다만 경께서 원하신다면, 부인께서 뭐라고 하셨는지 저에게 말씀해 주시는 거야 괜찮겠지요."

"읽어보라고 했소!" 그 목소리는 반복해서 말했다.

"그럼 읽어야 된다고 하시니까, 분부를 따르기 위해서 읽긴 하겠습니다, 클리퍼드 경." 그녀는 말했다.

그러고는 편지를 읽었다.

"글쎄요, 부인께서 이러시다니 놀라지 않을 수 없군요." 그녀가 말했다. "돌아오겠다고 그토록 철석같이 약속을 하셔놓고!"

침대에 앉아 있는 얼굴에는 사납게 날뛰는 듯하면서도 전혀 움직임 없는 정신착란의 표정이 점점 심해지는 듯했다. 볼턴 부인은 그것을 바라보면서 걱정스러워졌다. 그녀는 자기 앞에서 지금 무슨 일이 일어나는지 잘 알고 있었다. 그것은 남성 히스테리였다. 과거에 군인들을 간호하면서 그녀는 이 불쾌하기 짝이 없는 질환을 어느 정도 겪어 알고 있던 터였다.

그녀는 클리퍼드 경에 대해 좀 짜증이 났다. 제정신을 지닌 남자라면, 자기 아내가 누군가 다른 사람을 사랑하고 있으며, 자기 곁을 떠나갈 거라는 사실을 진작 눈치챘을 게 틀림없었다. 사실 클리퍼드 경조차, 내심으로는 분명히 모두 알고 있었을 것이다. 다만 스스로에게 인정하려 들지 않았던 것이다. 그녀는 그렇게 확신했다. 그가 그걸 인정하고 그에 대비했더라면, 아니면 그걸 인정하고 그에 맞서 적극적으로 아내와 투쟁했더라면, 그랬다면 그것은 남자다운 행동이었을 터이다. 그러나 아니었다! 그는 그걸 알고 있으면서도, 그동안 내내 그렇지 않다고 스스로를 속이려고 애쓸 따름이었다. 그는 악마가 그의 꼬리를 비틀면서 괴롭히고 있다는 것을 느끼면서도, 천사가 그에게 미소 짓고 있다고 자신을 속였다. 바로 이런 허위 상태로 인해 마침내 허위와 착란과 히스테리라는 이 위기, 즉 정신이상의 한 형태인 이 위기 상태가 닥치고 만 것이다. '이런 발작이 일어나는 것은,' 그에 대해 약간 증오를 느끼면서 그녀는 속으로 생각했다. '바로 그가 늘 자신에 대해서만 생각하기 때문이야. 그는 자신의 불멸의 자아라는 것에만 너무 몰입해서, 충격을 받게 되자 마치 자기 몸을 감고 있는 붕대에 뒤엉킨 미라 같은 꼴이 되고 만 거야. 저 꼴을 한번 보라고!'

그러나 히스테리는 위험했다. 게다가 그녀는 간호사였으므로, 그 상태에서 그를 끌어내는 것이 그녀의 의무였다. 그의 남자다움이나 자존심을 일깨우려고 애쓰는 것은 뭐든지 오히려 상태를 더 악화시키기만 할 것이다. 왜냐하면 그의 남자다움은 지금, 비록 최종적으로는 아니더라도, 일시적으로 죽어 있었기 때문이다. 그는 그저 점점 더 연하게 물러져서 벌레처럼 꿈틀거리기만 하다가, 착란상태에 더욱 깊이 빠져들고 말 것이다.

유일한 방법은 그를 자기 연민에 마음껏 젖어들도록 하는 것이었다. 테니슨[71]의 시에 나오는 여인처럼, 그는 눈물을 흘리며 슬피 울어대든지 아니면 죽든지 해야 하는 상태였다.

그래서 볼턴 부인은 자기가 먼저 울기 시작했다. 그녀는 얼굴을 손에 파묻고는, 갑자기 격하게 흐느끼며 작은 소리로 울어대기 시작했다. "부인께서 그러실 줄은 정말 몰랐는데, 정말 믿을 수가 없군요. 정말로 말이에요!" 갑자기 온갖 묵은 슬픔과 고뇌를 다 떠올리면서, 그리고 비통한 분노에서 터져 나온 눈물을 흘리면서, 그녀는 슬피 울었다. 일단 눈물보를 터뜨리고 나자, 그녀의 울음은 진심에서 우러나오는 것이 되었다. 왜냐하면 그녀 자신이 바로 한 맺힌 슬픔을 가슴에 품고 살아왔기 때문이다.

클리퍼드는 자신이 여자한테, 그것도 코나라는 여자한테 배반을 당한 방식에 대해 생각하고 있었는데, 곧 슬픔에 전염되어, 눈물이 그의 눈에 가득 솟아 고이더니 뺨을 타고 흘러내리기 시작했다. 그는 자신을 위해 울고 있었다. 볼턴 부인은, 눈물이 그의 멍한 얼굴 위로 흘러내리는 것을 보자마자, 재빨리 자신의 젖은 뺨을 손수건으로 닦았다. 그러고는 그에게 몸을 구부렸다.

"자, 너무 상심하지 마세요, 클리퍼드 경!" 그녀는 있는 대로 한껏 감정을 담아서 말했다. "자, 너무 상심하지 마세요. 진정하세요. 그러시면 경께 해롭기만 할 거예요!"

말없이 흐느끼면서 숨을 들이쉬다가 그의 몸은 갑자기 한

---

71) 앨프리드 테니슨(Alfred Tennyson, 1809~1892). 영국의 빅토리아 시대를 대표하는 시인.

번 부르르 몸서리를 쳤다. 그러고 나자 눈물이 더 빨리 얼굴을 타고 흘러내렸다. 그녀는 손을 그의 팔에 얹었는데, 그녀 자신도 눈물이 다시금 흘러나오기 시작했다. 다시 한번 몸서리가 경련처럼 그의 몸을 뒤흔들며 지나갔고, 그러자 그녀는 팔로 그의 어깨를 감쌌다. "자, 자! 자, 자! 이제 그만 상심하세요! 그만요! 너무 상심하지 마세요!" 그녀는 신음하듯 그에게 말했다. 그녀도 여전히 눈물을 흘리고 있었다. 그녀는 그를 자기에게로 끌어당겼다. 그러고는 두 팔로 그의 커다란 어깨를 감싸 안았다. 그러자 그는 얼굴을 그녀의 가슴에 파묻은 채, 떡 벌어진 어깨를 흔들어대고 들썩이면서 흐느껴 울었고, 그 동안 그녀는 그의 거무스름한 금발 머리를 부드럽게 쓰다듬 어주면서 말했다. "자! 자! 자! 이제 그만요! 그만 진정하세요! 마음 쓸 것 하나도 없어요! 자, 전혀 마음 쓸 것 없어요!"

그러자 그는 두 팔로 그녀를 끌어안고는 마치 어린아이처럼 매달린 채, 그녀의 풀 먹인 하얀 앞치마 가슴받이와 담청색 무명옷의 가슴 자락을 눈물로 적셨다. 그는 드디어, 완전히 자신을 풀어 내맡긴 것이다.

그래서 결국 그녀는 그에게 입까지 맞춰주고, 그를 품에 안아 흔들며 달래주었는데, 그러면서 마음속으로 혼자 이렇게 말했다. '오, 클리퍼드 경이여! 오, 거만하기 짝이 없는 채털리 가문이여! 당신네들이 이런 꼴로 전락하고 말다니!' 그는 마침내 그대로 어린아이처럼 잠들어 버리고 말았다. 그러자 그녀는 녹초가 되어 방으로 돌아갔는데, 거기서 그녀는 울다가 웃다가 하면서 히스테리에 빠졌다. 정말 우스운 일이다! 정말 끔찍한 일이다! 이토록 전락하고 말다니! 이토록 수치스럽게 말이다! 게다가 이건 참말이지 황당하기 짝이 없는 일이기도 했다.

이 일이 있은 뒤로, 클리퍼드는 볼턴 부인과 있으면 정말 어린아이처럼 되고 말았다. 그는 그녀의 손을 잡거나 그녀의 가슴에다 머리를 기대거나 하곤 했으며, 그녀가 한번은 가볍게 입을 맞춰주자, "그래! 키스해 줘! 어서 키스해 줘!" 하고 말하기까지 했다. 그리고 그녀가 살결이 희고 커다란 그의 몸을 스펀지로 닦아줄 때도, 그는 역시 "키스 좀 해줘!" 하고 똑같은 말을 하는 것이었다. 그러면 그녀는 반 장난삼아, 그의 몸 어디에든 가볍게 입을 맞춰주곤 했다. 그러면 그는 어린아이처럼, 기묘하고 멍청한 얼굴에 어린아이같이 놀라워하는 표정을 띤 채, 가만히 누워 있었다. 그러고는 눈을 크게 뜨고 어린아이 같은 시선으로 그녀를 빤히 바라보면서, 성모 마리아라도 숭배하는 것처럼 마음을 풀어놓았다. 그것은 곧 완전한 안심과도 같은 것으로, 그 상태에서 그는 어른스러움이나 남자다움을 모두 잃어버리고는 어린아이 같은, 정말 도착적인 상태로 빠져들었다. 그러다가 그는 손을 그녀의 가슴속으로 집어넣어 그녀의 유방을 만져보고, 또 거기다 입도 맞추면서 환희에 젖어들곤 했는데, 그것은 도착된 환희, 즉 어른이면서 어린아이가 된 것에 대한 환희였다.

볼턴 부인은 짜릿한 쾌감과 수치심을 동시에 느꼈다. 그녀는 그것이 좋기도 하고 싫기도 했던 것이다. 하지만 그녀는 결코 그를 거절하거나 비난하지 않았다. 그리하여 두 사람은 육체적으로 점점 가깝고 친밀한 사이가 되었는데, 도착적으로 친밀한 이 관계에서 클리퍼드는 어린아이가 되어 솔직함과 놀라움에 사로잡힌 표정을 마냥 드러내었으며, 그 모습은 거의 종교적으로 고양된 경지처럼 보였다. 그것은 말하자면 '너희가 돌이켜 어린아이와 같이 되지 아니하면'[72]이라는 말을 도착적인 동시에 글자 그대로 연출해 낸 모습이었다. 그 반면에 볼턴 부인은 힘과 능력이 넘치는 '위대한 어머니'[73] 같은 존재가 되어, 그 커다랗고 살결 하얀 어른아이를 자신의 의지와 어루만지는 손길 아래 완전히 장악하고 있었다.

묘한 것은——클리퍼드가 지난 몇 년 동안 그렇게 되어가고 있었고 이제 드디어 되고 만——이 어른아이로서의 존재가 그 이전에 진짜 어른이었던 클리퍼드보다도 오히려 훨씬 더 날카롭고 명민하다는 점이었다. 이 도착된 어른아이는 이제 진짜 사업가가 되었는데, 사업 문제에 관한 한 그는 완전히 사내다운 사내로서, 송곳처럼 날카롭고 강철판처럼 단단하고 냉정했다. 밖에서 사람들 사이에 섞여, 자신의 목적을 추구하고 탄광 작업장을 '개선'시키는 일을 할 때, 그는 무서울 정도로 빈틈없고 냉혹하며 가차 없이 날카롭게 공격하는 사람이었다. 그것은 마치 '위대한 어머니'에게 복종하고 몸을 바친 대가로, 그에게 물질적인 사업상의 문제에 대한 통찰력이 주어지고, 어떤 놀라운 비인간적 힘이 생겨나기라도 한 것 같았다. 내밀한

---

72) 「마태복음」 18장 3절.
73) 마그나 마테르(Magna Mater). 로마신화에서 농작물의 재생산을 가능하게 하는 여신.

사적 감정에 탐닉하고 자신의 남자다운 자아를 완전히 바닥에 던져버린 결과, 그에게는 제2의 천성이, 즉 냉정하고 거의 투시력을 지닌 듯하며 사업적 총기가 뛰어난 천성이 새로 생겨난 듯했다. 사업에 있어서 그는 완전히 비인간적이었다.

그리고 이 점에 대해 볼턴 부인은 의기양양해하며 기뻐했다. "그가 얼마나 잘 해나가고 있는지 좀 봐!" 그녀는 자랑스럽게 혼자 중얼거렸다. "그런데 그게 다 내가 한 일이라고! 정말이지, 채털리 부인하고 있었더라면 그는 결코 이렇게 해낼 수 없었을 거야. 그녀는 남자를 앞으로 나가게 밀어주는 여자가 아니었어. 그녀는 자기 자신을 위해 원하는 것이 너무 많았거든……."

하지만 동시에, 여성으로서의 기묘한 영혼 어딘가 한구석에서, 그녀는 그 얼마나 그를 경멸하고 증오했던가! 그녀에게 그는 쓰러진 야수 내지는 벌레처럼 꿈틀거리는 괴물에 불과했다. 힘이 닿는 한 그를 거들어주고 부추겨주긴 했지만, 다른 한편으로 오래되고 건강한 그녀의 여성성 저 안의 아주 멀리 떨어진 구석에서 그녀는 가차 없는 경멸감으로 한없이 그를 멸시했다. 세상에서 가장 보잘것없는 놈팡이도 그보다는 나을 것이다.

코니와 관련해 그의 행동은 좀 묘했다. 그는 그녀를 다시 한번 만나보겠다고 고집했다. 더욱이, 그녀가 라그비로 만나러 올 것을 고집했다. 이 점에서 그는 최종적이고 절대적으로 확고한 입장이었다. 떠날 때 코니는 라그비에 돌아오겠노라고 약속을, 그것도 굳게 하지 않았느냐는 것이다.

"하지만 그게 무슨 소용이 있을까요?" 볼턴 부인이 물었다. "그냥 그녀를 놓아주고 청산해 버리실 수는 없나요?"

"안 돼! 그녀는 돌아오겠다고 말했고, 그러니 일단 돌아와야 해."

볼턴 부인은 더 이상 그의 말에 반대하지 않았다. 그녀는 자신이 어떤 존재를 상대하고 있는지 잘 알고 있었다.

"당신의 편지가 나한테 어떤 영향을 끼쳤는지에 대해서는 당신한테 말할 필요가 없을 거요." 그는 런던에 있는 코니에게 편지를 썼다. "그건 아마 당신이 마음만 먹으면 쉽게 상상이 갈 테니까 말이오. 물론 당신은 분명 나를 위해 당신의 상상력을 움직여 볼 수고조차 하지 않겠지.

나는 오직 한 가지 것만 대답으로 말할 수 있는데, 그건 내가 뭘 어떻게 하기 전에 먼저 당신을 직접, 여기 라그비에서, 만나봐야만 하겠다는 것이오. 당신은 라그비로 돌아오겠다고 굳게 약속을 하고 떠났고, 난 당신이 그 약속을 지켜야 한다고 주장하는 바이오. 당신이 일단 직접 이곳으로 와 정상적인 상황하에서 날 만나보기 전까지는 난 아무것도 믿지 않을 것이며 어떤 것도 이해하려 들지 않을 거요. 말할 필요도 없겠지만, 이곳의 어느 누구도 아무런 낌새도 눈치채지 못하고 있으니, 당신이 돌아오는 것은 아주 당연하게 여겨질 것이오. 그런 다음 이 문제에 대해 우리 둘이 이야기를 나눠볼 것이고, 그러고 나서도 여전히 마음이 바뀌지 않는다고 당신이 느낀다면, 그땐 틀림없이 어떻게든 결말을 지을 수 있을 거요."

코니는 이 편지를 멜러즈에게 보여줬다.

"그는 당신에게 복수를 하고 싶은 거로군." 편지를 돌려주면서 그가 말했다.

코니는 잠자코 있었다. 그녀는 자신이 클리퍼드를 두려워하고 있다는 것을 깨닫고는 좀 놀랐다. 그에게 가까이 가는 것이 두려웠다. 그가 마치 사악하고 위험한 존재라도 되는 것처럼 두려웠다.

"어떻게 할까요?" 그녀는 말했다.

"아무것도 할 필요 없소. 당신이 아무것도 하고 싶지 않다면 말이오."

그녀는 답장을 썼는데, 클리퍼드에게 그의 요구를 포기하게끔 해보려는 내용이었다. 그가 답장을 보냈다. "당신이 이번에 라그비로 돌아오지 않는다면, 나는 당신이 어느 날엔가는 돌아올 것으로 간주하고, 그에 따라 행동할 것이오. 난 그저 전과 똑같이 살아가면서, 당신이 여기로 돌아오기를 기다릴 것이오. 설령 오십 년을 기다린다 할지라도."

그녀는 무서워졌다. 이것은 음험한 종류의 협박이었다. 그녀는 그의 말이 진정이라는 것을 믿어 의심치 않았다. 그는 그녀와 이혼해 주지 않을 것이며, 아기가 사생아라는 것을 확증할 어떤 방도를 찾아내지 못하는 한, 아이는 그의 자식이 되고 말 것이다.

한동안 걱정과 번민을 한 끝에, 그녀는 라그비에 가기로 결심했다. 힐더가 함께 가줄 것이다. 그녀는 이런 뜻을 클리퍼드에게 편지로 써 보냈다. 그의 답장이 왔다. "당신 언니를 환영하며 맞이할 마음은 없지만, 그녀에게 문을 안 열어주지는 않겠소. 내 믿건대, 그녀는 의무와 책임을 저버리는 당신의 행동을 그동안 묵인해 주었음에 틀림없소. 그러니 내가 반가운 얼굴로 그녀를 맞이하리라고는 기대하지 마오."

그들은 라그비로 갔다. 그들이 도착했을 때 클리퍼드는 밖에 나가고 없었다. 볼턴 부인이 그들을 맞이해 주었다.

"아, 부인, 이건 저희가 바라던 행복한 귀가가 아닌 것 같군요, 그렇죠!" 그녀는 말했다.

"그런가요?"

그러니까 이 여자는 알고 있는 것이다! 그렇다면 나머지 하인들은 얼마나 알고 있고 또 얼마나 눈치를 채고 있을까?

코니는 집 안으로 들어갔다. 이제 그녀가 온몸과 온 마음으로 증오하는 집이었다. 무질서하게 내뻗친, 거대한 돌덩어리 같은 이 건물은 그녀에게 사악한 곳으로 여겨졌으며, 그녀를 내리누르듯 위협하고 있었다. 그녀는 더 이상 이 집의 안주인이 아니었다. 오히려 이 집에 희생당한 자였다.

"난 도저히 여기 오래 있을 수가 없겠어." 공포에 질린 얼굴로 그녀는 힐더에게 속삭였다.

그리고 그녀는 자신의 침실로 가서 아무 일도 일어나지 않은 것처럼 방을 다시 차지하고 고통스럽게 앉아 있어야 했다. 라그비 저택 안에서의 매 순간이 그녀에게는 증오스러웠다.

그들이 클리퍼드를 만난 것은 저녁 식사를 하러 내려갔을 때였다. 그는 정장 차림에다 검은 넥타이를 매고 있었는데, 좀 점잖게 자제하면서, 훌륭한 신사 티를 한껏 풍기고 있었다. 식사하는 동안 그는 완벽할 정도로 정중하게 행동했으며, 대화도 품위 있고 정중하게 진행되도록 했다. 하지만 그 모든 것에는 광기가 보이지 않게 스며 있는 듯했다.

"하인들은 어느 정도나 알고 있는 거죠?" 시중드는 여자가 방에서 나갔을 때 코니가 물었다.

"당신의 의도를 말이야? 아무것도 몰라."

"볼턴 부인은 알고 있던데요."

그의 안색이 달라졌다.

"볼턴 부인은 엄밀히 말해 하인이 아냐." 그는 말했다.

"아, 어쨌든 말이에요."

커피가 나온 뒤에도 긴장은 계속되었다. 그러자 힐더는 자기 방으로 올라가겠다고 말했다.

힐더가 가고 나서도 클리퍼드와 코니는 말없이 앉아 있었다. 어느 쪽도 먼저 이야기를 시작하려고 하지 않았다. 코니는 그가 감상적으로 흐르지 않고 있어서 속으로 아주 기뻤으며, 그로 하여금 가능한 한 거만한 태도를 취하게끔 했다. 그녀는 그저 말없이 두 손을 내려다보면서 앉아 있기만 했다.

"자신이 한 말을 어기고 저버린 것에 대해 당신은 조금도 꺼림칙해하지 않는 것처럼 보이는군." 그가 마침내 말했다.

"어쩔 수가 없네요." 그녀는 중얼거리듯 말했다.

"어쩔 수 없다니, 아니, 당신 말고 어쩔 수 있는 사람이 누가 있다는 거지?"

"아무도 없겠죠."

그는 묘하고 냉혹한 분노의 시선으로 그녀를 바라보았다. 그는 그녀에게 익숙해져 있었다. 그녀는, 말하자면 그의 의지

속에 새겨져 박힌 존재였다. 그런데 그녀가 감히 지금 그를 저버리고, 그의 일상생활의 짜임새를 파괴하려고 하다니, 어떻게 그럴 수가 있단 말인가? 그녀가 감히 그의 존재를 이렇게 교란시키려고 하다니, 어떻게 그럴 수 있단 말인가?

"대체 무엇 때문에 당신은 그 모든 것을 저버리려 하는 거지?" 그는 고집스럽게 물었다.

"사랑 때문이에요!" 그녀가 말했다. 진부하게 나가는 것이 최선의 방법이었다.

"덩컨 포브스에 대한 사랑 말인가? 하지만 당신이 나를 만났을 당시에는, 그를 그럴 만한 인물이 못 되는 것으로 생각했었잖아. 그런데 이제 인생의 다른 어떤 것보다도 그를 더 사랑하고 있다고 말하는 건가?"

"사람이란 변하는 법이에요." 그녀는 말했다.

"그럴 수도 있겠지! 당신 마음이 변덕스럽게 달라졌을 수도 있겠지. 하지만 여전히 나는 당신의 그 심경 변화가 진정이라는 확신이 들지 않아. 당신이 덩컨 포브스를 사랑한다는 걸 난 도무지 믿을 수가 없단 말이야."

"하지만 당신이 왜 꼭 그걸 믿어야만 하는 거죠?—당신은 그저 나와 이혼만 해주면 되는 건데 말이에요. 내 감정이 정말인지 믿어야 할 것까지는 없잖아요."

"그렇담 왜 내가 당신과 이혼을 해야만 하는 거지?"

"그건 내가 더 이상 이곳에서 살고 싶지 않기 때문이죠. 당신도 사실 나를 필요로 하지 않고요."

"천만에! 나는 달라지지 않았어. 나로 말하자면, 당신이 내

아내인 이상, 당연히 당신이 내 집 지붕 아래서 조용히 품위 있게 머물러 살아가기를 바라는 마음이야. 개인적인 감정은 접어두고라도, 물론 단언하건대 나로서는 그게 굉장히 많은 것을 접어두는 셈이지만, 어쨌든 여기 이곳 라그비에서의 이 질서 있는 생활이 깨지고, 점잖게 돌아가는 일상생활이 박살 난다는 것은, 그것도 단지 당신의 변덕 때문에 그렇게 된다는 것은, 나한테 죽음만큼이나 쓰라린 일이야."

한동안 말없이 가만히 있다가 그녀는 말했다.

"난 어쩔 수 없어요. 당신을 떠나야만 해요. 아이를 가졌거 든요."

그도 역시 한동안 말없이 가만히 있었다.

"그러니까, 당신이 날 떠나겠다는 것은 바로 그 아이 때문이란 말인가?" 그가 마침내 물었다.

그녀는 고개를 끄덕였다.

"왜 그렇지? 덩컨 포브스의 제 새끼에 대한 애정이 그토록 대단하기라도 한가?"

"당신보다는 분명 대단할 거예요." 그녀가 대답했다.

"과연 그럴까? 난 내 아내를 원하고 있고, 또 아내를 떠나보 내야 할 만한 이유도 전혀 없어. 아내가 내 집에서 아이를 낳고 싶다면, 난 기꺼이 환영하는 바이고 또 아이도 기꺼이 받아들일 거야. 점잖고 질서 있는 생활이 유지되기만 한다면 말이야. 그런데 당신은 지금, 나보다 덩컨 포브스에게 당신을 지배할 권리가 더 많다고 말하는 거야? 난 인정 못 해."

침묵이 흘렀다.

"하지만 당신 정말 모르겠어요?" 코니가 말했다. "난 당신을 떠나야만 하며, 사랑하는 남자와 함께 살아야만 한다는 걸 말이에요?"

"그래, 난 모르겠어! 당신의 사랑이니, 당신이 사랑하는 사내니 하는 따위에 대해서 난 조금도 관심 없어. 그따위 헛소리를 난 믿지 않아."

"하지만 보다시피, 난 믿는걸요."

"그러서? 이보시오, 부인, 내 단언하건대, 당신이란 사람은 너무나 총명해서 덩컨 포스브에 대한 사랑 따위는 믿지 못할 사람이야. 내 장담하건대, 지금 이 순간조차 당신은 사실 나에 대해 더 마음을 많이 쓰고 있다고. 그러니 어째서 내가 그따위 허튼소리에 넘어가야 하느냐, 이 말씀이야!"

그녀는 그 점에 있어서 그의 말이 맞다고 느꼈다. 그러자 더이상 침묵을 지킬 수 없게 되었다.

"어째서냐고요? 그건 바로 덩컨은 내가 정말로 사랑하는 사람이 아니기 때문이에요." 그녀는 그를 쳐다보면서 말했다. "덩컨이라고 한 것은 그저 당신의 감정을 상하게 하고 싶지 않아서였을 뿐이라고요."

"내 감정을 상하게 하고 싶지 않아서였다고?"

"그래요! 왜냐하면 내가 정말로 사랑하는 사람은——당신이 이 사실 때문에 날 증오하게 될 테지만——바로 멜러즈 씨, 즉 이곳의 사냥터지기였던 사람이니까요."

의자에서 뛰어오를 수만 있었다면 그는 그렇게 하고도 남았을 것이다. 그의 얼굴은 노래졌고, 두 눈은 끔찍한 재난이라도 당한 듯 놀라 튀어나온 채 그녀를 빤히 노려보았다.

그러다가 그는 의자에 몸을 던지듯 풀썩 기대고는, 숨을 가쁘게 쉬면서 천장을 올려다보았다.

마침내 그가 몸을 다시 세워 앉았다.

"당신 지금 진실을 말하고 있는 것 맞아?" 그는 무섭게 일그러진 얼굴로 물었다.

"그래요! 당신도 알다시피요."

"그렇다면 언제부터 그와 만나기 시작했지?"

"봄부터요."

그는 덫에 걸린 짐승처럼 말없이 가만히 있었다.

"그렇다면 사냥터지기의 집 침실에 있던 사람이 정말로 당신이었군?"

그러니까 사실 그는 내심으로 줄곧 알고 있었던 것이다.

"그래요!"

그는 여전히 몸을 앞으로 기울인 채, 궁지에 몰린 짐승처럼 그녀를 빤히 바라보면서 의자에 앉아 있었다.

"맙소사, 당신 같은 여잔 이 지상에서 싹 쓸어 없애버려야 해!"

"어째서요?" 그녀는 희미하게 외치듯 물었다.

그러나 그는 듣지 못한 것 같았다.

"그 인간쓰레기 같은 자식! 그 오만불손한 촌뜨기 자식! 그 천박한 불상놈! 바로 그런 놈과 내내 놀아났다고! 당신이 여기 있으면서 그놈이 내 하인 노릇을 하고 있는 동안에 말이야! 아이고, 하나님 맙소사, 여자들의 짐승 같은 추잡스러움이란 도대체 한도 끝도 없단 말인가!"

그는 분노로 제정신이 아니었고, 이는 그녀가 예상한 대로였다.

"그러니까 당신은 지금 그런 불상놈의 자식을 낳고 싶다 이말이야?"

"그래요! 낳게 될 거예요."

"낳게 될 거라고! 그러니까 임신이 확실하다, 이 말이군! 그래, 언제부터 확실히 알게 되었지?"

"6월부터요."

그는 말문이 막힌 듯했다. 그러자 그 기묘하게 멍청한, 어린아이 같은 표정이 그의 얼굴에 다시 떠올랐다.

"도대체 그런 인간들이 세상에 태어나도록 허락되다니," 그가 마침내 말했다. "정말 놀라울 뿐이군."

"어떤 인간들 말이죠?" 그녀가 물었다.

그는 기괴한 표정으로 그녀를 바라보기만 할 뿐, 대답하지 않았다. 그 자신의 삶과 연관되어, 멜러즈라는 인간이 존재한다는 사실조차 그가 받아들일 수 없다는 것은 명백했다. 그것은 절대적이고 형언할 수 없는, 그리고 어찌할 수 없는 증오였다.

"그러니까 당신은 지금 그놈과 결혼하겠다, 이 말이지? 그래서 그놈의 더러운 성씨를 이름으로 달고 다니겠다, 이거지?" 그가 이윽고 입을 열어 물었다.

"그래요, 그게 바로 내가 원하는 거예요."

그는 다시금 기가 막힌 듯한 표정이 되었다.

"그래!" 그가 마침내 말했다. "이건 바로 당신에 대한 내 생각이 옳다는 사실을 증명해 주는 거야. 나는 늘, 당신이 정상이 아니며, 제정신이 아닌 상태라고 생각해 왔지. 당신은 바로, 그 반미치광이인 변태적인 여자들 가운데 하나로, 소위 **진흙탕을 향한 동경**[74])에 사로잡혀 타락을 쫓아다니지 않고는 못 배기는 존재야."

갑자기 그는 거의 간절할 정도로 도덕적인 태도를 취하더니, 자신을 선의 화신으로, 멜러즈와 코니 같은 사람들은 진흙탕과 악의 화신으로 여겼다. 그는 어떤 후광 같은 것에 싸여 흐리멍덩해지는 듯했다.

"자 그러니, 이제 당신은 나와 이혼하고 끝내버리는 것이 낫겠다는 생각이 들지 않아요?" 그녀가 물었다.

"천만에! 당신이야 가고 싶은 곳으로 가도 되지만, 이혼만은 해줄 수 없어." 그는 멍청이 같은 표정으로 말했다.

"왜요?"

그는 말없이, 멍청이처럼 완고한 침묵을 지켰다.

"그렇담 당신은 태어날 아이가 당신의 법적 자식이자 상속자가 되는 것까지 받아들일 셈인가요?" 그녀가 물었다.

"아이는 어찌되든 상관없어."

"하지만 만약 사내아이가 태어난다면 그 아이는 법적으로 당신의 아들이 될 거고, 그럼 당신의 작위를 물려받고 라그비

---

74) nostalgie de la boue. 저급한 계층의 문화, 경험, 타락에 매력을 느끼는 현상을 가리키는 프랑스어.

를 상속받게 될 텐데요."

"그런 것은 어찌되든 난 상관없어." 그는 대답했다.

"하지만 당신은 상관해야만 해요! 할 수만 있다면 난 이 아이가 법적으로 당신 자식이 되지 못하게 할 거예요. 당신 자식이 되게 하느니 차라리 사생아로 만들어 내 자식으로 삼고 말겠어요. 멜러즈, 그이의 자식으로 삼을 수가 없다면 말예요."

"마음대로 해."

그는 요지부동이었다.

"그래, 나와 이혼해 주지 않을 건가요?" 그녀는 말했다. "덩컨을 핑계로 삼으면 되잖아요! 진짜 이름을 댈 필요는 없을 테니까요. 덩컨도 괜찮다고 했어요."

"난 결코 당신과 이혼 안 해." 못이라도 박듯이 그는 단호하게 말했다.

"하지만 왜죠? 당신이 그래주기를 내가 원하기 때문인가요?"

"난 마음 내키는 대로 행동하는데, 그럴 마음이 내키지 않기 때문이야."

아무 소용이 없었다. 그녀는 위층으로 올라가서 힐더에게 결과를 이야기했다.

"내일 바로 떠나자." 힐더가 말했다. "그래서 그가 제정신으로 돌아오길 기다려보는 게 좋겠다."

그리하여 코니는 그날 밤의 반을 바쳐, 정말로 그녀 자신의 것이라 할 수 있는 소지품과 물건들을 싸서 짐을 꾸렸다. 아침이 되자 그녀는, 클리퍼드에게 아무 말도 하지 않고, 짐 가방들을 기차역으로 보냈다. 그녀는 그저 점심 전쯤에 그를 만나,

작별 인사나 하고 가기로 결심했다.

그러나 볼턴 부인에게는 이야기를 했다.

"당신에게 작별 인사를 해야겠군요, 볼턴 부인. 이유는 당신도 알고 있겠죠. 하지만 당신이 그걸 떠벌리진 않으리라고 믿어요."

"아, 그럼요. 믿으셔도 됩니다, 부인. 물론 이렇게 떠나시다니 저희들에겐 정말로 슬픈 충격이 아닐 수 없군요. 하지만 부인께서 그 다른 신사분과 행복하게 사시길 빌겠습니다."

"다른 신사분이라니요! 그 사람은 바로 멜러즈 씨예요. 그리고 난 그를 좋아해요. 클리퍼드 경도 알고 있어요. 하지만 어느 누구한테도 말하지 말아줘요. 그리고 앞으로 어느 날인가 당신 생각에 클리퍼드 경이 나와 기꺼이 이혼해 줄 것처럼 보이면, 나한테 좀 알려줄래요? 좋아하는 사람과 정식으로 결혼을 하고 싶으니까 말이에요."

"당연히 그러시겠지요, 부인! 아, 절 믿으세요. 전 클리퍼드 경을 충실히 섬기고, 또 부인께도 신의를 지킬 겁니다. 왜냐하면 두 분 다 나름대로 옳다는 걸 저는 알 수 있으니까요."

"고마워요! 그런데 보세요! 이걸 당신에게 주고 싶은데, 괜찮겠지요?"

그렇게 하여 코니는 다시금 라그비를 떠났고, 힐더와 함께 스코틀랜드로 갔다.

멜러즈는 시골로 가서 어느 농장에 일자리를 얻었다. 그의 생각은 이러했다. 즉 코니가 이혼 합의를 얻어내든 말든, 그는 일단 자기라도 가능한 한 이혼을 할 것이다. 그리고 여섯 달

동안 농장 일을 하며 지낼 터인데, 그렇게 모은 돈으로 나중에 코니와 함께 그들 소유의 자그만 농장을 하나 마련해 전력을 다해 경영할 수 있을 것이다. 왜냐하면 그는, 비록 힘든 일이라 하더라도 뭔가 하는 일이 있어야만 하며, 또 설령 코니의 자본으로 일을 시작한다 할지라도, 스스로 자신의 생계를 꾸려나갈 수 있어야만 할 것이기 때문이다.

그리하여 두 사람은 기다려야만 했는데, 봄으로 접어들고, 아기가 태어나고, 또 초여름이 다시 돌아올 때까지도 계속 그래야 할 터였다.

"올드 히너의 그레인지 농장에서, 9월 29일.

어찌 좀 손을 써서 나는 이곳에서 일을 할 수 있게 되었다오. 이 농장을 소유한 회사의 기술자인 리처즈를 전에 군대에서 알았기 때문이오. 이곳은 '버틀러와 스미섬' 탄광 회사 소유의 농장인데, 탄광 작업용 조랑말들에게 먹일 건초와 귀리를 재배하기 위해 운영되고 있는 곳으로, 사영 농장이 아니라오. 하지만 소와 돼지들을 비롯해 그 밖의 모든 것들이 다 갖춰져 있고, 난 일꾼으로서 주당 30실링을 받고 있소. 농장장인 롤리는 할 수 있는 한 많은 일을 시켜서, 지금부터 내년 부활절까지 내가 가능한 한 많은 일을 배울 수 있도록 해주고 있다오. 버사에 대해서는 그간 아무 소식도 듣지 못했소. 그 여자가 왜 이혼 재판정에 나타나지 않았는지, 지금 어디에 있는지, 그리고 지금 무슨 꿍꿍이속으로 있는지, 난 전혀 아는 바가 없다오. 하지만 내가 3월까지만 조용히 죽어지내면, 그녀에게서 자유로워질 수 있으리라고 생각하오. 당신도 클리퍼드 경에 대해서 신경 쓰지 마시오. 그는 가까운 시일 내에 당신을 떼어버리고 싶은 마음이 들 거요. 지금 그가 당신을 그냥 내버려 두고 있다면, 그걸로도 이미 상당한 의미가 있는 것이오.

나는 엔진 연립 주택가의 약간 낡은 집 한곳에 방을 얻어 살고 있는데, 제법 괜찮은 곳이오. 주인 남자는 하이 파크의 기관차 운전수로, 키가 크고 턱수염이 있는 아주 독실한 비국교도라오. 주인 여자는 아직도 소녀 흉내를 내는, 고상한 것이라면 뭐든지 다 좋아하는 여자라오. 그래서 난 늘 표준어만 쓰고 '실례지만!'이라는 말을 연발하면서 한껏 고상을 떨고 있지. 하지만 이들 부부는 전쟁 중에 외아들을 잃고는, 그로 인해 가슴에 구멍이 난 듯 허전해하는 사람들이라오. 껑충하니 좀 얼뜨기 소녀 같은 딸이 하나 있어 학교 선생이 되기 위해 공부하고 있는데, 내가 이따금씩 그녀의 공부를 도와주기도 하는지라, 나는 그들과 가족이나 다름없이 지내고 있다오. 하지만 그들은 아주 점잖은 사람들로, 더할 나위 없이 친절하게 날 대해주고 있소. 추측건대 아마 내가 당신보다 오히려 더 편히 대접을 받으며 잘 지내고 있는 셈일 거요.

농장 일은 그런대로 마음에 든다오. 신이 날 정도는 아니지만, 사실 뭐 신이 나기를 바라지도 않소. 말을 다루는 일이야 이미 익숙해져 있는 바인데, 젖소들도, 비록 아주 여성스러운 가축들이긴 하지만, 내 마음을 진정시켜 주는 역할을 하

고 있다오. 젖소 옆구리에 머리를 대고서 앉아 있노라면, 마음
이 아주 누그러지는 느낌이오. 헤리퍼드 종(種)[75]인 제법 좋
은 젖소가 여섯 마리나 있다오. 귀리 추수가 막 끝났는데, 손
이 아프고 비가 많이 와서 고생스럽긴 했으나 일은 즐겁게 했
소. 다른 사람들과는──그들에게 별로 주의를 기울이진 않지
만──그런대로 사이좋게 잘 지내고 있다오. 대부분의 것들을
그저 무시하고 넘어가면서 말이오.

  탄광은 돌아가는 사정이 몹시 나쁜 모양이오. 이곳도 테버
셜처럼 탄광 지대인데, 다만 좀 더 깨끗할 뿐이라오. 난 이따
금 웰링턴이라는 주점에 앉아서 광부들과 이야기를 나누기도
한다오. 그들은 불평을 많이 해대곤 하지만, 결국 아무것도 변
화시키지 못할 거요. 모두들 말하듯이, 노팅엄과 더비주(州)
의 광부들은 심장을 제자리에 달고 있긴 하오. 하지만 나머
지 신체 부위는 엉뚱한 데 붙어 있는 게 틀림없소. 그것들이
아무 쓸모가 없는 세상이라 그럴 수밖에 없긴 하지만 말이오.
난 그들을 좋아하긴 하지만, 그들을 보면 기분이 즐겁지가 않
다오. 그들에게는 예의 그 싸움닭 같은 기질이 별로 보이지 않
는 거요. 사람들은 국유화에 대해 열심히 떠들어대는데, 광산
채굴권을 국유화해야 한다느니, 산업 전체를 국유화해야 한
다느니 하면서 열을 올리곤 한다오. 하지만 광산을 국유화하
고 다른 산업은 모두 현재 그대로 남겨둘 수는 없는 일일 것

---

75) 영국의 헤리퍼드셔 지방에서 개발된 식용소의 일종으로, 털이 붉고 하
얀 반점이 있다.

이오. 사람들은 또, 클리퍼드 경이 시도하고 있는 것처럼 석탄을 새로운 용도로 사용하는 것에 대해서도 이야기하고 있소. 성과를 거두는 곳이 한두 군데 있을지 모르지만, 전체적으로는 불가능하리라고 난 생각하오. 무엇을 만들어내든 일단 팔 수 있는 물건이어야만 하기 때문이오. 광부들은 이런 문제에 아주 냉담하다오. 그들은 그저 이 빌어먹을 놈의 탄광 산업 전체가 망해버리고 말 운명이라고 느끼고 있을 뿐이고, 나 또한 그렇게 믿고 있소. 그들 역시 탄광 산업하고 운명을 같이하고 말 것이오. 젊은이 중에는 소비에트 체제에 대해 열나게 지껄이는 친구들도 좀 있지만, 그들에게 무슨 대단한 신념이 있는 것 같지는 않다오. 사실 그 어떤 것에 대해서건 신념 같은 건 존재하지 않는다오. 모든 게 엉망이고 뻥 뚫린 듯이 결판났다는 것만 빼고 말이오. 소비에트 체제 아래에서조차 석탄은 여전히 팔아야만 하는데, 그게 바로 어려운 점이오. 산업화된 이 세상에는 이제 엄청난 인구가 살고 있으며, 그들은 모두 먹여 살려야 하는 존재들이오. 따라서 이 빌어먹을 연극은 어떻게 해서든 계속 진행될 수밖에 없소. 요즈음엔 여자들이 남자들보다 훨씬 더 많이 시끄럽게 지껄이는데, 그들은 또 훨씬 더 확신에 찬 모습이기도 하다오. 남자들은 맥없이 축 처진 꼴에다, 어딘지 모르게 파국적 운명 같은 것을 느끼면서 마치 어떻게 해볼 도리가 하나도 없다는 듯이 돌아다니고 있을 뿐이오. 어쨌든 그렇게 많이들 지껄이는데도 불구하고, 무얼 어떻게 해야 할지 아는 사람은 아무도 없다오. 젊은이들은 미칠 지경인데, 그것은 바로 쓸 돈이 없기 때문이라오. 그들의 삶은 전부

돈을 쓰는 것에 의존하고 있는데, 지금 그들에게 그 쓸 돈이 한 푼도 없는 것이오. 그게 바로 우리의 문명과 교육의 실체라오. 즉 돈을 쓰는 것에만 완전히 의존하게끔 대중을 가르치고 길러놓는데, 그러고 나면 돈이 떨어져 버리고 마는 거요. 탄광은 요즘 일주일에 이틀 아니면 이틀 반만 일한다오. 심지어 겨울이 와도 전혀 나아질 것 같지가 않소. 이건 곧, 광부 한 사람이 25 내지 30실링으로 가족을 부양한다는 걸 뜻하오. 여자들이 제일 미쳐 날뛰고 있소. 하지만 그들이 요즈음 미쳐 날뛰는 것은 그 무엇보다 돈을 쓰지 못하기 때문이라오.

인생을 사는 것과 돈을 쓰는 것이 같지 않다고 사람들에게 말할 수만 있다면 좋겠소! 하지만 소용없는 일이오. 돈을 벌고 쓰는 것 대신에 인생을 사는 법을 사람들이 배워 깨우치기만 한다면, 그들은 25실링으로도 아주 행복하게 생활을 꾸려나갈 수 있을 거요. 남자들이 내가 말한 대로 주홍색 바지를 입고 다닌다면, 그들은 그토록 돈을 중요시하지 않을 것이오. 춤추고 뛰고 깡충거리며, 노래하고 활기차게 걷고 당당하니 멋진 모습이 될 수만 있다면, 그들은 돈이 거의 없어도 잘 지낼 수 있을 거요. 그러곤 여자들을 즐겁게 해주며 또 자신들도 여자들에게서 즐거움을 얻을 수 있을 거요. 알몸으로 당당하고 멋진 모습이 되는 법과, 당당하고 멋지게 몸을 놀리는 법과, 한 덩어리로 함께 노래를 부르며 옛날의 집단 군무를 함께 추는 법과, 자신들이 앉는 의자에 장식을 조각하는 법과, 자기네 집 문장(紋章)을 자수로 놓는 법 등을 모든 사람들은 배워야만 하오. 그러면 그들은 돈이 필요하지 않게 될 것이오.

그리고 바로 그것이야말로 산업 문명의 문제를 풀 유일한 방도요. 즉 사람들이 삶다운 삶을 당당하고 멋지게 살 수 있도록, 그래서 돈을 쓸 필요가 없이 살 수 있게끔 교육을 시켜야하는 것이오. 하지만 그것은 불가능한 일이라오. 사람들의 정신은 요즈음 모두 단선적이어서 하나밖에 모르기 때문이지. 그러나 사실 대부분의 사람들은 아예 생각하려고 애쓸 필요조차 없다고 할 수 있소. 왜냐하면 그들은 본래 그럴 능력이 없는 존재이기 때문이오. 그들에게 진정 필요한 것은 바로 생기 있고 활기차게 뛰어 돌아다니며, 위대한 목양신 판[76]을 받아들이는 일이오. 목양신 판이야말로 대중을 위한 유일한 신이라오. 영원히 말이오. 몇몇 소수의 사람들이야, 그들이 원한다면, 좀 더 높은 숭배를 추구할 수 있을 거요. 하지만 대중은 판을 숭배하는 이교도로 영원히 남아 있어야 할 것이오.

하지만 광부들은 그런 이교도가 되기는커녕, 그것과는 전혀 거리가 먼 존재로 살고 있소. 그들은 그저 가련한 무리, 즉 죽은 사내들의 무리라오. 그들의 여자에 대해 죽고, 삶에 대해 죽어버린 존재인 거요. 젊은 치들은 오토바이를 타고 여자들과 함께 이리저리 내달리거나, 기회가 생기는 대로 재즈를 춰대거나 한다오. 하지만 그들 역시 형편없이 죽어버린 존재요. 게다가 그렇게 하려면 돈이 있어야만 하는데, 그 돈이란 게 바로, 있으면 독이 되고 없으면 굶어 죽게 만드는 것이지.

---

76) 그리스신화에 나오는 산야(山野)와 목양(牧羊)의 신으로서, 염소의 뿔과 다리를 가진 반인반수의 존재. 풍요를 가져다준다고 믿어지기도 한다.

당신에겐 이 모든 이야기가 틀림없이 싫증나는 것들일 거요. 하지만 나 자신에 대한 이야기만 계속 뇌까리고 싶지 않을뿐더러, 별달리 나한테 일어나는 일도 없어서 그러는 것이니 양해해 주오. 당신에 대해서도 나는 별로 머릿속으로 생각하고 싶지 않다오. 그래봤자 생각만 엉망으로 꼬일 뿐 우리 둘 다에게 아무런 도움도 되지 않기 때문이오. 물론 내가 지금 살고 있는 이유는 바로 당신과 내가 함께 살 수 있도록 하기 위한 것이오. 사실 난 무섭다오. 악마가 돌아다니고 있는 것을 나는 느끼고 있소. 그 악마는 호시탐탐 우리를 노릴 것이오. 정확히 말하면 그건 악마라기보다 마몬[77]인데, 내 생각에 그것은 결국 사람들의 집단 의지, 즉 오직 돈만 원하고 인간다운 삶을 증오하는 집단 의지에 불과하다오. 어쨌든, 움켜잡으려는 커다랗고 허연 두 손이 허공을 맴돌면서, 누구든지 삶을 삶답게, 즉 돈을 초월해 진정으로 살아가려고 하는 자가 있으면 그의 목을 졸라 생명을 빼앗아 없애버리려 하는 것을 나는 느끼고 있다오. 고난의 시간이 닥쳐오고 있소. 고난의 시간이 말이오. 아, 정말로 고난의 시간이 다가오고 있다오! 세상이 지금 이대로 계속된다면, 앞으로 산업사회의 대중을 기다리고 있는 것은 오직 죽음과 파멸밖에 없을 것이오. 나는 이따금 내 속마음이 물처럼 녹아버리는 것을 느끼곤 한다오. 그런데 당신은 지금 그렇게, 내 아이를 낳으려고 하고 있으니. 하지만 걱정 마오. 이제껏 있었던 그 모든 고난의 시간

---

77) 우리말로 종종 맘몬이라고도 하는 탐욕과 재화의 악신(惡神).

들도 크로커스 꽃을 소멸시키지 못했소. 심지어 여자에 대한 사랑의 정염조차도 꺼 없애지 못했소. 그러니 그 고난의 시간들은 당신을 원하는 내 마음을 꺼 없애지 못할 것이며, 당신과 나 사이에 타오르고 있는 그 조그만 불꽃도 꺼버리지 못할 것이오. 우리는 내년에 같이 있게 될 거요. 그리고 비록 내가 무서워 떨고 있긴 하지만, 나는 당신이 나와 늘 함께하고 있다는 것을 믿고 있소. 남자란 모름지기 최선을 위해 준비하고 노력해야 하는 것이며, 그런 다음 자신을 초월한 어떤 다른 존재의 능력을 믿고 의지해야 하는 법이오. 미래에 대한 어떤 확신을 우리가 가질 수 있는 것은 바로 우리 존재의 가장 훌륭한 부분을 진정으로 믿고, 나아가 그것을 초월한 다른 존재의 능력을 진정으로 믿음으로써만 가능하다오. 그래서 나는 당신과 나 사이에 존재하는 그 조그만 불꽃을 믿고 있소. 지금 나에게 있어, 그것은 세상에 존재하는 유일한 것이오. 나에겐 친구가, 즉 진정한 내면의 친구가 하나도 없소. 오직 당신뿐이오. 그리고 지금 그 조그만 불꽃은 내가 삶에서 마음을 쏟는 유일한 대상이오. 물론 아기가 있긴 하지만, 그건 부차적인 문제요. 그 불꽃은 나의 오순절 불꽃, 즉 나와 당신 사이의 갈라진 불꽃[78]이오. 이제까지의 낡은 오순절 불꽃은 정말 제대로 된 것이 아니오. 나와 하나님 사이가 불꽃으로 연결된다는 것은 아무래도 좀 건방진 생각이오. 하지만 나와 당신 사이에 갈라

---

78) 부활절 후 일곱 번째 일요일인 오순절에 사도들에게 불의 혀같이 갈라지는 형상으로 성령이 강림했다는 『신약성경』(「사도행전」 2장 1~4절)의 내용을 바탕으로 한 표현.

진 자그만 불꽃이 존재한다고 할 때는, 그건 정말 진짜요! 그리고 바로 그것이야말로 내가 지금 굳게 지키고 있으며, 앞으로도 계속 지켜가고자 하는 것이라오. 클리퍼드나 버사 같은 인간들, 탄광 회사나 정부(政府), 또는 돈에 사로잡힌 대중 등, 그 어떤 것에도 불구하고 말이오.

이게 바로 내가 당신에 대한 생각을 정말로 시작하려 하지 않는 이유이오. 그래봤자 나에게 괴로움만 줄 뿐이고, 당신에게도 아무런 도움이 되지 못하니 말이오. 물론 당신이 나와 떨어져 있기를 바라는 것은 아니오. 하지만 그렇다고 안달을 내봐야 쓸데없이 낭비하는 것밖에 더 뭐가 되겠소. 인내심, 즉 언제나 인내심을 가지고 기다려야 하는 법이오. 이제 곧 내가 마흔 번째로 맞는 겨울이 돌아올 것이오. 지나간 겨울들은 어쩔 수 없겠지만, 이번 겨울만은 나의 자그만 오순절 불꽃을 꼭 붙들고서 약간의 평화를 맛볼 작정이오. 그리고 다른 사람들의 입김이 그것을 불어 꺼버리지 못하게 할 것이오. 어떤 초월적 신비를 나는 믿고 있는데, 그것은 크로커스조차도 소멸되지 않도록 하는 그런 힘이라오. 그러므로 당신이 지금 스코틀랜드에 있고 내가 여기 중부 지방에 있어서, 팔로 당신을 껴안을 수 없고 다리로 당신을 휘감을 수 없을지라도, 당신의 존재 일부는 지금 내 곁에 있다오. 내 영혼은 그 조그만 오순절의 불꽃 속에서 당신과 함께 부드럽게 너울거리면서, 섹스의 평화로움 같은 느낌 속에 젖어 있다오. 우리는 섹스로써 하나의 타오르는 불꽃을 생겨나게 한 것이오. 꽃들조차 태양과 대지 사이의 섹스를 통해 생겨나는 것이오. 하지만 그건 미묘한 것으로서, 인내와 오랜 휴식 기간을 필요로 한다오.

그래서 나는 지금 정결한 몸으로 혼자 지내는 생활을 아주 기쁘게 받아들이고 있는데, 그것은 바로 이 정결함이 섹스에서 비롯된 평화로움이기 때문이라오. 난 지금 정결한 몸으로 지내는 것을 아주 즐겁게 여기고 있소. 스노드롭[79]이 눈을 좋아하는 것처럼 나도 이 생활을 좋아하고 있다오. 이렇게 정결한 몸으로 지내는 생활을 내가 즐거워하는 것은, 이 생활이 바로 섹스의 평화로운 휴식 기간으로서, 갈라진 하얀 불꽃 모양의 스노드롭 꽃처럼 지금 우리 둘 사이에 놓여 있기 때문이라오. 그리하여 진정한 봄이 돌아오고 마침내 서로 합치는 때가 돌아오면, 우리는 이 자그만 불꽃이 노랗게 타올라 찬란하도록, 눈부시게 타오르도록 섹스를 나눌 수 있을 것이오. 하지만 지금은 안 되오. 아직은 안 된다오! 지금은 정결한 몸을 지키며 혼자 지내야 할 때요. 그런데 이 정결한 생활은 마지 시원한 강물이 내 영혼 속을 흐르는 것처럼 아주 유쾌하다오. 그것이 강물처럼 우리 둘 사이를 흐르고 있는 이상, 나는 정결한 몸으로 지내는 것이 아주 즐겁다오. 그것은 마치 신선한 비나 생수와도 같소. 어떻게 남자들이 피곤하게 여자들 뒤를 쫓아다니고 싶어 할 수 있는 것인지 도무지 모르겠소. 돈 후안 같은 존재가 되는 것은, 즉 섹스를 하지 않고 평화로이 휴식하면서 사랑의 자그만 불꽃을 간직해 볼 능력이 전혀 없는 것은, 강가에 사는 것처럼 이따금씩 차분하게 정결한 몸으로

---

79) 이른 봄에 하얀 꽃이 고개를 숙인 모습으로 피는 수선화과의 식물.

혼자 지내볼 능력이나 힘이 없는 것은 그 얼마나 비참한 일이 겠소.

글쎄, 너무 말을 많이 한 것 같은데, 모두 다 당신을 곁에 두고 만져볼 수 없기 때문이라고 이해해 주오. 팔로 당신을 껴안고 잘 수만 있다면, 잉크는 이렇게 글자로 줄줄이 박혀 흐르지 않고 잉크병에 그대로 남아 있었을 거요. 함께 있다 해도 우리는 성관계 없이 정결하게 그냥 지낼 수 있을 거요, 섹스를 하는 것과 똑같이 자연스럽게 말이오. 하지만 우리는 일단 얼마 동안 서로 떨어져 있어야 하는 형편이고, 또 사실 그편이 좀 더 현명한 방도일 것이오. 물론 확신을 할 수만 있다면 좋겠지만 말이오.

하지만 걱정 마시오. 염려하지 마시오. 우리는 잘못되거나 하지 않을 것이오. 우리는 이 자그만 불꽃을, 그리고 그것이 꺼지지 않게 보호해 주는 그 이름 없는 신을 진정으로 믿고 있잖소. 정말이지, 당신의 너무나 많은 부분이 지금 여기에 나와 함께 있다오. 이럴 바엔 차라리 당신의 존재 전부가 다 여기에 와 있는 게 낫지 않을까 하고 아쉬워할 정도요.

클리퍼드 경에 대해서는 걱정 마시오. 그에게서 아무 소식이 없다 하더라도 걱정할 필요 없소. 그는 사실상 당신에게 아무 짓도 할 수 없을 거요. 그저 기다리시오. 그는 마침내 당신을 떨쳐버리고 싶어질 것이며, 당신을 벗어던지고 싶어질 것이오. 설령 그가 그렇게 하지 않는다 해도, 우리는 어떻게든 그에게서 벗어날 방도를 찾아낼 수 있을 거요. 하지만 그는 분명 그렇게 하고 말 거요. 결국에 가서 그는 당신을 무슨 혐오스러운 음식 쪼가리처럼 토해내고 싶어질 테니까 말이오.

　이제 그만 편지를 끝내야 할 터인데 펜을 쉽게 멈출 수가 없구려.

　하지만 우리의 아주 많은 부분이 지금 함께 있으니, 그저 그것을 굳게 지키면서 각자 삶의 진로를 조종해 나가기만 한다면, 우리는 곧 다시 만날 수 있을 거요. 존 토머스가 제인 부인한테 잘 자라고 인사를 하는군. 좀 축 늘어진 모습이지만 희망에 찬 마음으로 말이오."

현대 문명과 인간의 본질에 대해 문제를 제기하다

1

『채털리 부인의 연인』은 로렌스가 사망하기 약 이 년 전에 완성한 작품으로서 그의 마지막 장편소설이다. 이 작품이 최종 탈고되기까지는 특이하게도 두 번의 완전한 재창작 과정이 있었다. 유럽과 호주, 미국, 멕시코 등지를 전전하며 살던 로렌스는 1925년 하반기에 미국 뉴멕시코주에서의 생활을 청산하고 유럽에 돌아와 전에도 거주한 적이 있던 이탈리아의 피렌체에 자리를 잡는다. 그리고 이듬해 여름 그는 런던과 고향 이스트우드 등지를 방문하고 돌아오는데, 그의 마지막 영국 방문이 된 이 여행은 로렌스에게 영국의 산업사회와 물질문명에 대한 환멸감을 다시금 뼈저리게 절감하는 계기가 된다. 피렌체로 돌아온 로렌스는 영국 방문을 통해 얻은 생각들을 반영하는 새 소설의 집필에 들어가 다음 해인 1927년 3월에 이를 완성한다. 바로 이것이 『채털리 부인의 연인』의 첫 번째 원고이다.(이 원고는 로렌스 사후인 1944년에 '채털리 초판본'이라는 제목으로 출판된다.) 그런데 로렌스는 곧 이 작품을 다시 고쳐 쓰기 시작해 그해에 두 번째 판본을 완성한다.(이것의 영어 원본은 1972년에 '존 토머스와 제인 부인'이라는 제목으로 출판된다.) 하지만 그는 이 두 번째 원고에도 만족하지 못하고 또다시 고쳐 쓰기 시작해 마침내 1928년 1월에 '채털리 부인의 연인'이라는 제목의 최종본을 탈고하기에 이른다.

로렌스가 말년에 병마와 싸우면서도 이렇게 두 차례나 다시 새로 써서 작품을 완성했다는 사실은 그만큼 그가 작가로서 이 작품을 중요하게 생각했으며 따라서 온 정성과 심혈을 기울여 창작에 임했다는 뜻이다. 사실 이 소설에는 현대 문명과 인간에 대한 로렌스의 생각이 그의 다른 어느 소설에서보다도 강렬하고 분명한 결정체로 집약되어 있으며, 독자도 소설을 읽어가면서 그런 점을 쉽게 느낀다. 즉 이 작품은 로렌스의 소설들 가운데 주제 의식을 가장 선명하게 전달하고 있으며 인물과 줄거리도 가장 직접적이고 명료하게 창조되었다고 할 수 있는데, 이것은 바로 위와 같이 반복된 재창작의 손질 과정을 거쳐 작품이 완성되었다는 사실에서 기인한다.

최종본이 완성되고서도 『채털리 부인의 연인』은 영국과 미국에서 합법적으로 출판되기까지 그 어느 소설보다도 어려운 곡절을 겪어야 했다. 로렌스 자신도 작품을 완성하고서 이 소설이 제대로 출판되기 어려우리라는 것을 어느 정도 예상했는데, 실제로 당시 출판사들은 노골적인 성 묘사와 비속어의 사

322

용을 담고 있는 부분을 삭제하는 한에서 작품을 출판해 주겠다고 제안하기도 했다. 하지만 로렌스는 삭제 요구를 거절하고 1928년 7월에 그가 거주하고 있던 피렌체에서 한 서적상에게 의뢰해 자비로 이 소설의 출판을 감행한다. 이때 로렌스는 천 부를 찍고 이어 11월에 추가로 이백 부를 찍어 아는 사람들을 중심으로 팔았는데, 작품은 곧 일대 센세이션을 일으켰고 즉각적으로 영국과 미국에서 판금이 된 채 무수한 해적판들만 불법적으로 쏟아져 나와 은밀하게 비싼 값으로 유통되기 시작했다. 해적판의 난무를 막기 위해 로렌스는 이듬해, 즉 1929년 3월에 파리에서 서문을 붙인 무삭제판을 염가본으로 삼천 부 인쇄하지만, 영국과 미국에서의 출판 금지와 불법 해적판 유통은 계속되었다. 이런 상태는, 로렌스가 사망한 지 두 해 뒤인 1932년에 영국과 미국에서 삭제판이 출판된 것을 제외하고는, 로렌스 사후 거의 삼십여 년이 지나도록 계속되었다. 하지만 1959년에 미국의 그로브(Grove)라는 한 출판사가 마침내 이 소설을 과감하게 무삭제로 출판하고 이어 탄압하는 정부를 상대로 한 재판에서 승소함으로써,『채털리 부인의 연인』은 드디어 미국에서 합법적 출판이 가능해진다. 그리고 이를 계기로 영국에서도 바로 이듬해인 1960년에 펭귄 출판사가 역시 비슷하게 법정 투쟁에서 승리함으로써『채털리 부인의 연인』의 합법적 출판을 이루어낸다.

『채털리 부인의 연인』이 이렇게 남다른 과정을 거쳐 출판된 상황은 작가와 작품을 대중적으로 유명하게 하는 결과를 낳기는 했지만, 모순되게도 작가로서 로렌스와 작품 자체에 대

작품 해설

한 정당한 이해의 측면에서는 별로 도움이 되지 못했다고 할 수 있다. 왜냐하면 로렌스가 죽음과 싸우면서 심혈을 기울여 현대 문명과 인간의 문제에 대한 본질적 진단과 처방으로 제시한 작품이, 출판 과정에서의 논쟁으로 인해 작품의 노골적인 성 묘사 측면만이 대중적으로 부각되고 선전됨으로써 작품 자체의 전체적 성격이 왜곡되어 알려지는 부정적 결과를 낳았기 때문이다. 오늘날 대부분의 사람들이 『채털리 부인의 연인』을 음란한 호색 문학 또는 에로티시즘의 고전쯤으로 알고 있거나 로렌스를 성 문학의 대가 정도로만 인식하고 있는 것은 바로 이런 사정에서 비롯되었다.

그러나 작품을 꼼꼼히 제대로 읽어본 독자는 알겠지만, 이 작품은 음란한 호색 문학은 물론이고 에로티시즘 문학 작품과도 아주 거리가 멀다. 물론 이 작품에는 솔직하고 대담한 성행위 장면과 성적 묘사가 여러 차례 나오면서 상당 부분을 차지하고 있긴 하다. 하지만 이것들은 추잡한 성적 흥분과 충동을 조장하거나 성애 그 자체의 아름다운 미화나 탐닉을 목적으로 하지 않는다. 사실 로렌스 본인도 이 작품이 그런 식으로 잘못 받아들여지거나 비난받는 것을 우려했고, 그 때문에 그는 사망하기 몇 달 전에 1929년의 파리 출판본의 서문을 확장시켜 쓴 「『채털리 부인의 연인』에 관하여」라는 글과 「외설 문학과 음란성」 같은 글을 통해 이 작품의 의도와 성에 관한 자신의 견해를 피력하기도 했다. 그리고 친구에게 보낸 한 편지에서는 이 작품과 관련해 "때를 가리지 않고 하는 난잡한 섹스보다 나를 더 구역질나게 하는 것은 없습니다. …… 내가 방탕한 성행위를 조장하는 것으로 받아들여지다니 그건 당찮은 소리입니다."라고 말하기도 한다. 요컨대, 로렌스는 외설이나 성적 탐닉을 강력하게 비판하고 거부했다. 이 작품 속에서 그려지는 코니와 멜러즈의 성관계는 불륜이나 난잡한 성행위를 긍정하는 것이 아니라 돈과 기계와 차가운 이성이 지배하는 비인간적인 산업사회 문명 속에서 진정한 인간다움을 지키고 회복하고자 하는 진지한 도덕적 모색의 방편으로서 추구되고 있다. 따라서 작품의 대중적 악명에 이끌려 외설과 에로티시즘의 관점으로 이 작품을 대하고서 이를 음란과 호색물로 낙인찍거나 아니면 성 문학의 선구적 역할을 사주는 정도에서 그치는 것은 작가의 의도와 작품의 진정한 주제를 제대로 파악하지 못한 데서 발생하는 그릇된 판단에 불과하다. 물론 전자의 경우, 성을 묘사하는 것 자체를 애초부터 더럽고 불순하게 여기는 편협한 인습적 도덕관념이 판단의 기준으로 작용하는 바가 더 크겠지만 말이다.

2

앞에서도 말했듯이 『채털리 부인의 연인』에서 로렌스가 전달하고자 하는 주제 의식은 상당히 선명하게 드러난다. 그것은 기계적 관념성과 물질적 탐욕에 사로잡힌 자본주의 산업사회의 비인간성에 대한 철저한 비판과 거부이며 이에 대응할 구원적 가치로서 살아 있는 인간적 관계의 회복 가능성에 대한 모색이다. 작품의 배경은 1차 세계대전 직후 영국의 중부 탄광 산업 지대인 테버셜이라는 마을이지만 로렌스는 자본주의와 기술 문명이 지배하는 산업사회의 비인간적 본질을 집약하는 전형(典型)으로서의 성격을 그곳에 부여한다. 따라서 그곳에서 움직이는 세 주인공, 즉 클리퍼드와 코니 그리고 멜러즈 역시 각각 독특한 개성을 지닌 인물들로 창조되었으며 동시에 문명과 시대의 본질적 문제를 대변하거나 대응하는 전형들로 형상화되거나 의도되었다.

가령 클리퍼드의 경우, 그는 작가이자 명문가의 지주 자본가로서 로렌스가 혐오하는 현대 문명의 비인간적 속성을 복합적으로 구현하는 인물이다. 그의 비인간적 정신성 그리고 기계적 탐욕은 한 개별 인물로서 지니는 특수한 인간적 결함이지만 동시에 당시 영국 사회의 공허한 관념주의적 지적 풍토와 불모성 그리고 자본주의적 물신성을 섬뜩하게 집약하는 성격으로 나타난다. 그는 살아 있는 인간적 접촉을 할 수 없는 인물이며, 따라서 모든 것을 공허한 말과 추상적 관념과 기능 따위로 환원해 버린다. 겉으로는 살아 있지만 모든 인간다운 감정과 건강한 본능을 결여한 무생물적 존재인 그는 실질적으로 죽은 인간이나 다름없다. 그리고 그는 나아가 자신의 그런 비인간적 존재성을 남편으로서, 지주로서, 자본가로서, 지배계급으로서 다른 존재들에게 강요하는 끔찍한 존재이다.

클리퍼드의 이런 비인간적 성격은 그의 육체적 불구성을 통해 처음부터 명백하게 상징되고 있지만, "효율적이고 단단한 겉껍질에 과육(果肉)처럼 물컹한 속살을 지닌 하나의 생물, 즉 현대의 산업 및 금융 세계의 굉장한 가재와 게 무리 중의 하나로서, 기계처럼 강철로 된 껍질을 하고 안쪽의 몸은 부드러운 과육으로 된 갑각류 무척추동물" 같은 비유를 통해 더욱 강화된다. 그가 모터 의자에 올라타고 영지의 임원을 운전해 나아갈 때 물망초꽃들이 무참히 짓밟히면서 "선갈퀴와 자난초 등이 덜컹거리며 지나가는 바퀴에 짓밟히고, 덩굴 좀가지풀의 작은 노란 꽃받침이 으깨어지는" 장면 또한 그의 끔찍한 파괴적 이미지를 강렬한 인상으로 각인시킨다. 나중에 그가 육체적으로 백치 같은 유아 상태로 전락하는 동시에 산업가로서 초인적인 냉정함과 명민함을 지닌 기계적 존재가 되는 사실은 산업사회에서 가능한 인간다움의 상실의 그 궁극적 전형을 본질적인 통찰로써 형상화하여 보여주고 있는 것이다.

클리퍼드와 같은 지배계급의 이러한 파괴적 영향력을 통해 산업사회의 비인간적 문명은 하층 대중까지도 완전히 지배하고 있는 것으로 나타난다. 즉 하층계급의 삶 역시 산업사회의 반인간적 기계와 물질문명에 사로잡혀 참다운 삶의 가능성을 상실한 끔찍한 것으로 작품 속에서 그려진다. 물론 피지배 계층이기 때문에 그들의 삶은 클리퍼드와 같은 지배계급보다 더욱더 추하게 일그러진 모습을 띤다. 이것은 어스웨이트로 가는 도중 코니의 눈에 비친 테버셜과 인근 지방의 추한 광경, 즉 "자연의 아름다움이 완전히 말살되고, 삶의 즐거움이 완전히 말살되었으며, 어떤 새나 짐승이든지 다 지니고 있는 균형미에 대한 본능이 완전히 부재하고, 인간적 직관력이 완전히 사멸해 버린 풍경"에 대한 긴 묘사를 통해 아주 비장하고 통절한 어조로 표현된다.

클리퍼드가 버티고 있는 라그비와 테버셜로 대변되는 현대의 산업사회는 요컨대, "전기 불빛 속에서 사악하게 번쩍거리고 있는 저 바깥세상의 끔찍한 괴물"로서 계급의 구분 없이 모든 인간의 생명력과 인간다운 감정을 다 죽이고 오직 "돈과 기계 그리고 세상의 생명 없이 차갑고 관념적인 원숭이 작태"에만 사로잡히게 만드는 절망적인 현실이다. 하지만 이렇게 끔찍하고 절망적인 현실에 직면해 로렌스는 나름대로 그 근본적인 원인을 진단하고 그로부터 새로운 구원의 가능성을 찾아내고자 한다. 그런데 그 진단과 모색의 결과 로렌스가 해답으로 찾아낸 것은 바로 남녀 간의 성의 문제였으며, 이것을 그는 코니와 멜러즈의 관계를 통해 구체적이고 생생하며 절실하게 표현하고 전달하고자 한다. 이 작품에서 남달리 집요하게 묘사되고 있는 성의 문제를 우리가 작품 전체의 주제 의식에 비추어 온당하게 이해할 수 있는 바탕은 바로 로렌스의 이러한 작가적 모색의 논리에 대한 이해에 있다.

로렌스가 비판하는 산업사회의 문제는 요컨대 그것이 창조적인 인간다움을 말살해 버린다는 사실에 있다. 이때 인간다움은 로렌스에게 살아 있는 하나의 유기체적 개체로서의 온전성뿐만 아니라 "자연 만물과 우주의 생생하고 활력이 솟는 관계", 그리고 다른 인간과 창조적이고 살아 있는 관계를 아울러 성취하는 상태를 의미한다. 그런데 이러한 인간다움의 바탕이자 뿌리는 바로 개별 존재의 육체로 인식된다. 육체가 살아 있을 때 비로소 한 인간은 창조적 개체로서의 온전함을 이룰 수 있고, 육체를 통해 살아 있는 한 개체는 다른 사람과의 살아 있는 부드러운 접촉과 공감이 가능하며, 육체를 통해 인간은 자연 그리고 우주와 '생생하고 활력이 솟는 관계'를 맺을 수 있기 때문이다. 따라서 산업사회가 인간다움을 말살한다고 할 때, 로렌스에게 그 죄악의 궁극적 본질은 바로 육체의 살인이다. 즉 산업사회의 '돈과 기계 그리고 차가운 정신'이 인간에게 끼치는 모든 파괴적 영향력의 핵심은 결국 그것이 인간의 육체를 타락시키고 마비시키며 유기한다는 사실에 있다. 클리퍼드가 코니에게 그리고 테버셜의 광부들에게 범하는 죄의 본질은 바로 이것이며, 테버셜의 광부들의 흉측한 육체를 보고 코니가 느꼈던 절망감의 본질도 바로 이것이다. "아, 하나님, 인간은 같은 인간에게 대체 무슨 짓을 한 건가요? 지도자라는 사람들은 동료 인간들에게 대체 무슨 짓을 가해온 건가요? 그들은 동료 인간들을 인간다움 이하로 전락시켜 버렸나이다. 그래서 이제 인간의 우애라곤 더 이상 존재할 수가 없게 되었나이다! 그저 악몽 같기만 한 세상이 되었습니다."

따라서 이 육체의 죽음을 막고 그것을 되살리는 일이야말로 로렌스에게는 현대 산업 문명이 치닫고 있는 파국을 면할 유일하고도 가장 근원적인 처방으로 인식된다. 물론 이때 육체의 죽음은 곧 남녀 간의 왜곡된 육체적 접촉, 즉 성관계를 통해서 시작되고 나타나는 것이므로, 육체의 회복은 당연히 남녀 간의 건강한 육체적 접촉, 즉 자연스러운 성관계를 통해 실현될 수밖에 없다. 이러한 생각은 주로 멜러즈의 입을 통해 일관되게 반복적으로 토로되는데, 가령 그는 코니에게 이렇게 말한다. "남자가 따뜻한 가슴으로 성행위를 하고 여자가 따뜻한 가슴으로 그것을 받아들인다면 세상의 모든 것이 다 잘되리라고 난 믿고 있소. 차디찬 가슴으로 하는 그 모든 성행위야말로 바로 백치 같은 어리석음과 죽음을 낳는 근원인 것이오." 이 따뜻한 가슴으로 하는 성행위는 인간과 인간 사이의 부드러운 애정과 공감, 즉 살아 있는 접촉을 가능케 하는 출발점이다. 멜러즈는 다시 말한다. "그렇소! 바로 부드러운 애정이오. 정말로 말이오. 그리고 그건 곧 썹의 깨달음이오. 성(性)이란 사실 접촉에 불과한 것으로서, 모든 접촉 중에서 가장 친밀한 접촉일 뿐이오. 그런데 그 접촉을 우리는 두려워하고 있소. 우리는 그저 절반만 의식이 있고 절반만 살아 있을 뿐이오. 우리는 온전히 살아서 의식이 깨어 있는 존재가 되어야 하오. 특히 우리 영국인들은 서로 간에 접촉이 정말 필요하오. 좀 더 섬세하고 좀 더 부드러운 접촉 말이오. 그것이야말로 바로 우리에게 절실히 필요한 것이오."

그리하여 멜러즈는 작품에 등장하는 코니와의 마지막 성관계 때 마침내 다음과 같이 일종의 확신과 사명감을 깨닫기에 이른다. "그녀에게로 들어가면서 그는 이것이 바로 그가 해야 하는 일이라는 것을 깨달았다. 그것은 곧, 남자로서의 자존심이나 존엄성이나 고결함을 잃지 않고 부드러운 접촉을 행하는 일이었다. …… '인간들 사이의 육체적 인식의 접촉, 그리고 부드러운 애정의 접촉을 나는 지키고자 싸우고 있다.' 그는 혼자 속으로 말했다. '그런데 이 여자는 바로 살을 섞은 내 동지이다. 나는 돈과 기계 그리고 세상의 생명 없이 차갑고 관념적인 원숭이 작태에 맞서 싸우고 있다. 그런데 그녀는 이 싸움에서 나를 후원해 줄 것이다. 나에게 한 여자가 있다니, 이 얼마나 고마운 일인가! 나와 함께 있고 부드러운 애정을 지니고 있으며 나를 진정으로 아는 여자가 나에게 있다니, 이 얼마나 고마운 일인가!'" 멜러즈의 생각과 의식은 곧 대부분 작가 로렌스 자신의 신념을 대변한다고 해도 크게 틀리지 않는데, 그의 이러한 입장과 논리를 따라갈 때 우리는 마침내 이 작품에서 코니와 멜러즈 간의 육체관계가 그토록 상세하고 집요하게 묘사되는 이유와 근거를 좀 더 분명하게 납득할 수 있다.

코니와 멜러즈의 성관계 묘사는 작품에서 여덟 차례에 걸쳐 표현되고 있다. 그런데 그들의 행위는 동일한 성적 쾌락의 반복된 표현이 아니라 두 사람이 부드럽고 따뜻한 육체적 접촉의 완성을 향해 나아가는 과정으로서 각기 다른 양상과 의미를 띠고 나타난다. 코니의 경우, 클리퍼드와의 생명 없는 삶으로 인해 죽어버린 육체가 멜러즈와의 관계를 통해 되살아나기까지 그녀는 "그녀가 지닌 의지, 여성적 의지 그리고 그녀의 현대 여성으로서의 고집스러움"이 부서지고 "고민에 찬 현대 여성으로서 그녀의 머리"가 씻기며 계급적 차이와 그녀를 사로잡고 있는 "자신의 내면에 있는 분노와 저항감"을 하나씩 극복해 나가야 하는 어려운 과정을 겪는다. 그리고 멜러즈 역시 코니와의 관계를 통해 인간적 접촉과 공감의 가능성을 새롭게 인식하고 마침내 삶과 세상에 맞서 다시금 적극적인 대면을 실천해 나가기 전에, 세상을 등진 채 도피적이고 폐쇄적인 자존만을 지키려던 패배주의적 절망과 거부감을 극복하는 내적 갈등과 고통의 과정을 겪는다. 따라서 두 사람의 성관계 장면에는 늘, 육체적 행위 그 자체와 더불어 각자 또는 상호 간의 의식과 대화 속에서 일어나는 갈등이나 고민 또는 변화의 국면들이 앞서거나 뒤따르곤 한다.

물론 코니와 멜러즈의 성적 관계에 대한 표현이 상당 부분 육체적 접촉의 경험에 대한 생생한 묘사로 이루어진 것은 사실이다. 하지만 이들의 관계를 통해 로렌스가 정신적 결합을 배제한 채 오로지 육체적 접촉 그 자체만을 절대적인 것으로 강조한다고 보아서는 안 된다. 이 작품에서 육체적 결합이 강조된 것은 클리퍼드와 같이 육체를 말살하는 기계적 정신성에 대한 반작용일 뿐, 로렌스가 궁극적으로 지향하는 것은 육체와 정신이 자연스럽고 조화롭게 합일된 남녀 관계이다. 사실 육체만의 접촉은 바로 로렌스가 작품에서 육체가 없는 정신성과 마찬가지로 분명히 배격하는 "기계적인 성행위" 내지는 "그저 근사하고 강렬하며 날카롭게 꿰뚫는, 차가운 가슴의 성행위"일 뿐이다. 코니가 마이클리와 가졌던 성관계가 그런 것이고 멜러즈가 그의 아내와 행했던 동물적 성행위의 탐닉도 본질적으로 그러하다. 심지어 코니와 멜러즈 사이도 그들의 육체적 관계가 온전한 합일에 이르기 전까지는 그런 측면을 어느 정도 보이고 있다. 두 사람이 성관계를 갖는 장면들이 지닌 이러한 차별성과 과정의 의미까지 아울러 인식하지 못하는 한 우리는 작품의 본질을 제대로 이해하지 못하고 그 결과 외설이냐 아니냐 하는 것과 같은 부질없는 논쟁으로 빠지고 말거나, 기껏해야 성과 성적 표현의 자유를 부르짖은 에로티시즘의 고전 정도로만 이 작품을 이해하는 '기계적'인 수준의 해석을 면하지 못할 것이다.

3

앞에서 우리는 『채털리 부인의 연인』에 대한 올바른 이해를 위해 이 작품에서 묘사되는 남녀 간의 성적 결합의 문제를 비인간적인 현대 산업 문명에 대한 로렌스의 전면적인 비판과 구원의 모색이라는 큰 주제의 차원에서 파악해야 한다는 점을 강조하고자 했다. 하지만 이 작품에서 로렌스가 추구하는 주제를 우리가 제대로 파악하고 이해하는 일과 그것에 동의하는 일은 사실 별개의 문제이다. 따라서 우리는 여기에서 다음과 같은 질문들을 던질 수 있고 또 던져보아야 한다. 즉 로렌스의 그러한 비판과 모색은 그렇다면 과연 얼마나 타당성과 설득력을 가지는가? 나아가 그의 비판과 모색은 21세기에 접어든 이 시대에 그리고 우리가 살고 있는 이 한국이라는 사회에서 얼마만큼 현재성과 실효성을 가질 수 있는가? 이 질문들은 궁극적으로는 이 작품의 예술적 성취에 대한 평가 문제로 이어지기도 하는데, 원론적인 차원에서 그 대답을 찾기는 그다지 어렵지 않다.

먼저 로렌스의 문명 비판에 대해 말하자면, 인간다움을 파괴하는 산업사회의 기계문명에 대한 그의 비판은 본질적 타당성을 지니며 여전히 유효하다. 아니, 현대 문명의 인간성 파괴와 파국성에 대한 로렌스의 통렬한 비판과 외침은 오늘날 오히려 더욱 절실한 호소력과 진실된 예언적 설득력을 갖는다고 해야 할 것이다. 자본주의적 물질문명이 극대화되고 과학 기술의 발달로 복제와 유전자조작 그리고 정보와 가상현실의 시대가 된 오늘날 인간다움의 상실과 파괴는 이미 도를 넘어 선 지 오래이기 때문이다. 멜러즈가 어둠 속에서 테버셜의 탄광을 보며 느꼈던 "전기 불빛 속에서 사악하게 번쩍거리고 있는 저 바깥세상의 끔찍한 괴물"은 오늘날 더욱 사악하고 끔찍한 형상이 되었으며, "허공을 맴돌면서, 누구든지 삶을 삶답게, 즉 돈을 초월해 진정으로 살아가려고 하는 자가 있으면 그의 목을 졸라 생명을 빼앗아 없애버리려 하는, (괴물의) 움켜잡으려는 커다랗고 허연 두 손은" 오늘날 더더욱 끔찍한 마수로 우리의 목을 조르고 있다. 그리고 그런 가운데 우리들 대부분은 점점 더 "기계적이고 탐욕스럽기 그지없는 메커니즘과 기계화된 탐욕"에 사로잡힌 채 "돈과 기계 그리고 세상의 생명 없이 차갑고 관념적인 원숭이 작태"에 광분하기만 할 뿐, 비극적이고 절망적인 "이 시대를 비극적으로 받아들이려고 하지 않는" 것이 오늘날의 여전한 현실이다.

한편 이 소설에서 로렌스가 들추고 비판하는 20세기 초 서구 산업사회의 추한 실상 가운데는 아직 탐욕스럽고 무지한 천민자본주의 수준을 벗어나지 못한 우리나라의 현실에 특히나 잘 들어맞는 부분들이 적지 않다. 가령 볼턴 부인이 요약해 전하는 테버셜 마을의 대중과 젊은이들의 천한 향락적 세태가 우리의 풍속도와 흡사하며, 앞에서 언급한, 코니가 자동차를 타고 가며 보는 테버셜 인근의 추한 삶의 현장 역시 새마을운동이라는 폭력적 자본주의화의 파괴를 거친 우리의 농촌 현실을 연상시킨다. 또한 "오늘날 세상에는 오직 하나의 계급만 존재하는 것이니, 그것은 바로 '돈에 사로잡힌 돈돌이 계급'이었다. 돈돌이 사내와 돈돌이 계집. 차이가 있다면 오직, 돈이 얼마나 많이 있느냐와 돈을 얼마나 많이 바라느냐일 뿐이다."라는 코니의 생각을 다음의 것과 함께 연결해 생각해 보라. "사람들은 차이가 거의 없이 모두 똑같았다. 모두들 그녀에게서 돈을 뜯어내려는 마음밖에 없었다. 그리고 여행자들의 경우는, 억지로라도 즐거움을 끌어내려는 마음밖에 없었는데, 그것은 마치 돌에서 피를 쥐어짜 내려는 것과 같은 억지였다. 불쌍한 산들! 불쌍한 풍경들! 짜릿한 흥분을 일으키고 즐거움을 주도록, 그것들은 모두 계속해서 쥐어짜 내고 또 짜내져야만 했다. 그저 작심이라도 한 듯이 즐기고자 달려드는 이 사람들은 도대체 뭘 어쩌자는 속셈인가? …… 이 쓰레기같이 천박한 졸부들과 향락족의 세상 …… 아, 이 향락족! 아, 이 '즐기자' 판! 그건 또 다른 형태의 현대적 질병이었다." 실로 부끄러운 우리의 자화상과 너무나도 일치하는 진술이라 하지 않을 수 없다.

한편 로렌스가 인간다움을 회복하는 관건으로 주장하는 "따뜻한 가슴으로 하는 성행위"의 중요성에 대해서는 약간 조심스럽게 말해볼 수 있다. 왜냐하면 육체와 성의 측면이 로렌스 당대에 비해 크게 달라진 오늘날의 문화적 상황에서, 육체와 성에 관한 로렌스의 주장은 문명 비판의 경우처럼 강한 호소력과 현재성을 지니지는 못하기 때문이다. 물론 로렌스가 창조적 인간다움의 바탕인 육체의 온전한 되살림의 중요성을 역설한 것은 오늘날에도 여전히 본질적인 타당성을 지닌다. 그리고 그러한 육체의 회복을 바탕으로 육체와 정신의 조화로운 합일에 기초한 인간관계의 의미와 가치에 대해서도 우리는 로렌스의 입장에 충분히 동의할 수 있다. 하지만 오늘날 고도로 감각화되고 세련된 자본주의적 소비와 향락의 문화 현실에서 우리가 직면하는 문제는 클리퍼드나 그의 친구들 같은 지식 계층들이 보이는 현대인의 공허한 정신성보다는 오히려 멜러즈의 아내나 리도의 향락족에게서 찾아볼 수 있는 '기계적인 성행위'의 비인간성, 즉 육체적 욕망의 말초적 탐닉에 있다. 따라서 로렌스의 주장이 오늘날 새롭게 설득력을 갖기 위해서는 비판의 대상으로 삼는 것들에 대한 강조와 비중의 조정이 필요하다. 즉 멜러즈와 코니의 관계에 대응하는 반인간적 존재 양태로서 클리퍼드의 육체적 불구성보다는 멜러즈의 아내나 리도의 향락족의 육체적 과잉 내지는 작품 후반에서 언급되는 클리퍼드와 볼턴 부인 사이의 도착된 유아적 육체 접촉 따위가 더 강조되고 그것들에 대한 비판과 묘사가 비중 있게 이루어졌다면 이 소설의 현재성과 호소력은 더욱 확고해졌을 터이다. 요컨대 문화적 조건의 변화로 인해 성과 육체에 관한 로렌스의 주장은 오늘날, 그 본질적 진실성과 타당성에도 불구하고, 사악한 기계문명의 파괴적 힘에 대항해 인간다움을 회복할 구원적 비전으로서의 직접적 호소력과 실천적 설득력이 아무래도 로렌스 자신이 의도했던 것만큼 강할 수는 없는 형편이다. 그리고 정신과 육체를 각기 대변하는 클리퍼드와 멜러즈의 대립 구도 위에서 코니가 클리퍼드를 버리고 멜러즈와 결합하는 결말을 지은 이 작품이 성과 육체적 탐닉을 조장하는 소설로 쉬 오해받는 것도 결국 이러한 사정에서 기인하는 바 크다고 할 수 있다.

하지만 작품의 현재적 설득력에 대한 이러한 지적은 어디까지나 상황의 변화에 따라 결과론적으로 내린 설명에 지나지 않는다. 작품에서 보다 중요한 것은 거기에 나타난 작가의 세계관이 지닌 진실성과 타당성의 여부인데, 로렌스의 이 작품은 앞에서 보았듯이 그 어떤 소설보다도 뛰어나며 투철한 작가 정신과 통찰 깊은 상상력의 소산이다. 그렇다면 결론적으로 우리는 한 편의 소설 작품으로서 『채털리 부인의 연인』의 예술적 성취를 과연 얼마만큼 높이 사줄 수 있을 것인가?

사실 로렌스 비평가들은 대부분 이 소설에 나타난 로렌스의 진지한 주제 의식에 대해서는 인정하면서도 그 예술적 성취, 즉 작품으로서의 성공 여부에 대해서 상당히 부정적이다. 가령 로렌스를 가장 높이 평가하는 비평가인 리비스(F. R. Leavis)조차 "『채털리 부인의 연인』은 용기 있고 대단히 진지하며 아주 의도적인 작품이다. …… 문제는 그것이 어떤 면들에서 너무 의도적이라는 점—아무래도 너무 의도적이어서, 상상적 감수성에 바탕한 감정에 호소하는 완전히 만족스러운 작품이 될 수 없다는 점이다."고 하면서 이 작품을 간단히 언급하고 넘어간다. 즉 노골적인 성 묘사와 비속어의 사용을 비롯해 문명 비판과 구원의 모색이라는 절실한 주제 의식이 너무 의도적이고 앞서서 작품 속에 제대로 형상화되지 못했다는 입장이다. 하지만 이러한 부정적 평가는 작품에 대한 꼼꼼한 독서와 검토를 거치기보다는 다분히 주관적인 첫인상과 호불호의 판단에 의해 미리 정해진 방향에 따라 내려졌다는 혐의가 짙다. 특히 노골적인 성 묘사와 비속어의 사용이 독자에게 즉각적으로 일으키는 도덕적 차원의 의식적 또는 무의식적 거부감은 작품을 객관적으로 진지하게 이해하고 평가하지 못하게 하는 측면이 상당히 크다. 리비스의 경우도, 그가 위의 인용문 다음에 바로 작품의 비속어 사용에 관해 "뭔가 용납할 수 없고 거슬리는" 거부감을 표현하는 데서 그런 혐의를 찾아볼 수 있다.

물론 성 묘사와 비속어 사용을 용납하고 보더라도, 이 작품에서 로렌스의 의도가 앞에서 보았듯이 아주 강렬하게 드러나는 것은 사실이다. 특히 멜러즈의 경우 작품 속에서 상당 부분 로렌스 자신의 사유를 토로하는 듯이 보일 때가 많다. 그러나 로렌스의 의도는 주제 의식의 차원에서만 선명하게 드러나는 것이 아니다. 형식의 차원에서도 선명하게 구현된다. 즉 작품의 인물 창조와 줄거리의 구조 그리고 언어 등에 관한 그의 의도는 주제 의식에 상응하는 형상화의 수준을 성취하고 있다. 따라서 멜러즈는 한편으로 작가의 대변인처럼 예언자적 비장감과 사명감을 띤 목소리로 웅변을 토하지만 여전히 광부의 아들이자 사냥터지기로서 우리에게 살아 있는 인물로 다가오며, 코니와 클리퍼드 역시 알레고리적 의도가 한편으로 부여되고 있지만 그것이 결코 그들 각각의 인물로서의 개성과 실감을 해치지 않는다. 줄거리 역시 단순한 대립 구조와 복잡하지 않은 사건의 전개를 통해 주제를 효과적으로 전달하지만 단조롭거나 부자연스러운 수준으로는 결코 떨어지지 않는다. 물론 이 작품이 『무지개』나 『사랑하는 여인들』과 같은 로렌스의 다른 소설들에 비해 상상적 복합성이나 풍부함이 떨어지는 것은 사실이다. 하지만 그만큼 이 작품은 주제 의식의 집중성과 명료성 그리고 그것의 응축된 형상화의 측면에서 앞선 작품이라고 할 수 있다. 이 작품이 남달리 '의도적'이라는 리비스의 말은 분명 맞다. 그러나 그 의도가 리비스가 말한 것처럼 우리의 상상적 감수성의 감정에 호소하지 못할 만큼 불만족스러운 것은 아니다. 이것을 확인하기 위한 무엇보다 가장 빠르고 좋은 방법은 이 소설을 다시 읽어보는 것이다. 왜냐하면 『채털리 부인의 연인』은 첫인상 또는 선입견의 피해를 가장 많이 보는 작품 가운데 하나이기 때문이다.

우연한 계기로 이 소설을 번역하게 되었다. 워낙 악명(?)이 높은 작품인지라 기왕에 번역되어 나온 판본이 얼핏 살펴보기에도 이십여 종을 웃돌았다. 그중 손에 잡히는 대로 몇 가지를 뽑아 서로 비교해 보기도 했는데, 여러 가지로 불만스럽고 실망스러운 점이 많았다. 개중에는 문투와 용어가 서로 비슷하거나 같은 번역판들도 눈에 띄었는데, 일본어 번역판을 모두들 똑같이 참고해서 그런 것인지 아니면 아예 먼저 나온 판본을 무단으로 베껴서 그런 것인지는 몰라도 몹시 씁쓸했다. 어쨌든 역자로서는 이왕에 하는 것이니 기존의 번역판들보다 한결 나은 번역을 내놓겠다는 목표로 작업에 임했고, 이를 위해 처음부터 완전히 새로 작품을 번역해 나갔다. 그리고 가능하면 '좋은' 번역을 내놓겠다는 허욕까지 부리면서 주어진 여건 아래 나름대로 노력을 기울였다. 하지만 일을 마무리하려고 보니 역자로서 능력의 한계만 절실하게 느낄 뿐, 결과에 대해서 자신이 없다. 악역과 오역이 분명 적지 않을 텐데 그저 송구한 마음으로 독자 여러분들의 너그러운 용서와 질정을 함께 부탁드린다. 참고로 멜러즈의 영국 중부 지방 사투리는 고민 끝에 결국 소리 나는 대로 적는 방법을 택했다는 것과, 비속어의 경우 일단 그것에 상응하는 우리말 속어로 가능한 한 가깝게 옮기고자 했지만 간혹 자연스럽지 못하거나 너무 거슬린다고 생각될 때는 좀 더 무난하다고 여겨지는 용어(가령 '섹스'나 '성기' 같은 단어)로 대체했음을 밝혀둔다. 그리고 번역 대본으로는 케임브리지 대학교 출판부에서 나온 1993년 판을 사용했는데, 이 판본에 함께 수록된 「『채털리 부인의 연인』에 관하여」는 사정상 번역하지 않았음을 역시 밝힌다. 끝으로 꼼꼼한 교정으로 어색한 문장을 많이 고쳐준 민음사 편집부에게 감사의 말을 전하고 싶다.

2003년 여름
이인규

작가 연보

1885년   9월 11일 영국의 중부 내륙 지방인 노팅엄셔의 이스
         트우드에서 데이비드 허버트 리처즈 로렌스(David
         Herbert Richards Lawrence) 출생. 광부인 아버지 아서
         로렌스와 교사였던 어머니 리디아 비어절 사이의 3남
         2녀 중 넷째 아이이자 막내아들로 태어난다.

1891년   보베일 공립 초등학교 입학해 1898년까지 다닌다.

1898년   보베일 공립 초등학교 학생으로서는 처음으로 노팅엄
         고등학교에 장학금을 받고 입학한다.

1901년   여름부터 체임버스 집안의 해그스 농장을 즐겨 방문하
         기 시작. 이때『아들과 연인(Sons and Lovers)』에서 미리
         엄의 모델이 되는 제시 체임버스를 만나 연인 사이로
         발전함. 노팅엄에 있는 헤이우즈 의료기구 공장의 사무

원으로 취직했다가 심한 폐렴에 걸려 3개월 만에 퇴직.
10월 어머니의 기대를 크게 받던 작은형 어니스트가
22세의 나이로 병에 걸려 사망한다.

1902년   이스트우드의 초등학교 브리티시 스쿨에서 교생으로
시작해 1905년까지 아이들을 가르친다.

1906년   9월 노팅엄 대학의 2년짜리 교원 양성 과정에 입학. 첫
장편소설 『하얀 공작(The White Peacock)』을 쓰기 시
작한다.

1907년   노팅엄의 일간지 《노팅엄셔 가디언》의 크리스마스 현
상 공모에 단편소설 「전주곡(A Prelude)」이 당선된다.

1908년   6월 교사 자격증 획득.
10월 런던 남부 근교 크로이든의 초등학교 데이비슨
로우드 스쿨에서 교사 생활을 시작한다.

1909년   단편소설 「국화 향기(Odour of Chrysanthemums)」 완
성(1911년 발표). 포드 매독스 포드가 편집하는 《잉글
리시 리뷰》에 시 다섯 편이 실린다. 이를 계기로 포드
매독스 포드와 만나게 되며, 후에 그를 통해 런던의 문
학계에 소개된다.

1910년   교생 시절부터 알고 지내던 대학 동창 루이 버로스와
약혼.
12월 어머니가 암으로 사망. 『하얀 공작』 완성. 『침입자
(The Trespasser)』와 『폴 모렐』(후에 '아들과 연인'으로
제목이 바뀜)의 집필을 시작한다.

1911년   1월 『하얀 공작』 출간.

11월 다시 폐렴을 앓는다.

1912년   2월 루이 버로스와 파혼.

3월 크로이든에서의 교사 사직.

4월 초 대학 시절 그에게 프랑스어를 가르쳤던 교수 어니스트 위클리의 집에 갔다가 그의 아내 프리다 위클리(독일인으로서 남작의 딸이며 당시 32세였고 딸 둘에 아들 하나가 있었다.)를 만나 서로 사랑에 빠짐.

5월 3일 프리다와 함께 독일로 도피. 두 사람은 8월 중순에 독일에서 알프스산을 넘어가는 도보 여행을 시작해 11월경 이탈리아에 정착한다.

1913년   2월 첫 시집 『애정 시편(Love Poems and Others)』 출간. 곧이어 『아들과 연인』도 출간. 『자매들(The Sisters)』[후에 『무지개(The Rainbow)』와 『사랑하는 여인들(Women in Love)』이라는 두 개의 장편소설로 나뉘어 발표] 집필 시작.

6월 잠시 귀국. 이때 평론가 존 미들턴 머리 그리고 그와 동거하는 작가 캐서린 맨스필드 등을 만남.

8월 다시 독일과 스위스를 거쳐 이탈리아로 돌아간다.

1914년   남편에게서 이혼 승낙을 받은 프리다와 결혼하기 위해 6월 하순 런던으로 돌아와 7월 13일 결혼함.

8월 1차 세계대전이 일어나 이탈리아로 돌아가지 못하고 버킹엄셔에 체류.

12월 단편집 『프로이센 장교(The Prussian Officer)』를 출간한다.

1915년	런던과 케임브리지를 중심으로 당시 영국의 지적 경향
	을 주도하던 블룸즈버리그룹의 인사들과 교제. E. M.
	포스터, 올더스 헉슬리, 버트런드 러셀 등과 교제. 특
	히 러셀과는 사회 개혁에 관한 연속 강연을 기획하
	고 반전 혁명 정당 설립을 계획함. 이즈음부터 래너님
	(Rananim)이라는 이상적 공동체의 건설을 구상하기
	시작.(그 장소로는 미국의 플로리다 등이 고려됨.)
	9월 『무지개』가 출판되나, 11월에 재판에서 발행 금지
	처분을 받는다.
1916년	콘월 지방에 정착. 『사랑하는 여인들』의 집필을 시
	작해 9월경 완성. 이탈리아 여행기 『이탈리아의 황혼
	(Twilight in Italy)』 간행.
	6월 징집 대상자 신체검사에 소환되었다가 불합격된다.
1917년	6월 다시 신체검사에 소환되었다가 불합격 처리를 받
	음. 프리다가 독일인이라는 이유로 인해 간첩 활동을
	한다는 무고한 혐의를 받다가, 마침내 10월에 콘월에
	서 추방당해 런던으로 이주. 『아론의 지팡이(Aaron's
	Rod)』와 『미국 고전문학 연구(Studies in Classic
	American Literature)』(1923년 출판)의 집필을 시작한다.
1918년	더비셔에 거주.
	9월 세 번째로 신체검사에 소환되어 불합격 처리를 받
	음. 그 후 두 달도 안 되어 전쟁이 끝남. 네 번째 시집
	『신작 시편(New Poems)』이 간행된다.
1919년	연초에 심한 독감을 앓음.

11월 영국 생활을 사실상 끝내고 이탈리아로 향함. 피렌체와 로마를 거쳐 카프리까지 간다.

1920년   2월 시칠리아로 이주. 『사랑하는 여인들』이 뉴욕에서 출간된다.

1921년   『아론의 지팡이』를 완성. 여행기 『바다와 사르데냐(Sea and Sardinia)』와 정신분석학 계열 서적 『정신분석과 무의식(Psychoanalysis and the Unconscious)』 출간. 옥스퍼드 대학교 출판부의 의뢰를 받아 1918년부터 시작한 역사 교재용 서적 『역사, 위대한 떨림(Movements in European History)』도 출간된다.

1922년   스리랑카를 거쳐 오스트레일리아에 도착. 이때 『캥거루(Kangaroo)』의 집필 시작.

         9월 미국으로 건너가 뉴멕시코주에 정착한다. 『아론의 지팡이』, 단편집 『잉글랜드, 나의 잉글랜드(England, My England)』, 『정신분석학과 무의식』의 속편 격인 『무의식의 판타지아(Fantasia of the Unconscious)』 출판.

1923년   멕시코 여행. 『날개 돋친 뱀(The Plumed Serpent)』 쓰기 시작한다.

1924년   런던의 한 식당에서 이상적 공동체 래너님의 건설을 문학 예술계의 친구들에게 권유.(그중 도로시 브렛이라는 청각장애인 여자 화가 한 사람만이 로렌스의 제안에 응했다고 함.)

         3월 영국을 떠나 뉴멕시코로 귀환. 중편 『슨트 모어(St Mawr)』 시작.

가을에 로렌스의 아버지 사망.

11월 겨울을 따뜻하게 나기 위해 멕시코로 이주한다.

1925년   2월 말라리아와 이질로 심하게 고생. 멕시코시티의 한 의사로부터 결핵 판정을 받는다. 뉴멕시코로 돌아와 건강을 어느 정도 회복.

10월 런던으로 돌아왔다가, 곧 유럽으로 떠나 이탈리아의 플로렌스에 정착. 『슨트 모어』와 수상집 『호저의 죽음에 관한 감상(Reflections on the Death of a Porcupine)』을 출판한다.

1926년   8월경에 마지막으로 런던과 고향 이스트우드 등지를 방문. 『날개 돋친 뱀』 출판. 피렌체로 돌아온 뒤 『채털리 부인의 연인(Lady Chatterley's Lover)』의 첫 번째 판본 집필 시작.[1944년에 '채털리 초판본(The First Chatterley)'이라는 제목으로 출판됨.] 이즈음 유화를 그리는 일에도 열중한다.

1927년   『채털리 부인의 연인』 두 번째 판본 집필.[1954년에 이탈리어로 번역본이 먼저 출판되고 영어 원본은 1972년 '존 토머스와 제인 부인(John Thomas and Lady Jane)'이라는 제목으로 간행됨.] 『채털리 부인의 연인』을 또다시 고쳐 쓰기 시작해, 이듬해 1월경에 마친다.(이 최종본이 오늘날 전해지는 『채털리 부인의 연인』임.)

1928년   건강이 계속 악화됨. 단편집 『말을 타고 가버린 여인(The Woman Who Rode Away)』, 『시전집(Collected Poems)』 출판.

7월에 『채털리 부인의 연인』을 피렌체에서 자비로 출판.(영국에서 합법적인 무삭제판 출판이 가능해진 것은 1960년임.) 두 차례의 스위스 방문.

겨울에 프랑스 남부 방돌로 이주한다.

1929년   6월에 런던에서 그의 그림 전시회가 열렸으나, 7월에 경찰에 의해 일부 그림들이 압수되는 등 탄압받다가 결국 전시회가 중단됨. 건강이 좋지 않은 가운데서도 스페인, 독일, 이탈리아 등지를 방문하고 다시 방돌로 귀환. 시집 『팬지(Pansies)』가 출판된다.

1930년   연초에 영국인 의사에게 심각한 폐결핵 진단받음. 그 의사의 강한 권고로 2월 6일에 방스의 요양원에 입소. 악화된 병세로 채 3월 1일 퇴원해 근처의 한 집으로 옮겨졌다가 다음 날인 3월 2일 밤에 숨을 거둔다.

세계문학전집 86

채털리 부인의 연인 2

1판 1쇄 펴냄 2003년 9월 15일
1판 38쇄 펴냄 2024년 2월 23일

지은이 D. H. 로렌스
옮긴이 이인규
발행인 박근섭, 박상준
펴낸곳 (주)민음사

출판등록 1966. 5. 19. (제 16-490호)
서울특별시 강남구 도산대로1길 62(신사동) 강남출판문화센터 5층 (우편번호 06027)
대표전화 02-515-2000 팩시밀리 02-515-2007
www.minumsa.com

ISBN 978-89-374-6086-9 04800
ISBN 978-89-374-6000-5 (세트)

세계문학전집 목록

세계문학전집은 계속 간행됩니다.